ENFEITIÇADOS

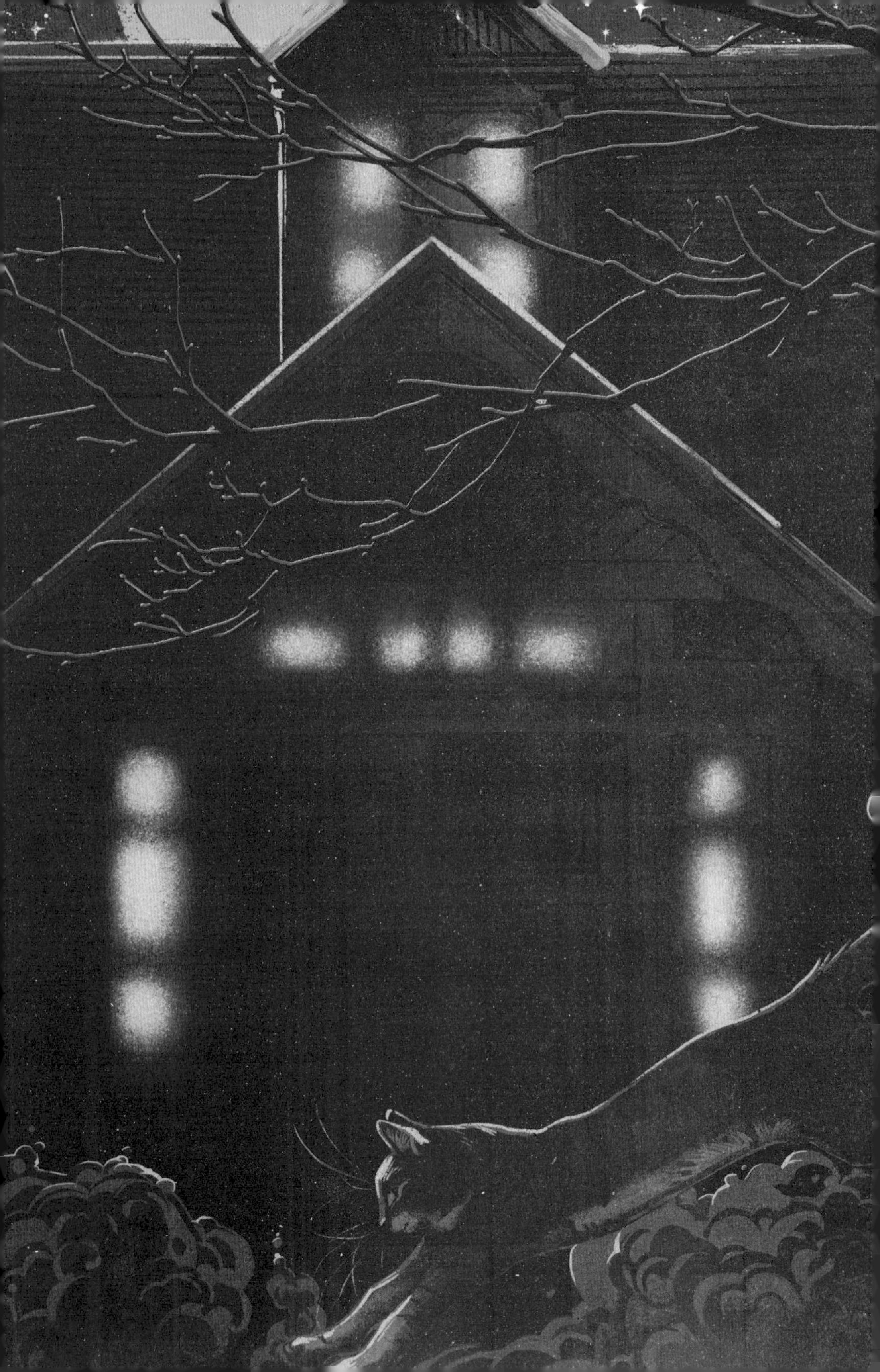

F.T. LUKENS

TRADUÇÃO
Adriana Krainski

ENFEITIÇADOS

TEXT COPYRIGHT © 2023 BY F.T. LUKENS
JACKET ILLUSTRATION © 2023 BY SAM SCHECHTER
JACKET DESIGN BY REBECCA SYRACUSE © 2023 BY SIMON & SCHUSTER, INC.
PUBLISHED BY ARRANGEMENT WITH MARGARET K. MCELDERRY BOOKS, AN IMPRINT OF SIMON & SCHUSTER CHILDREN'S PUBLISHING DIVISION

COPYRIGHT © FARO EDITORIAL, 2023

Todos os direitos reservados.
Nenhuma parte deste livro pode ser reproduzida sob quaisquer meios existentes sem autorização por escrito do editor.

Diretor editorial **PEDRO ALMEIDA**
Coordenação editorial **CARLA SACRATO**
Preparação **ARIADNE MARTINS**
Revisão **RAQUEL SILVEIRA**
Diagramação e adaptação de capa **VANESSA S. MARINE**

Dados Internacionais de Catalogação na Publicação (CIP)
Jéssica de Oliveira Molinari CRB-8/9852

Lukens, F. T.
Enfeitiçados / F.T. Lukens ; tradução de Adriana Krainski. -- São Paulo : Faro Editorial, 2023.
256 p. ; il.

ISBN 978-65-5957-402-5
Título original: Spell Bound

1. Ficção juvenil 2. Ficção fantástica 3. Homossexualidade - Ficção I. Título

23-2586 CDD 808.899283

Índices para catálogo sistemático:
1. Ficção juvenil

1ª edição brasileira: 2023
Direitos de edição em língua portuguesa, para o Brasil, adquiridos por FARO EDITORIAL
Avenida Andrômeda, 885 - Sala 310
Alphaville — Barueri — SP — Brasil
CEP: 06473-000
www.faroeditorial.com.br

PARA TODAS AS PESSOAS
QUE SENTEM QUE NÃO SE
ENCAIXAM:

TALVEZ SEJA A HORA DE
QUEBRAR OS MOLDES.

1

ROOK

Desfeitização

Não é como se o nome estampado na fachada passasse uma ideia de grandes feitos mágicos. Era um trocadilho. E dos ruins, mas engraçado o suficiente para nomear o atendimento de emergência da empresa desfazedora de feitiços da vizinhança. E embora eu até achasse graça, aquele nome estapafúrdio com certeza não foi o que me trouxe até aqui. Eu não estava enfeitiçado. Eu não estava amaldiçoado. Eu não precisava de nenhum tipo de serviço de magia, mas lá estava eu, parado do lado de fora daquele lugar indescritível que tinha aquele nome estampado na vitrine, em uma caligrafia branca bem simples, e um selo de "Aprovado pelo Consórcio" escondido no cantinho do vidro.

Uma planta murcha e triste em um vaso tentava pender na direção de um feixe de luz do sol, e nos fundos o ambiente era mal iluminado, então era difícil ver qualquer coisa além da recepção. Toda aquela cena era a síntese da imagem que eu tinha de um conjunto chique e deprimente de escritórios, até o capacho preto onde se lia "boas-vindas" na entrada, e não aquilo que se poderia imaginar de uma empresa de magia cuja dona supostamente era a feiticeira mais poderosa de Spire City.

Ignorando a tristeza daquela fachada, puxei a maçaneta da porta e entrei. Eu estava com um diploma do ensino médio recém-impresso guardado na mochila, junto com a minha mais nova invenção e um desejo profundo de trabalhar com magia, e não estava disposto a desistir só porque o escritório parecia abandonado. Um arrepio de empolgação ou terror (não dava para saber ao certo) percorreu a minha espinha. A parte interna era de alguma forma ainda mais sem graça do que a fachada, cheia daquelas típicas decorações chatérrimas de escritório, inclusive uma mesa de recepção vazia e uma sala cheia de cubículos de divisórias pré-fabricadas.

Meus dedos começaram a ficar inquietos. Minhas mãos pareciam garras cravadas nas alças da mochila. Eu não sabia como agir. Será que eu deveria gritar um "olá" e esperar que alguém me ouvisse? Será que eu deveria tocar a sineta em cima do balcão? Ou deveria virar as costas e dar o fora daqui, porque... o que é mesmo que eu vim fazer neste lugar? Um adolescente sem nenhuma habilidade mágica prestes a implorar por um emprego na área da magia.

Cerrei os dentes. Não, eu não iria embora. Eu daria conta. É claro que eu daria conta. Eu precisava dar conta. Eu tinha me formado no ensino médio literalmente no dia anterior e precisava de um trampo. Mas, além disso, eu precisava descobrir o meu lugar. A pior coisa que ela poderia fazer era dizer não. Né? Bom, ela poderia me transformar em um sapo. Afinal de contas, ela era uma feiticeira. Mas duvidei que ela fizesse isso, porque o negócio dela era ajudar pessoas, ainda que por dinheiro. Hum. Bom, não só por dinheiro, eu espero. Eu não estava exatamente nadando na grana, e daí vinha a minha motivação de procurar emprego.

Enfim, eu estava disposto a encarar a possibilidade de ser transformado em um sapo em troca da oportunidade de conversar com Antonia Hex.

Eu me arrastei à frente, arranhando os calcanhares no tapete. Olhei na direção de um cabideiro encostado em um canto, caindo na parede. Ele se virou na minha direção. Eu pisquei. O quê? O cabideiro ajeitou a postura e me olhou bem do jeito como eu olhei para ele. Me mordi para conter um berro assustado ao ver aquela coisa se mexer, se arrastando nas três pernas. Ele fez uma grande reverência, curvando-se até a cintura, ou no que seria a cintura de um cabideiro. Então ele fez um gesto na direção da minha mochila, estendendo uma haste como uma forma de convite.

Apertei a mochila até as juntas dos meus dedos ficarem brancas e dei um passo para trás, pois tive uma epifania abrupta e nítida de que a minha razão e os meus instintos de autopreservação não estavam tão afiados quanto deveriam para um garoto não mágico de dezessete anos.

Em primeiro lugar: eu deveria ter surtado ao ver aquele cabideiro tão solícito, mas embora eu tenha ficado levemente desconfiado, porque, afinal, aquilo era bizarro, de alguma forma aparentemente fiquei calmo. Eu queria cutucá-lo para ver o que aconteceria, fiquei curioso para entender os mecanismos de um cabideiro que obviamente era mágico, mas a autopreservação acabou falando mais alto, e resisti à tentação.

Em segundo lugar: eu tinha entrado por vontade própria em uma empresa cuja dona e administradora era uma feiticeira formidável. Eu tinha certeza de que muitos clientes já tinham entrado e saído dali durante a existência da agência (senão ela não estaria mais no mercado). Mas também tinha certeza de que poucos eram humanos quebrados de grana e sem poder algum como eu. E, em terceiro, enquanto o cabideiro estava lá parado, esperando impacientemente que eu entregasse a minha mochila, me dei conta de que aquilo ali era *magia*. Magia de verdade e poderosa. Algo que eu não vivia há muito tempo. A euforia de sentir uma pontadinha daquilo pinicando na minha pele espantou todas as apreensões que reviravam o meu estômago, deixando no lugar apenas uma profunda reverência.

Respirei fundo e me contorci para passar pela porta. Apesar do nome, a Desfeitização era uma empresa de renome que atendia emergências mágicas, especializada em desfazer feitiços, maldições e maus agouros. Eu tinha pesquisado bastante. A proprietária, Antonia Hex, era uma feiticeira poderosa, e diziam por aí que, embora ela não fosse exatamente *má*, também não era exatamente o que se poderia chamar de *boazinha*. E se um dia ela quisesse abraçar o lado mau, não havia ninguém que pudesse impedi-la.

Eu deveria no mínimo estar aterrorizado ou cauteloso. E estava, mas aquilo não me impediria de tentar descolar um trabalho, porque eu queria muito aprender com ela.

O cabideiro enfeitiçado fez outro gesto na direção da minha mochila. Balancei a cabeça. Calma, será que ele era enfeitiçado ou amaldiçoado? Eu não conhecia a terminologia exata. Só sabia que aquilo era um objeto inanimado e impregnado de magia para que agisse como uma espécie de comitê de recepção do escritório. Se existia um cabideiro ranzinza, aquele ali era exatamente isso. Ele cruzou seus bracinhos magrelos, virou-se na base e se arrastou para voltar ao seu posto ao lado da porta. Ops, ofendi o cabideiro. Eu deveria ter entregado a mochila, né? Será que isso era um teste?

Pigarreei. Eu devia estar fora de mim. Só um pouquinho. Porque, por mais que eu pudesse pesquisar sobre a empresa e bisbilhotar a vida da proprietária, a magia contida por trás daquilo era guardada a sete chaves, disponível apenas para alguns escolhidos.

Fiquei me agitando nervoso em cima do capacho da entrada e meus tênis esfarrapados faziam um barulho irritante na borracha. Por um instante, me veio à cabeça um pensamento aterrorizante de que talvez o capacho também estivesse enfeitiçado e eu estava basicamente dançando na cara dele, quando ouvi um estrondo seguido de uma série de palavrões vindos do interior da sala.

— Filho da puta — uma mulher resmungou, saindo da copa que ficava atrás da divisória, esfregando com um guardanapinho uma mancha de café que se espalhava rapidamente pela sua blusa. Ela era alta, principalmente porque estava de sapatos de salto vermelhos altíssimos, e tinha cabelos longos e escuros, uma pele morena dourada e uma aura intimidadora.

— Essas geringonças modernas não servem para... — ela parou de falar quando olhou para cima e me viu parado ao lado da porta. Sem dúvidas, ela era lindíssima, com lábios rosados, sobrancelhas desenhadas à perfeição e cílios grossos, mas sua característica mais marcante eram os olhos violeta. Eles me penetraram feito flechas. Suas unhas compridas estavam pintadas de preto e se curvavam em torno do guardanapo encharcado e amassado na mão dela, enquanto a mancha era absorvida pelo tecido da manga da blusa.

Ela franziu as sobrancelhas ao olhar para mim. E então direcionou o olhar para o cabideiro aninhado no canto da sala.

— Por que você não me avisou que tinha alguém aqui? — ela perguntou.

O cabideiro deixou cair os ombros e se virou para ignorá-la, como um cachorrinho que leva uma bronca.

— Ei, não fique assim — ela disse, com o tom mais brando. — Mas de que adianta ter móveis enfeitiçados para cuidar da porta se eles não fazem o trabalho direito?

O cabideiro pareceu suspirar e, inclinando-se na minha direção com um gesto, apontou a direção do escritório.

— Bom, agora é tarde — a mulher disse, balançando a cabeça. — Agora vá... limpar o café. A cafeteira queimou de novo. — De algum jeito, o cabideiro expressou todo o seu tédio ao encolher seu corpo de madeira. — Sim. Eu já sei — ela disse, fazendo uma careta. — Uma hora eu cuido disso.

O cabideiro saiu encolhido e a mulher se virou para mim. A manga da blusa, antes branca, agora estava marrom, molhada e colada ao seu braço.

— Não ligue para ele — ela disse, dando de ombros. — O Herb é temperamental nos melhores dias.

— Herb? — perguntei. Foi a primeira coisa que eu disse desde que entrei na empresa.

— É o nome dele. Imagino que você nunca tenha conhecido um cabideiro enfeitiçado antes.

Enfeitiçado. Era enfeitiçado, e não amaldiçoado.

— Não. Mas a minha avó tinha uma chaleira bem mal-humorada.

Ela assentiu.

— Às vezes o conforto não vale o trabalho que dá. Enfim, quem é você e por que está aqui?

Eita. A pergunta saiu assim, do nada. Mas vamos lá. Ergui os ombros, ajeitando a postura.

— O meu nome é...

Ela ergueu a mão e me interrompeu.

— Pare. — Os olhos violeta brilharam. — Vamos deixar os nomes de lado por enquanto. Conte para mim por que você está aqui.

Eu não sabia como dar conta daquilo. Mas engoli em seco.

— Estou aqui para falar com... a dona, se possível.

— É mesmo? — ela falou, marcando bem as palavras. Ela me olhou de cima a baixo. — Você foi amaldiçoado?

— Não.

— Enfeitiçado?

Engoli em seco.

— Não.

Ela estalou os dedos.

— Então você foi agourado. Não se preocupe, querido. Os maus agouros costumam acabar sozinhos. Você não precisa dos serviços da Antonia para um mau agouro simples, se for dos leves. — Ela olhou em volta do escritório, cobriu a boca com as mãos e sussurrou de um jeito cenográfico. — Você provavelmente não poderia pagar pelo serviço mesmo.

Bem como eu imaginei.

— Ééé... não. Não é por isso que estou aqui. — Meus joelhos tremeram. — Estou aqui para me candidatar a um emprego.

A mulher ergueu a sobrancelha.

— Um emprego? Com a feiticeira mais poderosa da cidade? Possivelmente do mundo? Você?

Meu coração acelerou.

— Eu?

— Isso é uma pergunta?

— Não.

— Então você não quer o emprego.

— Não, calma. Sim, eu quero o emprego.

Ela riu.

— Estou brincando com você, garoto. Venha — ela disse, virando-se e jogando o cabelo nas costas. — Venha comigo até o escritório da chefinha. Vamos deixar você bem à vontade.

Ao pisar para fora do capacho da entrada para ir atrás dela, senti uma batida forte no meu tornozelo. Com o susto, tropecei atrás da Antonia, logo depois de passar pela entrada, antes de chegar ao escritório.

— Ah, e cuidado com o capacho — ela disse, olhando para trás e apertando os olhos. — Ele é amaldiçoado.

Claro. Que maravilha.

Ela sacudiu o pulso e a porta interna abriu. Ela me levou para dentro do prédio, passando por uma fileira de cubículos, até chegar a um escritório gigante. O escritório tinha uma parede de vidro temperado com porta e uma mesa com pés estilo Luís XV ao lado de uma janela enorme. A placa dizia ANTONIA HEX em letras garrafais. Tinha um computador, mas estava afastado para o canto, como se a máquina não fosse tão importante quanto o catatau encadernado em couro que ocupava boa parte da mesa. Ao lado do livro, havia um caldeirãozinho em cima de uma chapa quente e uma fileira de frascos em um suporte de madeira.

A mulher deu a volta na mesa e se acomodou na cadeira de encosto alto. Ela murmurou e balançou os dedos, então o ar mudou de direção e a mancha de café no braço dela desapareceu em um piscar de olhos. Tentei não ficar encarando de olhos arregalados, mas eu tinha acabado de ver mais magia nos últimos segundos do que no último ano inteiro e a empolgação começou a borbulhar no meu peito.

Ela se encostou na cadeira, juntou os dedos em frente ao rosto e inclinou a cabeça.

— Sente-se e diga por que você quer trabalhar para mim.

Hein? *Hein*? Ela não era uma funcionária aleatória do escritório. Ela era a própria Antonia Hex.

Eu me sentei desajeitado, me esquecendo da mochila, que ficou esmagada entre as minhas costas e a cadeira. Fiquei enroscado nas alças da mochila por um tempo até que finalmente consegui me soltar e jogá-la aos meus pés.

— Cuidado, garoto. Não vai se machucar.

— Desculpe. — Respirei. — Eu... eu... É que...

— Eu não sou como você esperava?

Eu balancei a cabeça.

— Sinceramente? Não.

— Que bom. Não gosto de ser previsível. As coisas ficam mais interessantes assim. — Ela levou um dedo aos lábios. — Deixe-me adivinhar. Você ouviu falar sobre "a feiticeira mais poderosa de uma era" e procurou sobre a empresa na internet e logo imaginou uma bruxa velha, decrépita e toda enrugada ou uma vovozinha caduca brincando com poções. Estou certa?

Quase isso. Eu pensei mesmo em uma vovozinha, mas por outros motivos. Cocei a minha nuca.

— É, tipo isso.

— Bom — ela abriu os braços e sorriu — as aparências enganam. — Vamos começar. Mas antes você precisa parar de tremer.

— Como? — Ela apontou para onde a minha perna estava balançando loucamente. Eu nem tinha percebido. — Desculpe. Estou nervoso.

— Dá pra ver — ela disse, com um sorriso gentil. — Não se preocupe. Eu não mordo. — O sorriso se ergueu no canto da boca, ganhando uma certa malícia. — Bom, eu não mordo crianças.

— Poxa, que bom... né?

Ela riu, soltando um som grave da garganta.

— Você é fofo, tenho que admitir. Mas eu não contrato ninguém por causa de fofura. Então desembucha, garoto. Por que você veio aqui?

Certo, era a minha chance. Eu treinei a minha fala na frente do espelho durante uma semana toda. Fiz anotações com tópicos. Trabalhei na minha linguagem corporal e na minha aparência. Até coloquei a minha melhor camisa e a minha calça jeans mais nova e passei algum produto barato no meu cabelo castanho para tentar deixá-lo mais comportado.

— Eu sinto falta da minha vó. — eu despejei. Não. Essa não. Não era assim que eu queria começar. — Ela morreu há um ano. — Bom, consegui piorar ainda mais.

Antonia cerrou os olhos.

— Eu não sou médium — ela disse, franzindo os lábios. — E apesar do que dizem por aí, eu não posso reviver os mortos. Bom, verdade seja dita, eu até que poderia, mas isso é considerado necromancia e é malvisto no meio. Não que eu me importe com o que pensam de mim. Mas não vale a papelada e a fiscalização.

— Não, eu sei. Quer dizer, eu não sabia disso. Mas não foi por isso que… eu não vim aqui para… Desculpe. Não é… O que quero dizer é… — Vamos lá, pessoa, diga uma frase. — Eu sou um gênio.

Ela ergueu as duas sobrancelhas.

Que merda. Também não era isso que eu queria dizer.

— Espere. Desculpa. — Passei a mão no cabelo e tremi todo quando senti a meleca gosmenta do gel. Meu cabelo provavelmente se arrepiou e o meu rosto estava queimando de vergonha. E agora os meus dedos grudaram na mão quando cerrei o punho. Eu não conseguia olhar para ela, então fiquei olhando para o chão, morrendo de vergonha.

— Era isso que você imaginava? — ela perguntou, quebrando o silêncio ao batucar as unhas na mesa de madeira.

— Não — eu murmurei.

— Bom, pelo menos você é sincero. Mas por mais engraçada que esteja essa situação, eu tenho que trabalhar, então… — Ela fez uma pausa.

Ergui a cabeça e fiz o que pude para me recompor.

— Quero trabalhar com você porque quero ajudar pessoas, como você ajuda. A minha vó era uma feiticeira simples que fazia algumas poções e cuidava de todo mundo da vizinhança. E é isso que a magia representa para mim. E eu sou mesmo um gênio. Me formei antes que todo mundo no ensino médio, com as notas mais altas da turma, e eu aprendo conceitos difíceis com muita facilidade. Eu sou leal, obediente e pontual. Eu trouxe referências de alguns professores, se você quiser ver.

Ela dispensou a oferta.

— Eu sou motivado e trabalhador e quero muito, muito trabalhar para você.

Antonia se inclinou para a frente, colocando os cotovelos nas páginas do livro e mantendo uma expressão plácida, quase entediada.

— Por que trabalhar com feitiços e não com um daqueles lugares espalhafatosos de magia lá do centro? — ela falou acenando a mão.

Ah, sim. As feiticeiras freelancers que fazem magia por encomenda por valores exorbitantes. Ouvi alguns colegas da escola se vangloriando porque suas famílias haviam contratado feiticeiras para a festa de formatura, para ter candelabros enfeitiçados voando e reluzindo, decorações que mudavam a cada hora e taças que não deixavam a bebida cair. Magia fútil e metida a besta que custava mais do que todo o dinheiro que eu já tive na vida.

— Eu não quero trabalhar para elas. Eu quero trabalhar para você. Dizem que você é a melhor.

— Dizem? — Antonia escarneceu. — Garoto, eu *sou* a melhor.

— Então eu quero trabalhar para você.

Ela assentiu.

— Certo. Faz sentido. Mas você sabia que o trabalho com feitiços é sujo e que é a forma mais inferior de magia disponível no mercado?

Engoli em seco. Era algo que eu imaginava e que achava que aumentaria as minhas chances de ser contratado, principalmente se não houvesse muitos outros concorrentes à vaga.

— Então por que a melhor feiticeira da cidade se dedica a isso?

Ela deu um sorrisinho malicioso.

— É mesmo, por quê?

Aquilo não era uma resposta. E meus fracos instintos de autopreservação disseram que eu provavelmente ficaria apavorado ao ouvir a resposta, seja lá qual fosse, então mudei de assunto, já que ela tinha evitado a pergunta. Eu me agarrei à cadeira.

— Enfim… — Antonia acabou com a tensão, sem me dar um segundo para continuar pensando no assunto. — E se eu não tiver nenhuma vaga aberta?

Eu estava preparado para essa.

— Eu trabalho por um salário mínimo. E, se não for possível, aceito uma mentoria. Ou eu poderia ser seu aprendiz!

Ela fechou a cara em uma expressão amarga.

— Eu não contrato aprendizes. Eu não ensino magia. E eu trabalho sozinha.

Isso era de cortar o coração. Passei a língua nos lábios.

— Nem um voluntário?

Ela inclinou a cabeça, com os olhos pegando fogo ao me analisar de cima a baixo.

— Quero ver a sua mão. Com as palmas para cima.

Não era um pedido.

Engoli em seco, com medo e otimismo ao mesmo tempo. Tremendo de nervoso, estiquei a mão não gosmenta. Ela segurou e me puxou para perto dela, forçando-me a sentar na ponta da cadeira. Ela começou a beliscar a minha pele com as unhas e olhou atentamente para a palma da minha mão, passando o dedão pelas linhas. Então, ela apertou a ponta de um dos dedos com força, bem no meio. Doeu, mas eu consegui não puxar a mão e só cerrei os dentes para não deixar escapar um gemido. Imaginei que aquilo pudesse acontecer, que eu teria que passar por esse teste de novo e eu tinha me preparado para ele, então cerrei os dentes e aguentei a dor. Eu já tinha reprovado nesse teste uma vez e o medo de reprovar de novo me consumia, fazia meu estômago revirar e minhas mãos tremerem. Mas eu também estava cheio de esperança, porque Antonia era a feiticeira mais qualificada da cidade e talvez o resultado desta vez seria diferente, porque talvez ela veria que ali era o meu lugar. Esse era um dos motivos por eu ter vindo, e me apeguei à esperança de que o resultado poderia ser diferente.

Depois de um minuto de tortura, ela soltou a minha mão.

— Você não é mágico — ela disse, franzindo as sobrancelhas enquanto estudava a minha mão. — Não consigo sentir nenhuma habilidade mágica dentro de você.

Eu me esforcei para não murchar ali mesmo, mas senti um aperto na garganta e o calor das lágrimas não derramadas acumuladas nos meus olhos.

— Você consegue ver alguma linha de Ley? — ela perguntou.

Linhas de Ley. A fonte de toda a energia mágica. Elas atravessam o globo, sendo mais fortes em algumas partes do mundo do que em outras. Algumas das linhas mais grossas e poderosas convergiam aqui em Spire City. Os feiticeiros conseguiam vê-las e usá-las para fazer feitiços e misturar poções, captando o poder mágico que elas emanam. É como um wi-fi mágico. Dizem até que alguns feiticeiros são tão hábeis que conseguem criar e guardar dentro deles uma reserva de energia a partir das linhas, para usar posteriormente. Mas são só boatos.

Antonia ergueu a cabeça de repente e soltou a minha mão, que caiu na mesa com uma pancada.

— E aí?

Eu não conseguiria mentir mesmo se quisesse.

— Não — eu disse. — Não consigo.

Ela se reclinou na cadeira e juntou os dedos em frente ao rosto.

— Hum. Certo, isso foi divertido. Mas sem habilidades mágicas, eu sinto muito, mas não há o que você fazer aqui.

As palavras dela foram como um tapa na minha cara. Não foi por maldade, foi só uma constatação. Mas doeu mesmo assim, porque cutucou a ferida aberta da minha insegurança que me falava baixinho que eu nunca me encaixaria em lugar algum. Inteligente demais para o meu próprio bem. Consciente demais sobre o mundo mágico para conseguir viver sem ele, mas não mágico o suficiente para ser incluído e definitivamente não rico o suficiente para conseguir entrar nele. No fundo eu sabia que abordar a Antonia era um tiro no escuro, uma tentativa desesperada de tentar achar o meu lugar, mas eu tinha esperanças... em meio ao meu desespero, desejei que ela, com todo o seu poder, visse alguma magia em mim, quando ninguém mais viu, e talvez ela pudesse sentir que aquele era o meu lugar e me deixasse fazer parte do mundo dela. Mas ela não viu nada. Meu coração afundou e meu rosto ficou vermelho de vergonha.

— Nada? — eu perguntei, com a voz embargada. — Nadinha?

— Não, garoto. Sem magia, por lei eu nem poderia te contratar. — Ela me estudou. Os olhos dela capturaram a luz, brilhando como duas joias. — Você não vai chorar agora, vai? — ela perguntou.

Eu balancei a cabeça, tentando desesperadamente me controlar diante da minha absoluta desolação.

— Não — eu disse, com a voz rouca, piscando para não deixar as lágrimas caírem. Eu esperaria, no mínimo, até pegar o ônibus de volta para casa.

— Olha, garoto, nesse ramo, é preciso… Bom, até a moça que administra o escritório tem um pouco de magia. Não é algo superficial. É caótico e pode ser assustador para quem nunca viu antes. E eu não tenho tempo para treinar alguém que não sabe a diferença entre um feitiço e um mau agouro e que não me ajudaria a desfazer nenhum deles. Eu sinto muito.

Apertei os lábios e concordei com a cabeça.

— Eu entendo.

— Que bom, porque…

O telefone no canto da mesa tocou. Era um típico telefone de escritório, mas tocava tão alto que chegava a ser *irritante*. Nós dois nos encolhemos ao ouvir o barulho. Antonia praguejou e apontou um dedo para o telefone, soltando uma onda de magia que fez o telefone cair de lado. Ele continuou a tocar, mas agora com um barulho mais parecido com uma baleia morrendo do que com uma campainha estridente. Depois de um momento de tortura, o som finalmente engasgou, fazendo um sinal de discagem sinistro.

Antonia colocou a mão no ouvido.

— Desculpe. A gerente do escritório está de férias e não sei como essa porcaria de telefone ficou no volume máximo e não tenho ideia de como abaixar e também não consigo consertar com magia, senão ele vai explodir.

— Explodir?

Antonia estremeceu e apontou para trás de mim. Eu virei a minha cadeira e vi uma caixa com os restos mortais de um telefone igualzinho ao que estava em cima da mesa dela. Também havia fragmentos do que parecia ser uma luminária e… uma impressora?

Uau. Ergui uma sobrancelha e me virei.

— Foi isso que aconteceu com a cafeteira?

Ela bufou.

— Mágica e máquinas não combinam.

Agarrei a minha mochila com os pés.

— E eu sou mágica e quebro essas tralhas eletrônicas o tempo todo. — Ela suspirou. — Eu queria tanto aquele café.

Meu coração saltou e meus pensamentos fervilharam diante daquela possível oportunidade. Talvez houvesse outra forma de entrar. Eu pigarreei.

— Eu posso consertar — eu disse, apontando para o telefone com a cabeça. — A cafeteira também. Eu não estava mentindo quando disse que eu era um gênio.

Ela ergueu o queixo, endireitou-se na cadeira.

— Você sabe consertar aquilo?

— Sei. Eu levo jeito com equipamentos eletrônicos, com tecnologia. — Eu me inclinei e ajeitei o telefone. Ao tirar o receptor da base, vi o botão do volume no teclado e ajustei para um volume menos ensurdecedor. Foi moleza, algo que Antonia poderia ter descoberto sozinha, mas eu não hesitaria em explorar essa recém-descoberta fraqueza a meu favor. Fiz um gesto na direção do notebook que estava jogado no canto. — Você usa aquilo ali?

Antonia revirou os olhos e cruzou os braços, na defensiva.

— Eu sei usar. Só não uso. Prefiro assim. — Ela olhou para o notebook como se fosse um monstro que viria comê-la viva. — Tá bom, eu admito. Eu não gosto desse treco. Ele não gosta de mim. Temos um acordo mútuo.

— Ele é enfeitiçado como o capacho?

— Bem que eu queria. Aí eu saberia consertar.

Bom, isso era uma migalha de vantagem. Então eu continuei.

— Se você quiser, posso dar uma olhada.

Ela me mediu com um olhar astuto e apontou um dedo para o meu rosto.

— Não ache que eu não sei o que você está fazendo — ela disse, com os lábios se abrindo em um sorrisinho irônico. — Mas tudo bem, se você consertar o computador, o emprego é seu.

— Sério?

— Em caráter de *experiência*. E só no escritório. Sem magia. Sem trabalho de campo. Só papelada do escritório.

Não era exatamente o que eu queria, mas estava bem próximo. Melhor do que nada. Pelo menos eu voltaria a me aproximar do mundo da magia.

— Certo. Combinado.

Ela assentiu.

— Você estuda ou coisa do tipo?

— Eu já me formei.

— Sei. Bom, então volte amanhã cedo para consertar o notebook. Depois disso nós conversamos.

Eu escancarei um sorriso, com a cabeça girando por causa daquela montanha-russa emocional de rejeição e aceitação em questão de minutos.

— Tá bom. Maravilha. Que incrível. Eu venho então. Obrigado. Estou muito animado!

— Não faça eu me arrepender, garoto. Vá embora antes que eu mude de ideia.

Eu me levantei apressado, jogando a mochila por trás do ombro.

— Tá bom. Claro. Fui. — Saí tropeçando do escritório, passando pelo corredor depois da área dos cubículos, até chegar à recepção. Acenei para o Herb, que me ignorou, virando-se para o lado em uma pose dramática.

— Ô garoto! — Antonia me chamou.

Eu parei, deslizando os pés, e me virei. Antonia apareceu na porta do escritório e o grito dela atravessou o espaço vazio.

— Como é seu nome?

— Edison — eu respondi gritando. — Edison Rooker.

Ela fez uma careta.

— Que nome horroroso — ela murmurou. — Vou chamar você de Rook. Beleza? Feito.

Bom, era próximo. Eu me virei para chegar à porta.

— E cuidado com o...

Ao passar pelo capacho, ele se sacudiu para o lado, puxando meu pé. Eu tropecei, mas consegui evitar um tombo ao me segurar na parede... com o rosto.

— Capacho — Antonia terminou a frase.

— Eu tô bem! — Meu nariz latejava. Senti uma gota de sangue sair pela minha narina. — Tá tudo bem. Tudo bem.

Ouvi uma risada abafada e um "minha nossa" assim que eu saí pela porta, mas eu não me virei, morrendo de vergonha, ensanguentado e ciente de que a minha posição com a Antonia era frágil o bastante a ponto de poder ser arruinada por um encontro com um tapete enfeitiçado. Melhor dar o fora antes que ela mudasse de ideia.

Correndo na direção do ponto de ônibus, não consegui deixar de rir, mesmo com o nariz doendo. A sensação era de que eu podia correr uma maratona e dormir por uma semana ao mesmo tempo. Olhando o meu reflexo na porta do ônibus enquanto ele parava para eu subir, vi que eu estava com uma cara meio de doido e fiz o melhor possível para ajeitar o cabelo e limpar as manchas de sangue do meu rosto. A motorista do ônibus me olhou de cara feia quando eu subi e passou o meu cartão, mas não disse nada e eu fui me sentar em um assento da janela do fundo.

Eu afundei no banco e a minha perna começou a balançar com toda aquela empolgação e ansiedade. Fiquei vendo a cidade passar, uma visão desfocada de prédios altos e ruas movimentadas. Spire City era uma cidade imensa, estendendo-se para todos os lados. Uma das maiores cidades do mundo, muito diferente do lugarzinho onde eu cresci, na chácara da minha avó, bem no final da cidade. O escritório da Antonia ficava a uma hora de distância de ônibus do meu apartamento, mas valeria a pena. Supervaleria.

Mas a melhor parte era voltar a conviver com magia. Não seria como quando eu morava com a minha vó, que conjurava borboletas brilhantes para eu caçar na primavera ou enfeitiçava o fogo para aquecer a casa no inverno. Onde sempre havia um caldeirão borbulhando com alguma coisa: uma sopa, um remédio para gripe ou uma bebida doce e gasosa para os dias mais quentes de verão. Mas seria melhor do que a solidão do meu apartamento e a ausência de qualquer laço familiar.

Tirei o celular do bolso e vi as horas. Eu não tinha recebido nenhuma mensagem, o que não me surpreendeu. Eu não tinha amigos na escola, só colegas de turma e conhecidos, pois eu era o novato que entrou na escola no terceiro ano do ensino médio e mais novo do que todos os colegas da turma. E, embora a assistente social que acompanhava meu caso tivesse me garantido que o auxílio e o aluguel seriam pagos até eu fazer dezoito anos, agora que eu tinha acabado o ensino obrigatório, estava sozinho, largado à minha própria sorte. Ninguém me controlando, nenhuma supervisão e sem nada que me impedisse de correr atrás dos meus interesses e de colocar em prática o meu plano capenga de tentar voltar para a comunidade mágica. A comunidade da qual fui expulso quando a minha avó morreu.

E com esse pensamento, mesmo depois daquela tarde empolgante, afundei no banco e encostei todo o peso da minha cabeça na janela. Apaguei enquanto o ônibus percorria aquelas ruas movimentadas, chacoalhando ao subir no meio-fio, buzinando para os pedestres e freando bruscamente em cada uma das inúmeras paradas pelo caminho.

Quando finalmente chegou no meu ponto, saltei e saí do ônibus, bocejando ao sentir bater o cansaço depois daquele dia cheio. Andei rápido pelo caminho que me levava até em casa, com a cabeça abaixada e as mãos enroladas nas alças da minha mochila. Eu morava no quarto andar e, mesmo com o elevador capenga e com os botões estragados a maior parte do tempo, preferi arriscar o elevador a subir de escada, porque eu estava à beira de um esgotamento. Quando cheguei na porta de casa, eu estava podre.

Ao entrar, joguei os sapatos para longe e larguei a mochila no sofá. Liguei a TV para ouvir algum barulho de fundo e fui remexer no freezer. O apartamento estava quieto e parado. Solitário, para ser sincero. Mas eu já estava sozinho havia um ano, desde que a minha vida virou de cabeça para baixo, e era fácil se entregar ao conforto dele. Não que fosse algo ruim, e agora eu tinha um trabalho pelo qual esperaria ansiosamente, já que eu voltaria à Desfeitização na manhã seguinte.

Com os pés na mesa de centro e um gelo envolvido em um papel-toalha no nariz, coloquei a mochila no colo. Abri e tirei com cuidado o aparelho no qual vinha trabalhando havia um ano. O Mapeador de Magia.

Criar esse aparelho foi a única coisa que me motivou desde o dia que fui forçado a deixar a chácara da minha avó e obrigado a morar sozinho na cidade. Desde então, a magia foi arrancada da minha vida, quando uma feiticeira qualquer que trabalhava para o governo pressionou o dedo na palma da minha mão e me considerou *não mágico*, impedindo-me de ficar na casa em que vivi a vida toda e na comunidade que eu amava. Incapaz de ver as linhas de Ley, eles disseram. Incapaz de aprender a conjurar. Incapaz de usar magia. Banido para o mundo de fora, olhando para dentro e sabendo que a única forma de entrar ali era tendo muita grana, o que eu não tinha.

Eu esperava que, se a feiticeira mais poderosa da cidade (do mundo, se eu acreditasse na Antonia) lesse a palma da minha mão, ela poderia ver uma faísca que ninguém viu, poderia ver um potencial adormecido dentro de mim que ela poderia despertar. Mas ela não viu. A confirmação daquele fato doeu mais do que eu achei que doeria. E mesmo se ela tivesse encontrado um tiquinho de magia, ela deixou bem claro que não me ensinaria, o que me fez sentir de novo a dor lancinante da rejeição.

Mas eu ficaria bem. Já tinha passado por coisa pior. E, embora não fosse agradável, aquilo só significava que eu teria que recalibrar e me ajustar, algo que eu dominava com excelência. Ela não me ensinaria diretamente sobre magia, mas isso não significava que eu não pudesse aprender sozinho. Aprendi a me virar na cidade. Eu poderia arranjar um lugar para mim no mundo mágico. Foi por isso que criei o Mapeador de Magia. Eu não conseguia ver as linhas de Ley, então desenvolvi um aparelho que conseguia vê-las por mim.

Verifiquei o aparelho, para garantir que não tinha sido danificado. Apertei o botão, ele ligou, acendeu e a tela começou a piscar. Aquele era o primeiro passo rumo à minha vida nova, pois se eu pudesse ver a magia sozinho, ela nunca mais poderia ser tomada de mim. Apesar de alguns pequenos contratempos, mantive a esperança. Eu precisava manter, porque era a *única* coisa que me restava. E com a ajuda da Antonia, mesmo sem ela saber, eu nunca mais ficaria sem magia.

ROOK

— Você já ouviu falar em antivírus? — perguntei, batendo nas teclas do notebook da Antonia. A máquina hospedava uma quantidade impressionante de vírus, e eu fiquei surpreso pelo fato de que ainda funcionava. Ela espiou por cima dos meus ombros, cerrando aqueles olhos violeta, mas não sei se aquela desconfiança era comigo ou com o computador.

— Eu preciso disso?

— Precisa — eu disse, com um sorrisinho. — Principalmente se você não quiser que alguém tente roubar os dados do seu cartão de crédito ou bisbilhotar a sua vida.

— Bom, feiticeiras são boas em guardar segredos, você sabe.

Girei na cadeira que a Antonia colocou em um dos cubículos vazios, enquanto o software que eu tinha instalado começou a rodar.

— Já percebi. E por quê?

Ela deu um gole em uma xícara enorme de café, que eu tinha feito depois de consertar a máquina chique de café expresso, e jogou o cabelo comprido e castanho para trás do ombro. As unhas estavam pintadas de azul, para combinar com a blusa.

— Imagino que você já deva ter ouvido falar sobre o Consórcio Mágico.

Eu fiz que sim e apontei para a vitrine.

— Aquele do certificado na vitrine?

— O próprio. É como uma agência reguladora do mundo mágico. Uma chatice burocrática, se você quer saber o que eu acho. Mas são eles que fazem as regras que os feiticeiros e as feiticeiras precisam seguir, mesmo sendo regras limitantes, sem sentido, que só existem para dificultar a minha vida.

Eu não me lembro de a minha avó ter comentado sobre esse tal de Consórcio Mágico, mas soube da existência deles a partir do turbilhão de eventos que sucederam à morte dela, inclusive a avaliação que terminou comigo sendo banido do mundo mágico. A logo do Consórcio também estava estampada em todos os certificados nas vitrines das empresas de magia da cidade, e quando tentei pesquisar sobre magia na internet, costumava encontrar uma mensagem de "Esta página foi banida pelo Consórcio Mágico" sempre que eu me aproximava das informações quentes.

— Eles parecem divertidos — eu disse, voltando a consertar o computador.

Antonia bufou.

— Tudo menos isso. E eles não são muito fãs de compartilhar informações com pessoas de fora do "círculo íntimo". — Ela fez aspas com os dedos, o que me impressionou, já que ela ainda estava segurando a xícara de café. — Eles têm um chilique se compartilhamos informações mágicas com pessoas não mágicas. É por isso que você não vai encontrar informações sobre magia na internet ou em qualquer lugar além dos livros de feitiços estritamente controlados. Eles ficam de olho no fluxo de informações. E enquadram na hora qualquer um que tenta sair da linha.

Comecei a suar frio. Enquadram? Não parecia muito agradável. Quando eu estava criando o Mapeador de Magia, tentei encontrar um mapa com as linhas de Ley da cidade para comparar com as minhas leituras, já que eu não conseguia enxergar as linhas. Foi um esforço inútil. As únicas pessoas que se ofereceram para dar alguma pista sobre o funcionamento eram suspeitas e queriam se encontrar em estacionamentos escuros ou becos pela cidade, em horários estranhos e locais isolados. Eu até pensei em me encontrar com um deles uma vez, mas não queria virar o próximo mistério de assassinato não resolvido a aparecer no programa de crimes verídicos na TV.

— Enquadram? — perguntei, tentando parecer indiferente.

— Enquadram. Reprimem. Rebaixam para papéis mágicos menores. — A última parte saiu com certa amargura e rancor e senti um arrepio na espinha com aquela insinuação de que Antonia já esteve do lado errado do Consórcio. Ela batucou os dedos na xícara e continuou. — Eles gostam de fingir que exercem algum controle sobre os feiticeiros atuantes, mas não conseguem ficar de olho em todo mundo ao mesmo tempo, nem mesmo com aqueles espelhos de clarividência que eles têm. Não passa de burocracia e jogos de poder disfarçados de regulamentos e segurança. — Ela revirou os olhos. — Mas, na verdade, é para arrecadar dinheiro. Aquele certificado na minha vitrine foi muito caro. Entende aonde eu quero chegar?

Uau. Interessante.

— Sério? Eu achava que aquele certificado era como um daqueles alvarás da Vigilância Sanitária que a gente vê nos restaurantes.

Antonia riu.

— Não exatamente.

— E para uma feiticeira supostamente boa em guardar segredo — eu disse, acompanhando o progresso do software —, você não parece se importar em divulgar os segredos do Consórcio para pessoas não mágicas.

— Bom — ela disse, mordendo os lábios —, digamos que eu e o Consórcio não somos muito amigos.

Interessante também.

— Mentira — eu disse, fingindo surpresa. — Sério? Eu não tinha percebido. Você parece ter tanta consideração por eles e pelas políticas deles.

— Não diga isso. Eu tenho uma reputação a zelar. — Ela sorriu, apertando os lábios. — Eles gostam de se intrometer. Garantir que eu não estou fazendo nada que não deveria, mesmo eu me comportando direitinho há décadas. Cometi um erro bobo quando eu era jovem e inconsequente e isso vai me perseguir pelo resto da vida. É ridículo.

— Posso saber o que é?

— Melhor não. — Ela tomou mais um gole de café. — Enfim, foi uma confusão. Feitiços, mortes, enfim.

Arregalei os olhos.

— Aliás, o café está gostoso — ela disse, erguendo a xícara e mudando de assunto. — De algum jeito, você fez a cafeteira funcionar melhor.

A minha preocupação foi maior do que o orgulho que senti ao ouvir o elogio.

— Mortes? — perguntei.

Ela deu de ombros.

— Eu não deveria ter dito nada. Enfim. Precisamos conversar. Você cumpriu a sua parte do trato. O computador está arrumado. O café está bom. Então, eu preciso cumprir a minha.

Fiz de tudo para não sorrir demais. Debaixo da mesa, senti a perna tremer de nervosismo.

— Certo — eu disse, com a voz embargada. Muito esforço para manter a calma.

Ela teve a elegância de não comentar nada, mas vi seus lábios se contorcerem nos cantos.

— Você vai trabalhar cinco dias por semana. Vai atender às ligações para mim e conversar com os clientes. E vai consertar tudo que eu quebrar.

Não pareceu tão ruim.

— Pode deixar comigo.

— Eu vou pagar por semana.

Pareceu ainda melhor.

— Maravilha.

— Ótimo. Mas que fique claro que eu não sou sua mentora. Não sou sua amiga. E você não é meu aprendiz. Sem magia. Você é um assistente administrativo. E não quero que o Consórcio ache que eu estou violando as regras, então concentre-se na parte de tecnologia. Entendido?

— Sim. Acho que sim. — Não era o ideal para o meu plano. Eu precisava ter acesso a informações mágicas. Mordi o lábio.

Ela suspirou.

— Desembucha.

— Como é que eu vou atender os clientes se não sei o que eles estão pedindo? Como é que eu vou saber se é algo que você sabe...

— Eu sei tudo.

— Bem observado. Mas como é que eu vou saber o que é uma emergência e o que é algo que pode esperar algumas horas?

Ela coçou o queixo.

— Faz sentido.

— E você acabou de dizer que o Consórcio não gosta que as informações sejam compartilhadas com pessoas não mágicas, então, olha só, se você compartilhasse uma coisinha ou outra seria uma pequena transgressão.

Estreitando os olhos, ela me analisou.

— Como você me conhece tão bem? Não gosto disso. Mas eu sou mesmo fã de pequenas transgressões.

— Que mal teria? Como você disse, eu não sou mágico. Eu não poderia fazer nada com as informações de qualquer jeito.

— Você é duro na queda, Rook. Mas tudo bem. Vou te ensinar o mínimo necessário. Mas nada sai daqui. — Ela apontou para o notebook. — Sem internet. Sem documentos. Na feitiçaria, nós preferimos pergaminhos e livros, e eles são completamente monitorados e regulados pelo Consórcio. Então nada de fazer anotações. Tem que ficar guardado aqui. — Ela tocou a cabeça com a unha comprida.

— Combinado.

— Certo, vamos por partes. — Ela se sentou à mesa ao meu lado. — Feitiços, maldições e maus agouros.

— O quê? Nós vamos começar *agora*?

— A hora é agora. — Ela cruzou as pernas. — Ou você não quer aprender?

— Não! Não, eu quero aprender. Vamos lá.

— Certo, então maus agouros são o nível mais baixo, fáceis de desfazer e geralmente desaparecem sozinhos. São inconvenientes, não necessariamente feitos para machucar ou prejudicar. Só para aborrecer mesmo. Por exemplo: pegar todos os sinais vermelhos a caminho de casa ou pisar em uma peça de Lego. Os maus agouros não têm grande poder e muitas vezes são conjurados porque alguém irritou outro alguém e a pessoa quer se vingar. Eles são meu tipo preferido de magia, porque podem ser curiosamente específicos e às vezes bem engraçados. — Ela riu. — Uma vez, eu agourei um ex meu para ele zurrar como um burro toda vez que risse durante uma semana. Foi genial. Ele não conseguia desfazer porque, bom, eu que tinha lançado o mau agouro, né — ela disse, dando uma piscadinha. — Enfim, isso aconteceu há um bom tempo, já superei e com certeza não marquei na minha agenda para agourar o falecido uma vez por ano.

— Uau. Uau. Uaaaaaau. Muita informação, chefinha. — Nota mental: não deixar a Antonia escrever o meu nome em uma agenda. Eu pigarreei. — Então é um tipo de diversão inofensiva.

Antonia enrugou o nariz.

— Se você foi agourado para não poder pisar nas riscas da calçada e tiver que andar na rua e for atropelado por um ônibus por causa disso, então não é tão inofensivo assim.

— Ah.

— Os maus agouros não são tão difíceis de desfazer, mas os agourados não conseguem desfazer o mau agouro sozinhos. Eles precisam pedir ajuda, então eu recebo muitas ligações para fazer o contra-agouro. Mas, como eu disse, a maioria dos maus agouros são breves e às vezes a pessoa que é agourada nem sabe. Acham que é só um dia de azar.

— Certo. Entendi.

— Feitiços são bem parecidos. Eles são um pouco mais poderosos, duram um pouco mais… — Antonia foi interrompida pelo som do telefone. Ela deixou o café na mesa e colocou a mão no bolso da calça de alfaiataria que vestia. Tirou um celular com uma tela quebrada e um fundo de tela cheio de ícones sobre a imagem de um… cachorro?

— Hum. É Fable Page, também trabalha desfazendo feitiços. Preciso atender. Aula encerrada por enquanto. — E pulou da cadeira, balançando os quadris a caminho da sala dela. Ela atendeu à ligação. — A que devo a honra,

Fable? O que você quer que eu salve hoje? — Ela gargalhou ao ouvir a resposta e então fechou a porta.

E eis que eu estava sozinho no escritório de novo, não fosse pelo Herb, que estava ali parado com aquele jeitão esquisito no canto, aqueles braços magrelos cruzados, nitidamente incomodado com a minha presença. Pelo menos o capacho tinha me acertado só quando eu cheguei de manhã e não estava tentando ativamente me fazer dar de cara na parede outra vez. O meu nariz ainda estava meio dolorido e inchado, mas, por sorte, o hematoma ficou pequeno. Com a Antonia ocupada e o computador trabalhando sozinho, coloquei a mochila entre os meus pés, a abri e enfiei a mão dentro dela.

Eu tinha embrulhado o Mapeador de Magia em um moletom macio para deixá-lo protegido e o coloquei na mochila de manhã. Era do tamanho de um tablet, formado por uma amálgama de diferentes equipamentos eletrônicos, mas que acabou se transformando em algo completamente diferente. Ao ligar, a luz verde de cima acendeu. A tela piscou e ganhou vida, centralizando em um mapa da região, com o escritório da Antonia bem no meio. Na tela, uma linha verde espessa apareceu no topo e deslizou pela cidade, para então desaparecer.

Engoli em seco. No apartamento, o Mapeador de Magia nunca mostrou dado algum, pois não havia nenhuma linha de Ley perto de onde eu morava. Eu sabia. Todas as pessoas do prédio com quem conversei confirmaram que a região era livre de magia, o que fazia parte do charme para alguns moradores. Mas agora a tela estava funcionando. Caramba. Estava funcionando *mesmo.* E fazia sentido que o escritório da Antonia ficasse bem em cima de uma linha de Ley poderosa. Passei os dedos por cima e, tocando de leve, fiz o mapa girar, mas a linha de Ley sumiu da tela. Hum. Eu precisava aprimorar isso, ver se conseguia aumentar a distância a que o Mapeador de Magia conseguia detectar a energia mágica, mas, por ora, eu estava em êxtase porque a minha invenção tinha funcionado. Agora, a única coisa que eu precisava fazer era confirmar se a informação exibida estava correta.

A porta do escritório da Antonia abriu e enfiei o aparelho de volta na mochila.

— Preciso dar uma saidinha — ela disse, vestindo um casaco leve e prendendo o cabelo em um rabo de cavalo. — Fable precisa da minha ajuda com um piano enfeitiçado. O instrumento parece estar muito volátil. Costuma acontecer com objetos deixados como herança se os laços familiares e as memórias são muito fortes.

— Ahm... tá bom.

— Você tem o meu número. Se alguém ligar, anote as informações e ligue para mim. Eu não devo demorar, e se você tiver que ir embora antes de eu voltar, não se esqueça de trancar tudo.

— Eu não tenho a chave.

Ela fez uma careta.

— Chave. Claro. Para trancar a porta, porque você não consegue ativar as sentinelas.

Estremeci.

Ela nem ligou.

— Sem problemas. Só não vá embora antes de eu voltar. Ligue se precisar de alguma coisa. Não entre na minha sala e não toque em nada. Nunca. Além do computador e dos telefones. Entendido?

Eu fiz que sim. É óbvio que eu entraria na sala dela e bisbilhotaria tudo. Devia haver alguma informação sobre a localização das linhas de Ley por ali.

— Quer saber, vou... — ela virou o pulso e apontou dois dedos para a sua sala, do outro lado do corredor vazio. Uma explosão de luz saiu da sua mão e bateu na porta de vidro. Uma onda violeta se espalhou por tudo, soltando um zunido grave, como se fosse eletricidade, então a luz foi enfraquecendo até desaparecer.

Meu queixo foi parar no chão. Caramba.

— Afastando a tentação — ela disse. — As sentinelas vão machucar um pouquinho se você decidir arriscar. Eu não arriscaria. O Herb está aqui para atender a porta. — Ela deu um sorriso cheio de dentes, de um jeito que era para ser reconfortante, mas que saiu um tantinho ameaçador. — Relaxe. Nada vai acontecer enquanto eu estiver fora. O movimento está fraco esta semana.

— Tá bom. — eu respondi com o meu melhor sorriso falso, que não entregasse a minha decepção por ter sido trancado para fora da sala, longe do livro gigantesco da mesa dela, que provavelmente continha as informações de que eu precisava. — Deixa comigo. Não se preocupe. Eu estou bem.

Ela inclinou a cabeça para o lado.

— Você é um garoto estranho. Ligue se acontecer alguma coisa.

— Entendido. Eu vou ficar bem.

O capacho enfeitiçado não mexeu nenhuma fibra enquanto Antonia estava em cima dele, fincando os saltos no seu tecido.

— Eu sei, senão eu não sairia. — Ela se virou e saiu fechando a porta.

De repente, lá estava eu, sozinho em um escritório enorme sem ideia do que fazer. Me afundei na cadeira e fiquei brincando com os meus dedos. Antonia tinha razão. Eu ficaria bem. Eu só precisava atender o telefone. O que poderia dar errado, afinal?

3

SUN

O VERÃO É UMA GRANDE PERDA DE TEMPO E ENERGIA. A PRIMAVERA É ACEITÁVEL. O outono é a melhor estação de todas. O inverno não é tão mal assim.

Juro que eu poderia viver sem verão. Primeiro porque é muito quente. Ainda mais na cidade, com o asfalto torrando e o ar vibrando com o calor, tudo isso envolto em um cenário infernal de concreto. Não era favorável para o meu estilo pessoal composto de mangas longas, calça jeans e roupas escuras, que eu nunca deixava de usar, mesmo me sentindo completamente sufocado.

O suor formava riachos nas minhas costas enquanto eu carregava as caixas desde o ponto de ônibus, e a situação era *tão* horrorosa que eu até pensei em lançar um feitiço para criar uma nuvem de chuva particular que me seguisse, soltando uma bruma fresca em cima de mim. Eu só não fiz isso porque já estava molhado de suor e porque eu não me lembrava do feitiço de cabeça. Mas era óbvio que eu não servia para o calor ou para a cidade. Pois, além daquele clima infernal, a cidade também tinha... pessoas. O que deixava tudo muito pior. Muitas pessoas juntas em um lugar. Eu preferia muito mais o lugar onde ficava a chácara de Fable, saindo da cidade, em uma área verde espaçosa, com vizinhos que moravam a alguns minutos de distância. Era meio longe da casa da minha família, mas eu não ligava para esse pequeno inconveniente, porque ser aprendiz de Fable valia a pena.

Tirando essa parte. Levar recados e encomendas, bancando o faz-tudo em uma empresa de feitiçaria famosa não era o que eu imaginava quando Fable me contratou como aprendiz há alguns anos, mas é isso que eu sou hoje. Segundo Fable, eu não tinha experiência suficiente para ajudar com o piano enfeitiçado, mesmo já tendo lidado com coisa pior. Eu tinha certeza de que conseguiria! Mas não, Fable preferiu pedir ajuda à Antonia Hex e me mandou levar os outros objetos enfeitiçados para o escritório da Antonia, para ela destruir ou guardar.

E é por isso que agora estou desviando de pessoas na calçada, carregando uma caixa de papelão bem-protegida e suando feito um porco. Eu queria ter vindo com o carro, mas Fable precisou dele para se encontrar com a Antonia no depósito que deu origem a toda essa bagunça. Alguém esbarrou no meu ombro e nem se deu ao trabalho de pedir desculpas. Eu saí resmungando e tropeçando.

— Olhe por onde anda! — Lancei um olhar daqueles por baixo do meu boné, mas a pessoa já estava na metade do quarteirão. Eu sei que meu tamanho pequeno não ajuda, mas eu mereço o meu espaço na calçada. E se eu derrubasse a caixa, seria um desastre. Tinha uma boneca sinistra lá dentro, com certeza amaldiçoada, que provavelmente pularia para fora e causaria um tumulto. Sinceramente, não seria de todo ruim ver essa cena, se a tal boneca assustasse só os imbecis que esbarram nas pessoas nas calçadas.

Quando cheguei à empresa da Antonia, eu estava derretendo. Embora o escritório dela não fosse tão extravagante quanto a sua personalidade, aquele nome horroroso, Desfeitização, escancarado na porta já era prova suficiente de que a empresa era mesmo dela. Que trocadilho infame. Não acredito que ela continuou usando esse nome. Enfim, qualquer coisa que a Antonia fazia já virava assunto na comunidade. E, para falar a verdade, o nome da empresa de Fable não era muito melhor. Fable Desfaz não era muito criativo.

Se o trocadilho ruim não era indício suficiente de que ali era o escritório da Antonia, a quantidade absurda de poderes mágicos que o lugar emanava com certeza era. Senti um arrepio por baixo da pele. Pisquei, e a minha visão ficou em preto e branco, exceto pela espessa linha de Ley vermelha que atravessava o prédio. A linha pulsava forte. Pisquei de novo e o mundo voltou a ter cores, e a linha desapareceu.

Lutando com a caixa, abri a porta com o quadril e suspirei ao sentir o frescor abençoado do ar condicionado ao entrar. O ar fresco bateu no meu pescoço e eu tremi, mordendo os lábios ao pisar na soleira da porta.

Apesar de trabalhar para Fable há anos, eu nunca encontrei a Antonia nem tinha entrado em seu escritório. Só a vi de longe uma vez, durante um trabalho que fizemos juntos. Fable não me deixava chegar perto provavelmente porque a Antonia é pura encrenca e costumava despertar a ira do Consórcio. E por causa daquilo que aconteceu com a última aprendiz dela, pelo que dizem os boatos. Fable não me confirmou nada. Os boatos já eram suficientes, e desconfio que esse seja um assunto delicado entre os feiticeiros.

Na hora, não vi ninguém lá dentro. Só um cabideiro amuado no canto.

— Olá! — eu chamei.

Um garoto apareceu correndo, todo agitado. Ele fez uma careta e balançou a mão, gemendo de dor, parecendo um personagem de desenho animado que acabou de levar uma martelada nos dedos. Cabelo castanho todo despenteado, o rosto pálido, com duas manchinhas vermelhas, em uma expressão de puro pânico. Um roxo no nariz. Antes que ele pudesse dizer qualquer coisa, o telefone tocou, e ele se enfiou em um cubículo, erguendo um dedo, naquele sinal universal de pedir para esperar. Eu suspirei alto e fiquei esperando em cima do tapete da entrada, passando o peso de um pé para o outro.

— Obrigado por ligar para a Desfeitização. Como posso ajudar? — ele apareceu novamente, com o telefone pendurado entre a orelha e o ombro, erguendo a sobrancelha. — Sei. Sinto muito pela sua situação, mas a Antonia não está disponível no momento. Eu posso anotar o seu recado e informá-la que a presença dela é necessária imediatamente. — Uma pausa. — Sei. Claro, eu entendo que você precisa arrumar o cabelo para um ensaio fotográfico amanhã. Não. Eu não estava sendo sarcástico. Eu não quis ser sarcástico. Eu estava tentando empatizar com a sua necessidade.

Eu bufei.

Ele fez uma careta enquanto a cliente respondia.

— Sim, eu tenho o seu número. Vou ligar para ela imediatamente. Você quer saber o meu nome? Para poder reclamar com a minha chefe. É Norman. É claro que esse é meu nome. Certo. Obrigado pela sua ligação. Aham. Tchau.

Ele desligou e se curvou, desanimado, colocando as mãos na cabeça. Assim que ele colocou o telefone no gancho, começou a tocar de novo.

— Merda… — ele murmurou. — Acho que… vou deixar tocando. Eles podem deixar recado. Posso ajudar?

— O seu nome não é Norman, né? — perguntei, querendo brincar, mas meu tom saiu mais agressivo do que eu gostaria. Em minha defesa, meus braços doíam e eu tinha carregado uma caixa do ponto de ônibus até ali, naquele calor dos diabos. E o cansaço estava batendo.

Ele passou a mão pelo cabelo e riu.

— Por que, você vai reclamar também?

Passei a caixa para o outro braço.

— Talvez, se eu não arranjar logo um lugar para colocar isso aqui.

— Ah! Desculpe. Ahm… o que é isso? — Ele saiu detrás da parede do cubículo e parou poucos metros à minha frente. Ele era mais alto do que eu (o que me incomodou um pouquinho), esguio e com aquela beleza clássica.

Eu apertei os olhos.

— Entrega de objetos enfeitiçados, cortesia de Fable Page. Onde posso deixar? Porque está cada vez mais pesado.

— Ops. — Ele olhou ao redor da sala. — Não sei.

Ergui a sobrancelha, estranhando.

— Você não sabe? Você não trabalha aqui?

— Primeiro dia — ele disse. — E eu não posso tocar em nada que seja mágico. Sou apenas um assistente administrativo. Talvez o Herb saiba.

— Quem é Herb?

O garoto, que tudo indicava não se chamar Norman, coçou a nuca e apontou para o cabideiro no canto. O cabideiro tremeu todo, virou para o outro lado e se afastou mancando.

— Acho que o Herb não vai ajudar — eu disse.

— É, também acho.

Suspirando, olhei para a mesa vazia perto de mim. Eu estava suando, morrendo de cansaço e de saco cheio de Fable por ter recebido essa tarefa e agora estava aqui, com esse cara sem noção que, sabe-se lá por quê, tinha sido contratado pela Antonia, então dei um passo à frente, saindo de cima do tapete para ir até a mesa.

— Espere. Cuidado com o...

Em um segundo, eu estava de pé e no segundo seguinte eu estava com o corpo esparramado no carpete, porque, de algum jeito, aquele capacho tinha deslizado por baixo dos meus pés. Meu queixo ardia. Meus cotovelos doeram com o impacto, e eu fiquei lá, de barriga para baixo. A aba do meu boné bateu contra o chão, fazendo o boné cair da minha cabeça, e o meu cabelo preto e suado caiu nos meus olhos. Cair de cara no chão já seria péssimo em um dia normal, mas isso tinha acabado de acontecer na frente do novo funcionário da Antonia, o que era um tremendo vexame. E, para piorar as coisas, a caixa estava no chão, tombada de lado, com coisas reviradas por todo lado, o que significava que as sentinelas tinham quebrado. Isso não era bom, não era nada bom.

A maioria dos objetos era praticamente inofensiva, como o chaveiro, o saco de bolinhas de gude, o abridor de cartas com pedras preciosas e a cópia surrada de um velho livro de ficção científica. Já a boneca saiu obstinada.

Ela tinha o rosto branco de porcelana com olhos que giravam para todos os lados, bochechas rosadas e cabelo castanho cacheado. Ela usava um vestido de renda, parecido com um vestido de noiva, e um chapéu de abas largas, colocado de lado. Mesmo se ela não fosse amaldiçoada, já seria aterrorizante, mas além disso agora ela era perigosa, porque estava solta por aí.

— Nossa, você está bem? O capacho é enfeitiçado. Eu deveria ter avisado. Ele é terrível. Ele me fez tropeçar e eu caí de cara na parede ontem. Saí com o nariz sangrando.

Ouvi o som de passos apressados se aproximando e, em seguida, um grunhido, quando o garoto se ajoelhou ao meu lado. Ele me segurou pelo antebraço com aquela mão enorme. Eu me retraí, afastando-me na hora.

— Não encoste em mim! — eu disse, encarando a boneca. Eu dei um tapa para tirar a mão dele de cima de mim, sem tirar os olhos dela, pois assim que eu olhasse para o lado, ela sairia correndo. Eu já vi filmes de terror. Não era a minha primeira vez em um rodeio mágico metafórico.

— Ops! Desculpe. Eu sinto muito.

— Não se mexa — eu disse outra vez, com a voz baixa, enquanto a boneca se sentava devagar. O pescoço dela estralou alto quando ela virou a cabeça para me encarar.

— O que foi? Você se machucou? Quer que eu ligue para alguém?

— Você pode calar a boca? — ralhei. — Não se mexa, Norman. Essa boneca é *amaldiçoada*, e agora saiu da caixa que estava protegida por sentinelas. E ela deve estar bem descontente por ter sido pega e retirada da casa que ela assombrava há trinta anos.

Ele congelou do meu lado. Os joelhos dele pararam ao lado do meu cotovelo e vi de canto de olho ele cerrar os punhos e se apoiar nas coxas, marcadas pela calça jeans. A boneca se mexeu de novo e os cílios foram para cima e para baixo quando ela abaixou a cabeça para olhar para o abridor de cartas, que reluziu com o raio de sol vindo da vitrine. Bom, fudeu.

— Meu — ele disse, com a respiração falhando ao exalar. — Isso é muito *maneiro*.

Como é? O quê? Maneiro? Qual é o problema desse cara? Pela primeira vez na vida, eu duvidei dos meus ouvidos. Como aprendiz de Fable, vi coisas incríveis, e muitas delas me impressionaram até os ossos, mas o fato de que esse sujeito estava olhando para uma boneca amaldiçoada, que, para todos os efeitos, tinha uma cara de assassina e uma arma ao alcance das mãos, e achou que aquilo era *maneiro* despertou em mim um sentimento da mais completa incredulidade. Havia muitas coisas *maneiras* no mundo mágico, mas uma boneca amaldiçoada certamente não era uma delas. Não estava nem entre as dez melhores. Credo. Achei que ia morrer na frente daquele garoto, *por causa* daquele garoto e, meu deus do céu, seria muito mais constrangedor do que cair de queixo no chão.

A boneca riu.

A minha alma saiu do corpo e meus músculos travaram quando ela cambaleou para a frente até se ajoelhar, fazendo movimentos aterrorizantes em câmera lenta dignos de efeitos especiais de um filme de terror.

— Certo, talvez não seja mais tão maneiro — o garoto disse, agora com a voz trêmula e baixa.

— Ah, jura? — eu gritei.

— O que a gente faz?

— Vamos colocar a boneca de volta na caixa — respondi entredente. — A caixa é protegida por sentinelas.

— Acho que eu sei o que você quer dizer com isso.

— Que ótimo, gênio.

— Certo, eu tenho um plano...

— Não.

— Você pega a caixa e...

— Qual parte do *não* você não entendeu?

— E eu...

— São só três letras.

A boneca se rastejou até o abridor de cartas e o Não Norman partiu para a ação.

— Agora! — ele gritou, disparando.

Corri na direção da caixa e abri as abas enquanto ele agarrava a boneca pelo cabelo. Ele arremessou a boneca na caixa, ela bateu contra o fundo, ainda com o abridor de cartas naquela mão gorducha de porcelana, soltando um grito agudo de deixar os cabelos em pé, exprimindo toda a sua indignação e perversidade. Assim que ela entrou, joguei a caixa no chão e fechei as abas, segurando firme enquanto a caixa chacoalhava nas minhas mãos. Por sorte, uma linha de Ley bem forte passava pelo escritório da Antonia. Eu alcancei a linha, atraí a magia para mim e murmurei um feitiço, reativando as sentinelas da caixa.

A magia formigou dentro de mim, crepitando como uma faísca, e correu pelas minhas mãos, indo até as sentinelas que Fable tinha criado. Eu não sabia se era necessário, já que o lacre estava intacto, mas eu não me arriscaria com uma boneca assassina com uma lâmina na mão. A caixa brilhou e o ruído foi diminuindo, até finalmente parar. Exalei um suspiro de alívio, joguei a cabeça para baixo e não conseguia parar de ofegar, como se eu tivesse acabado de correr uma maratona. Meu cabelo estava todo colado no rosto.

— Uau — ele disse. E apontou para a caixa. — Ela não consegue sair dali?

— Não. É isso que as sentinelas fazem. Evitam que as coisas saiam ou que entrem em algum lugar.

Ele lançou um olhar sinistro para trás e voltou a olhar para mim, sorrindo.

— Sei. Enfim, isso foi incrível. Você é incrível.

Ergui a cabeça e olhei para ele, incrédulo.

— Quem é você, pessoa?

— Eu sou o Norman — ele disse, sem pestanejar.

— Aham, tá bom. — Peguei o meu boné que tinha caído e fui me levantando devagar. Meus joelhos tremiam, não tanto por causa da magia, embora certamente o feitiço das sentinelas tenha causado algum efeito colateral, mas mais por causa do medo e da adrenalina. Talvez Fable tivesse razão em me deixar de fora, embora eu nunca fosse admitir isso em voz alta. Eu me encostei na parede, prestando muita atenção na caixa à minha frente e ao tapete atrás de mim.

— Você está bem? — ele perguntou. — Quer uma água? Ou um café? Eu consertei a cafeteira hoje de manhã.

Eu balancei a cabeça e passei a mão no cabelo, antes de colocar o boné.

— Eu estou bem.

— Claro. Você parece muito bem.

Eu cerrei os lábios.

— E que maluquice foi aquela, hein? Você não sabe lidar com objetos amaldiçoados? A boneca maldita estava segurando uma faca!

— Um abridor de cartas. E deu certo, não deu? — Ele sorriu. Ela está na caixa e não está assassinando civis inocentes por aí. Nós dois estamos vivos, sãs e salvos, exceto pela marca do tapete no seu rosto.

Com constrangimento, levei a mão ao queixo.

— E eu vi uma magia muito bacana no meu primeiro dia. Eu diria que foi uma bela experiência. — Ele abriu um sorriso largo e ensolarado, que revelou uma covinha na bochecha esquerda. Argh.

— Bela experiência? Nós vivemos o roteiro de um filme de terror. Existem duas franquias de filmes inteiras baseadas em bonecos assassinos. Além disso, que tipo de pessoa tem um tapete enfeitiçado na porta do escritório?

— A Antonia — ele disse, como se aquilo fosse uma explicação. Tá, até que era, mas poxa. — E, com ela, o capacho se comporta. Acho que ele tem medo dela.

O tapete bateu uma das pontas para ele.

Sim, minha incredulidade não parava de aumentar. Eu não estava mais aguentando. Precisava ir embora antes que aquela positividade dele me contaminasse. Eu me afastei da parede. Minhas pernas bambearam. Meu coração disparou.

— Ei, você tem certeza de que está bem? Não quer se sentar um pouco?

Provavelmente não era uma má ideia. Pelo menos estava fresco ali dentro do escritório. Era melhor do que sair e sentir a luz do sol direto no rosto, pelo menos por um tempo.

— Sim, tudo bem.

O Não Norman (eu provavelmente deveria perguntar o nome dele) tirou uma cadeira de debaixo de outra mesa e apontou para ela.

— Aqui. Eu vou pegar um copo d'água.

Eu me afundei na cadeira, me agarrando ao apoio de braço.

— É sério, aquilo foi incrível mesmo — ele falou alto, entrando na sala onde o Herb tinha ido se esconder. — Quando você usou magia para reativar as sentinelas. Foi o que você fez, não foi? Eu vi o brilho igual ao que saiu da Antonia, quando ela trancou a porta do escritório hoje.

— Ela não deixa você entrar no escritório dela? — perguntei, e provavelmente foi uma pergunta indelicada. Eu deveria ter aceitado o elogio antes. Admito, minhas habilidades sociais não são das melhores, como Fable e a minha família fazem questão de me lembrar de tempos em tempos. Mas ele não pareceu se ofender.

Voltando com uma garrafa de água, ele riu, tímido. Ele me entregou a garrafa e senti o frio na minha mão suada.

— Não. Como eu disse, primeiro dia.

— Claro. Assistente administrativo. — Tomei um gole de água. — Agradeço pela água.

Ele sorriu.

— De nada. Desculpe por não ter avisado sobre o capacho.

— Você deveria ter avisado. É um perigo.

O rosto dele corou de leve. Quase nada adorável.

— É — ele disse, tímido. — Aliás, quem é você? Você trabalha para Fable? A Antonia acabou de sair para ir ajudar elu com um piano.

Eu bufei.

— É um piano que enfeitiça as pessoas para elas dançarem até morrer.

— Uau. Que legal.

Eu ergui a sobrancelha.

— É, *legal*.

Ele sorriu. E, por algum motivo, meus lábios se abriram em um sorrisinho de nada sem a minha permissão. Eu logo tomei um gole de água e desviei o olhar. Os outros objetos ainda estavam espalhados pelo chão e, embora não fossem tão potencialmente perigosos quanto a boneca, poderiam causar um estrago se alguém desavisado mexesse neles. E com certeza o Não Norman não saberia o que fazer com eles.

— Você tem outra caixa? — perguntei. — Eu deveria guardar esses outros objetos e trancá-los com sentinelas também. Até a Antonia chegar.

— Sim, sim. Vou procurar.

Ele saiu de perto. Bebi mais um pouco de água e, devagar, comecei a relaxar no encosto da cadeira. Depois de ouvir as portas dos armários e as gavetas batendo, ele voltou com uma caixa que, em algum momento, conteve cápsulas de café.

— Hum... bastante café.

Ele deu de ombros.

— A Antonia tem essa mania. Comprar no atacado. Essa serve?

— Serve.

Eu me levantei, e o Não Norman fez um gesto, querendo me ajudar, mas deve ter se lembrado que eu tinha o enxotado, então desistiu.

Hum. Que... inesperado. E gentil da parte dele. Normalmente, as pessoas não fazem questão de se lembrar ou respeitar os meus limites pessoais, e é por isso que eu costumo não gostar muito de pessoas.

Por sorte, minhas pernas já estavam mais firmes. Eu não tinha trazido luvas, e isso seria um motivo para levar uma bronca mais tarde, então puxei a manga da blusa por cima da mão. Ele segurou a caixa aberta e eu fui erguendo um objeto de cada vez, com cuidado, para colocar na caixa, até guardar todos. Ele colocou a caixa no chão, ao lado da outra e, depois de fechar as abas, eu finalizei com mais um lacre de sentinelas. Como eu precisava criar as sentinelas do zero, e não reforçar sentinelas já existentes, precisava de mais concentração e energia. Quando acabei, fiquei com orgulho do meu trabalho.

Eram sentinelas fortes, talvez mais fortes do que necessário, mas cuidado nunca é demais, né? E talvez eu quisesse me exibir um pouco.

— Isso foi muito maneiro — ele disse. — Uau.

Eu dei de ombros.

— Não é nada de mais — eu disse, mas por dentro eu estava me achando.

— Então você é aprendiz? Desculpe, não sei o seu nome.

— E eu não sei o seu.

— Você vai reclamar para a Antonia?

— Não dessa vez. — O que eu estava fazendo? Uma gracinha?

— A Antonia me chama de Rook.

Eu congelei. Que frase estranha. Que jeito diferente de dizer o próprio nome. Será que isso queria dizer que...? A Antonia deu um nome para ele? Isso era... era... surpreendente. O que ela estava tramando? Será que ela estava pensando em...? Ela não faria isso. Ela não *poderia*, pelo que dizem. Fable precisava saber disso. Eu precisava contar imediatamente.

— E você é...? — ele perguntou. — Quando a Antonia perguntar quem trouxe a boneca sinistra, o que eu devo responder? Eu poderia dizer "aquela pessoa que trabalha para Fable", mas é meio comprido.

— Elu — eu disse baixinho. — Quando você falar de mim, use o "elu".

— Certo. Legal. Valeu.

O telefone do escritório tocou, quebrando aquela tensão estranha e repentina entre nós.

— O telefone está tocando — eu falei, ao ver que o Rook não se movia.

— Ah! — Ele piscou. — Merda. — Ele se afastou de mim, e eu me surpreendi ao ver como estávamos próximos, e voltou correndo para trás da parede do cubículo. Ele atendeu sem fôlego.

— Obrigado por ligar para a Desfeitização. Como posso ajudar? — Uma pausa. — Claro. Seu cabelo. Você precisa do cabelo para amanhã. Sinto muito. A Antonia não voltou para o escritório, mas já está a par da sua situação.

Ela não estava a par de coisa nenhuma. Ele não tinha ligado para ela. Ele mentia direitinho.

Enquanto o Rook estava ao telefone, olhei para as caixas mais uma vez e, sentindo imensa satisfação com as minhas sentinelas, saí pela porta, voltando para o calor lá de fora, sem me despedir.

4

ROOK

A SENTINELA EM VOLTA DO ESCRITÓRIO DA ANTONIA *PINICAVA* MESMO. NÃO ERA SÓ uma vibraçãozinha suave na pele, mas uma *dor* de verdade, como um ataque de várias vespas raivosas. Descobri isso logo no meu primeiro dia de trabalho, logo antes do episódio da entrega da boneca sinistra. Eu tentei tocar na maçaneta e, olha, que besteira que eu fiz. Depois daquela dor latejante do início, a minha mão ficou amortecida por *horas*. Eu tentei outra vez com o pé, quando a Antonia saiu para um chamado e, claro, o resultado foi o mesmo. A Antonia não brinca com a força das sentinelas mágicas.

Apesar do meu completo fracasso em aprender mais sobre a posição das linhas de Ley da cidade, as coisas estavam indo bem. Duas semanas depois de entrar na empresa, já não havia mais nada no meu trabalho que me surpreendesse. O incidente com a boneca sinistra e a pessoa misteriosa que a trouxe tinham sido o auge da estranheza até então. E mesmo não sabendo seu nome, às vezes, durante os momentos mais parados à tarde, eu começava a viajar e pensava nelu, nos seus modos abruptos, no canto da boca repuxando quando eu fazia uma gracinha, na sensação da magia, no formato fofo do seu nariz. Provavelmente eu nunca mais veria aquela pessoa de novo, principalmente porque a Antonia tinha deixado claro que eu era só um assistente administrativo, a não ser que Fable mandasse entregar outro objeto amaldiçoado que precisasse do conhecimento e da experiência da Antonia. Mesmo se eu tivesse que encarar uma criatura tentando me esfaquear com um abridor de cartas, não seria nada mal ver aquela pessoa de novo.

Nada depois daquele episódio pareceu assustador ou exagerado. Eu também aprendi a desviar do capacho enfeitiçado para evitar outros acidentes de trombadas entre a minha cara e a parede.

Aprendi sobre magia, embora não diretamente com a Antonia, mas principalmente com as ligações que recebíamos todos os dias. Eu peguei jeito com os clientes, o que me permitiu implementar alguns sistemas e processos para atender as ligações, baseados em planilhas e formulários, coisa que a Antonia desconhecia, porque ela não gostava de computadores. Mas era útil saber quando algo era mesmo uma emergência, diferenciando situações como um feitiço que transforma a vida em um filme de terror cheio de pássaros de outras mais rotineiras, como um agouro que faz as pessoas espirrarem sempre que ouvem a palavra "cacto". Para um botânico, poderia ser um problema sério.

E quando o movimento estava fraco, eu aproveitava para aprimorar o Mapeador de Magia. Não estava nem perto de confirmar se as leituras dele eram precisas, porque, para a minha decepção, a Antonia nunca deixava de ativar as sentinelas da porta da sua sala, então eu tinha poucas oportunidades de bisbilhotar. E isso significava que o Mapeador de Magia estava certo sobre a localização daquela linha de Ley. Eu ainda precisava trabalhar em outros aspectos, como a força e o raio da potência, mas ainda não tinha um plano de como fazer isso. Tudo bem, porque as minhas intenções ocultas ainda estavam ocultas. E embora eu me sentisse um pouco culpado por usar a Antonia, já que ela estava sendo uma ótima chefe, até agora tudo estava perfeito.

Fora hoje, quando a Antonia voltou inesperadamente e o meu projeto secreto, que provavelmente seria motivo para ela me enfeitiçar, estava em cima da minha mesa, fazendo barulhinhos felizes enquanto eu fazia um diagnóstico.

— Feitiços são um atraso de vida — Antonia disse, chacoalhando as duas mãos ao entrar no escritório quando voltou do trabalho de campo. O cabelo dela, geralmente perfeito, parecia um ninho, e ela estava coberta com uma substância que parecia lama, mas com um cheiro completamente diferente.

Pelo jeito como ela saiu apressada, dizendo que Fable precisava de ajuda, achei que ela ficaria fora por mais tempo. Mas ela estava de volta, e o Mapeador de Magia estava em cima da mesa, e não tinha jeito de enfiá-lo disfarçadamente de volta na mochila. Aquilo com certeza chamaria a atenção da Antonia. E eu não queria que isso acontecesse. De jeito nenhum.

— Ah é? — perguntei. — Era um feitiço do mal?

— Era. E nojento. Lembre-me de não atender as ligações de Fable na semana que vem. Enfim, vou me limpar e depois vamos começar a sua próxima lição. — Ela baixou os olhos na direção do Mapeador de Magia e desacelerou o passo. Perdi o ar. — O que é isso? — ela perguntou, inclinando-se para ver e tocar na tela.

— Ei! Cuidado aí! — eu disse, puxando o Mapeador de Magia e trazendo-o para junto do meu corpo. Para protegê-lo e escondê-lo em um movimento só. — Eu levei um tempão para fazer isso. Preferiria que ele não fritasse.

Ela fechou a cara.

— Só porque eu quebrei um telefone, agora eu sou um monstro?

— Três telefones, um par de fones de ouvido, uma luminária, a cafeteira mais uma vez e um relógio. Isso desde que eu comecei a trabalhar aqui.

Ela levantou o queixo.

— Eu não vou tolerar calúnias dentro da minha empresa.

Legal. Piadinhas. Piadinhas são um bom sinal. Se ela está brincando, significa que ela não viu a linha de Ley piscando na tela. Ou, se ela viu, não reconheceu o que era.

— Além disso — ela falou, cruzando os braços —, o relógio era amaldiçoado. — Ela inclinou o queixo na minha direção. — O que é isso?

— O que é o quê?

— Não se faça de bobo. Você não é bom nisso. Esse negócio barulhento.

— Um projeto em que estou trabalhando — respondi. — Coisas de tecnologia.

— Ah, sei. Tudo bem então. — Ela deu um sorriso forçado e se afastou.

Dei um suspiro aliviado quando ela entrou na sala. Essa foi por pouco. Por um triz. Eu teria que redobrar os cuidados a partir de agora, mas pelo menos dessa vez eu tinha me livrado.

A porta do escritório dela abriu.

— Venha aqui atrás, Rook — ela me chamou. — E traga aquele negócio que você está inventando.

Certo, e foi assim que eu morri. Nas mãos da feiticeira mais poderosa da nossa era. Só porque eu queria saber como usar magia. Eu olhei rápido para a porta da frente, mas o Herb saiu cambaleando e parou no meio do caminho. Fiquei pensando se eu conseguiria ganhar dele em uma briga. Mas será mesmo que eu queria arriscar levar uma surra de um cabideiro? Merda. Calma. Calma. Respira. É óbvio que ela não entendia nada de eletrônicos. Só sabia quebrá-los. Talvez ela acreditasse em mim se eu dissesse que era um protótipo de um celular, de um tablet ou coisa parecida.

— Agora, garoto.

Peguei o Mapeador de Magia e fui até a sala da Antonia. Ela estava de pé atrás da mesa. Todos os respingos daquela gosma tinham desaparecido. O livro enorme de feitiços que ficava na mesa estava agora na frente dela, aberto em uma página preenchida com um texto escrito à mão. O caldeirão borbulhava em cima de uma chapa quente ao lado.

— Sente-se.

Eu fui logo me sentar na cadeira de frente para ela. Meu coração estava disparado. Minhas mãos, úmidas. As minhas pernas tremiam. Sentia o suor escorrer pelas costas e chegar na lombar.

— Feitiços — ela disse devagar — são um atraso de vida. Eles são muito mais poderosos do que os maus agouros e exigem um nível de habilidade e de magia muito maior para serem lançados. Eles colam nas pessoas e precisam ser desfeitos para irem embora. São diferentes dos agouros, que se extinguem sozinhos depois de um tempo. Um agouro é feito para incomodar. Um feitiço é feito para machucar.

— Certo — eu disse, com a voz bem baixinha.

Ela abriu as mãos e as apoiou na mesa, uma de cada lado do livro, e se inclinou para a frente.

— E um feitiço é o que eu vou lançar contra você, se você não falar de uma vez o que é esse aparelhinho que você está inventando pelas minhas costas.

Engoli em seco.

— Feitiço?

Ela fez que sim com a cabeça, bem devagar.

— Sim, um feitiço. E dos bem doloridos. Eu não escolhi o meu sobrenome à toa. E antes de você abrir a boca, quero que você saiba que eu sou muito boa em identificar enrolação.

— O nome dele é Mapeador de Magia — eu deixei escapar.

Ela fez uma expressão indiferente.

— Você está de sacanagem comigo? Eu acabei de falar que não quero enrolação.

— Eu não estou mentindo. É o nome desse aparelho.

— Que horrível.

— Claro, e Desfeitização é o suprassumo da criatividade em trocadilhos.

Os olhos violeta dela ferveram.

— Sério? Isso é hora de fazer piadinha? Enquanto você está de frente para uma feiticeira muito irritada?

— Desculpe! — Ergui as mãos, naquele gesto universal de rendição.

Ela encheu as bochechas de ar e exalou com força.

— Pronto para me contar a verdade?

Eu murchei feito um balão. Era melhor aceitar a realidade de uma vez. Pelo menos eu ficaria livre daquela culpa irritante que vinha sentindo nas últimas semanas.

— Estou. — Abaixei a cabeça e apertei os olhos com os dedos. Comecei a ver estrelinhas coloridas no fundo dos olhos, enquanto tentava acalmar a minha respiração. Meu coração batia forte.

— Excelente. Para que ele serve? Como você escondeu, imagino que essa coisa viole uma ou várias regras do Consórcio. Certo?

— Sim — eu disse, com a voz quase sumindo. — Meio que sim.

— Meio que sim o quê? O que ele faz?

— Ele... ééé... detecta linhas de Ley. Quer dizer, mais ou menos. Às vezes. Ele é impreciso, porque, como você sabe, magia e tecnologia não combinam muito bem, mas eu programei o aparelho para detectar a energia mágica das linhas e mostrá-las em um mapa, para descobrir onde elas estão localizadas. E tentei fazer um código por cores baseado na pegada energética, então a luz fica verde quando a linha é forte, amarela quando é fraca e vermelha quando está apagada ou morta. — Passei a mão pelo cabelo e busquei o olhar da Antonia. Aqueles olhos violeta estavam arregalados. Ela apertou os lábios.

— Como é? — ela perguntou de novo, com um tom mortal, mas a voz calma, não fosse pela ênfase na última palavra.

Meus dedos dos pés se encolheram. Toda a minha alma pareceu secar dentro do peito, se escondendo por trás das costelas.

— É... foi isso que eu falei.

— Porra... — ela respirou. — Então você pode usar *isso* para ver as linhas? Mesmo não sendo mágico?

— Posso.

— Para enxergar como um feiticeiro?

— É. — Minha voz ficou ainda mais baixa.

— Então se você ligasse isso agora, você veria a linha que passa aqui pelo prédio.

— Sim — eu disse, sussurrando.

Ela se jogou na cadeira. Ela abriu a boca, fechou em seguida. Franziu a sobrancelha. Piscou diversas vezes.

E foi então que eu percebi... A Antonia estava perdida. Impressionada. A minha chefe calma, descolada, competente e assustadora estava... impressionada. Impressionada com algo que eu tinha criado. Algo que eu tinha feito. Sentindo um tremendo orgulho e realização, eu tentei não sorrir, mas não consegui. O sorriso se abriu no meu rosto como uma flor se vira na direção do sol da manhã.

— Você está sorrindo? — ela perguntou, estremecendo ao voltar a si depois daquele breve momento de estupor. — Eu preciso falar o tanto de problemas em que você pode se meter? E *me* meter, se você quer saber? Se eu deixar você manter essa... essa coisa?

E tão rápido quanto surgiu, meu sorriso desapareceu.

— Eu não quis causar mal nenhum. Eu só queria... — Não terminei a frase. Como eu explicaria? Como eu diria à Antonia que só queria voltar a fazer parte de alguma coisa especial? — A única pessoa que me amou na minha vida foi a minha avó. Ela era mágica. E eu sentia saudades dela. Eu queria ficar perto dela, fazer parte da comunidade que ela amava. Mas eu não sou mágico. Eu quase fui atrás de uns feiticeiros fajutos que encontrei na internet, mas todos queriam se encontrar comigo em becos escuros, e eu não quis virar uma história para assustar crianças. Eu não consigo enxergar as linhas. Não consigo lançar feitiços. Eu nem consigo mais sentir a magia como eu sentia quando morava com ela. Mas eu sei que ela existe. E eu não sei viver sem isso.

Ela ficou me olhando boquiaberta por um segundo e então todo o rosto dela enrugou.

— Tadinho de você. Você é um merdinha manipulador — ela disse. — A sua história triste não vai colar comigo. Tudo bem, eu entendo. Ser expulso do mundo mágico é a pior coisa que pode acontecer com um feiticeiro.

É a morte. Não, é pior do que a morte. Então eu imagino como tenha sido difícil para você. Eu até me solidarizo. Mas você planejou isso desde o primeiro dia. Você estava me *usando.*

Bom. Tem isso. Ela não estava errada. O sentimento de culpa veio parar na minha garganta.

— Então — eu disse, com a voz subindo de tom no final. — Eu já tinha desenvolvido o aparelho. Só esperava poder... testar.

— Testar como? Foi por isso que você tocou nas sentinelas? *Duas vezes*?

Meu estômago foi parar no chão.

— Você sabia?

Antonia revirou os olhos.

— É claro que eu sabia.

— E você não disse nada? — eu sussurrei.

Ela ergueu os ombros.

— Na primeira vez, eu deixei passar por curiosidade. Eu quase mandei você embora na segunda vez, mas pensei "sei lá, vai que ele tropeçou, vai que ele só está sendo um adolescente impulsivo?". Então, apesar do meu bom senso dizer o contrário, dei a você o benefício da dúvida. É claro que um garoto que implorou por um emprego não arriscaria a própria pele traindo a minha confiança.

Ops. Uau. Isso doeu mais do que as sentinelas.

— E se eu disser que toquei três vezes?

Ela bateu com os dedos na mesa.

— Você se lembra de como essa conversa começou?

Engoli em seco.

— Feitiços?

— Uau. Você é mesmo um gênio.

— Eu sinto muito. Mesmo. — Ergui o Mapeador de Magia. — Eu só... se eu pudesse mostrar como ele funciona, achei que seria a minha chance de voltar para a comunidade. Não poderiam mais tirar a magia de mim. Eu sempre saberia encontrá-la.

Juntando os dedos, Antonia levou as mãos em frente à boca.

— E o que você precisaria para testar esse aparelho? Como você faria isso?

— É... eu precisaria de um mapa com as linhas de Ley da cidade.

Ela bufou.

— Como se o Consórcio fosse permitir que isso existisse.

— Pois é. — Eu cocei a nuca. — Então eu precisaria que uma feiticeira confirmasse que as leituras do Mapeador de Magia são precisas. Que ele está acertando a localização e a força das linhas.

Ela assentiu.

— Eu não acredito que estou considerando essa possibilidade.

Eu apertei o aparelho com força nas minhas mãos.

— Que possibilidade?

Ela ignorou a minha pergunta.

— E o que mais essa coisa faz?

— Mais nada por enquanto. Mas pensei em agregar um aplicativo de feitiços. Sabe, uma espécie de catálogo de feitiços. Não seria útil? Ter tudo na palma da mão? Mas eu não tenho acesso aos livros...

— Seria útil mesmo. Melhor do que ficar carregando um livro de feitiços para cima e para baixo. Até os pequenos são pesados. Mas, garoto, eu vou repetir, isso vai contra *tudo* que o Consórcio permite. Tudo. Pessoas não mágicas com acesso à magia. Um dispositivo que detecta as linhas de Ley. Um livro de feitiços portátil. É como se o pior pesadelo deles se tornasse realidade.

Engoli em seco.

— Eu entendo.

— E é por isso que...

Eu me preparei para o que estava por vir. Ela me diria para destruir o aparelho. Senti lágrimas se acumulando atrás dos meus olhos ao pensar em todo o trabalho que tive e na minha única chance de voltar ao mundo da magia sendo destruída. Seria devastador, muito pior do que ser amaldiçoado. No mínimo, eu seria demitido. Isso seria a melhor das situações que eu poderia esperar.

— ... precisamos manter sigilo. Entendido?

— Sim, entendido. Eu... Calma. O quê?

Antonia abaixou os ombros. Cruzou os dedos em cima das pernas, como se fosse uma rainha olhando de cima para o seu reino, ou a feiticeira mais poderosa do mundo desafiando a organização governamental que ela desprezava. Ela deu um sorriso lento e tenebroso, com uma expressão que beirava a malevolência.

— Garoto, convenhamos. Nós dois sabemos que eu não sou de seguir regras. Eu *odeio* regras. Regras não prestam para nada. Eu detesto quando outros feiticeiros querem me dizer o que posso ou não fazer. Quer dizer, cá estou eu, tocando um pequeno negócio em que eu simplesmente desfaço feitiços. Eu deveria ser a prestadora de serviços mágicos mais bem-sucedida da cidade. Ou melhor, eu deveria mandar no país inteiro. Ou no mundo. Eu poderia fazer isso se eu quisesse, sabia? Ninguém me impediria. Eles têm medo de mim. Até Fable e seu assecla.

Um tremor de medo correu pelo meu corpo. O que estava acontecendo? O que eu tinha despertado? Será que a Antonia estava embriagada pelo poder?

— Mas nããão. Eu fico limitada pelo Consórcio e pelas "regras" deles. — Ela fez de novo as aspas com os dedos. — Quem disse que eu não seria uma rainha justa e querida por todos?

— Ahm...

— Enfim, deixa para lá. Só uma pessoa narcisista se deixaria levar por esses delírios de grandeza. — Ela riu. — E eu não sou narcisista. Não mais.

Agora é tarde demais. Hoje em dia, eu só me permito alguns pequenos atos de rebeldia.

Eu pigarreei. Completamente confuso e bastante assustado, para dizer a verdade.

— E eu sou um pequeno ato de rebeldia.

— Pode acreditar que sim.

Eu olhei para o Mapeador de Magia. Ele piscou. A linha de Ley espessa estava piscando em verde na tela.

— Beleza. Eu topo ser um pequeno ato de rebeldia.

— Que bom. Está resolvido. — Ela se virou na cadeira e abriu a primeira gaveta da mesa com um puxão. Ela revirou a gaveta, tirando lá de dentro uma infinidade de objetos, como um pequeno globo, uma estatueta de um gato, um abridor de cartas que era estranhamente muito parecido com aquele que a boneca assassina queria usar para me matar, até achar o que estava procurando.

— A-há! — Ela tirou um livreto com uma capa de couro, do tamanho de um diário, e bateu com ele na mesa. — Para você.

— Isso é um...?

— Livro de feitiços de bolso.

— E você quer que eu...

— Leia. E use. — Ela piscou.

— Ahhhh. — Eu levantei o Mapeador de Magia. — Usar.

— Exato. Mas só aqui dentro. Não posso deixar que ele saia do meu controle. O livro está enfeitiçado, então o Consórcio sabe se ele mudar de mãos. E eles vão atrás do livro até encontrar para pegá-lo de volta.

— Que ótimo.

— Sim, *ótimo*.

O telefone tocou e a Antonia me expulsou da sala.

— Agora vá trabalhar. E, se for Fable, diga que eu não estou.

— Certo. Tá bom. — Peguei o livro que estava no canto da mesa e quase derrubei o caldeirão de cima da placa quente.

— Obrigado — eu disse de todo o coração e com toda a sinceridade.

— De nada. Agora vá. O telefone não vai se atender sozinho. A menos que você tenha um aparelho que faça isso.

— Chama-se Caixa Postal.

O olhar que ela me deu foi da mais pura irritação. Peguei minhas coisas e saí da sala, deslizando pelo piso até chegar à minha cadeira. Atendi o telefone.

— Obrigado por ligar para a Desfeitização. Como posso ajudar?

5

ROOK

Se havia uma coisa importante que eu tinha aprendido até agora como assistente administrativo da Desfeitização era manter meus fones de ouvido no volume baixo, porque quando os clientes ligavam, normalmente a ligação era marcada por gritos histéricos. Nem sempre, devo dizer. Às vezes, eu ouvia respirações pesadas (muito esquisitas, aliás) e, às vezes, um silêncio mortal, o que era ainda mais esquisito. Outras vezes era só uma pessoa calma e pacífica do outro lado da linha, que simplesmente precisava de uma assessoria para saber como fazer o banco do jardim da casa dela parar de tentar engoli-la, o que, de certa forma, era a coisa mais esquisita de todas. Mas noventa por cento das vezes era alguém gritando do outro lado da linha.

Desta vez não foi diferente.

— Olá, obrigado por ligar para a Desfeitização. Eu sou o Rook, como posso ajudar?

Vieram palavrões de todas as cores, acompanhados de gritos, e depois mais uma enxurrada de palavrões. Um guincho de deixar o cabelo em pé e mais uma série de xingamentos criativos. E então a autora da chamada resolveu compartilhar o motivo da ligação.

— A minha filha está com um nariz de porco!

Girando na cadeira, eu fui rápido até a minha mesa e abri o meu sistema no computador.

— A sua filha sempre teve nariz de porco, senhora?

— Não! Como você se atreve? Eu não estaria ligando se isso fosse normal! — Palavrões. Guincho assustador.

— Sim, senhora. Obrigado pelos esclarecimentos. — Só quatro semanas no cargo e, surpreendentemente, eu já tinha ficado especialista em lidar com os mais estridentes.

— Foi algum feitiço acidental?

— Sim! Ela tem cinco anos.

— Obrigado. Peço que aguarde um momento. — Apertei uns botões no computador e abri o formulário de detecção de feitiços acidentais, que era muito diferente do formulário de detecção de feitiços propositais, que era muito diferente do formulário de detecção de tentativas fracassadas de feitiço que acabaram virando contra o feiticeiro.

— A sua filha está em perigo imediato?

Uma pausa.

— Ela está com um nariz de porco. Um... um... focinho.

— Sim. Entendi, senhora. Mas há alguma chance de perda iminente da vida ou de lesões permanentes? Sangramento? Perda de um membro? Algo que possa exigir um tônico curativo ou o acionamento do departamento de emergência?

Um suspiro longo.

— Não. Nada disso.

Isso era um bom sinal. Pelo menos esse chamado não acabaria em confusão. A Antonia gostaria de saber.

— Certo, senhora. Eu preciso de mais algumas informações. — Agora que a autora da chamada estava um pouco mais calma, ouvi risadinhas ao fundo, seguidas de um ronco de porco adorável. Mordi o lábio para não rir. — Certo. Ela consegue respirar pelo focinho?

— Sim.

— Ótimo. Ela foi afetada pela magia de alguma outra forma? Um rabo enrolado? Ela está ficando rosa? Há algum outro sinal de que ela está se transformando em um porco completo?

Outra pausa e então uma bufada nervosa.

— Você está falando sério?

— Sim, senhora. Estou tentando avaliar a situação.

Cliquei para avançar no formulário, marcando *não* para a opção de "perigo iminente de porte" e "perigo imediato de causar a morte de alguém" e "lobisomem". Lobisomem tinha uma coluna própria. Antonia tinha uma coisa com lobisomens.

— E você pode me explicar a situação que levou a sua filha a ficar com nariz de porco?

— Ela estava brincando na casa da avó e...

— A avó dela é feiticeira?

— Não. Quer dizer, é. Ela faz poções. É minha sogra, então eu não sei qual é o grau das habilidades mágicas dela. Mas, escute, você pode me ajudar ou não? Ela não pode ir à escola amanhã com um focinho. E eu não posso faltar ao trabalho para... cuidar disso.

— Claro, senhora. Eu atribuí o nível dois ao seu incidente, o que significa que teremos alguém disponível para atendê-la hoje à tarde, dentro de no máximo três horas.

— Três horas? Três horas? Você está me dizendo que a minha filha vai ficar com um focinho de porco por mais três horas?

— Sim, senhora.

— Argh! Que seja. Tá bom. Só... por favor, mande alguém o mais rápido possível.

— Sim, senhora. Só preciso que a senhora me informe o seu endereço e dados de contato.

Antonia saiu da sala dela, com o cabelo castanho-escuro preso em um rabo de cavalo, com uma nuvem negra pairando na sua expressão. Ela estava alguns centímetros mais alta por causa do salto, então parecia gigante parada ao meu lado, enquanto eu estava sentado na minha cadeira com rodinhas. Quando ela olhou para mim com aqueles olhos violeta penetrantes, meus joelhos tremeram um pouco, embora eu tivesse certeza de que não tinha feito nada para irritá-la naquele dia. Já tinham passado alguns dias desde a nossa *conversa* e finalmente as coisas estavam equilibradas entre nós. Os meus pedidos de paz na forma de café da segunda cafeteria favorita dela devem ter ajudado.

— Lembra que eu falei que a gerente do escritório estava de férias? — ela perguntou, sem alterar a voz.

— Lembro.

— Bom, não eram férias. Ela pediu demissão.

— Como...? — eu disse, tentando conter uma risada. — Como isso passou despercebido? Como você não percebeu que ela pediu demissão?

A Antonia estava com as mãos em volta da caneca de café. Dizia "POÇÃO DA BRUXA" em letras douradas chiques. Ela ergueu os ombros.

— Ela disse que precisava de um tempo para pensar na vida. Achei que ela estava falando de tomar sol na praia bebendo um coquetel. Como é que isso quer dizer demissão? Ela nem levou uma caixa com as coisas dela.

Eu baixei a cabeça, escondendo a risada na dobra do cotovelo.

— Mas você chegou a perguntar?

Antonia mordeu os lábios.

— Por que eu me intrometeria na vida dela? Isso é ridículo.

— Tá certo. Uau. Bom, ainda bem que eu estou aqui para atender as ligações. E poupar você do contato com as pessoas.

— Isso é bom — ela concordou. — Aliás, você fez um excelente trabalho com aquela mãe hoje, evitou que ela tivesse um chilique. Ela estava quase surtando quando ligou. E por causa de um focinho. Dá para imaginar? Não é como se a criança fosse virar um porco de verdade.

— Foi o que eu disse!

Ela revirou os olhos.

— As pessoas se abalam por cada coisinha. Enfim, acho que eu preciso ir lá resolver. — Cantarolando, ela começou a batucar na mesa com os dedos. — Quer vir junto?

Congelei, achando não ter ouvido direito.

— O quê?

— Você gostaria de me acompanhar neste chamado? Em campo? — ela esclareceu.

— Você quer que eu vá junto? — Eu me esforcei para ficar tranquilo, mas a minha voz falhou. Aquilo era... bom, eu já tinha sido bastante claro sobre o meu desejo de acompanhar a Antonia nas saídas, mas ela tinha deixado a minha função bem clara desde o primeiro dia, e eu tinha certeza de que, se eu tentasse pedir, ela diria um não retumbante. Ela certamente não tinha mais falado sobre o assunto, nem mesmo depois da nossa conversa sobre o Mapeador de Magia.

O meu último encontro com a magia, além dos feitiços simples que ela conjurava no escritório, como fazer aparecer um mexedor de café, tinha sido no dia da boneca assassina e da pessoa encantadora que a trouxera para o escritório e que foi embora sem me dizer seu nome. E nas minhas duas tentativas desagradáveis de testar as sentinelas em volta da porta da sala da Antonia.

Ela deu um sorrisinho malicioso, obviamente entendendo a ansiedade que eu tentava disfarçar.

— Claro. Vai ser divertido. Você faz um trabalho de campo comigo e a gente vê no que dá.

— Tem certeza? Você não está só querendo se vingar de mim por causa do meu comentário sobre poupar você do contato com as pessoas, está? — Antonia era imprevisível nos seus dias bons e totalmente rabugenta nos dias ruins. Mas, apesar das mancadas que eu dei no começo, ela nunca tinha sido intencionalmente maldosa comigo. Mesmo quando estava irritada. E nem tinha me enfeitiçado por causa das minhas tecnologias ilícitas.

— Quer vir?

Eu me levantei depressa.

— Quero. Claro que eu quero.

— Então vamos e traga o... traga aquele treco.

— Você quer que eu leve o Mapeador de Magia?

Enrugando o nariz, ela apoiou a caneca de café na mesa vazia ao lado da minha. Ela repousou o braço na parede do cubículo.

— Se é assim que você insiste em chamar aquela coisa.

— Ei, acho que a pessoa que chamou uma empresa de desfazer feitiços de Desfeitização não tem moral para falar nada.

— *Touché.* — Ela voltou para a sala dela nos fundos. — Esteja pronto em cinco minutos, Rook. Vamos salvar uma garotinha de uma mãe desesperada.

Eu não precisava de muito tempo para me aprontar. Peguei a mochila, guardei bem o Mapeador de Magia e programei o telefone para encaminhar as chamadas para o celular da Antonia. Por fim, travei a tela do meu computador. Tentando não chegar perto do Herb e do capacho enfeitiçado, segui a Antonia até o carro.

Eu já tinha entendido que a Antonia era extravagante por natureza e o carro esportivo vermelho não era uma exceção. Percebi que a minha mochila esfarrapada, meus tênis batidos e jeans surrados contrastavam com o interior do carro assim que eu me sentei no banco de couro e coloquei com cuidado a mochila entre os meus pés. Ela tamborilou as unhas pintadas de vermelho no volante ao dar a partida no carro.

— O que o... — ela respirou fundo — Mapeador de Magia está mostrando agora?

Eu tirei o aparelho da mochila e liguei. Uma luz verde piscou e o mapa apareceu, mostrando a linha forte que cortava o escritório da Antonia.

— Que interessante. Fique de olho no mapa enquanto eu dirijo. Quero saber se funciona.

Eu tentei conter a minha empolgação. A Antonia tinha me deixado participar de um trabalho de campo. Ela estava me deixando testar a minha invenção. Praticamente todos os meus sonhos estavam se realizando.

Dirigimos pela cidade, paramos para comprar um café na rede de cafeterias preferida da Antonia e pegamos o caminho da região metropolitana da cidade, para o endereço da garotinha com o focinho enfeitiçado. Antonia olhou de relance para a luz do Mapeador de Magia várias vezes durante o percurso, pressionando os lábios com mais força a cada leitura. A reação dela não me parecia um bom sinal sobre a precisão do Mapeador de Magia, e eu fui me encolhendo no banco a cada minuto do nosso trajeto. A derrota e a tristeza pesavam nos meus ombros.

Antonia fez uma curva fechada, apertou os olhos ao olhar para o Mapeador de Magia e murmurou alguma coisa quando a luz de cima começou a piscar devagar em amarelo.

— Uau. Esse negócio detecta mesmo as linhas — ela disse, com o tom de voz demonstrando uma ligeira admiração, bem na hora que chegamos em um condomínio fechado de casas luxuosas e gramados bem aparados.

Eu me sentei ereto no banco, e todos os meus medos de fracasso se dissiparam em um instante.

— O quê? Sério? Funciona?

Ela tomou um longo gole do macchiato gelado com caramelo.

— Funciona. Isso é genial, Rook. Tá, você já provou que é inteligente por consertar tudo que eu quebro, mas isso é outro nível.

Eu virei a cabeça para olhar pela janela, explodindo. Eu estava tonto, sentindo alívio e satisfação ao mesmo tempo. Me senti como uma flor desabrochando ao receber a gentileza dos elogios da Antonia.

— Oh-ou — ela disse, quando o GPS indicou que tínhamos chegado. Ela encostou no meio-fio, atrás de um Volkswagen que parecia não pertencer àquele bairro rico. Ela colocou o café no porta-copos e suspirou. Olhando para mim e para o Mapeador de Magia.

— Melhor guardar isso por enquanto.

Sem entender nada, senti meu estômago revirar.

— Porque temos companhia — ela disse, soltando o cinto. — Siga as minhas instruções. Diga o que eu disser. Eu vou cuidar de tudo. É a sua primeira missão em campo, então fique quieto e observe. Combinado?

Primeira missão! O que possivelmente queria dizer que haveria mais missões. Eu logo concordei.

— Combinado.

Ela estacionou o carro e saiu. Enfiei o Mapeador de Magia na mochila, decepcionado por não poder usá-lo. Mas me permiti sentir essa decepção só por um segundo. Eu não queria ficar para trás. Fechei logo a mochila e saí rápido do carro. Seguindo-a pela calçada que atravessava o gramado, eu sempre me mantinha um passo atrás.

— Ora, ora — uma voz disse. — Parece que contrataram duas empresas.

Hesitando, olhei ao redor. Do outro lado da calçada, havia uma pessoa de óculos grandes, cabelos loiros e cacheados saindo por baixo da aba de um chapéu grande e pontudo. Ao lado da pessoa, outra carregava uma bolsa cheia e usava um boné preto que reconheci na hora, posando em uma atitude de puro desgosto.

— Você! — eu disse, apontando para elu.

— Eu — a confirmação veio com um aceno. Aquela mesma expressão que vi no dia em que nos conhecemos. Roupas pretas cobrindo o pescoço e as mãos, apesar do calor. O boné preto. Lindos olhos castanhos. Um ar sisudo e uma audácia que dava a impressão de fazer aumentar a sua estatura, como se a altura pudesse ser compensada com atitude. Um chihuahua bravo em uma sala cheia de huskies.

Quando Antonia ergueu a sobrancelha, expliquei:

— Essa é a pessoa que entregou a boneca do mal.

— Ah, que ótimo. — Antonia juntou as mãos. Cumprimentando com simpatia, ela perguntou: — Fable, o que você está fazendo aqui?

— Nós fomos chamados — a pessoa misteriosa foi logo dizendo.

Antonia sorriu, cheia de dentes.

— Os adultos estão conversando, criança.

A pessoa se eriçou. Fable fez um gesto em sua direção.

— Antonia, conheça Sun. A pessoa que tem aquela habilidade especial sobre a qual eu falei para você. A pessoa que você nunca encontrou, mesmo elu já trabalhando como aprendiz para mim há muitos anos. — Fable falou como se aquilo fosse uma espécie de menosprezo da Antonia.

Antonia deu um sorriso falso.

— Sim, claro. Prazer em te conhecer, Sun. Tente disfarçar o mau humor quando apresentarem você aos seus superiores mágicos. Da próxima vez eu posso achar que seu mau humor é devido a algum feitiço e lançar um contrafeitiço para corrigir a sua personalidade. — Ela sacudiu os dedos.

— Antonia — Fable repreendeu.

— O quê? Estou brincando. — A tensão no ar desmentiu o que ela acabara de dizer. Ela bateu no meu ombro, fincando as unhas na minha clavícula. — Enfim, é uma bela coincidência. Assim você pode conhecer o *meu* aprendiz.

Fable ficou totalmente sem expressão, de queixo caído. Por dentro, eu estava igual, mas consegui bravamente disfarçar a estupefação no meu rosto. Por que aprendiz? O quê? Fiz um barulho com a garganta, e Antonia me apertou mais forte. Ela pausou, lançando um olhar que me dizia nitidamente "entre na onda ou você vai morrer".

— Este é o Rook.

— Olá — eu disse, dando um aceno atrapalhado.

— Aprendiz? — Sun cruzou os braços. — Você disse que era só um assistente administrativo.

Olhei naqueles olhos, até estufei o peito um pouquinho, e corrigi a postura para parecer mais alto.

— E você nem me disse o seu nome, então estamos quites.

Fable cerrou os olhos.

— Eu não sabia que você tinha um aprendiz. Sun falou que você tinha nomeado alguém, mas eu não entendi direito.

— Bem, eu tenho um aprendiz — Antonia disse calmamente. — É uma novidade recente.

— Vou reformular a minha frase — Fable disse, abrindo os lábios em um sorriso falsamente gentil. — Achei que você não *podia* ter um aprendiz.

Antonia gargalhou, com uma energia intensa e repentina.

— Fable — ela avisou. — Você está entrando em um território perigoso.

Fable olhou para mim enrugando os olhos, aqueles olhos cor de mel me medindo de cima a baixo. Cabeça inclinada para o lado, boca aberta em uma expressão de curiosidade.

— Ele está registrado pelo menos?

— Isso é entre mim e o Consórcio. Aconselho você e Sun a ficarem de fora disso.

Fable ergueu a mão, em um gesto apaziguador.

— Mas é claro. Eu não quero de jeito nenhum me envolver nas suas confusões, Antonia.

Antonia olhou de canto de olho, mas assentiu.

— Que ótimo. Então, sobre esta situação aqui. Eu não me lembro de ter pedido a sua ajuda neste caso, Fable. A menos que você ache que eu não dou conta de uma garotinha com um nariz de porco. — Antonia sorriu. Ela esticou os dedos, e vi a magia brilhar na mão dela.

Fable cruzou os braços por cima do suéter cafona.

— Não precisa fazer drama.

— Drama. Olha quem fala. Achei que essa ceninha de chapéu pontudo tivesse acabado há séculos. Você está aqui a trabalho ou vai fazer um teste para um filme de época sobre caça às bruxas?

Fable contorceu a boca.

— Diz a mulher que se veste como uma vampira à luz do dia e adotou o sobrenome de Hex.[1]

Caramba. Sem economizar na grosseria. Eu não diria que a Antonia se veste como uma vilã, porque tenho amor à minha vida, mas ela tinha uma aura de uma mulher assustadora que esfaquearia quem se colocasse no seu caminho.

Antonia debochou. O poder transbordava dela.

— Não vamos entrar na questão dos nomes, *Fable Page*.

Eu troquei um olhar com Sun, cujos olhos estavam tão arregalados quanto os meus. Ótimo. Pelo menos eu não era a única pessoa a achar que estávamos prestes a testemunhar uma briga. Ou seria um duelo?

— Nós fomos chamados primeiro — deixei escapar, em uma tentativa medíocre de tentar interferir e dissipar a tensão crescente. — Eu atendi a ligação.

— Você deu um prazo de três horas — Fable respondeu. — Parece que a mãe não achou aceitável. Ela precisava de uma solução mais imediata.

Antonia revirou os olhos.

— E daí? Você podia vir antes, então roubou o serviço? Convenhamos, Fable. Você sabe que isso não são boas maneiras.

Fable cerrou os dentes. Antes que dissesse qualquer coisa, a porta da frente abriu e uma mulher apareceu.

— Que demora — ela disse, convidando todos nós para entrar, com aquela voz estridente inconfundível. — Qual de vocês vai consertar o nariz da minha filha?

— Eu — disse Fable, dando um passo à frente.

— Só por cima do meu cadáver — Antonia retrucou, avançando. — Você ligou para a Desfeitização primeiro.

Fable contorceu a boca com óbvio desdém.

— Não acredito que você chame a sua empresa por esse nome.

— E ainda com esse tom sério — Sun continuou, falando baixinho.

Antonia olhou para Sun.

---

[1] "Hex", em inglês: feitiço. (N. T.)

— Cuidado com a língua — ela disse, balançando o dedo, que soltava faíscas pelas pontas, como um acendedor. — Você pode ficar sem ela.

Sun fechou ainda mais a cara, se é que isso era possível.

Antonia era mais alta, mas Fable tinha mais corpo, e era quase cômico vê-las se acotovelando para entrar naquela bela casa. Eu fiquei para trás, sem toda a coragem de Sun diante de profissionais da feitiçaria com tanta atitude. No final das contas, não importava quem tinha chegado primeiro. A mãe abriu a porta e deixou todo mundo entrar.

— Não estou pagando por hora para vocês ficarem aí plantados dando um showzinho para a vizinhança — ela disse, já cansada.

Eu fiquei por último, parado na soleira daquela entrada magnífica. A casa era gigantesca. Uma escadaria levava ao andar de cima e um candelabro enorme pairava lá do alto. E, enquanto os três conversavam com a mãe da garota, eu fiquei na porta, deslocado não só por causa da opulência da mansão, mas também por estar entre três pessoas com tanto conhecimento e habilidades mágicas.

— Se foi uma poção — Antonia disse, com a voz afiada —, precisamos de um antídoto. Não de um contrafeitiço.

Fable retrucou com a mesma grosseria, uma resposta que eu não entendi, porque minha atenção se voltou a uma risadinha seguida de um *roinc* do outro lado da casa. Enquanto os quatro estavam conversando concentrados, passei pelo grupo e segui na direção do som.

A garotinha estava escondida ao lado da escada. Seus cabelos castanhos estavam presos em marias-chiquinhas e ela colocava a mão na frente da boca para rir. E sim, ela tinha mesmo um focinho muito fofo.

Ela acenou para mim.

Acenei de volta e me aproximei dela. Assim que estava perto o bastante, ajoelhei-me na altura dela.

— Uau — eu disse baixinho. — Que narizinho, hein?

Ela sorriu e roncou. Colocou o dedo na ponta do nariz novo e a pele rosada afundou, formando uma covinha.

— Você gostou?

— É muito fofo.

— Eu pareço a minha personagem preferida.

Ela apontou para um adesivo colado na mão, que mostrava uma porquinha de um desenho animado.

— Uau, a semelhança é incrível.

A garotinha fez um beicinho e seus ombros caíram.

— A mamãe não gostou.

— Que pena. Mas eu acho que a sua mãe só está um pouco assustada.

Ela levou a mão ao queixo, pensando.

— Você não está assustado — ela disse. — Como é seu nome?

— Rook — respondi, repetindo o nome pelo qual Antonia me chamava. Eu precisava perguntar para ela sobre essa questão dos nomes, já que o fato de ela ter me nomeado parecia uma coisa importante entre os feiticeiros. — E o seu?

— Zia.

Ela se sentou no chão e cruzou as pernas. A jardineira rosa de uma marca chique tinha umas manchinhas de sujeira no peito e na barra da calça. Uma mancha de lama seca se soltou do tecido e caiu naquele chão imaculado. Então, ao cair, soltou uma fumaça violeta e sumiu.

Hum. Interessante e nenhum pouco incrível ou perturbador. Eu mudei de posição para me sentar de frente para ela, imitando a sua pose, sentando no chão enfeitiçado.

— Zia, conte para mim. Você estava brincando com as poções da vovó?

Ela balançou a cabeça, e os cabelos castanhos esvoaçaram.

— No jardim da vovó — ela sussurrou. — No círculo de pedras.

Eu não entendi muito bem o que aquilo queria dizer. Provavelmente, não era uma coisa boa, visto o nariz de porco que estava bem na minha frente.

— Ela deixa você brincar no círculo de pedras?

Ela mordeu o lábio.

— Não — ela disse. — Mas aquela mocinha azul me falou que não tinha problema.

— Mocinha azul?

Ela fez que sim.

— Ela era tão linda. Tinha asas e brilhava. E um cabelo comprido cheio de glitter.

— Fada — Sun disse, me dando um susto tão grande que eu me encolhi. — Fadas do jardim.

Esticando o pescoço, vi que Sun tinha se aproximado por trás e estava de pé ao meu lado, onde eu estava sentado com a Zia. De um jeito meio intimidador. Com os braços cruzados e os olhos fixos em mim. Os lábios rosados apertados, os olhos colados em Zia, enquanto ela tentava se afastar daquela pessoa recém-chegada e se aproximava de mim.

Sun se virou.

— Magia de fada — elu gritou para os três adultos.

— Fadas? — Antonia perguntou, colocando a mão na cintura. — Tem certeza? — Ela baixou o olhar para mim.

Fiz o possível para não me contorcer.

— Zia falou que ela conversou com uma pessoa azul com asas e que brilhava.

— Uma fada — Fable confirmou.

— O que isso significa? — a mãe perguntou, fazendo um gesto com as mãos. — É diferente de uma poção ou um feitiço? Foi uma fada que enfeitiçou a minha filha?

— Fadas são travessas — Antonia disse, revirando a bolsa aberta de Fable, apesar dos seus protestos. — Ahá! — Triunfante, ela tirou um livro grosso de dentro da bolsa e começou a virar as páginas. — A magia delas é meio teimosa, mas não deve demorar para acabar.

— Quanto tempo?

— Alguns dias.

— Dias! — a mãe berrou.

Antonia ignorou o pânico.

— Sim, mas nós vamos desfazer. Ou, no mínimo, reduzir o tempo de duração. Fadas não são maliciosas e normalmente não querem causar mal a ninguém. Só querem se divertir. Ah, sim, aqui está. — Antonia apontou o dedo para alguma coisa escrita no livro. — Este aqui.

Fable espiou por cima do ombro de Antonia.

— Esse feitiço exige mais magia do que temos disponível aqui. — Ela olhou para Sun, que estava ao meu lado. — Alguma ideia, aprendiz?

Sun piscou e desviou o olhar, misteriosamente de modo estático.

— Tem uma linha morta — Sun respondeu. — Perto daqui. Outra fraca aqui perto. Não é forte, mas é estável. Sun balançou a cabeça, como se estivesse saindo de um transe. — Só isso.

Antonia mordeu os lábios.

— Impressionante, Sun. Fable contou sobre a sua sensibilidade. Mas eu tomaria cuidado ao compartilhar essas informações, pois nós sabemos o que o Consórcio faz com aqueles que são considerados excepcionais. E eles não são muito legais com quem sabe demais, principalmente sobre as linhas de Ley.

Engoli em seco. Eu não tinha ideia do que Sun tinha acabado de fazer, mas se Antonia estava sendo sincera, sem sarcasmo, é porque tinha sido algo bacana.

Sun franziu a testa e continuou como se a Antonia não tivesse falado nada.

— Se o feitiço exigir demais, vai esgotar a linha mais próxima. E os outros feitiços empregados aqui na casa que usam a energia daquela linha provavelmente vão começar a falhar.

A mãe cruzou os braços e soltou um grito agudo.

— Os outros feitiços vão falhar? — Ela olhou para o lustre flutuante. — Esse lustre e o chão autolimpante foram muito caros, e eu acabei de renová-los por mais seis meses.

Antonia zombou.

— Você quer um chão limpo ou uma filha com focinho de porco?

A mãe fez uma careta.

— Eu sei o que é isso. Isso é extorsão. Todos vocês feiticeiros são uma máfia. O Feitiçório me cobra por seis meses e, uma semana depois, eles quebram o feitiço. Aí eu tenho que chamá-los de volta e pagar a taxa de reconexão.

Antonia ergueu a sobrancelha.

— Como se eu fosse trabalhar com uma agência que se chama *Feitiçório.*

— O que a minha colega quer dizer — Fable disse, cortando a Antonia — é que o nosso negócio de desfazer feitiços não tem relação com os feitiços por encomenda. O feiticeiro que realizou o serviço de feitiçaria falou algo sobre as linhas de Ley próximas daqui?

— Eu não sei — a mãe disse, irritada. — Eu só sei que eles precisaram consultar algum órgão para saber se a magia da região suportava os feitiços que eu queria.

— O Consórcio — Antonia murmurou.

— Isso é um bom sinal — Fable disse, com um sorriso animador. — Eles seguiram o protocolo para garantir que a magia não seria sobrecarregada.

A mãe cruzou os braços.

— Eu falei para os Brown, que moram aqui ao lado, para não usarem em excesso a cota deles com a piscina aquecida por feitiço. Vou denunciá-los!

Fable sorriu calmamente.

— Bom, você decide. No entanto, como os feitiços estão nos registros do Consórcio, isso significa que se algum deles falhar depois que nós consertarmos o nariz da sua filha, vamos entrar em contato com o pessoal da Feitiçório para alertá-los sobre a sua situação.

— Você pode fazer isso, Fable — Antonia disse, estralando os dedos. — Mas não será necessário. A linha daqui de perto é fraca. Mas por sorte alguém aqui entre nós aprendeu a manter uma reserva interna.

Fable bufou.

— Sim. Você é muito habilidosa com isso. Mas nós sabemos que eu tenho mais refinamento. Não se pode contar sempre com poder bruto.

Eu me levantei e bati as mãos na calça, vendo se algum restinho de sujeira cairia no chão para eu ver o chão enfeitiçado em ação outra vez. Infelizmente, não havia nada. Eu me aproximei de Sun.

— É sempre assim a relação entre Antonia e Fable?

— Não fale comigo — Sun respondeu, com a voz baixa.

Uau. Bacana.

— Ah, então você é assim.

— Assim como?

— Idiota.

O queixo de Sun caiu.

— Você mentiu para mim.

— *Você* mentiu para mim — retruquei.

De boca aberta, Sun se virou para mim, com o olhar surpreso.

— Eu não menti para você — foi a resposta defensiva, o primeiro sinal de emoção de verdade demonstrada desde que chegamos ali. — Como foi que eu menti?

— Você não me falou o seu nome e foi embora enquanto eu estava ao telefone.

— Isso não é mentir.

— Não exatamente, mas foi desonesto.

Sun franziu a testa.

— Se você diz.

Coloquei a mão no coração.

— E eu achando que nós tínhamos compartilhado uma experiência bacana naqueles minutos terríveis quando a boneca escapou, segurando aquele abridor de cartas, porque *você* derrubou a caixa e deixou a maldita escapar.

— Eu não teria derrubado a caixa se o capacho não tivesse me passado uma rasteira.

— Talvez você precise melhorar a sua consciência espacial.

Um rubor apareceu na pele clara das suas bochechas. Seus punhos cerraram. No nariz, apareceram umas ruguinhas de constrangimento ou desdém. Ver Sun perder aquele ar tranquilo e taciturno foi uma delícia, e eu sufoquei o riso colocando a mão na boca.

— Quem está sendo idiota agora?

— Ah, sou eu, pode ter certeza — sorri.

O rubor no seu rosto aumentou. Sun esfregou o rosto com a manga da blusa, parecendo tentar tirar o vermelho. Que cena encantadora.

— Vem cá, garotinha — Antonia disse, fazendo um gesto na direção de Zia e interrompendo a nossa discussão. Cada um deu um pulo para um lado, como se tivéssemos sido pegos em flagrante fazendo algo que não deveríamos, embora isso não estivesse nem perto de ser verdade.

Zia balançou a cabeça e as marias-chiquinhas balançaram de um lado para o outro.

— Está tudo bem. Você vai sentir só uma coceirinha.

Zia deu um passo para trás e balançou a cabeça.

— Não.

— Ei — eu disse, abaixando-me para falar com ela de novo. — Está tudo bem. Ela é minha chefe. E é muito legal. Ela só quer consertar o seu nariz.

— Ela dá medo.

— É, dá mesmo. Todos eles dão, né? — Estiquei a minha mão. — Mas ninguém quer machucar você. Só querem ajudar. Vamos lá, eu vou junto com você.

Zia segurou a minha mão, envolvendo os dedinhos nos meus, e atravessamos juntos o corredor. Evitamos ficar debaixo do lustre flutuante, só por precaução. Zia tremia ao meu lado, mas parou cheia de coragem na frente da Antonia, de queixo erguido e remexendo o focinho.

Antonia sorriu.

— Fique tranquila, nós vamos consertar você já, já. — Ela tirou a mão de cima do livro, espalmou a mão e das pontas dos dedos saiu uma luz vermelha e brilhante que pairou no ar. Então, ela começou a recitar uma série de palavras com uma voz grave e clara.

Eu já vi magia acontecer. A magia da minha avó sempre me transmitia uma sensação de conforto, aconchego, luz e doçura. Eu adorava quando ela aquecia a casa no inverno ou conjurava borboletas brilhantes para eu caçar no verão. Eu sentia tanta saudade dela, do toque da magia dela na minha pele, no meu coração.

A magia da Antonia era completamente diferente. Era de arrepiar. Os pelos do meu braço se eriçaram. Era como eletricidade quando uma tempestade se aproxima. Sem conforto, só poder.

Zia apertou forte a minha mão. Eu correspondi, segurando firme sua mãozinha quando vi aumentarem e se espalharem as crepitações que saíam dos dedos da Antonia. Ela me fez um aceno com a cabeça e eu encostei meu braço no dela.

— Feche os olhos.

Ela não questionou, só apertou minha mão mais forte. A magia saiu da mão da Antonia em um clarão de luz azul.

A mãe de Zia gritou.

Um segundo depois estava acabado. Zia abriu os olhos e suspirou, levando a mão ao rosto. O focinho tinha sumido, e um nariz normal estava no lugar. Ela inclinou a cabeça na minha direção.

— Você tinha razão, não doeu — ela disse.

Eu sorri, aliviado.

— Que bom. Fico feliz.

— Excelente — Antonia disse, acenando a mão. — Sem focinho, e você vai ver que o lustre vai permanecer no lugar e o seu piso vai continuar reluzindo artificialmente. Agora vamos falar sobre o pagamento.

Poucos minutos depois, eu estava parado de pé na calçada ao lado do gramado bem aparado, junto com Sun, enquanto Antonia e Fable finalizavam o negócio. No final das contas, a mãe foi obrigada a pagar os honorários das duas, e o valor total me pareceu inacreditável.

— Foi um prazer ver você de novo, Sun — eu disse, enfatizando seu nome. Enfiei as mãos nos bolsos e fiquei mudando o peso de um pé para o outro enquanto Sun esperava ao lado do carro surrado de Fable. O sol estava torrando, mas os aspersores do jardim estavam ligados para regar a grama e sentir aquela bruma na pele era agradável. — Da próxima vez, vista uma roupa mais colorida.

— Acho difícil — Sun disse encostando no carro, de braços cruzados e com a aba do boné abaixada no rosto. O estoicismo da sua personalidade estava de volta, embora eu tenha vislumbrado uma tempestade se formando por baixo da superfície, e fiquei intrigado.

— Por quê? Você tem alergia a arco-íris ou coisa parecida? Estranho para alguém cujo nome é uma homenagem ao sol. — Segurei minha camiseta amarela berrante e chacoalhei o tecido para chamar a atenção e para me abanar. A camiseta grudou na minha pele suada.

— Não. Acho improvável que nos encontremos de novo — Sun continuou. — Antonia e Fable não são exatamente amigues.

— Como assim? Pareciam estar se tratando bem.

Sun deu uma risadinha.

— Só que não. Fable não gosta da forma como Antonia alardeia o desprezo que sente pelas regras. — Seu olhar expressivo me penetrou.

Forcei um sorriso. Não tinha como Sun saber sobre o Mapeador de Magia. Então o que aquilo queria dizer? Será que era sobre mim? Sobre o fato de eu não ser mágico?

— Bom, regras são feitas para serem quebradas.

Sun fez um carão. Todo o seu ser irradiava desaprovação.

— Regras são criadas por algum motivo — elu respondeu, afastando-se do carro e se aproximando de mim. Menor que eu, Sun teve que erguer a cabeça para olhar nos meus olhos, e mesmo assim me intimidava. Fiquei sem ar. — Talvez você deva perguntar à Antonia sobre sua última aprendiz.

Eu enrijeci. A bruma do jardim molhava o meu ombro, misturando-se ao suor na minha nuca. Minha boca de repente secou.

— A Antonia trabalha sozinha — eu disse, mas as palavras saíram tímidas e incertas.

— Agora. Bom, não mais. — Sun cerrou os olhos. — Agora *você* trabalha com ela. — Sun passou a língua nos lábios, e eu não abaixei os olhos para olhar. *Claro* que não. — E eu me perguntaria por quê, se eu fosse você.

— Mas eu não sou você — retruquei, dando um passo para trás para aumentar a distância entre nós. — O que é ótimo, porque você parece ter alergia a cor, então eu não poderia usar as minhas meias de arco-íris favoritas, o que seria uma tragédia. Além disso, eu teria que abrir mão da minha personalidade, e nós sabemos que esse é o meu ponto forte.

A expressão de irritação de Sun era um espetáculo a ser admirado. E era essa a imagem que eu queria guardar, então me afastei assim que ouvi a porta da frente abrir e fechar, e fui saltitante até o carro esportivo da Antonia.

— É sempre um prazer, Fable — Antonia disse, olhando para trás —, mas acho que devemos ficar um tempo sem nos ver. Sabe como é, longe dos olhos, perto do coração. Não é por mim, é por você. A nossa separação tornará mais doce o nosso reencontro.

Fable cruzou os braços. O cabelo loiro cacheado caiu sobre seus ombros, indo parar na dobra do cotovelo.

— Até a próxima, Antonia. Cuide-se. Nós sabemos que isso é o que você faz de melhor.

Antonia destravou o carro e entrou. Eu a segui e fiquei segurando a mochila no colo, com os pensamentos zumbindo na cabeça. Antonia já teve uma aprendiz. Alguma coisa aconteceu. Antonia, mesmo sendo poderosa, não era muito querida, não só pelo Consórcio, mas também por outros feiticeiros.

Eu me senti estranho, desorientado. E perceber que eu não conhecia nada da Antonia foi como um tapa na cara. Eu não gostava dessa sensação. Eu não gostava do fato de Sun saber mais do que eu. De saber que eu tinha ficado tão preocupado e cheio de culpa por ter usado a Antonia para os meus objetivos que não pensei que ela pudesse estar me usando também.

Pigarreei.

— Achei que a relação de vocês fosse de amizade.

Ligando o carro, Antonia fez uma careta e suspirou. Ela deixou os ombros caírem. Algumas linhas finas apareceram no canto da sua boca e acabaram com a suavidade das linhas da sua sobrancelha. Ela encostou a cabeça no volante.

— Nós temos um acordo. Isso não quer dizer amizade. — As mãos da Antonia tremiam ao tentar soltar o café do porta-copos para poder tomar o restinho aguado que restava no fundo do copo.

— A gente pode pegar outro.

Ela balançou a cabeça.

— Pegue o seu aparelho. Encontre a linha mais próxima.

— Ahm, tá bom. — Eu tirei o Mapeador de Magia da mochila e liguei. Tirei o zoom do mapa e, embora a linha amarela ainda estivesse lá, o aparelho não detectou a linha morta que Sun tinha visto.

— Ahm... acho que vamos ter que sair deste bairro.

Ela concordou.

— Foi o que eu pensei. Tem uma perto da minha cafeteria preferida.

— Achei que tínhamos passado na sua preferida no caminho para cá.

— Eu tenho várias favoritas — ela disse saindo da vaga. — Você fez um bom trabalho. Foi genial a ideia de fazer a garota contar sobre a fada.

— Valeu. O que está acontecendo com você?

— Ahm? Ah, claro, Fable tinha razão. A magia nas linhas próximas não era suficiente para desfazer a magia das fadas e manter os outros feitiços funcionando. Para não arriscar ver o lustre cair, eu tive que usar as minhas reservas, e estou esgotada. É só isso.

Eu não entendi muito bem o que aquilo queria dizer. Antonia tinha algo de especial, diferente, pela forma como ela armazenava energia mágica, enquanto os outros precisavam recorrer às linhas.

— Ah, entendi.

Antonia me lançou um olhar afiado de canto de olho.

— O que Sun disse para você?

— Nada — eu respondi rápido, tentando parecer indiferente. — Não disse nada. Idiota.

Pela cara que ela fez, percebi que a Antonia não acreditou em nada do que eu disse, mas ela não me pressionou. Saindo do bairro para voltar à cidade, as mãos dela apertavam o volante tão forte que as juntas dos dedos chegavam a ficar mais brancas.

— Bom, não se preocupe. Não vamos ter que ver aquelas duas pessoas por um bom tempo. Cada um fica no seu canto.

— O canto delus é meio parado, não é? — eu disse, dando uma risada forçada.

Antonia sorriu.

— O mais parado.

Eu tinha tantas perguntas. Por que a Antonia me deu um nome? O que Sun quis dizer sobre a última aprendiz da Antonia? No que eu tinha me metido?

Antonia ligou o rádio e começou a cantar baixinho. Ela se ofereceu para me pagar um café. E apesar de tudo que estava acontecendo, apesar dos potenciais problemas, eu não estava nem aí. Porque havia magia ao meu redor de novo. Apertei o Mapeador de Magia nas mãos. E não importava o que Sun dissesse. Eu não abriria mais mão disso.

SUN

— Quando ferver, pingue uma gota de lágrimas de sapo e mexa vigorosamente com uma colher de madeira. — Fable passava as recomendações do outro lado do chalé. — Tome cuidado. Não podemos estragar tudo.

Verifiquei o caldeirão que estava pendurado em uma vara sobre o fogo. A poção espessa borbulhava, com uma consistência de lama, mas cor de refrigerante de uva. O frasco contendo as lágrimas de sapo estava no porta-frascos, na prateleira ao lado do suporte onde Fable deixava o enorme livro de feitiços. Tirei o frasco do lugar e peguei uma colher de madeira de cima da mesa. Despejar uma gota de qualquer coisa já era difícil, mas lágrimas de sapo eram um líquido mais fino do que água, então precisei pensar em uma solução.

Usando um conta-gotas e mantendo a mão bem firme, eu coloquei devagar exatamente uma gota das lágrimas na colher de madeira. Excelente. Fechei o frasco, deixei-o de lado, levei a ponta da colher até a panela e mexi.

O líquido roxo e viscoso ficou azul-esverdeado e espumoso, como deveria ficar, para virar o elixir de crescimento de plantas que várias bruxas naturais tinham encomendado. O calor tinha devastado muitas das hortas que elas cultivavam. Mexi mais rápido, e meu pulso e meu braço começaram a doer quando a poção passou de uma consistência de lama para um caldo ralo, mas de repente ficou preto como petróleo, espumoso e turbulento como o mar durante uma tempestade. O líquido veio para cima, como um vulcão de papel machê, subindo cada vez mais rápido. Em pânico, eu me afastei, tirando a colher quando a mistura derramou pelas bordas do caldeirão, caindo na fogueira. Quando a poção entrou em contato com as chamas, começou a soltar fumaça e o fogo sibilava.

— Fable! — eu gritei, tossindo. Debati os braços para dispersar a fumaça. — É...

A mistura explodiu. Jorrou para cima, batendo no teto. Eu me escondi, mas não consegui fugir sem danos da zona de respingos. Comecei a sentir aquelas gotas enormes da poção caindo em mim, como uma chuva. A poção chegava fria no meu rosto, apesar de ter acabado de sair do fogo.

Fiquei olhando para a confusão, em choque, de braços abertos e com aquela meleca viscosa toda sobre mim. Ontem mesmo tinha observado Fable fazer essa poção e não aconteceu nada. O que será que eu fiz de errado?

Fable estalou a língua.

— Certo, o que aconteceu aqui?

— Eu não sei. Coloquei a lágrima de sapo e mexi bem com uma colher de madeira.

Fable não costuma se irritar. Na verdade, elu nunca me repreendeu, mesmo quando eu era principiante e cometia muitos erros. Nunca havia gritos, o que era ótimo, mas tudo tinha que acabar virando uma lição, o que podia ser meio irritante.

— Quero saber o que você fez — Fable disse, suspirando.

Passei a língua nos lábios.

— Coloquei uma gota de lágrima de sapo na ponta da colher de madeira, despejei na poção e mexi vigorosamente.

Fable passou a mão pelo cabelo longo e cacheado, que hoje estava preso em uma trança.

— Eu disse: "Despeje uma gota de lágrima de sapo na poção e depois mexa com uma colher de madeira". Eu não disse: "Coloque a lágrima de sapo e a colher de madeira ao mesmo tempo".

Fiz uma careta.

— Eu me preocupei em como mediria uma única gota para a poção. É difícil, e eu não queria desperdiçar.

— Entendi. Mas ao tentar evitar um erro, você cometeu outro e desperdiçou muito mais do que as lágrimas de sapo, além do tempo perdido.

Uma gota grande caiu do teto e se espatifou aos meus pés.

— Desculpe.

— Tudo bem. Todos nós cometemos erros. Você pode tentar de novo. — Fable me entregou um lenço para eu limpar o rosto. — Pelo menos suas roupas não vão ficar manchadas.

Olhei para baixo e vi meus jeans surrados e meu moletom largo, os dois pretos. Mal dava para ver onde as gotinhas da poção estragada tinham penetrado no tecido.

— Você acha que eu deveria me vestir com mais cores? — perguntei, com as palavras de Rook ecoando na minha cabeça. Eu não deveria pensar nele. Já fazia três dias e, a essa altura, eu já teria desconsiderado a opinião de qualquer um, mas ele... ele falou que eu era incrível na primeira vez que nos encontramos.

— Se você quiser usar roupas mais coloridas, tudo bem — Fable disse, prestando atenção na poção que estava fazendo.

Não ajudou em nada.

— Mas será que eu ficaria bem usando roupas coloridas? — pressionei, sentindo meu rosto corar. Passei a mão pela nuca, passando os dedos pela parte raspada à máquina do meu cabelo.

— Por quê? — Fable se virou na cadeira. — Quem você está querendo impressionar? — disse, erguendo a sobrancelha.

— Ninguém — respondi rápido, tentando manter o ar blasé. — Bom, é que o aprendiz da Antonia disse uma coisa, e eu só... Será que eu deveria tentar ser mais... agradável? Quando saímos a campo?

— Você está falando isso porque ele descobriu a magia das fadas?

— Não — eu menti. O fato de ele ter se aproximado da garotinha e conversado com ela para obter informações ainda me incomodava. Essa ideia não tinha passado pela minha cabeça. Comunicação e tato social eram os meus pontos fracos, e ver alguém lidando com isso com tanta facilidade... era dolorido.

— Sei. Ele falou alguma coisa para você?

Eu ocupei minhas mãos girando a colher de madeira entre os dedos.

— Ele me chamou de idiota — resmunguei. Na hora eu não me incomodei, porque eu fui idiota mesmo. Eu admito, mas não tinha nada a ver com ele. Quer dizer, meio que tinha sim. Quem ele pensa que é para sair por aí todo simpático, sorridente e despreocupado? Como se a magia fosse uma grande piada.

Fable bufou.

— Eu não me preocuparia com o que ele diz. Ele não vai durar muito. Ele é a mais recente besteira da Antonia.

Senti um nó na garganta. Eu não gostei de como aquilo soou. Sim, ele era um babaca e sorria demais, e era alto demais. E tinha uma covinha. Mas... ele não merecia aquilo de que Fable estava falando, seja lá o que fosse.

— Ele está correndo algum perigo?

Fable cerrou os lábios.

— Fable? Está ou não?

— Não sei. A última aprendiz da Antonia... — A frase parou por aí. — Bom, a história não acabou muito bem para ela, e foi culpa da Antonia. Sem dizer que esse novo aprendiz não é... alguém que o Consórcio aprovaria.

Franzi a sobrancelha.

— Por que não?

— Você conhece as regras — Fable disse. Largando o trabalho e girando na cadeira, começou a me analisar com um olhar profundo. — A Antonia tem o hábito de sempre aparecer no radar do Consórcio, e não de um jeito bom. Ela só arranja confusão. Sim, sim, ela é bonita e poderosa e, se ela quisesse mesmo, poderia ter todo o mundo mágico aos seus pés. Mas, no final das contas, tanto poder e prestígio não valem a pena. Para mim não, pelo menos.

Respirei fundo. Senti meu estômago revirar de preocupação.

— Seja lá o que ela estiver fazendo, ela não vai nos afetar, vai?

— Não — Fable disse, com autoridade. — De jeito nenhum. O Consórcio sabe que eu estou do lado deles. E, em todos esses anos, eu nunca saí da linha. E nem nenhum dos meus aprendizes. — Isso serviu como um aviso. Como se eu tivesse vontade de quebrar as regras. Eu só queria aprender a fazer magia, ter um lugar tranquilo para mim, longe do caos da minha família e do mundo. A magia era isso para mim, um alívio, e o chalé, essa casinha que Fable tinha quase fora da cidade, com uma lareira crepitante, um sofá confortável e essa sensação de aconchego em cada cantinho, era o único lugar onde eu queria estar.

Fable apontou para a bagunça.

— Agora limpe e tente de novo. E se você quiser usar roupas coloridas, use. Se você não quiser, não use. Não se preocupe em ser agradável para os outros. Seja você mesme, Sun, e se isso não bastar para alguém, é problema deles, e não seu.

Senti meus ombros relaxarem.

— Agradeço, Fable.

— Mas se você quiser usar roupas coloridas e sorrir mais, faça isso. Você ficaria bem de azul-escuro, se não quiser fugir muito do preto.

— Anotado — respondi, bufando.

Murmurando um feitiço bem conhecido, extraí um pouco de magia da linha de Ley que passava pelo riacho perto da chácara de Fable. O córrego desaparecia dentro de uma floresta densa em que Fable dizia que eu não podia entrar sem a companhia de outra pessoa, porque era repleta de magia. A linha dava vida a muitas coisas mágicas, e nem todas eram agradáveis ou amigáveis.

Mas a linha chegava à cabana de Fable, e eu me conectei a ela para limpar a bagunça. Em pouco tempo, um globo líquido da poção preta se formou e ficou pairando no ar. Coloquei aquilo de volta no caldeirão. Enquanto eu estava tentando salvar um pouquinho que fosse dos ingredientes, o telefone tocou.

O jeito com que Fable conduzia os negócios era diferente da Antonia. Enquanto a Antonia tinha um imóvel comercial e um *call center* em que, aparentemente, Rook era o único atendente, Fable cuidava de tudo de dentro do chalé. O telefone comercial era um celular com toque diferente no máximo volume para que pudéssemos ouvi-lo de qualquer lugar da casa.

Fable se abaixou para pegar o celular antes que ele saísse vibrando e caísse da mesa.

— Fable Desfaz — disse. — Sim, sim. Claro. Podemos atender o seu caso. Em breve estaremos aí.

Fable desligou.

— Vamos — disse, levantando-se e preparando os apetrechos para sair. — Temos um trabalho na cidade.

Eu não abri a boca para reclamar por ter que ir à cidade. Peguei a minha mochila de cima da mesa da cozinha e joguei a alça por cima do ombro. Na porta, peguei meu boné do cabideiro, coloquei na cabeça, tirei o chinelo que eu usava dentro de casa e coloquei as botas, saindo com pressa para chegar àquele carrinho que usávamos em serviço.

— Qual é o caso? — eu disse, sentando-me no banco da frente. Mesmo sendo aprendiz de Fable há muitos anos, foi só no último ano que eu pude começar a ir junto nas missões. Só depois dos dezesseis anos, segundo as regras do Consórcio. Meus pais até tiveram que assinar um documento, por precaução. Não que alguma coisa ruim fosse acontecer, mas Fable prezava muito pela segurança.

— Uma infestação de ratos.

Enruguei o nariz.

— Ratos? Agora nós somos uma dedetizadora por acaso?

— Ratos cantores.

— Ah, bom. Aí é... estranho.

Fable abriu um sorriso.

— Ossos do ofício.

O percurso até a cidade demorou um pouco, ainda mais naquele carro surrado, que sacolejava se a velocidade fosse muito alta. Eu me agarrei à maçaneta da porta, apertando até as juntas dos dedos ficarem brancas. Fable murmurou um feitiço e o ar-condicionado ligou, engasgando. Eu me afundei no assento, feliz pela trégua do calor.

O prédio ficava em uma região residencial da cidade, cercado por prédios igualmente altos e intercalados por alguns restaurantes, lavanderias e postos de gasolina. Fable estacionou na frente, jogando o carro na vaga de estacionamento.

Eu resmunguei ao ver aquele conhecido carro vermelho passar acelerando por nós e entrar apressado em uma vaga um pouco à frente.

— Merda — Fable disse, saindo do carro e indo na direção do porta-malas do carro para pegar os artefatos. Eu segui atrás em um ritmo mais lento, resmungando sobre o calor que me atingiu assim que pisei na calçada.

— Você — eu disse, vendo Rook se aproximar da entrada do prédio. Ele estava usando óculos de sol grandes e uma camiseta colada que deixava a clavícula à mostra demais. O jeans era rasgado no joelho, provavelmente por motivo de desgaste, e não por uma escolha de estilo. O sorriso dele era largo demais, e seu cabelo castanho estava todo bagunçado.

— Eu — ele concordou, em um tom leve e amigável. Ele apontou um dedo para mim. — Ratos cantores?

Cocei o nariz, cerrei bem os olhos porque já sabia no que aquilo iria dar.

— Isso.

— Hum. Nós também.

— Que maravilha — eu disse, de modo inexpressivo, tirando a mão do rosto e abrindo os olhos. E, não, ele não era uma miragem do calor da cidade. Ele ainda estava lá. Torrando no sol forte.

— Olha só — Rook disse, aproximando-se para passar por mim e chegar à calçada —, quando eu sugeri que você usasse mais cores, não achei que você seguiria o meu conselho.

— O quê? — Olhei para baixo e vi as minhas roupas. Putz. Sob a luz suave do chalé, minhas roupas pareciam ter absorvido os respingos da poção estragada, mas à luz do sol minhas roupas estavas cobertas de manchas que refletiam um brilho roxo-escuro. Eu estava usando bolinhas, do topo do meu capuz à barra da minha calça. Minhas entranhas se contorceram em completo pavor, e meu rosto esquentou na hora por causa do rubor, que esperei que pudesse ser atribuído àquele sol impiedoso. Fechei os olhos e escondi o rosto nas mãos.

— Não acredito.

Rook riu, mas não foi indelicado.

— Tudo bem. Fico lisonjeado por você ter ouvido o meu conselho.

— Eu não ouvi o seu conselho — retruquei. — Eu tive um problema com uma poção. Essas coisas acontecem quando trabalhamos com magia de verdade. Mas como assistente administrativo, você não entenderia.

O sorriso do Rook esmoreceu. E na mesma hora eu me senti um monstro. Constrangide e cruel.

— O que está acontecendo aqui? — Antonia interrompeu. Rook abriu um sorriso engessado no rosto, mas era obviamente falso, e eu fiquei morrendo de medo de a Antonia perceber e me amaldiçoar por ter sido cruel com seu aprendiz não administrativo. — Não vamos ter nenhuma confusão aqui, vamos? — ela continuou.

Fable veio logo atrás. Fable e Antonia pararam para se encarar na frente do prédio. Antonia reluzia com seus olhos violeta, pele morena impecável, cabelos castanho-escuros e calça jeans skinny com uma blusa soltinha. Suas unhas pretas reluziam como o céu noturno visto do pórtico do chalé. Ela parecia uma modelo. Fable parecia uma feiticeira, com seu cabelo loiro emaranhado e usando uma camisa de manga longa com cotoveleiras e tatuagens na mão saindo por fora do punho da camisa.

— Viemos atender o apartamento 5C — Fable disse com toda a calma.

— Tá bom. Vamos no 7C.

— Perfeito. Sem problemas então.

Antonia assentiu com veemência, virou-se e entrou no prédio. Rook a seguiu, mas antes olhou para trás e sorriu para mim, dando uma piscadinha.

Uma piscadinha? Uma piscadinha! Que abuso! Meu estômago revirou, e eu não sabia se era por causa da provocação descarada ou por causa da covinha. Eu não permitiria que ele chegasse a essa resposta antes de mim.

Senti o peso da mão de Fable no meu ombro, me apertando.

— Não deixe esse garoto chatear você — elu disse. — Isso não é uma competição.

Só que era. Definitivamente era uma competição. Aquela piscadinha. Com aquela piscadinha, virou uma competição.

Eu me desvencilhei das mãos de Fable.

— Vamos entrar — eu disse, entrando no prédio.

A planta do prédio era igual a qualquer outra. Mas era um dos prédios mais antigos da vizinhança e isso ficava claro na pintura lascada e nos tapetes desgastados do hall de entrada. Um saguão com um sofá esfarrapado e mesas de canto arranhadas levava a um conjunto de elevadores. Um deles estava no sétimo andar, com certeza levando Antonia e Rook. O segundo esperava por nós. Entramos e senti um arrepio na pele só de pensar em ficar naquele lugar apertado, mas ergui a cabeça. Eu não era fã de elevadores, mas enfrentaria meu medo, porque era uma questão de trabalho. E eu queria mandar bem. O Rook *não ganharia* dessa vez.

Eu me controlei para não sair correndo ao ouvir a campainha do elevador avisar que tínhamos chegado ao quinto andar. Respirando fundo e devagar, controlei a minha ansiedade e segui Fable pelo corredor, até chegarmos à porta certa. Estralei meus dedos e, depois de uns instantes, a porta do apartamento 5C se abriu, revelando uma jovem que respirou aliviada ao nos ver. Ela parecia ter uns vinte e poucos anos e, embora não estivesse tão transtornada quanto a mãe da garotinha com o focinho de porco, estava nitidamente desconfortável. Ela nos chamou para entrar.

— Esta é a casa da minha avó — ela disse. — E ela fica ouvindo coisas, reclama de uma cantoria que não para. Nós achamos que ela estivesse... alucinando. Mas eu comecei a ouvir a mesma cantoria sempre que vinha visitá-la. A nossa família não é mágica e não temos muita experiência com magia, com exceção de alguns amigos mágicos diletantes, mas não conseguimos pensar em mais ninguém que possa ter feito isso.

Fable assentiu.

— E de onde vem?

— Das paredes. E nós conseguimos... — ela engoliu em seco — pegar um deles.

Ela ergueu uma caixa tampada com buracos de ventilação nas laterais. Olhei dentro da caixa e vi um ratinho cinza correndo desesperado. Fable e a garota continuaram conversando atrás de mim, enquanto eu encostava a orelha na caixa e, é claro, o rato estava cantando. O som era agudo e baixinho, de certa forma distorcido, porque ratos não deveriam cantar, mas depois de me esforçar por alguns segundos, consegui entender a letra da música. O ratinho estava cantando uma música sobre ajudar a sua melhor amiga, Cinderela.

Eu me levantei.

— Temos algum fã de contos de fadas neste prédio?

Ela franziu a sobrancelha, pensando.

— Não sei. Não que eu saiba.

— E de musicais?

Ela cruzou os braços e olhou para cima.

— O vizinho de cima. Formado em teatro musical, eu acho. Está sempre dançando, sempre ouvindo trilhas sonoras. Minha avó não se incomoda, mas quando eu estou aqui, sempre tenho que apelar para a vassoura para fazê-lo baixar o volume.

— Cinderela, por acaso?

Ela arregalou os olhos.

— Isso. Ele só ouviu isso por meses. Como você sabe?

Eu levantei a caixa.

— Podemos ficar com isso aqui?

— É claro.

— Agradeço. Voltamos daqui a pouco.

No corredor, Fable pegou a caixa e encostou no ouvido.

— No que você está pensando, Sun? — perguntou.

Eu pisquei e percebi que a minha visão estava em preto e branco, exceto pela linha de Ley forte que passava pelo meio do prédio. E, além disso, vestígios de pontinhos se movendo pelas paredes, dezenas deles ou talvez mais. Nem sempre eu conseguia ver quando as pessoas usavam magia e eu tinha certeza de que os ratos não estavam puxando magia das linhas conscientemente. Mas eles tinham sido enfeitiçados para cantar. E quem quer que tenha conjurado o feitiço estava canalizando a magia através da linha até chegar aos ratos.

Eu pisquei e o mundo voltou a ficar colorido.

— Precisamos ir até o andar de cima.

Nós só precisávamos pedir para o feiticeiro desfazer o feitiço, e os ratos deixariam de ser cantores e voltariam a ser ratos normais. O vizinho do andar de cima então não seria responsabilizado por um problema mágico, mas sim por uma infestação normal.

Acontece que não fomos os únicos a chegar a essa conclusão. Antonia e Rook desceram do elevador no sexto andar ao mesmo tempo que nós, parando no corredor.

Rook se assustou ao nos ver e escondeu alguma coisa dentro da mochila. Parecia um celular ou um tablet, mas o que quer que fosse, ele escondeu tão rápido que só vi de relance uma luz verde piscando. Nervoso, ele passou a mão pelo cabelo, esquecendo que tinha colocado os óculos escuros na cabeça. Os óculos se enroscaram nos fios de cabelo e ele começou a xingar, tentando desembaraçar os fios e lutando com a mochila ao mesmo tempo.

Antonia o ignorou. Ela ficou nos encarando, juntando os dedos em frente ao peito.

— O que vocês estão fazendo neste andar? — ela perguntou casualmente. — Achei que vocês estariam no 5C.

— E eu achei que você estaria no 7C — Fable respondeu com sua voz calma.

Antonia sorriu, os lábios vermelhos se abrindo e deixando ver seus dentes branquíssimos.

— Mudança de palco.

Palco. Palco era uma palavra muito específica. Palco é local de concertos e peças. Eles também devem ter descoberto.

Ergui a caixa com o rato.

— Trilha sonora da Cinderela?

Antonia gargalhou.

— O sujeito que nos chamou disse que ele vive batendo no piso com o cabo da vassoura porque as músicas tocam muito alto.

— A garota que nos chamou disse a mesma coisa, mas ela bate no teto.

Rook finalmente parou de lutar contra os óculos e com a mochila, mas a camiseta tinha caído no ombro, mostrando um pedaço de pele que eu não tinha nem um pouco de interesse de ver.

— Eu aposto no diretor de teatro amador — Rook disse, conseguindo ajeitar a gola da camiseta e me poupando de um momento de estresse que eu tinha decidido não ter.

Formando um grupo, nós nos viramos e descemos o corredor. Rook ficou para trás, deixando Antonia e Fable caminharem e se engalfinharem na nossa frente, e veio para o meu lado.

— O que tem na caixa? — ele perguntou, apontando o queixo na minha direção.

— Um rato que quer ajudar a amiga Cinderela.

— Uau. Que...

— Se você disser "maneiro"...

Ele sorriu e passou a mão na nuca, quase tímido.

— Incrível — ele preferiu dizer. — É incrível que esse rato queira ajudar. Normalmente, eles são pestilentos, mas pelo menos esse bichinho quer fazer a parte dele, ajudar com as tarefas, costurar botões, lavar as louças. Tudo o que ratinhos amigos fazem.

— Você é estranho.

— Diz a pessoa que usa roupas de bolinhas roxas.

Lancei um olhar feroz para ele. Como alguém conseguia ser tão irritante? Literalmente, a pessoa mais inconveniente do planeta?

— Como a Antonia ainda não te enfeitiçou?

— Acho que é sorte — ele respondeu, colocando as mãos no bolso. — Sabe, nós temos muito em comum — ele disse com um ar de malícia.

Eu relutei.

— Não temos não.

Ele deu de ombros.

— Tudo bem, talvez não muito em comum. Eu sou alto, você não. Eu sou extrovertido, você não. Eu sou bom de papo, enquanto você prefere se comunicar com caretas. Eu sou agradável, você só resmunga.

Eu lancei meu olhar mais fulminante. Ele continuou sem se deixar abalar.

— Mas nós somos aprendizes de feiticeiras poderosas e desfazedoras de feitiços. Nós poderíamos trocar figurinhas.

Eu apertei a caixa nas mãos. Baixei a cabeça, olhando para o carpete horroroso que se estendia por todo o corredor, até chegar à porta certa. Meu estômago revirou. Minha nuca começou a coçar.

— Como assim? Você está sugerindo que deveríamos ser amigues?

Rook riu, uma risada alta e detestável, fazendo um som parecido com uma centena de garotos que me perturbaram durante toda a minha vida. Senti meus ombros se curvarem ao ouvir aquele som.

— Não aja como se fosse a pior coisa do mundo. — Rook disse, me empurrando com uma cotovelada gentil. — Ter um amigo.

— Eu tenho amigos — murmurei, esperando que ele não conseguisse detectar a minha mentira. Eu tinha irmãs. E tinha colegas e conhecidos. O tipo de amigos que eram obrigados a convidar você para suas festas de aniversário até certa idade, mas nunca mais convidaram depois que os grupinhos do ensino médio se formaram. Mas eu não precisava deles. Eu tinha Fable e o rato cantor. — Além disso, Antonia e Fable nem se gostam. Apenas se toleram porque é mutuamente benéfico, e é bom para a cidade e para os usuários de magia ter as duas feiticeiras mais renomadas atuando em conjunto. Senão…

— Tá bom, tá bom — Rook disse, me cortando e erguendo as mãos. — Uau. Tá bom. Já entendi. Você não quer ser meu amigue.

Eu suspirei. Senti um nó no estômago. Meu corpo inteiro era uma única linha tensionada.

— Não foi o que eu disse.

— Ah, claro. Eu sei o que você quis dizer. Eu sei ler nas entrelinhas. Você não quer que sejamos amigues porque você quer algo a mais.

Meu coração disparou, em pânico absoluto. Não era verdade. Nem perto disso. Tá bom, Rook era atraente. Desconsiderando sua personalidade. Mas eu não… não queria… não era isso. Nós nos encontramos três vezes, e a cada vez ele ficava mais irritante. Eu não tinha interesse nele. De jeito nenhum. Não.

— O quê? — perguntei, com a voz fraca e ofegante, apesar do tumulto de emoções convulsionando no peito.

Ele sorriu.

— Animigues, é claro.

Cerrei os dentes, escondendo o barulho de pancada da minha alma caindo no fundo das minhas entranhas. Eu não sei por que me senti tão vulnerável. Aquilo magoou de uma forma que não deveria. Afinal, o que eu estava esperando? Que, depois de três encontros, todos em circunstâncias longe de serem ideais, ele faria algo diferente do que todo o resto das pessoas que eu já conheci? Ele só queria me provocar.

— É óbvio — eu disse.

— Está vendo? A gente se entende. Nós já somos animigues.

Eu estava com a resposta na ponta da língua, mas o barulho da Antonia batendo o punho cerrado contra a porta do apartamento 6C me fez calar a boca e voltar minha atenção à tarefa que eu tinha em mãos. Dei um passo à frente, deixando o Rook para trás, e parei ao lado de Antonia e Fable diante da porta.

Do outro lado, ouvia-se o som de objetos sendo remexidos e, por fim, da chave virando na fechadura. A porta se abriu.

— O que foi?

— Isto aqui é seu? — Mostrei, empurrando a caixa com o ratinho na direção da fresta da porta e interrompendo o que Antonia tinha pensado em fazer ou falar.

— O que é isso?

— Um rato cantor.

Um silêncio mortal e então um "Ah".

A pessoa fechou a porta e ouviu-se o som do fecho sendo destravado do outro lado, então a porta se abriu de novo. Ele olhou em volta. O sujeito parecia um morto-vivo. Era nítido que ele não dormia há dias, olheiras em volta dos olhos, o cabelo loiro espetado em tufos, como se ele tivesse tentado arrancar os próprios cabelos aos poucos. Ele abriu a boca em um enorme bocejo e, distraído, começou a coçar a barriga debaixo do umbigo.

Antonia foi entrando, empurrando-o com o ombro, sem esperar por um convite.

— Qual feitiço você usou? — ela perguntou, jogando o cabelo para o lado. — Para a gente poder desfazer e voltar ao trabalho.

O homem piscou.

— Vocês são do Consórcio?

Antonia riu, colocando a mão delicadamente no pescoço. Ela trocou um olhar com Fable, que não demonstrava nenhuma reação.

— Nós parecemos o pessoal do Consórcio?

Ele esfregou a mão no rosto.

— Então quem são vocês?

— Antonia Hex. — Antonia apontou para si mesma, depois moveu o dedo na direção de Fable. — Fable Page. E os outros — ela disse, acenando para mim e para o Rook.

— Hex? — ele disse, arregalando os olhos vermelhos. — Puta merda — ele respirou.

Antonia sorriu com dentes de tubarão.

— Pois é.

Ele resmungou alguma coisa ao se virar e sair cambaleando na direção da cozinha, como se tivesse que fazer um grande esforço para se mexer.

— Eu comprei o feitiço de um cara em um beco ao lado do teatro. Ele disse que ajudaria na produção.

Rook olhou para mim e sussurrou *Bingo*.

— Então você é o diretor de uma produção de *Cinderela* em algum teatro amador?

— Não. Eu faço faculdade de teatro. Esse é o meu estágio. Preciso tirar uma nota boa para me formar. — Ele bocejou de novo, estalando a mandíbula. — Só recorri à magia porque eu não podia arriscar levar bomba nesse último projeto. Eu consigo conjurar alguns feitiços menores, e esse não era tão complicado.

Minha família já me disse que a arrogância não me cai bem, mas eu não consegui evitar ao sorrir com um certo ar de superioridade para o Rook. Ele deu de ombros, como quem não quer nada, sem se deixar afetar pela minha vaidade.

O cara mostrou o pergaminho para todos nós e Fable pegou antes da Antonia. Fable fez uma careta ao ler o feitiço.

— Você chegou a ler isso antes de sair conjurando sem saber o que estava fazendo?

Ele se inclinou em cima do balcão, quase dormindo.

— Eu só precisava para um trabalho, para apresentar para o professor. Mas depois os ratos escaparam, e eu estava cansado demais para correr atrás deles. Eram só cinco, e o feitiço nem tinha dado muito certo. Mal dava para ouvi-los com a música do teatro.

— Aham — Antonia disse, espiando por cima do ombro de Fable. — E você parou para pensar por que está tão cansado?

— Eu sou estudante e estou quase me formando. Tenho vários exames para fazer, além das apresentações e dos trabalhos. Tenho inscrições, entrevistas e o empréstimo estudantil para pagar. Eu estou literalmente esgotado. — O olhar perdido do sujeito foi parar onde eu e Rook estávamos, no meio da bagunça da sala. — Pensem bem nas escolhas de vocês, hein.

Estremeci.

Antonia estralou os dedos para trazê-lo de volta ao assunto.

— Claro, olha, talvez se você não tivesse comprado um feitiço de um bruxo do mercado clandestino, não teria esse problema. — Ela arrancou o papel das mãos de Fable e apontou. — Está vendo esta frase aqui? Você não enfeitiçou os ratos só para cantar. Você virou o canal.

O cara fez uma careta e coçou a sobrancelha.

— Hein?

— Você está puxando magia da linha de Ley desde que conjurou o feitiço — eu estourei, com a paciência no limite com aquele inútil. — A magia está sendo canalizada através de você para chegar aos ratos. Você não sentiu?

— Desculpa se eu não sou tão competente quanto a grande Antonia Hex e seus asseclas — ele retrucou, mas sem muito entusiasmo.

Fable se ouriçou. Quis abrir a boca, mas Antonia cortou, fazendo um gesto com a mão.

— Como se esses aqui pudessem ser meus asseclas. Faça-me o favor. — Ela fechou as mãos, batendo palmas. — Enfim, o que o assecla aqui estava tentando dizer é que o seu feitiço transformou você em um canal. Talvez você não tenha notado quando eram apenas cinco ratos cantores, mas agora vai muito além disso. Eles escaparam e se reproduziram. Temos aqui uma verdadeira infestação musical, alta o suficiente para dois dos seus vizinhos nos chamarem para resolver. E mais do que isso, agora toda essa energia extra está passando por você para chegar a eles, consumindo assim toda a sua preciosa energia.

Ele arregalou os olhos.

— Você quer dizer que os ratos são o motivo do meu cansaço?

— Exato — Fable disse. — Talvez você não tenha sentido quando eram cinco, mas agora há dezenas, talvez centenas de ratos mágicos morando neste prédio, e eles vão continuar se espalhando.

— Por sorte, há uma linha de Ley forte aqui perto — eu continuei. — Senão você teria sugado toda a linha e a sua própria força vital.

— Uau. — Ele passou a mão pelo cabelo ensebado. — Que diabos.

— Da próxima vez, deixe a magia com os feiticeiros. — Antonia estralou os dedos. Ela trocou um olhar com Fable. — Agora vamos desfazer o feitiço.

Depois de estudar brevemente o pergaminho do mercado clandestino e dar uma olhada rápida no livro de feitiços na bolsa de Fable, Antonia e Fable concordaram em qual seria o contrafeitiço adequado para cortar a conexão. Depois de algumas palavras, o cara foi libertado. A cor imediatamente voltou para o seu rosto. Seus olhos ficaram límpidos. A postura se alinhou, acabando com a impressão de abatimento. Ele ainda estava com uma aparência horrível, mas pelo menos não parecia mais estar com o pé na cova.

Segurei a caixa perto do ouvido e, é claro, a voz do ratinho já não estava mais cantando uma canção sobre costurar botões e achar a linha. Só os guinchos de um rato normal.

— Sun, verifique as paredes — Fable disse.

Eu pisquei. A linha de Ley vertical ainda estava lá, ocupando boa parte da minha visão, mas as manchas de energia que eu vi se movendo pelas paredes tinham sumido. Fechei os olhos e abri de novo, e o mundo estava colorido novamente.

— Deu certo.

Rook, inclinando a cabeça para o lado para me estudar, parecia intrigado. Pelo jeito como ele mordia o lábio e segurava firme nas alças da mochila, parecia que ele queria me perguntar alguma coisa, mas não perguntou.

— Ótimo. — Fable passou uma caneta e o pergaminho para o sujeito, que agora estava conseguindo falar coisa com coisa. — Agora, anote todos os detalhes de como você conseguiu esse feitiço.

Depois disso, reunimo-nos no corredor. Fable estava com o pergaminho enrolado na mão.

— Vou denunciar ao Consórcio, Antonia — Fable disse, segurando o papel. — Eu sei que você quer o mínimo necessário de contato com eles.

Antonia bufou e levou a mão à cintura.

— A pessoa que entrou em contato com você era mágica?

Fable piscou.

— Não.

— A que nos contatou também não.

Fable franziu a sobrancelha.

— E daí?

Antonia deu uma piscadinha.

— Calma — Fable disse, dobrando o pergaminho na mão. — Você não está sugerindo que...

— Não estou sugerindo nada. Só que este é um caso em que o Consórcio não precisa colher os benefícios dos nossos conhecimentos.

— Antonia — Fable disse, com a voz grave, no tom mais próximo de uma repreensão que já ouvi.

— O quê? Ora, convenhamos. Se não relatarmos, eles não ficam com o percentual desse mísero trabalhinho. — Ela estendeu o braço. — Sério. Depois das deduções, o valor que fica para você é suficiente para pagar a gasolina que você usou para vir até aqui?

Meu queixo caiu quando entendi o que ela estava querendo dizer.

— Você está dizendo para não relatar? — perguntei, demonstrando a minha indignação. — Isso é contra as regras.

— Boca fechada, assecla. Os adultos estão conversando.

Fable suspirou.

— Não posso deixar passar um caso de feitiço no mercado clandestino, principalmente considerando a natureza deste caso. Você sabe disso, Antonia. Além disso, se não relatarmos, podemos perder a nossa licença.

Antonia revirou os olhos.

— Tudo bem. Faça o que você tem que fazer, Fable, mas prefiro que você deixe o meu nome fora disso, se o seu código moral permitir. — Ela deu um tapinha no ombro de Rook, que ficou em silêncio durante toda a conversa. — E o nome dele também, por gentileza.

— Só vou passar as informações que eles solicitarem.

— Acho que já está de bom tamanho. Rook, vá para o carro. Vou cuidar do pagamento.

Ele pegou a chave da Antonia e foi para o elevador. Eu e Fable fomos atrás para descer, enquanto Antonia subia. Fable desceu no quinto andar, pedindo para eu esperar no saguão enquanto resolvia as questões do pagamento com o 5C.

A porta do elevador fechou, tremendo durante a descida, apenas comigo e Rook naquele espaço pequeno. Eu me encolhi no canto, segurando a caixa bem firme no peito e apertando forte para controlar a minha ansiedade, que não parava de aumentar.

— O que você vai fazer com isso? — Rook perguntou, apontando para a caixa na minha mão.

— Vou soltar no bosque encantado perto do chalé onde nós trabalhamos.

— Isso não é crueldade animal? — Ele se encostou na outra parede. — Quer dizer, você está praticamente sequestrando o ratinho e tirando o coitado de perto da família dele.

O elevador tremeu. Minha boca secou.

— Não, né? Quer dizer, tá bom. Pensando que os outros ratos que ficaram provavelmente serão exterminados, pelo menos este aqui vai ter alguma chance de sobreviver.

— Bem pensado.

Ouvimos um barulho de algo rangendo e as luzes do elevador piscaram. Fechei os olhos, me encolhi mais no canto e deixei escapar um sobressalto, apesar dos meus esforços para tentar me conter. Senti um formigamento na pele e um arrepio nos braços e na nuca.

— Ahm... está tudo bem?

— Eu tô bem.

— Você não parece bem. — O elevador tremeu de novo, perdeu velocidade ao se aproximar de um andar e parou com um solavanco. A campainha não tocou, a porta não abriu. Eu puxei o ar com força, com a respiração falhando. O elevador balançou e rangeu, continuando a descer. Eu quase deixei o rato cair. Meus joelhos amoleceram e eu deslizei, agachando-me no canto.

— Ei, ei, ei — Rook disse. — Você quer que eu continue falando ou quer que eu cale a boca?

Passei a língua nos lábios, completamente secos.

— Continue falando.

— Certo. Vamos lá, você sabia que a Antonia é péssima com equipamentos eletrônicos? Você já viu o celular dela? Está praticamente queimado. Todo dia eu tenho que consertar alguma coisa que ela quebrou. Os telefones do escritório? Ela já quebrou três desde que eu entrei. O caldeirão dela fica em cima de uma chapa quente, para ela fazer as poções, e teve um dia em que ela não percebeu que a chapa estava desligada. O dia inteiro! Eu só precisei virar um botão. Ah, isso sem falar nos computadores. Ou na cafeteira. Eu praticamente proibi a Antonia de usar a cafeteira. Se ela quer tomar café, ela tem que pedir para eu fazer, porque eu sempre tinha que consertar ou limpar o pó de café que voava para todos os lados.

Eu abri um olho.

— Isso é sério?

— Seríssimo — ele disse, esticando o *ííí*. — Eu sei que ela transmite essa *vibe* assustadora, de feiticeira supercompetente, mas quando se trata de coisas com circuitos, ela é um desastre. Não conte para ela que eu te contei, senão ela vai me amaldiçoar. Ou me matar.

Ainda com medo, engoli em seco, sentindo um nó na garganta.

— Fable é horrível com plantas. Elu mata todas.

Rook riu.

— Sério? Fable parece o tipo de pessoa que tem a casa coberta de trepadeiras e plantas estranhas.

— Não é? — eu disse, com uma risada ofegante. — Mas Fable não leva jeito com plantas. Nem um pouco. Desde que eu comecei a trabalhar lá, foram muitas tentativas de plantar alguma coisa, mas o nosso jardim não cresce. Fable diz que é por causa da proximidade com a floresta encantada. Acho que é porque elu se concentra tanto nas outras coisas que se esquece de regar as plantas, e quando se lembra, acaba regando demais e mata as plantas afogadas.

— Legal. A Antonia tem algumas plantas no escritório, mas não sei o que são nem para que servem.

O elevador desacelerou de novo.

— Mais um andar — Rook disse. — Enfim, eu ainda tenho muito a aprender. Eu sinto que estou sempre atrasado porque comecei tarde. Quer dizer, você é mais jovem do que eu, não é? Eu tenho quase dezessete.

— Eu tenho dezesseis.

— Pois é, tá vendo? Você é mais jovem e já está há anos nesse mundo. E você sabe das coisas. O que foi aquele negócio que você fez? Lá em cima? Foi incrível.

O sino do elevador tocou. A porta abriu, mostrando o saguão. Eu me ergui, cambaleei até a porta e exalei assim que cheguei naquele espaço relativamente aberto. Agora que eu estava em segurança, registrei as palavras do Rook.

Ele disse que eu tinha sido incrível.

— O quê? — perguntei.

— Quando você disse que o feitiço tinha funcionado.

— Ah, eu só estava olhando para a linha de Ley, acompanhando por onde a energia fluía. Vendo se os ratos nas paredes ainda estavam enfeitiçados.

— Ah, faz sentido. — Rook começou a brincar com os dedos. — Está se sentindo melhor?

Eu pigarreei.

— Estou. Agora que eu saí, estou.

— Que bom. — Ele tocou o carpete com a ponta dos pés. — Sabia que elevadores são muito seguros? Eles passam por inspeções anuais e assistência mensal. E mesmo se o elevador estragar, existe um freio e painéis de acesso para sair. Ou o problema não é especificamente com elevadores, mas com espaços pequenos em geral? Eu piorei as coisas?

Eu não consegui me segurar. Comecei a rir. Agora que o medo e a ansiedade tinham ido embora, comecei a sentir tontura e me joguei no sofá do saguão, tendo um ataque de riso incontrolável. Coloquei a caixa do ratinho do meu lado e abracei os joelhos no peito, sufocando a risada no tecido surrado da minha calça jeans.

— Uau — Rook disse, colocando a mão no peito. — Uau. Você está rindo. Você ri. Eu estraguei você, Sun?

— Idiota — eu disse, jogando a cabeça para trás para respirar fundo e me recompor. — Eu sei rir.

— Bom, eu nunca tinha visto.

— Talvez porque você não seja engraçado.

Rook caiu na gargalhada, surpreso e radiante.

— Ai. Essa doeu. Estou ofendido — ele disse rindo, obviamente não ofendido. — Poxa, isso foi grosseiro. Engraçado, mas grosseiro. Tudo bem.

Eu retiro o que disse. Você rindo é horripilante. Por favor, quero de volta sua versão antissocial e ranzinza que me julga. Com toda a sua frieza e tédio infinito.

Deixei a tensão se esvair de mim e aos poucos relaxei os músculos do rosto, voltando à minha expressão cretina de sempre.

— Tudo bem — eu disse, tentando fazer uma voz monocórdica com um toque de irritação. — Voltei.

— É assustador que você tenha feito isso tão rápido e com tanta facilidade.

— O que você quer que eu diga? Eu sou um camaleão.

Rook sorriu, mostrando a covinha.

— Você vai precisar de um pouco mais de cores para isso, mas as bolinhas já são meio caminho andado.

Eu suspirei e abaixei ainda mais a aba do meu boné.

— Lugares pequenos — eu disse, respondendo à pergunta que Rook tinha feito. — Mas elevadores são um tipo de inferno muito específico.

— Anotado.

A porta do elevador abriu para Antonia e Fable saírem. As picuinhas ecoavam por todo o salão, atrapalhando a nossa brincadeira.

— Fable — Antonia disse, com a voz afiada e ameaçadora. — Estou pedindo *educadamente*. Você disse que ficaria de fora disso. Lembra?

— Lembro. Mas *você* está tornando as coisas extremamente difíceis — Fable retrucou. — É difícil ignorar esse seu completo desprezo pelos decretos do Consórcio.

Antonia resmungou, fazendo um drama.

— Será que você pode deixar de seguir as regras cegamente pelo menos uma vez?

— Eu não vou mentir.

— Não estou pedindo para você mentir. Estou pedindo para você não tocar no assunto.

Fable mordeu a bochecha.

— Tudo bem, não vou compartilhar informações, mas e se eles perguntarem, Antonia? O que eu devo dizer?

— Eles não vão perguntar. A menos que eles tenham motivo para isso, e eu não vou dar motivo algum.

Fable bufou.

— Quando foi que você viu o Consórcio *não* bisbilhotar? Principalmente quando o assunto são os seus negócios.

Os olhos violeta de Antonia brilharam. A magia crepitou nos seus dedos.

— Não se atreva, Fable.

— Bom, se você não fizer nada fora da linha, não chegaremos a esse ponto.

Antonia lançou um último olhar desafiador para Fable e virou para o outro lado.

— Vamos, Rook. Temos coisas a fazer, feitiços a desfazer e pessoas a salvar.

Rook se apressou para acompanhar Antonia, piscando de novo ao olhar para trás, empurrando a porta. Não senti meu rosto esquentar nadinha.

Fable suspirou.

— Vamos. — Saímos do prédio, de volta ao calor e ao sol que fazia as bolinhas roxas brilharem em toda a minha roupa.

Aquela última conversa me incomodou e, embora eu não gostasse de me meter nas relações de Fable com outros feiticeiros ou nas questões do Consórcio, parecia que a rivalidade meio que de brincadeira entre Antonia e Fable tinha mudado de figura.

— Está tudo bem? — eu perguntei, enquanto Fable saía da vaga.

Fable passou a mão pelo cabelo loiro e bagunçado.

— Sim. Está tudo bem. Nada com que você precise se preocupar.

Aquilo não me tranquilizou nem um pouco.

— Tem certeza?

— Tenho, Sun.

Em silêncio, ficamos ouvindo os ruídos do ar-condicionado. O rato voltou a se agitar, correndo para lá e para cá e arranhando as patinhas no fundo da caixa.

— Fable — perguntei, tomando coragem. — O que aconteceu com a última aprendiz da Antonia?

Fable expirou alto e forte, dobrando os dedos no volante.

— Você conhece a história por cima, não conhece?

— Que ela tentou usar magia para dominar o mundo. E que o Consórcio descobriu e a puniu. E dizem as más línguas que Antonia foi proibida para sempre de ter um aprendiz.

— Essa é a versão agradável para o público.

Minha respiração parou.

— Sério? O que aconteceu?

Fable pegou a entrada da rodovia para sair da cidade.

— Quando a garota começou a se rebelar, Antonia não a impediu. Ela não queria impedi-la. Antonia adorava a garota e ignorou todos os sinais. Quando ela percebeu, já era tarde demais. Para atingir o Consórcio, a aprendiz lançava feitiços, matando qualquer um que tentasse impedi-la. Por fim, a Antonia interveio, pegou a garota no flagra e a entregou.

Senti um aperto na garganta.

— O que o Consórcio fez?

— Eles a amarraram. Baniram-na do mundo mágico para sempre.

Meu queixo caiu.

— Eles ameaçaram amarrar a Antonia também. Mas boa parte da comunidade de feiticeiros defendeu a Antonia, dizendo que, no final das contas, foi ela que pegou a garota e evitou que ela atingisse seu objetivo. A Antonia também era poderosa naquela época. E ninguém queria ficar contra ela. Mas o Consórcio deu um aviso. Se ela fizesse qualquer outra coisa, um rumor de rebelião que fosse, eles fariam o mesmo com ela.

— Eles poderiam fazer isso?

Fable deu a seta e pegou a saída que levava à sua chácara.

— Poderiam. Se vários deles tentassem. Antonia é poderosa, mas não é infalível.

— Você acha que eles tentariam?

— Não sei. — Fable me olhou. — Por que você está perguntando isso?

Mordi meu lábio.

— Motivo nenhum. Mas... ela tem permissão para nomear um aprendiz?

— Não sei ao certo. Os detalhes da punição da Antonia não vieram a público.

— O Rook está em perigo?

— É a segunda vez que você pergunta isso hoje. Achei que você não gostasse dele.

— Eu não gosto. — Eu me encolhi no assento. — Ele é um idiota. E fica me provocando. Mas... — lembrei do jeito como ele me distraiu no elevador. Naquela hora, ele não estava me provocando. Ele perguntou do que eu precisava e foi até o fim. A personalidade dele pode até ser caótica e desagradável, mas ele foi gentil. — Acho que... ele pode estar impressionado e talvez não saiba dessa história. E mesmo não gostando dele, ele não merece sofrer.

Fable murmurou alguma coisa. Elu se aproximou e deu um tapinha na minha mão, que estava apoiada no meu joelho.

— Se ele estiver em apuros, Antonia é a melhor pessoa para protegê-lo.

— Mas e se ele precisar ser protegido da Antonia?

Os olhos de Fable brilharam com a luz do sol, refletindo uma luz dourada.

— Se ele precisar de ajuda, vamos envolver o Consórcio. Tudo bem?

Aquilo não aliviou o desconforto que eu estava sentindo. Fable tinha praticamente acabado de admitir que o Consórcio não podia fazer muita coisa para controlar a Antonia. E eu achava que não tinha como proteger Rook de ninguém, muito menos da Antonia ou do Consórcio, se as coisas chegassem a esse ponto. Mas não passavam de hipóteses. Ele era só um assistente administrativo que Antonia tinha nomeado e chamado de aprendiz. Não queria dizer nada. Mesmo se Antonia não pudesse ter um aprendiz, não era culpa dele. Não seria ele a responder por isso. E mesmo Antonia já tendo provado que era cheia de surpresas, ela não agia por maldade.

Ele ficaria bem.

Ele ficaria superbem.

Não era da minha conta. Ou era?

7

ROOK

— Certo, deixe-me tentar entender a situação. Você acha que depois de ter sido pego traindo a sua ex, ela amaldiçoou você para a sua vida amorosa ser ruim para sempre? E você não consegue sair com ninguém há seis meses, desde o término da relação? Uau. Certo. E nenhuma das suas antigas cantadas funcionou desde então? Isso parece mais um mau agouro ou um feitiço, e não uma maldição, mas isso é uma questão semântica. Sim, sim. Ahm… será que a sua ex não espalhou sua fama entre as amigas, e agora todo mundo sabe que você é um sacana? Não, não estou julgando. — Eu estava sim. — Mas é sério, não pode ser esse o motivo? Certo, vou anotar o seu nome e o telefone, e a Antonia Hex vai retornar a ligação. Lembrando que, como o seu caso não atende aos critérios de emergência da Desfeitização, o seu chamado será atendido dentro de 24 a 48 horas.

Eu anotei os dados do sacana na minha magnífica planilha para casos não emergenciais e de provável babaquice. Não era bem esse o nome, mas fiquei surpreso ao ver a quantidade de pessoas que chamavam a Antonia e que, na verdade, tinham feito algo errado e agora estavam preocupados que as consequências daquelas decisões pudessem ser fruto de algum tipo de magia, feitiço, maldição, quando, na verdade, eram simplesmente as consequências naturais das ações delas. Tipo assim: poxa, estou sendo responsabilizado pelas minhas ações duvidosas.

O telefone tocou muito nos últimos dias, e Antonia disse que tinha a ver com a lua cheia. Eu não saí para acompanhar nenhum chamado desde o episódio com os ratos e pensei que talvez fosse por causa do bate-boca que Fable e Antonia tiveram na saída. Antonia não se manifestou sobre o que aconteceu, mas eu tenho certeza de que era sobre mim. É claro que tem algo que Antonia não está me contando sobre a última aprendiz. E na minha busca cega pela magia, acabei deixando isso para lá. Eu ainda estava deixando, porque mesmo não saindo para ajudar nos chamados, eu ainda estava trabalhando na Desfeitização.

O livreto de feitiços já tinha sido quase completamente digitalizado e inserido no banco de dados do aplicativo. Só faltavam algumas páginas para eu poder começar a trabalhar no calhamaço de feitiços do escritório da Antonia, então o compêndio estaria bem encaminhado. Não estaria completo, pois eu tinha descoberto que em cada livro os feitiços eram diferentes e havia livros espalhados por todo o mundo da magia, para que ninguém detivesse todas as informações. Era um sistema à prova de falhas, por segurança, para evitar que os poderosos colocassem as mãos em muito conhecimento. Então o livreto tinha poucos feitiços, mas todos eram precisos, diferente dos feitiços ilegais comprados de caras de sobretudo parados nos cantos escuros da cidade. Esses feitiços eram perigosos e podiam literalmente sugar a sua vida, como eu descobri na nossa última missão. Que bom que não apelei para isso quando comecei a minha saga na magia.

Falando na última missão, eu me diverti e me surpreendi com Sun mais uma vez. Sun tem um nariz bonito. Quando elu ri, seus olhos se abrem em uma lua crescente e sua gargalhada é meio ofegante, meio rouca. Uma graça. Uma gracinha. E apesar daquela *vibe* emo rabugenta, Sun era adorável. Eu gostava delu. E fiquei feliz de ter conseguido fazer Sun admitir que éramos animigues.

Antonia saiu da sala segurando uma xícara de café e sorrindo, apesar de ter acabado de lidar com um feitiço que envolvia uma pessoa que cuspia fogo.

— Tem uma casa assombrada — ela disse, sentando-se toda elegante na ponta da minha mesa. — É um trabalho muito grande para um único desfazedor de feitiços, então a família chamou Fable e eu. A ideia é dividir os objetos entre nós, desfazer os feitiços e devolver o que acharmos seguro para a família.

— Parece divertido.

— Pior que não. Enfim, aula três. Maldições. Maldições são um saco. Elas podem ser feitas contra pessoas ou objetos, diferente dos agouros ou feitiços, que só podem ser feitos contra seres vivos. Embora eu não entenda por que alguém agouraria um gato ou um cachorro. Enfim, estou divagando. Maldições não querem apenas machucar, elas querem causar danos. E são fortes. É possível, por exemplo, amaldiçoar várias gerações de uma família. É um negócio sério que demanda muito poder.

— Poder como o seu? — eu perguntei.

— Fable poderia amaldiçoar, se quisesse. Há alguns outros colegas que eu não descartaria. Mas a maioria do pessoal da magia só consegue conjurar uma maldição em grupo ou pedindo para alguém especial conjurar.

Meus olhos arregalaram.

— Você já...

— Não importa — ela disse, ignorando a minha pergunta com um aceno. — Enfim, objetos amaldiçoados absorvem a energia mágica que foi canalizada pela linha de Ley e a distorcem. Quanto mais poder é investido, mais dano o objeto pode causar, e mais difícil será para desfazer a maldição. E a maldição não é desfeita se o objeto for quebrado. As partes quebradas continuarão amaldiçoadas. E se jogar fora, algum azarado que encontrar o objeto vai sentir os efeitos. — Antonia apontou com a cabeça para o capacho da entrada. — De todos os objetos amaldiçoados que eu já encontrei, por algum motivo a maldição do capacho não pode ser quebrada. Não sei quem ou por que fez isso, mas pelo menos ele só gosta de fazer as pessoas tropeçarem.

— Por sorte. Acho.

Ela concordou e tomou um gole de café.

— Daqui a pouco vou lá me encontrar com Fable e inspecionar a casa. — Ela esticou a mão e apertou a ponta do meu nariz. — E você vai...

A porta da frente se abriu.

Não recebíamos visita desde que Sun tinha vindo algumas semanas atrás, então não era comum que aparecesse alguém. Ah, talvez fossem elus! Trazendo mais objetos amaldiçoados. Levantei a cabeça por cima da parede do cubículo e minha animação desapareceu quando vi Herb se curvando diante de uma mulher baixinha, que usava óculos e estava com o cabelo castanho preso em um coque sério. Ela tinha uma prancheta na mão, uma bolsa grande pendurada no ombro, e fez uma careta quando o Herb se afastou, lançando um olhar fulminante para o cabideiro.

— Você deve ser Antonia Hex — a mulher disse, com a voz fraca.

Antonia se endireitou, alinhou os ombros e cruzou os dedos delicadamente, fazendo aquela sua pose de chefona. Ela olhou para a mulher como se ela fosse uma intrusa, como se estivesse entrando em um campo de batalha. A animação que senti ao achar que o visitante poderia ser Sun foi completamente sugada, como em um ralo de desenho animado, fazendo aquele barulho de sucção e tudo.

— Depende de quem a procura.

— Sou Evanna Lynne Beech, representante do Consórcio Mágico, sede de Spire City. — Ela apontou para o distintivo que carregava no peito. As credenciais reluziram e se projetaram no ar, grandes o suficiente para conseguirmos ler. CONSÓRCIO MÁGICO, DEPARTAMENTO DE REGULAMENTOS E MONITORAMENTO, SPIRE CITY. FEITICEIRA REGISTRADA, NÍVEL QUATRO.

— Nível quatro — Antonia disse, estralando a língua. — Estão mandando os figurões para falar comigo.

Evanna Lynne tocou o distintivo de novo e as credenciais se apagaram. Ela tirou uma caneta do bolso e a apertou.

— Um objeto inanimado com vida — ela disse, marcando um item. Ela abaixou a cabeça e olhou para o capacho, que tremeu debaixo dos seus pés desengonçados. — Objeto amaldiçoado em local não protegido. — Mais um item marcado. Ela olhou para mim, e eu fechei a boca na hora que vi seu olhar fulminante. — E você quem é?

— Assistente administrativo — Antonia disse, colocando a mão no meu ombro e fincando as unhas. — Não existe nenhuma regra que me proíba de ter um assistente administrativo. Ele atende o telefone, pois eu administro uma empresa muito conceituada, segundo o que diz o certificado na janela. E como você bem sabe, não me permitem nomear um aprendiz sem a aprovação do Consórcio.

Meu estômago embrulhou quando Antonia confirmou o que eu temia. Ela não tinha autorização para ter um aprendiz. Por quê? Mas então... o que eu era? Por que ela tinha dito que eu era um aprendiz para Fable e Sun? Para ostentar? Para mostrar seu completo descaso com as regras? Para fazer um joguinho de poder?

— É claro, não há nenhuma regra escrita dizendo que você não pode ter um assistente administrativo, mas há um acordo que diz que você não pode orientar ou ensinar ninguém neste momento — ela disse, baixando os olhos para onde estava o livreto de feitiços, no meio de uma pilha de coisas minhas, entre elas os resíduos da placa quente do caldeirão da Antonia.

Antonia se apressou para tirar o livro dali.

— Eu estava lendo antes de você entrar sem avisar para interromper a minha tarde. — Ela colocou o livro na bolsa. — Posso perguntar por que o Consórcio achou que poderia vir me atrapalhar no meio de um dia de trabalho atribulado? Você sabe que estamos em plena lua cheia e que o ritmo fica frenético.

— Por causa de uma investigação — Evanna disse. Ela bateu a caneta várias vezes contra a prancheta. Antonia cerrou os punhos, e fiquei com medo de que ela pudesse explodir e fazer a representante do Consórcio sumir. — E eu não teria que vir pessoalmente se o seu espelho de clarividência estivesse funcionando.

Antonia sorriu com malícia.

— Meu espelho de clarividência teve um fim infeliz há alguns anos, e eu não tive tempo para substituí-lo.

Evanna Lynne deu um sorriso retraído como resposta.

— Bom, o Consórcio pode providenciar outro espelho para você. Tenho certeza de que vamos encontrar um modelo que atenda às suas necessidades.

Antonia resmungou.

— Infelizmente, o próximo espelho vai quebrar também. — Ela fez um gesto para o local onde eu sabia que a linha de Ley passava pelo prédio. — Tem alguma relação com a quantidade de poder neste local. Os objetos do Consórcio parecem quebrar por causa da pressão das redondezas.

Evanna Lynne não vacilou diante da ameaça velada, o que era muito impressionante, porque eu estava a ponto de me encolher em posição fetal debaixo da minha mesa, e olha que eu estava do lado da Antonia.

— Enfim, sobre o que é a investigação?

— Um suposto feitiço do mercado clandestino com que você teve contato há pouco tempo.

O ar crepitou. Antonia irradiava raiva e magia, e eu senti aquela energia formigando na minha pele. Evanna Lynne não pareceu notar ou, se notou, não permitiu que aquilo afetasse sua atitude. Herb correu para a copa. Eu queria afundar na minha cadeira, mas Antonia se agarrou ao meu ombro como se fosse uma corda de salvamento, como se eu fosse a única coisa segurando-a para que ela não transformasse Evanna Lynne em uma poça de meleca bem ali, em cima do capacho enfeitiçado.

— Parece que Fable não deixou você de fora — sussurrei, tentando aliviar a tensão.

O olhar da Antonia era como o corte de uma espada, e eu senti a minha alma se encolher com toda aquela intensidade. Ela estreitou os lábios ao se dirigir novamente à Evanna Lynne.

— E quem prestou a queixa?

— Fable Page e a pessoa que é assecla delu usaram um espelho de clarividência para entrar em contato com o Consórcio ao se depararem com o feitiço em um caso com ratos cantores. A situação lhe parece familiar?

Antonia deu de ombros.

— Eu trabalho com Fable e seu assecla às vezes. Eu deveria me lembrar de todas as circunstâncias em que nos encontramos?

Evanna Lynne soltou um ruído de desaprovação. Ela apertou a caneta e virou algumas páginas na prancheta.

— O relatório diz que Fable Page foi até um prédio e se encontrou com uma pessoa que entregou o feitiço, dizendo tê-lo comprado em um beco, de um mágico não identificado. Antonia Hex e seu aprendiz também estavam presentes e ajudaram a desfazer o feitiço. O infrator que lançou o feitiço confirmou a história. E agora, o que você tem a dizer?

— O cara dos ratos cantores? Que pena que Sun o salvou, senão toda a sua energia vital teria sido sugada.

Evanna Lynne deixou a folha de papel cair de volta no lugar.

— Então você estava lá? Trabalhando como assistente administrativo?

Meu coração parou. Putz. Esse seria um bom momento para ficar de boquinha fechada.

Antonia soltou o ar pelo nariz feito um touro.

— Eu e Fable fomos chamadas por pessoas diferentes. Acabamos nos encontrando e chegamos à mesma conclusão, de que o senhor do apartamento 6C havia utilizado um feitiço inadequado.

— Sim. Foi o que entendemos. O que significa que você deixou de relatar os seus ganhos, deixou de informar sobre um feitiço ilegal e deixou de registrar o seu aprendiz antes de levá-lo a campo. O que é bastante estranho, já que, como você mesma disse, você não tem autorização para ter um aprendiz.

— Assistente administrativo — eu corrigi, erguendo o dedo humildemente.

Evanna Lynne bufou e anotou alguma outra coisa na folha.

Antonia apertou os olhos. A pressão na sala aumentou, parecendo o ar antes de uma tempestade.

— Vamos conversar no meu escritório, Evanna Lynne Beech, feiticeira registrada de nível quatro. — Antonia abriu os braços. — Por aqui, por favor.

Ela assentiu e caminhou na direção do escritório da Antonia.

Antonia se virou para mim.

— Fable não conseguiu ficar de boca fechada. Eu não apresentei você como aprendiz no apartamento do sujeito dos ratos, então obviamente foram eles que contaram quando ligaram para o Consórcio. Foi Fable ou aquelu assecla que não sai do seu lado. Um dos dois. Dois seguidores de regras.

Senti minha garganta apertar só de pensar. Por que elus fariam isso? Por que Sun faria isso? Nós nos entendemos no nosso último encontro. Tivemos uma conexão, sei lá. Nós éramos animigues.

— Sei.

— Pois é. — Ela pegou uma caneta e um papel da minha mesa e anotou um endereço. — Aqui está o endereço da casa amaldiçoada. Encontre Fable lá e traga todos os objetos pequenos de volta para o escritório em uma caixa protegida. Quanto aos objetos grandes, basta anotar e etiquetar. Depois pensamos no que fazer. Já combinei o pagamento com a família, mas eles pediram urgência. Não sei quanto tempo isso aqui vai demorar, então me ligue antes de voltar. Tudo bem?

Peguei o papel.

— Você está tentando me tirar do escritório?

— Estou.

Engoli em seco.

— Sei — eu repeti. — Tem certeza de que é melhor eu ir? E se...

Antonia bufou.

— Vai ficar tudo bem.

— Certo. Mas e eu? Eu e Fable, sozinhos?

— Deixe Fable comigo, assim que terminarmos o serviço. É um trabalho importante e vai render um bom dinheiro, e Fable não vai ficar com tudo para si. Não posso deixar Fable e aquelu assecla levarem a fama e o dinheiro. Precisamos manter a nossa reputação, principalmente se o Consórcio resolver me perturbar por qualquer coisinha que eu fizer.

Antonia revirou a bolsa e tirou a carteira. Ela colocou um bolo de notas na minha mão.

— Dinheiro para o transporte. Desculpe, mas não posso deixar o carro com você. Chame um táxi, sei lá.

— Eu posso ir de ônibus. Eu sei usar o transporte público.

— Então fique com o dinheiro. Considere como um bônus. Agora vá, assistente administrativo.

— Sim, chefa.

Peguei as minhas coisas depressa, inclusive a mochila, onde o Mapeador de Magia estava apitando, todo radiante e ilegal, enfiei o dinheiro no bolso e saí do escritório.

* * *

Passei todo o caminho do ônibus até a casa supostamente mal-assombrada cultivando um ataque de raiva perfeitamente justificável. Era tudo tão complicado. Eu não entendia por que a Antonia não podia ter um aprendiz e, até poucos minutos atrás, nem sabia que ela não tinha autorização para isso. Eu sabia que o Mapeador de Magia era superilegal, mas Fable e Sun não sabiam que a minha invenção existia. Mas elus sabiam algo sobre a Antonia que não estavam me contando, e eu descobriria o que era. De algum jeito, eu descobriria. Provavelmente não diretamente, porque eu não queria acabar enfeitiçado.

Do ponto de ônibus até a casa foi uma longa caminhada e, ao chegar lá, eu estava me sentindo torrado de sol e entediado até a alma. Tanto é que mesmo aquela novidade da casa mal-assombrada, que correspondia a todos os clichês de todos os filmes de terror que eu já vi, não arrancou nenhum sorriso do meu rosto. A casa era a mais alta em uma rua silenciosa no subúrbio da cidade, como se fosse a primeira a surgir ali e a partir disso um bairro familiar tivesse crescido ao redor, apesar da atmosfera opressiva e ameaçadora. A casa ficava no meio de um terreno cheio de ervas daninhas e era cercada por uma cerca alta de metal com espinhos decorativos nas pontas e arabescos ornamentados em cima do portão. Eu não ficaria surpreso se tivesse uma gárgula repousando no telhado ou uma única nuvem negra pairando acima da torre mais alta da casa. Do jeito como as coisas estavam, seria até legal. Combinaria com o meu humor, e um pouco de chuva serviria de alívio para aquele calor sufocante.

Verifiquei os números na caixa de correio e, sim, era aquele lugar mesmo, se me restava alguma dúvida. Um único automóvel parado na frente, um carro velho daqueles que as mães costumam dirigir, certamente não a lata-velha de Fable. Talvez de um dos membros da família que a Antonia mencionou? Bom, se Fable não estava lá, eu teria que esperar ou ir até a chácara. Antonia também tinha anotado o endereço, por via das dúvidas. Talvez o Consórcio também tivesse feito uma emboscada para Fable. Bem feito, quem manda ser dedo-duro?

O portão se abriu e eu passei, seguindo o caminho de pedras irregulares até a escadaria sombreada por uma varanda espaçosa. A porta da frente era pesada e tinha uma aldrava ameaçadora. Por sorte, não precisei usá-la para bater, já que a porta também estava escancarada.

Empurrei, tentando reprimir o arrepio que descia pela minha espinha ao cruzar o batente e chamar.

— Olá?

— Aqui — uma voz respondeu. Vinha da sala à direita e, seguindo, encontrei Sun no meio de uma bagunça, em um antro cheio de objetos esquisitos, espalhados por todos os cantos sem uma ordem aparente.

— Você — eu disse.

Sun se virou e revirou os olhos.

— Eu — concordou.

Mas não se parecia com Sun que eu conhecia. Nem um pouco. Agora, Sun estava usando uma camiseta branca de mangas compridas com um colarinho esgarçado que deixava o pescoço à mostra. Agora, Sun não estava usando boné e o cabelo preto e suado não estava mais caindo no rosto, mas sim puxado para trás, mostrando a nuca raspada e um par de brincos de botão nas duas orelhas. Agora, Sun vestia luvas de couro pretas e uma calça jeans surrada com rasgos nas coxas e nos joelhos. Oi, o que estava acontecendo? Agora, Sun fazia meu coração acelerar e meu estômago revirar, e eu não estava preparado para isso. Agora, Sun estava fazendo toda a raiva e irritação que eu senti ao longo do caminho evaporar diante de tanta... pele.

— Ora, ora — eu disse, com a voz fraquejando. Sun ergueu a sobrancelha e eu pigarreei. — É seu aquele carro de mãe lá fora.

— É literalmente o carro da minha mãe — Sun disse, colocando a mão na cintura. Elu puxou a manga por cima da mão e limpou o rosto. — Não tem nenhum ar-condicionado funcionando aqui nesta casa e ninguém vive aqui há anos, então está cheia de pó. Eu já espirrei umas quinze vezes. Detesto este lugar.

— Hum. Bom, isso explica por que você não está usando o seu look preto total.

Sun fez uma careta, olhando para a própria roupa. Elu bateu a luva na calça jeans e saíram nuvens de pó visíveis à luz do sol que entrava por uma pequena abertura entre as cortinas pesadas.

— Está quente, cheio de poeira. Eu não vou me expor a uma exaustão por calor nesta casa decrépita, tendo que lidar com objetos que podem ou não estar amaldiçoados. — Apesar das reclamações, Sun estremeceu. — E parece que tem algo errado aqui. A energia é pesada e... isso não é nada bom.

— Bacana.

Sun resmungou.

— O quê? Você não gosta quando eu digo "maneiro".

— Que tal não falar nada então? — Sun deu uma pequena surtada.

Fiz aquele gesto de passar um zíper na boca e dei um passo à frente na sala. Eu não podia culpar Sun pela tensão. A casa também me deixava ansioso, e olha que eu mal conseguia sentir a magia. Tinha *alguma coisa* deixando o ar denso, e todos os meus músculos se contraíram em uma reação de lutar ou correr.

A sala era um antro e, de um lado, havia outra porta fechada que levava para o interior da casa e, do outro, havia o arco que eu atravessei. Sun tinha razão.

Quanto pó. Quanta escuridão. Várias janelas enormes enfileiradas em uma parede, todas encobertas por cortinas de brocado pesadas. Só uma estava quebrada, deixando passar uma réstia de sol. Havia um candelabro preso no teto, mas só algumas lâmpadas acendiam, com uma luz trêmula que lançava sombras estranhas nos cantos da sala. Havia um sofá enorme no meio da sala, em cima daquele piso de madeira de lei, uma escrivaninha encostada na parede, uma estante, um relógio de pêndulo, uma prateleira baixa e comprida cheia de suculentas, livros e bugigangas, tipo estatuetas de cerâmica. Duas das miniaturas de porcelana eram mulheres dançando, e uma delas piscou para mim. Uma espada toda enfeitada, com a guarda cravejada de joias e uma lâmina manchada de vermelho estava exposta na entrada. Era tudo muito esquisito, e nada de bom podia sair dali.

Sim, provavelmente seria ali que eu morreria. Eu sentia nos meus ossos e só podia esperar e assistir.

— Cadê a Antonia? — Sun perguntou, apertando o osso daquele narizinho.

Eu não dei um gritinho de susto quando elu quebrou o silêncio, mas quase tropecei para fora da sala. Se Sun notou, preferiu não comentar, o que significava que provavelmente não notou, pois eu não conseguia imaginar um mundo em que elu não comentaria meu quase tombo de bunda no chão.

— É difícil saber o que está enfeitiçado aqui com toda essa bizarrice. E eu não conseguiria quebrar os feitiços sem ajuda mesmo.

Ah, sim, claro. Era eu que estava lá, e não a Antonia, porque Fable tinha me dedurado. A raiva que eu tinha cultivado estava de volta, mesmo estando distraído com Sun.

— Está batendo um papo com uma representante do Consórcio, feiticeira registrada de quarta série.

A sobrancelha de Sun foi parar no meio da testa.

— Quarta série? Você quer dizer quarto grau.

— Sei lá. Quantos graus existem, aliás?

— O cinco é o mais alto.

— Sei. Dá para explicar?

Sun franziu as sobrancelhas.

— Como é que eu vou explicar que cinco é mais alto do que quatro? Tudo bem, até posso explicar, mas já deixo avisado que fiquei em recuperação em matemática.

— O quê? Não é isso. Por que uma funcionária do Consórcio foi atrás da Antonia?

— Como é que eu vou saber?

— Espera, você ficou em recuperação em matemática?

Sun me fitou.

— O que isso tem a ver com o Consórcio?

— Sei lá! Você que tocou no assunto.

Elu deu de ombros e mexeu na ponta de uma almofada.

— Deve ser o tipo de coisa que animigues gostariam de saber.

Animigues. Somos animigues. Tirando a parte dos inimigues, seríamos amigues. Senti um calor me inundar e o coração palpitar.

— É. É bom saber. — Espera aí, não. Eu deveria estar bravo. Não deveria estar todo bobo. Balancei a cabeça. — Enfim, voltando ao assunto. O Consórcio disse que Fable entrou em contato com eles.

— Claro que entrou. Fable tinha dito à Antonia que falaria com eles.

— E a Antonia pediu a Fable que me deixasse de fora do relato que faria. Valeu, hein. Valeu por contar ao Consócio sobre mim. Agora eu vou ter que me contentar em ser um assistente administrativo, o que vai criar um empecilho para os meus planos, então é isso aí, fazendo jus ao título de animigues.

Sun piscou, curvando os lábios em um beicinho fofo.

— Fable não falou de você. Só falou do feitiço do mercado clandestino. Mas fico feliz que você pense tanto em nós que ache que nos intrometeríamos nos negócios da Antonia.

— Como vou saber que vocês não se intrometeram? A representante sabia tudo sobre os ratos cantores e sobre o feitiço do cara do apartamento 6C.

— Porque eles investigaram e conversaram com o sujeito do 6C, e ele disse que duas feiticeiras e seus aprendizes apareceram na casa dele.

— Antonia não me apresentou como aprendiz.

— Nós também não. Ele deve ter presumido.

— Eu deveria acreditar nisso? Acreditar em você.

Sun derrubou um vaso de flores artificiais de uma mesinha de canto.

— Tudo bem, acredite se quiser. Mas não é culpa minha se a sua chefe não contou para você sobre o acordo que ela tem com o Consórcio. Você deveria conversar com ela em vez de vir gritar comigo. — Sun pegou um diário, colocou a palma da mão sobre a capa e abriu os dedos. Elu ficou imóvel, resmungando algo entre os dentes e então jogou o diário dentro de uma caixa de papelão. — Amaldiçoado.

— Eu não estou gritando com você.

— Você estava literalmente gritando.

Cruzei os braços.

— Tá bom. E Fable, cadê? Vou gritar com elu então.

— Fable também está conversando com o Consórcio. E não, não é sobre você. Diferente do que você pensa, você não é o centro do universo.

Eu ergui o queixo.

— Eu não sou desses que acha que o mundo gira ao meu redor.

— Engraçado, porque você passa exatamente essa impressão.

Eu não me amuei. Também não queria brigar. A explicação de Sun fazia sentido. O cara dos ratos cantores provavelmente presumiu que eu era aprendiz da Antonia. E não era culpa de Sun se a Antonia me manteve escondido.

Deixei de lado a atitude defensiva e apontei para a caixa.

— E aí, o que o livro amaldiçoado faz?

— Sei lá. É um diário, então talvez tudo que escrevam nele se torne real, mas não do jeito que queiram. Ou pode ser que você escreva o nome da pessoa aqui e ela morra, ou que você perca todas as memórias que tem dela.

— Que diário deprimente.

— Bom — Sun disse, olhando para a caixa onde tinha jogado o diário —, com certeza é poderoso. E eu não quero tentar descobrir exatamente o que ele faz.

Entrei na sala, tomando cuidado para desviar das velas que estavam jogadas no chão, do tapete (eu já tinha aprendido a minha lição sobre tapetes, muito obrigado) e de uma cadeira de escritório à toa, que eu jurei que tinha tremido quando passei por ela.

— Que lugar é este, afinal de contas?

— É um lugar amaldiçoado — Sun disse, sem hesitar. — Alguma feiticeira poderosa andava por aí caçando objetos amaldiçoados e guardava nesta casa e, quando ela morreu, a família herdou os objetos e lacrou tudo, porque é claro que eles não queriam tocar em nada. E ficou assim por anos, até que… apodreceu.

— Que nojento. Assustador. — Eu pausei. — Maneiro.

Sun suspirou, mas os lábios contorceram, como se elu estivesse tentando segurar um sorriso.

— Por que alguém amaldiçoaria tanta coisa? Qual é o objetivo?

Sun pegou um telefone de disco e estremeceu. Elu colocou o telefone na caixa junto com o diário.

— As pessoas são idiotas — disse, dando de ombros. — Se você tivesse poder e estivesse irritado, por que você não amaldiçoaria o telefone de alguém para alterar tudo que a pessoa dissesse durante as ligações? Fazer um pequeno estrago contra alguém que te magoou?

— Uau. Nota mental: nunca despertar o seu lado ruim.

— Assim você presume que eu tenho um lado bom.

Soltei um risinho abafado. Não falei em voz alta que todos os lados de Sun eram bons, principalmente hoje, porque isso só deixaria o ambiente mais estranho, mas eu definitivamente pensei nisso. Eu devo ter ficado em silêncio por um momento um pouco longo demais, porque Sun parou de inspecionar a sala e ergueu a sobrancelha olhando para mim.

— Você vai ajudar ou vai só ficar me olhando trabalhar?

— Eu tô ajudando — respondi, embora não tivesse ideia de como poderia contribuir. Eu não conseguia sentir o que Sun sentia. Eu não conseguia ver a energia mágica como elu conseguia. Assim, eu estava completamente passado, mas era mais uma sensação de desconforto por causa do fator bizarrice por estar em um lugar classificado como casa mal-assombrada. — A Antonia me pediu para levar de volta tudo que fosse amaldiçoado em uma caixa e etiquetar as outras coisas para ela vir aqui outra hora.

— Beleza. — Sun apontou para a caixa que continha o jornal. — Todas as porcarias amaldiçoadas vêm para cá.

Eu pigarreei.

— É... eu... eu não...

Sun deixou os ombros caírem, jogou o pescoço para trás e olhou para o teto.

— A Antonia ainda não te ensinou a detectar maldições, né?

— Não.

— Afff. O que ela te ensinou então?

— Como atender o telefone e como classificar situações nas categorias de feitiço, maldição e mau agouro. E como ela gosta do café.

O queixo de Sun caiu. Aquilo pareceu um escândalo para elu.

— Você é um assistente administrativo mesmo.

Aquilo doeu. Mas eu sorri, inclinando a cabeça para o lado.

— Você estaria disposto a dizer isso ao Consórcio? Talvez eles acreditem em você.

— Duvido. — Sun revirou os olhos. — Mesmo não tendo te ensinado nada, Antonia te deu um nome. Isso é praticamente a mesma coisa que lascar um carimbo na sua testa dizendo "Olha só, este garoto é o meu aprendiz".

— Então, falando nisso — eu disse, coçando a nuca. — O que isso quer dizer exatamente? Dar um nome. Já ouvi falar a respeito, mas...

Sun fez uma expressão estranha.

— A Antonia não te contou?

— Ahm... não.

— Hum. E a sua família não é mágica. Então, isso tudo — Sun fez um gesto para a prateleira com as dançarinas, que piscaram para ele de novo — é novo para você?

— A minha avó era feiticeira, então nem tudo é novo, mas comecei a perceber que tem muita coisa que ela não me contou. E a sua família?

Sun encolheu os ombros.

— Um pouco. Meu pai e uma das minhas irmãs conseguem lançar alguns feitiços. A minha mãe conhece algumas poções. Nada que exija registro no Consórcio ou a obrigatoriedade de um espelho de clarividência. Só eu tenho habilidades fortes o suficiente para poder seguir uma formação mágica. — Sun disse a última parte com uma pontinha de orgulho.

Eu entrelacei os dedos. Mais um indício de que o fato de Antonia ter me nomeado como seu aprendiz era muito mais importante do que eu havia imaginado a princípio.

— Legal. A sua família deve ter orgulho de você.

Sun deu de ombros de novo, mas suas bochechas coraram.

— É. Tem sim. Enfim, dar nomes é uma coisa de feiticeiros.

— Foi Fable que deu o seu nome?

Sun fez que sim.

— Foi. Claro, levando em conta a minha opinião, mas a escolha de "Sun" foi uma decisão conjunta.

— E por que...?

— É... enfim, uma tradição. E é uma forma de proteger a minha família, já que é um pseudônimo. E... — Sun abaixou a voz. — Eu gosto. Combina comigo.

— Ah, que... que bom.

— Sim, é bom. — Sun fez uma cara estranha. — Bom, não quero passar o resto da vida aqui, então vamos ao que interessa. Você sempre vai precisar de luvas para mexer nas coisas.

Eu concordei com a cabeça.

— Luvas, certo. Ainda não tenho, mas vou comprar. Entendido.

— Segundo: sabe aquela sensação de sentir a linha de Ley sem vê-la com os olhos? Aquele aperto no peito, bem aqui? — Sun apertou o peito com dois dedos. — Como se fosse um zumbido? Pode até ser fraquinho, mas dá aquela sensação quentinha e gostosa?

Eu não sabia.

— Aham, claro.

— Então, com as maldições é o contrário. Você sente frio. E é por fora do corpo, na sua pele, e não dentro do peito. E elas não são nada agradáveis. E pulsam. Faz algum sentido?

Passei a língua nos lábios.

— Não, não faz sentido nenhum.

— Argh, foi mal. Minhas explicações são péssimas. — Sun passou a mão no cabelo, deixando à mostra os brincos prateados e a curva da orelha. Meu coração acelerou, e eu me senti como um cavalheiro vitoriano que acabava de ver de relance um delicado tornozelo de uma donzela.

O problema é que, por mais que Sun fosse excelente em explicar, eu não saberia. Porque eu não conseguia sentir a energia mágica. Não conseguia sentir as linhas. Eu não conseguia vê-las. E, embora tudo naquela sala estivesse me dando arrepios, era mais pela situação e pelo ambiente do que pelos objetos em si. Era absolutamente desanimador. E eu não podia tirar o Mapeador de Magia da mochila para ajudar, porque o aparelho só detectava as linhas de Ley, e não feitiços.

— É melhor eu ir embora — eu disse, enrolando os dedos na alça da mochila. — Não vou poder te ajudar. — Dei de ombros. — Eu sou inútil aqui. — Tentei não deixar o desânimo transparecer na minha voz, mas até as dançarinas de porcelana ouviram a minha decepção.

— Não, espere. — Sun mordeu o lábio inferior. — Não vá. — Elu corou, mantendo o olhar distante. — Pelo menos para me fazer companhia? Não quero ficar só aqui. — Elu pigarreou. — É sinistro.

— Você quer que eu fique?

Elu fez que sim, balançando a cabeça como se ela estivesse pendurada por uma corda.

— Sim, sim, por favor, fique.

Meu coração acelerou.

— Tá bom. Eu fico.

— Valeu. Eu... ahm... estava meio pirando antes de você chegar. Fable me deu a chave, e eu cheguei a pensar em sair e ficar esperando lá fora até o carro da Antonia aparecer, porque a energia era muito intensa. — Sun engoliu em seco. — É sufocante aqui — disse sussurrando, como se a própria sala pudesse ouvir.

Eu posso não ser mágico, mas entendi bem. Tirei a mochila das costas e coloquei ao lado da porta. Forcei o meu melhor sorriso e uni as mãos, batendo uma palma.

— É porque está muito escuro. Vamos abrir as cortinas, que tal? — Atravessei a sala até chegar à janela mais próxima, peguei a ponta do tecido e abri a cortina com tudo.

— Rook! Não!

— Por quê? É só...

A cortina se enrolou no meu pulso com uma força contundente, o tecido estava congelante mesmo estando exposto ao sol, e o toque era tão frio que queimava a minha pele. Eu gritei ao sentir aquele tecido do mal se enrolar em volta do meu braço e apertá-lo, esmagando tanto que comecei a sentir os dedos dormentes. Tentei puxar o braço, mas não adiantou nada e ainda desloquei meu ombro. A minha força humana não era páreo para aquela magia. Sun pulou de onde estava, estendeu a mão para segurar a minha outra mão que estava livre, mas a cortina me puxou para o meio das suas dobras. Bati com tanta força na janela que soltei um gemido. As minhas mãos batiam com força no vidro, fazendo um barulhão.

Nem consegui me recuperar do baque antes de ser tragado pelo tecido pesado. Gritei ao sentir o tecido se torcendo em volta dos meus braços, do meu peito, das minhas pernas, me envolvendo em metros e mais metros de brocado vermelho, até eu ficar encurralado entre as dobras. Eu mal conseguia respirar, sentindo aquele aperto no peito, e a cada vez que eu inalava, já com dificuldade, o tecido fazia mais pressão nos meus lábios. Eu congelava e queimava ao mesmo tempo, sentido a maldição me arrasar, descendo pela minha espinha e incendiando os meus nervos de tanta dor.

Sun gritou, a voz abafada por todo aquele tecido entre nós.

Sun. Não chegue perto, Sun. Ela vai te pegar também. Use alguma magia. Chame a Antonia. Chame Fable. Faça alguma coisa. Por favor, me ajude. Por favor.

Eu estava com tanto medo que não queria gritar, para que a cortina não entrasse na minha boca, mas eu gemi, um gemido agudo, aterrorizado, doído. O medo subia pela minha garganta e eu lutava. Eu me girava, me torcia, tentando me livrar, mas a cada movimento eu ficava mais preso. A cada segundo que passava, o meu oxigênio ia rareando. Eu estava sendo sufocado.

Apertei os olhos. Senti lágrimas escorrerem pelos cantos. Sentia o coração bater forte no ouvido. Meus dedos do pé formigavam, e meus dedos das mãos ficaram dormentes. Meus joelhos cederam, e todo o meu corpo amoleceu. A cortina era a única coisa que me segurava, pressionando cada centímetro do meu corpo.

Meu último respiro foi um sibilar dolorido.

E então eu caí. Bati no chão, recuperando a consciência quando meu corpo se estatelou no chão, batendo primeiro os ombros.

As cortinas estavam rasgadas. Meus braços estavam livres. E mesmo letárgico, consegui tirar o pano da minha cabeça. Inspirei com sofreguidão o bendito ar empoeirado da casa mal-assombrada antes de me contorcer para me livrar da cortina. Quando ergui a cabeça, a primeira visão da minha vida renascida foi Sun segurando a espada brilhante e com a ponta vermelha, aquela que estava exposta na entrada, cortando a cortina com toda a força, como um anjo vingativo. Um anjo que praguejava sem parar.

Foi a melhor cena que eu vi na minha breve vida.

E então eu apaguei.

SUN

MAS QUE MERDA, MAS QUE MERDA, MAS QUE MERDA!

— Que merda é essa? — eu gritei, deslizando a cadeira giratória até a entrada. Subi na cadeira e quase escorreguei, mas me segurei no batente da porta. Eu não tinha tempo. Rook não tinha tempo.

Eu me ergui, segurei no punho da espada e arranquei-a da parede, ignorando o fato de que ela muito provavelmente também estava amaldiçoada.

É claro que estava amaldiçoada. Toda aquela casa monstruosa estava amaldiçoada.

Pulei da cadeira e atravessei a sala correndo, chutando velas para todos os lados e tropeçando na ponta do tapete. Eu não conseguia me lembrar de nenhuma contramaldição. E mesmo se lembrasse, eu não sei se teria poder suficiente para amaldiçoar. Eu não tinha tanto poder quanto Antonia. A linha de Ley mais próxima não era das mais fortes, e esse era um dos motivos pelos quais a família do primeiro dono se mudou e decidiu vender a casa. Então recorri à segunda melhor opção depois da magia. Encontrei uma solução prática.

Rook estava sufocando em algum lugar no meio daquele tecido todo. Os berros dele foram enfraquecendo até pararem de vez. Putz, essa não, e se ele já estiver morto? E se a cortina o matou? Minhas pernas tremeram só de pensar, e eu quase tive um colapso bem ali.

Certo. Calma. Não se apavore. Eu não tinha tempo de entrar em pânico ou pensar demais. Eu estava com uma espada nas mãos. Eu tinha um plano. Eu precisava agir.

Assim que me aproximei, uma das pontas da cortina chicoteou para tentar arrancar a espada da minha mão, e eu balancei para o outro lado para enxotá-la. A lâmina manchada de sangue cortou o tecido como se fosse papel, e as pontas da cortina começaram a queimar como a ponta de um cigarro, se retorcendo e ficando pretas ao serem tocadas pelas brasas.

Uau. Certo, é isso aí, espada amaldiçoada. Lembrei de fazer uma anotação mental de não tocar na lâmina quando aquela confusão toda tivesse acabado.

Rook era mais alto do que eu. Eu precisava mirar no alto. Não dava tempo de puxar o sofá para usar de apoio, e a cadeira não era estável ou bem-comportada o suficiente para me segurar enquanto eu golpeava uma cortina raivosa com uma espada manchada e fumegante. Eu improvisei, apoiando um pé no batente da janela e pulando alto para ganhar impulso e chegar lá no alto, sempre brandindo a espada. O impulso foi o suficiente para eu conseguir rasgar a cortina a poucos centímetros do trilho. O tecido crepitou e soltou fumaça bem onde eu cortei, caindo *com tudo* no chão.

Voltei para o chão, escorregando nos pedaços de tecido espalhados que tentavam subir nas minhas pernas, e cambaleei até conseguir tomar uma distância segura. Espetei os retalhos que se agarravam em mim com a ponta da lâmina, que ardiam e deixavam buracos na minha calça jeans ao escorregarem pela perna.

Rook. Ele ainda estava todo embolado, coitado, mas a pilha de tecido se mexeu e um murmúrio grave saiu de debaixo daquele ser todo embrulhado. A cortina tentou me pegar de novo, mas consegui afastá-la, e mais um pedaço começou a fumegar. Por sorte, Rook estava minimamente consciente para conseguir tirar a cortina do rosto e rastejar com os braços para sair de perigo. Então morto ele não estava. Graças a tudo que é mágico, ele não estava morto. Mas com uma cara péssima e ainda em perigo.

Então cortei e picotei aquela cortina até que ela se desfez em pedaços e queimou, virando uma nuvem crepitante. Peguei Rook pelo braço e o arrastei pelo piso de madeira. Ainda havia pedaços de cortina vindo atrás dele, mas eram tão pequenos que eu conseguia chutá-los para longe, formando um amontoado grotesco de tecido amaldiçoado.

Rook não se mexeu. Ficou lá deitado, todo molenga.

Joguei a espada para o outro lado da sala. Ela caiu tilintando, deixando marcas pretas pelo chão onde a lâmina fumegante tocava.

Ajoelhando-me, virei Rook de barriga para cima. O rosto e os lábios dele estavam brancos. Em todos os centímetros da sua pele em que a cortina havia tocado, a pele estava azul por causa das feridas ou vermelha por causa do frio. Eu me aproximei, colocando a palma da mão em cima do peito dele e aproximando o meu rosto dos seus lábios e do seu nariz. A sua respiração fez cócegas na minha orelha, e eu conseguia sentir seus batimentos debaixo da minha mão. Graças a tudo que é mágico. Tirei a minha luva e encostei em uma das marcas vermelhas e inchadas em seu braço e a ponta do meu dedo gelou.

Que maldição poderosa. Mais forte do que a do diário. Mais forte do que a do telefone.

Sentindo tontura e alívio ao mesmo tempo, apoiei minha testa no pescoço dele e fechei os olhos. Eu queria me jogar ao lado dele, mas eu precisava ser forte, me recompor, mesmo estando totalmente em choque. Rook tinha cuidado de mim no elevador, então eu tinha que fazer o que ele precisava agora.

Respirei fundo, suspirei e me sentei ao lado dele, com a mão ainda em cima do seu peito, sentindo sua respiração subir e descer. Aproximei-me, de joelhos, e continuei olhando, ainda tentando me recompor. Senti os cílios molhados quando pisquei e usei a manga da camiseta para secá-los. Senti as mãos tremerem ao pegar o telefone para ligar para Fable.

— Atende, atende — murmurei, implorando enquanto o telefone tocava. — Atende. Por favor, Fable. Atende. — Nada de atender. Caiu na caixa postal. — Merda.

Eu não tinha o número da Antonia. Mas com certeza Rook tinha. Eu precisava encontrar o celular dele. Procurei nos bolsos, mas não, não estava com ele.

As pálpebras dele vibraram, e eu me inclinei mais perto dele ao vê-lo abrir os olhos.

— Ei — eu sussurrei. — Ei, você tá aí?

Ele me encarou, os olhos vidrados e um pouco embaçados, e então sorriu, mostrando a covinha na bochecha.

— Seus olhos são lindos.

Meu estômago revirou.

— Hein?

— Seus olhos. São muito lindos. São como o céu da noite. Como o espaço. Mas não de um jeito ruim. De um jeito lindo. Cheio de estrelas.

— Você... bateu a cabeça?

Rook grunhiu, ergueu a mão e apertou a testa.

— Provavelmente, né? Não sei. — Ele rolou para o lado e tentou se erguer em um braço.

— Não se mexa — eu repreendi. Havia milhares de outras coisas que eu queria dizer, tipo, *Você me assustou* e *Não sei o que fazer com todos esses sentimentos me revirando por dentro* e *Eu normalmente não gosto de ninguém, mas eu meio que gosto de você.* Mas eu não disse nada disso. Eu não poderia dizer aquilo. — Sério, não se mexa. Você derrubou um monte de porcarias aqui, e a sensação é que estamos em um campo minado agora.

— Que ótimo. — Ele soltou uma espécie de chiado e então passou o braço em volta do tronco, encostando a testa no chão. — Parece incrível.

— Cadê o telefone?

— Ahm? Você colocou na caixa.

— Não. Não o telefone maldito. O seu celular. Eu posso ligar para a Antonia. Fable não está atendendo.

— Ah. Tá na minha mochila.

Eu vi a mochila ao lado da porta e, com toda a elegância de um veadinho recém-nascido, fui me arrastando, tentando desesperadamente não demonstrar meu medo. Peguei a mochila, abri o zíper do bolso principal e olhei lá dentro.

— Qual bolso?

— Hein?

— O seu celular. Em qual bolso está? — perguntei, apalpando a mochila e tentando encontrar algum objeto que se assemelhasse a um celular. Uma luz acendeu lá dentro e eu afastei alguns papéis e um moletom, e encontrei um tablet. Peguei na mão e fiquei olhando para aquilo. Não era um tablet. Era um... Que porra era essa?

— Não! Isso não!

Rook se sentou no chão, encostando-se na parte de trás do sofá, segurando a barriga com um braço. Ele tinha ferimentos em todo o corpo. Os olhos estavam vermelhos.

Eu ergui aquela coisa.

— O que é isso?

Ele engoliu em seco. Estava mais pálido do que quando saiu do casulo de cortina amaldiçoada.

— Não é nada. Mas guarde, por favor.

Virei o objeto para o outro lado para examiná-lo. A tela se iluminou e umas luzes começaram a piscar e... Calma, isso é um mapa? Era sim, e a nossa localização estava sinalizada por um pontinho vermelho. Depois de alguns segundos, a luz de cima ficou amarela e parou de piscar e surgiu uma linha na tela, a alguns quarteirões de distância, cortando todo o bairro, parecendo a linha de Ley ali de perto. Hum. O caminho que ela traçava era igual.

Congelei.

Aquela *era* a linha de Ley.

— Sun, *por favor*. — A voz de Rook falhou, eu estremeci, colocando o dispositivo de volta na mochila.

— Aham. Tá. E o celular, cadê?

— No bolso da frente.

Eu tateei e encontrei o celular, deixando a mochila com o... caça-Ley na frente. Isso era um problema para depois. Se havia uma coisa que eu sabia fazer bem era separar as coisas.

Atravessando a sala, me sentei no chão ao lado do Rook e passei o celular para ele.

— Aqui. Ligue para a Antonia. Você precisa de atendimento médico.

Rook fez uma careta.

— Eu tô bem.

— Não tá mesmo. Posso... posso encostar em você?

Rook piscou.

— Pode... acho.

Hesitante, envolvi o pulso de Rook com os meus dedos. Senti sua pele gelada na palma da minha mão. Fechei os olhos, respirei e puxei a energia da linha mais próxima, deixando a magia fluir por mim. Procurando resíduos do feitiço, senti Rook tremer. A situação era complicada, porque toda a sala pulsava com uma energia angustiante, mas eu me concentrei, franzindo as sobrancelhas.

— O que você está fazendo? — ele sussurrou.

Havia muita energia em volta do Rook e, embora os feitiços ainda ofuscassem o ambiente, não havia nada de maléfico grudado nele.

— Procurando restos de maldições — murmurei. — Você está livre.

— Ah.

Passei a mão pelo cabelo, agarrando as pontas e soltei um suspiro pesado. A queda de adrenalina me deixou tremendo. Esfreguei as mãos nas coxas, tentando me firmar, mas era difícil com a magia pulsando ao redor, tentando nos expulsar dali, e com o olhar atordoado de Rook cravado em mim, e com aquela coisa soando baixinho na mochila do Rook.

Dei uma cotoveladinha nele.

— Ligue para a Antonia.

— Ah, é. Boa ideia. — Todo desajeitado, ele abriu a lista de contatos. O nome da Antonia era o primeiro, e ele apertou a tela com o dedão. Tocou, tocou, tocou, e quando achei que cairia na caixa postal, Antonia atendeu.

— Rook? Eu estou no viva-voz? — ela perguntou.

— Sim — eu disse. — Sun aqui.

— Olá, assecla. Por que você está com o celular do Rook? O que aconteceu? Rook? Você está aí?

— Você atendeu — Rook disse. Ele ainda estava atordoado e aquilo me preocupou. Será que eu deveria chamar uma ambulância? Será que ele poderia morrer pelo choque? Será que nós poderíamos morrer pelo choque?

— Claro que eu atendi — Antonia disparou. — Você é meu… assistente administrativo — ela disse, evitando a palavra "aprendiz" por causa da minha presença, obviamente. — E eu mandei você em uma missão. É claro que eu vou atender se você ligar.

— Ah. Eu não sabia se você atenderia.

Ergui a cabeça, em choque. Aquilo foi tão sincero. Era um fato. Um fato muito triste.

Antonia pigarreou do outro lado da linha.

— Você está bem?

— Não — eu disse, cortando a conversa. — Tivemos um acidente com uma cortina amaldiçoada, e Fable também não está aqui, e o Rook… ele deveria ir a um médico ou a um curandeiro. Você conhece algum curandeiro? Ele ficou preso por um tempo, desmaiou, e só então eu consegui tirá-lo do meio da cortina. Agora ele está acordado e respirando, mas não está muito legal.

Um segundo de silêncio, seguido por um tilintar de chaves e uma porta batendo.

— Estou a caminho — Antonia disse. — Vou já para aí. Não saia daí. Não deixe o Rook sozinho… Você ligou para Fable? — Antonia parecia preocupada, uma fenda aberta na sua fachada fria.

— Tentei ligar, mas elu não atendeu.

— Tente de novo. Conte o que houve. Estou a caminho. Não toque em mais nada. Você pode fazer isso, Sun?

Era bom ter um adulto me falando o que fazer. Normalmente, eu não gostava de receber ordens, mas era ótimo, era libertador ver a Antonia assumindo o controle de uma situação que estava fora do meu controle. Como quando os meus pais resolviam as coisas para mim e eu não precisava fazer nada, porque eu ainda era adolescente e eles tinham experiência de vida que eu não tinha. Agora, com a Antonia, eu pude tirar um pouco da tensão dos meus ombros e das minhas costas.

— Sim. Posso sim. Ligar para Fable. Não tocar em nada. Não sair daqui.

— Muito bem. Ligue para mim se acontecer qualquer coisa.

— Pode deixar, chefa — Rook disse, com um sorriso repuxando no canto da boca. — Ei, você acha que conseguiria trazer um café pra mim?

— Você sendo você — ela respondeu. — Que bom. Certo. Eu chego aí em poucos minutos. Limites de velocidade são só uma sugestão mesmo.

Antonia desligou. Peguei o celular de volta do bolso e liguei para Fable. Rook não estava com uma cara muito boa, mas estava mais acordado, como se estivesse voltando de uma anestesia ou de um sono profundo.

Fable respondeu ao primeiro toque. Repeti o que tinha acabado de contar para a Antonia, e elu também disse que chegaria em alguns minutos. Depois disso, eu e Rook ficamos sentados em silêncio, curvados um na direção do outro. Rook estava com as costas encostadas no sofá, e meus pés entravam por baixo do móvel. A minha postura curvada entregava o meu cansaço. Os nossos joelhos se tocaram. Senti um calor irradiando daquele pequeno ponto de contato, de onde a minha pele exposta saía pelo rasgo da minha calça jeans, tocando a costura da calça dele. Tentei não dar bola, pois havia tanta coisa com que se preocupar, mas não consegui. Tudo à minha volta virou um ruído de fundo para aquele único ponto de calor.

Pensei em ir para o hall de entrada, mas nós ainda estávamos cambaleando, e aquele lugar era relativamente seguro, desde que ninguém se movesse demais em nenhuma direção. O sofá não emanava nenhuma energia que me fizesse pensar que ele estava amaldiçoado e, se estivesse, ele já teria tentado fazer alguma coisa no momento em que o Rook se encostou nele.

— Você vai me perguntar? — Rook disse as primeiras palavras desde que eu o libertei.

— Perguntar o quê?

Rook gesticulou sem forças.

— Qualquer coisa. Escolha o assunto.

— Você quer que eu pergunte?

Ele deu de ombros.

— Não bateu uma curiosidade?

— Um pouquinho.

— Então pergunte.

— Você acabou de passar por uma experiência traumática. Não acho que...

— Eu chamo de Mapeador de Magia — ele disse, me interrompendo. — Ele detecta as linhas de Ley.

Perdi o ar.

— Isso é... — Perdi as palavras. Incrível? Absurdo? Iradíssimo? — Contra as regras impostas pelo...

— Eu sei.

É claro que ele sabia. Ele era um quebra-regras. Como a Antonia. Não é de estranhar que ela tivesse o escolhido como aprendiz.

— Foi você que fez?

Rook fez que sim.

— Eu que inventei.

Aquilo era incrível e ao mesmo tempo perturbador. Por que ele inventaria um negócio desse? Aquilo daria acesso à magia para... qualquer um. Poderia perturbar a ordem do mundo todo. Era uma enrascada.

— Por quê? Por que você faria isso? *Como* você fez isso? É... — Tentei buscar as palavras certas. Que ódio. Que medo. Para começar, a minha cabeça estava atordoada depois de assistir ao Rook sendo engolido pela cortina. — Isso não está certo.

— Quem disse?

— O Consórcio.

— E você vai passar a vida seguindo as regras deles?

Aquilo calou a minha boca. Eu nunca tinha pensado assim. Mas qual era a outra opção?

A porta se abriu com tudo. Antonia e Fable entraram como dois furacões, com uma energia que extravasava assim que adentraram aquele antro. Fable parou um pouco antes da porta e enrugou o nariz, enquanto Antonia seguiu adiante, decidida a chegar aonde estávamos.

— Que *denso* — Fable disse. — Por que diabos você mandou o seu aprendiz sem experiência aqui, Antonia?

Antonia bufou.

— Você disse que estaria aqui. — Ela se ajoelhou e segurou o pulso de Rook. — Por que você mandou Sun para cá? Elu não conseguiria quebrar nenhuma das maldições sem você.

— Porque você disse que estaria aqui.

— Olha, eu fiquei presa com toda aquela baboseira do Consórcio, graças a você. — Os olhos violeta de Antonia ardiam. Ela segurava forte o punho de Rook, beliscando a pele dele.

— Não venha jogar a culpa em mim. Eu bem que tentei avisar, mas a grande Antonia Hex não aceita conselhos. Foram as suas péssimas decisões que acabaram trazendo o Consórcio.

Antonia rosnou.

— As minhas decisões não são assunto para aquela representante do Consórcio, a tal da Evanna Lynne Beech, Departamento de Regulamentos e Monitoramento, feiticeira de quarto grau da unidade de Spire City.

— Você sabe que não funciona assim — Fable disse suspirando.

— É assim que *deveria* funcionar.

— Sim, mas de quem é a culpa? — Fable disparou. — Quem não seguiu as regras lá no início? Que acabou...

— Ei! — Todo mundo olhou para mim. Eu apontei para o Rook. — Será que dá pra deixar pra discutir depois, por favor?

Antonia jogou o cabelo, ainda segurando o punho de Rook, e concordou.

— Tudo bem. — Ela respirou fundo. — Sem resíduos — ela murmurou.

— Sun já tinha verificado — Rook disse. Ele abaixou o queixo no peito, deixando o cabelo cair nos olhos. — Sun me salvou. Com uma espada.

— Você tinha razão — Antonia disse, soltando o pulso de Rook e pressionando a mão na testa dele. — Ele está delirando.

— Não! Não estou, não. Eu estou com fome, cansado. Um café cairia bem. Mas Sun me salvou mesmo. Com uma espada. Cortou as cortinas, foi uma cena de guerra, sabe?! Foi legal — ele disse, deixando à mostra a covinha ao sorrir.

Abaixei a cabeça e disfarcei um sorriso.

— Esta espada aqui? — Fable perguntou, atravessando a sala e encostando na espada com a bota.

— Só tem uma espada aqui — Antonia respondeu. Ela levantou e analisou os restos da cortina espalhados pelo chão. Sem força, os pedaços se contorceram na direção dela, como folhas queimadas vivas sendo levadas por um vento suave.

Eu também me levantei. Rook ficou no chão, de pernas abertas, parecendo esgotado até os ossos, pelo que se podia ver no jeito como as suas pálpebras fechavam e tremiam em intervalos de segundos.

— Antonia. — A voz de Fable estava ainda mais firme. Tinha algo errado ali. — Verifique se Sun não tem resíduos.

Antonia nem me deu a chance de protestar. Ela segurou o meu pulso, com uma pegada que parecia um ferro esmagando as minhas juntas, e franziu a sobrancelha.

— Tem alguma coisa grudada em você, Sun. Aposto que é da espada. Não é forte, mas eu posso sentir.

O quê? *Oi?*

— Mas eu estou bem. Estou me sentindo bem.

— Mas é provável que logo não estará.

Rook se ergueu com dificuldade, despertando ao ouvir a frase da Antonia. Ela o segurou pelo braço, para que ele conseguisse se firmar.

— O quê? Você tá bem? Sun está bem? Sun, você está bem?

Eu sentia a minha cabeça estourando por trás dos olhos, e meu corpo estava rígido, mas não passavam de sintomas de uma situação estressante. O tremor no meu estômago era de fome, ou de adrenalina, nada a ver com a preocupação sincera de Rook. Eu estava bem. Eu ficaria bem. Eu estava superbem.

— Eu estou bem. — Dei um passo, a minha visão ficou turva. Senti uma tontura. Meus joelhos tremeram. Eita. Talvez eu não estivesse tão bem assim.

— Vamos embora, Sun. — Fable veio para perto de mim na mesma hora. — Vamos voltar para a chácara.

Fomos até a porta, Fable me guiando. Antonia mantendo Rook de pé. Quando saímos da casa, a porta bateu atrás de nós por vontade própria, como se dissesse "Já vão tarde". O sentimento era mútuo.

— Você vai ficar bem? — Rook me perguntou ao ver que eu me contorcia à luz do sol. Minha cabeça doía. Meu corpo doía. Como se, de repente, eu tivesse pegado uma gripe e todos os sintomas tivessem batido ao mesmo tempo. Ele segurou o tecido da minha camiseta entre os dedos, como se estivesse hesitante em ultrapassar a barreira que o proibia de me tocar, mas ainda assim quisesse se confortar. Ou me confortar.

— É, vou ficar bem. Fable vai cuidar de mim.

Ele assentiu.

— Diga a Fable para dar notícias suas para Antonia.

— Sim, pode deixar. E você? Você vai ficar bem?

Rook brincou com a alça da mochila.

— Aham, aham. Tô bem. — Ele engoliu em seco, mudou de direção na soleira da porta ao ver Antonia e Fable indo para os carros. — Até a próxima então, né?

— É, acho que sim.

— Beleza. Até mais. — Ele abaixou a cabeça e sorriu, lutando contra o sol. — Obrigado por me salvar. Se cuida, viu?

Meu coração bateu forte, junto com a minha cabeça. Eu me enganei, dizendo que era resíduo do feitiço. Só que não.

9

ROOK

ANTONIA BATEU UMA VELA EM CIMA DA MINHA MESA, OBRIGANDO-ME A PARAR DE pensar em Sun enquanto esperava o telefone tocar. Antonia soube por Fable que Sun estava bem, que o feitiço que restava tinha sido quebrado e Sun passou dois dias de cama, com sintomas de gripe, mas depois se recuperou e até o sarcasmo já estava de volta. Não falamos nada além disso, Antonia andava quieta desde a visita do Consórcio, trancada no escritório, provavelmente fazendo birra por ter sido repreendida por Evanna Lynne. Eu estava preocupado, achando que ela poderia me demitir, principalmente depois do acidente na casa mal-assombrada, quando eu praticamente fui assassinado pelos itens de decoração. Mas ela não me mandou embora.

O candelabro pesado de prata fez um estrondo ao bater ao lado do meu cotovelo. A vela não passava de um toquinho, mais cera derretida do que vela, com um pavio curto e queimado.

— Se o Consórcio vai me torrar a paciência por causa de você, sendo aprendiz ou não, então que se dane. Você vai ser meu aprendiz. Acabou a bobagem de assistente administrativo. Você vai aprender.

Aparentemente, ela não estava fazendo birra. Ela estava planejando os próximos passos da sua rebelião pessoal. Eu bem que deveria ter desconfiado.

— Eu sou seu aprendiz?

Ela colocou a mão na cintura.

— Você não é mágico e eu não tenho direito a ter um aprendiz, portanto, segundo eles, você não passa de um funcionário da Desfeitização. Mas nós dois sabemos que isso não é verdade.

— Ah não?

— Eu literalmente acabei de dizer que nós dois sabemos que não é verdade. Então não, você não é só um funcionário administrativo. Você é meu aprendiz.

— Certo — eu franzi a sobrancelha.

— Você parece confuso. Por que você está confuso?

— É só que... como você disse, eu não sou mágico. Eu fui um peso na casa mal-assombrada. Não consigo fazer poções e nem lançar feitiços. A única forma de eu conseguir ver as linhas de Ley é usando tecnologia. Então por quê?

Antonia revirou os olhos.

— Quer saber mesmo? Por vários motivos. Eu estava de saco cheio de ficar ouvindo sobre as qualidades do assecla de Fable e queria poder contar vantagem também. Mas também porque você é inteligente e trabalhador, e eu gosto de você. Não faça um escândalo por causa disso.

Uau. A Antonia *gostava* de mim. Isso era motivo para fazer um escândalo, mas eu fiz de tudo para me controlar e disfarçar meu sorriso gigante.

— Tá bom.

— Enfim, vamos lá. Introdução à Teoria da Magia. A magia vem das linhas de Ley. São linhas antigas de energia que atravessam o planeta, usadas por feiticeiros há séculos para...

— Eu odeio interromper, mas eu *literalmente* inventei um dispositivo para detectar as linhas. Eu sei o que é uma linha de Ley.

Antonia cerrou os olhos.

— Tem alguém sarcástico hoje aqui. Bom, você sabe de onde vêm as linhas?

Cocei a nuca.

— Não.

— Bom, então você está bem acompanhado, porque ninguém sabe. A teoria principal é que elas são naturais, criadas por uma mistura de forças como gravidade e a própria essência vital da natureza. Nós gostamos de acreditar que a magia é renovável e ilimitada. Mas sabemos que isso não é necessariamente verdade, porque as linhas podem enfraquecer ou sumir por completo. O Consórcio usa essa informação para manter os preços do acesso à magia em um nível altíssimo. Mas também sabemos que novas linhas surgem e linhas mortas podem reviver depois de um tempo. Ninguém nunca entendeu o motivo, pois forças externas, como erosão ou o crescimento das cidades, não parecem afetá-las. Exemplo disso — Antonia fez um gesto, como se estivesse catando alguma coisa no ar, e uma pequena bola de energia começou a brilhar entre a ponta dos seus dados — é que se o concreto deste prédio afetasse a linha de Ley que passa por aqui, eu não conseguiria fazer isto.

Dei meu sorrisinho malicioso.

— Bom, você conseguiria, mas outras pessoas não.

Antonia segurou a bola de magia na palma da mão, com uma expressão orgulhosa.

— Eu sempre soube que você era esperto. — A bola subiu flutuando. — Enfim, resumindo, as linhas de Ley são antigos veios de poder e estão por toda parte.

Eu pigarreei.

— Estou sabendo.

— Ótimo. Estrelinha para você. Aluno nota dez. — Ela cruzou os braços. — Feiticeiros como eu podem ver as linhas. Nós absorvemos o poder delas, através de nós, e usamos a energia para lançar encantamentos. Há inúmeros tipos de encantamento, dos mais variados, quase tão únicos quanto flocos de neve. Alguns precisam só de um sopro de magia e pronto. Já as maldições, por exemplo, exigem uma quantidade imensa de poder, mas, depois de lançadas, não há como voltar atrás. As maldições só podem ser quebradas se…

— Se alguém contratar você para isso.

— Exato — Antonia disse, sorrindo feito um tubarão. — Outros encantamentos exigem um fluxo contínuo de magia para continuar funcionando.

— Como o candelabro?

— Isso mesmo. O encantamento do candelabro flutuante exigia um fluxo de magia contínuo vindo da linha de Ley. Se a linha for cortada, por exemplo, se ela perder a força ou se alguém colocar uma sentinela em volta da casa, o candelabro cai.

Eu assenti.

— Certo, entendi. Alguns encantamentos se encerram neles mesmos, e outros precisam de um fluxo.

Antonia concordou.

— Enfim, dizem que quem não pode ver as linhas não consegue absorver o poder delas.

Olhei para o lado, envergonhado. Fiquei encarando a minha mesa e os riscos na superfície.

— Também sei bem disso.

Antonia empurrou a vela para o meu campo de visão.

— Mas tem um segredinho. Isso não é bem verdade.

Eu ergui a cabeça imediatamente.

— Como é que é?

Antonia bateu no suporte ornamentado da vela.

— A história da magia é longa e diversa. E, apesar de o Consórcio controlar grande parte das informações, eles não conseguem esconder tudo de nós. Nem mesmo as partes que eles não querem que ninguém saiba.

— Mas você sabe.

Mais um sorrisinho daqueles.

— Eu sei. E o que eu sei é que existem histórias de pessoas que eram consideradas não mágicas que, segundo consta, não conseguiam ver as linhas de Ley, e mesmo assim conseguiam lançar encantamentos.

Engoli um suspiro profundo.

— O quê?

— Eu nunca vi pessoalmente, mas já ouvi histórias. E todas as pesquisas estão trancadas a chave em um cofre do Consórcio, e isso me diz que deve haver algo de verdadeiro nos rumores.

Meu rosto ficou quente de raiva e senti as lágrimas me apertando na garganta.

— Quem…? — Eu engoli. — Quem mais poderia saber disso?

— O alto escalão certamente sabe. A pessoa que me contou soube através deles. Mas abelhinhas-operárias comuns como Evanna Lynne provavelmente não sabem.

Fiquei olhando para o toquinho de vela. Comecei a ver tudo embaçado pelas lágrimas. Eu fui testado duas vezes na vida e me disseram que eu não tinha a habilidade necessária para acessar a magia. Uma dessas vezes acabou tirando de mim tudo que eu tinha. Mas se aquilo era uma mentira… então o último ano solitário da minha vida… não deveria ter acontecido.

— Por quê? — perguntei baixinho.

— Controle. É só uma questão de controle. E dinheiro, claro. E esse é um dos motivos para eles estarem tão preocupados por eu ter me aproximado de alguém não mágico. — Ela pigarreou. — Eu já os desafiei antes, conquistei coisas que pareciam impossíveis, e eles estão preocupados que eu possa fazer de novo. Imagine só se as pessoas puderem *aprender* magia, o sistema todo viria abaixo.

Uau. Eu nunca tinha pensado dessa forma. Até então, eu só pensava na *minha* relação com a magia. Todas as outras consequências eram periféricas. Mas as implicações da existência do Mapeador de Magia e de alguém não mágico conseguir lançar um feitiço mudariam toda a forma como a sociedade enxergava e interagia com a magia… para sempre.

Porém parece que esse era apenas um dos motivos para o aborrecimento do Consórcio. Alguma coisa tinha acontecido com a última aprendiz da Antonia, que ela não estava me contando. Sun sabia. Fable sabia. Mas eu não, e nenhuma busca na internet me levava a qualquer informação sobre o assunto. Eu nem sabia quando aquilo tinha acontecido, porque a idade da Antonia era... incerta. Eu queria perguntar. Mas ao mesmo tempo não queria.

Porque, apesar das possíveis consequências que mudariam o mundo para sempre, era isso que eu queria. Queria poder fazer mais do que simplesmente atender telefonemas, fazer café e carregar caixas cheias de objetos amaldiçoados e simplesmente saber onde estavam as linhas de Ley, e ser um coadjuvante no mundo da magia. Eu queria *aprender*. Essa era a minha missão original antes de a Antonia acabar com todas as minhas expectativas logo no primeiro dia, e eu tive que me adaptar. Eu *aceitei* simplesmente ficar perto da magia, porque era algo de que eu sentia muita falta, com toda a minha alma. Mas lá estava ela, oferecendo-me algo que eu achava ser impossível. De jeito nenhum eu recusaria, mesmo se eu fosse apenas um peão no grande jogo da Antonia.

Enxuguei as lágrimas que tinham escorrido no meu rosto e firmei a minha determinação.

— Eu quero aprender.

Ela assentiu com veemência.

— Ótimo. Então, para aplicar a teoria à prática, você vai acender esta vela.

— Oi?

— Eu escolhi montar o meu escritório neste local por causa da linha de Ley superpoderosa que passa por aqui. Não existe lugar melhor para você tentar. Você só precisa sentir e absorver a magia.

Franzi as sobrancelhas. Eu nunca senti nada, nem mesmo na primeira vez que entrei no prédio. Sun disse que era como uma vibração que sentia no peito. Quente e aconchegante. A única coisa que eu sentia vibrar no peito era a ansiedade, como uma corda de guitarra esticada pelas minhas inseguranças. Não tinha nada a ver com magia.

— E como eu faço isso?

Antonia fez uma cara fechada.

— Quando você foi à casa mal-assombrada, você sentiu alguma coisa?

— Senti um arrepio.

Ela tamborilou as unhas, que hoje estavam verdes, na manga da camisa.

— Continue.

Eu encolhi os ombros.

— Só uma sensação de desconforto por estar numa casa superesquisita cheia de objetos amaldiçoados.

— Hum. — Descruzando os braços, ela inclinou dois dedos na direção da vela. O ar estremeceu. A vela acendeu.

— Você sentiu alguma coisa agora?

— Hum, pior que não. Quer dizer, sei lá... um formigamento? Tipo uma coceira?

Uma coceira, ela murmurou, pensativa.

— E quando a sua avó fazia magia?

— Calor — eu disse, sem hesitar. — Alegria. Amor. Todos os clichês de vó que você pode imaginar, como cheiro de biscoitos saindo do forno, um cobertor envolvendo meus ombros, o sabor de uma limonada no verão.

A expressão de Antonia suavizou.

Eu pigarreei.

— O que você sente quando absorve a magia da linha?

Antonia inclinou a cabeça.

— Faz muito tempo que não penso nisso. Agora é instintivo. Eu estou sempre atenta e conectada. Mesmo quando não estou aqui, eu consigo sentir. Assim como o sangue pulsa nas minhas veias, a magia está sempre fluindo pelo meu corpo.

— Isso não ajuda.

Ela fez um beicinho com os lábios pintados de batom vermelho.

— Eu estou me esforçando. Eu nunca ensinei ninguém que não consegue sentir a magia.

— Talvez eu deva perguntar para Sun — eu disse, pressionando o suporte prateado da vela com a ponta dos dedos. — No nosso próximo encontro.

— Não faça isso. — O ar brincalhão da Antonia foi embora na hora. — Não confie em Sun. Ou em Fable. Sei que não conversamos sobre a visita do Consórcio, mas depois que elus me deduraram por causa dos ratos cantores e do feitiço do mercado clandestino, acho que não podemos contar sobre a sua invenção para aquela duplinha. Fable já sabe que você não é mágico e já me encheu o saco por causa disso. Disse que era cruel fazer você enveredar por esse caminho e que revelar segredos mágicos para você era contra as regras.

Senti um aperto na garganta.

— Mas Sun...

— Sun é aprendiz. Será sempre leal a Fable. Assim como você é leal a mim.

Senti um arrepio na espinha.

— É assim que funciona? — perguntei, e as palavras caíram como tijolos no silêncio do escritório. — Você nunca me disse isso. Você nem me contou que a nomeação era algo importante e nem o que significa ser aprendiz.

Antonia desviou o olhar, cerrou os dentes, parecia severa de perfil, com linhas marcadas em volta dos olhos.

— A nomeação é uma tradição nos círculos mágicos. Não deveria ter sido feita por impulso, como eu fiz. O negócio é que... eu não achei que você duraria aqui. — Ela voltou a olhar para mim e seus olhos violeta brilhavam, como quando ela estava no sol ou estava brava. Dessa vez não era irritação, parecia mais uma tristeza, um lamento. — Consertar tralhas, atender telefonemas e fazer café não são tarefas agradáveis para ninguém, como ficou provado pela minha última assistente que saiu de férias para sempre. Mas são tarefas ainda mais entediantes para um aprendiz de feitiçaria. E para quem está neste mundo, os meus negócios, as coisas que eu decidi fazer, as coisas que aconteceram acabaram virando piada, um meme. — Ela abriu os braços para contemplar todo o escritório vazio, com o Herb parado em um canto e o tapete amaldiçoado no chão. — A mulher mais poderosa do mundo impedida de exercer funções no Consórcio, reduzida a uma mera quebradora de feitiços, sem acesso a livros mágicos. Cortada das partes básicas da nossa cultura. — Ela suspirou. — Como aconteceu com você quando a sua avó faleceu.

Senti a respiração pesada no peito. A Antonia se enxergava em mim? Foi por isso que ela me deixou ficar? Foi por isso que ela não me expulsou quando descobriu o Mapeador de Magia? Uau. Antonia tinha coração, um lado gentil, mas ela escondia tudo isso por baixo de uma fachada indiferente e durona.

Ela pigarreou.

— Acenda a vela. É fácil lançar. Nem precisa de um feitiço. Você só precisa encontrar a linha, fazer a magia fluir através de você e lançá-la através dos seus dedos. A vela vai acender. Quando você conseguir, passamos para a próxima lição.

— Certo. — Eu respirei.

Ela relaxou a postura, deixando os ombros caírem em uma pose mais natural. Ela veio na minha direção e bagunçou o meu cabelo.

— Você é um bom garoto.

— Obrigado.

— Nós vamos dar um jeito. Eu só tenho uma regra.

— E qual é?

— Não me traia. — Aquelas palavras ameaçadoras pairaram no ar. Antonia não demonstrava nenhuma sombra de sorriso, nenhum ar de brincadeira. Seus olhos intensos me penetravam e me faziam contorcer como uma formiga debaixo de uma lente de aumento. Então ela sorriu, cheia de dentes. — E tudo vai dar certo.

A rápida mudança de atitude me deixou meio sem ar e bem assustado, como se eu tivesse feito um pacto com o diabo sem entender direito as condições.

Ela voltou para o escritório.

— Acenda a vela — ela gritou, sem olhar para trás.

Claro. Tudo bem. Acender a vela. Não trair a Antonia. Não confiar em Fable. Não contar para Sun que eu estou aprendendo magia ou sobre o Mapeador de Magia. Minha mente ficou presa naquele último item. Como evitar falar para Sun sobre a minha invenção se elu já sabia a respeito?

Que merda.

***

A vela não queria acender. Por mais que eu tentasse absorver a magia (uma magia que eu sabia que estava *bem ali*), eu não conseguia. A manhã avançava e, vendo a vela ainda apagada, as minhas esperanças de conseguir lançar um feitiço foram por água abaixo. Antonia não ajudou em nada, ficou trancada no escritório, provavelmente me espiando pela cortina. A única coisa que ela viu foi eu apontando dois dedos para um toco de vela, em vão, enquanto o Herb dava aquela risada de cabide esquisita lá no canto. (Parecia uma escada rangendo.)

Depois de eu passar a manhã inteira sem conseguir acender a vela e sem atender um único telefonema, Antonia saiu do escritório. Ela depositou um maço de notas e um cartão de visitas na minha mão.

— O que é isso? — perguntei, segurando o cartão.

— Como combater a exploração capitalista da magia pelo Consórcio — ela disse.

Ergui a sobrancelha.

— Cupom de desconto para feiticeiros. Uma das poucas vantagens de ser uma feiticeira registrada. Como o Consórcio fica com uma parte de toda atividade mágica, temos que aumentar os preços significativamente para compensar os custos envolvidos na certificação que exibimos na vitrine. Use isso aqui quando for pedir meu café e meus muffins, assim você paga o preço para feiticeiros, e não o preço-padrão.

— Ah, beleza — eu disse, guardando o cartão e o dinheiro na minha carteira. — Parece meio confuso, mas pode deixar.

Ela suspirou.

— Nem me fale. Esse cartão só é válido na região atendida pelo Consórcio de Spire City. Se você estiver no setor de outra repartição, aí é preço cheio, a menos que você tenha o cartão deles também.

— Engenhoso. Para que o Consórcio precisa de tanta grana?

— Para pagar os lacaios que inventam novas formas de me perturbar — Antonia respondeu sem pestanejar. — Eles perturbam outros feiticeiros, é claro. Não sou só eu. Eu não sou *tão* presunçosa assim.

— Claro.

Ela fez uma careta e apontou o dedo para mim.

— Não se atreva. Agora vá até o meu terceiro café favorito e traga alguma coisa com sustância. — O terceiro café favorito da Antonia ficava do outro lado da cidade, e eu teria que ir de ônibus. Eu não queria sair do escritório, mas pelo menos era uma folga do meu fracasso.

A ida até o café foi tranquila, fiquei em um assento sozinho, sem ninguém por perto. Abri a mochila e discretamente dei uma olhada no Mapeador de Magia durante o trajeto. Havia várias linhas fracas pelo caminho, mas chegando perto do ponto onde eu desceria, uma linha bem grossa apareceu na tela. Tão grande que tampou a visão de boa parte do mapa. Hum. Interessante.

O motorista ficou de olho em mim quando desci no ponto, o único passageiro de saída, apesar de ser uma área bem movimentada. Andei pela calçada, na direção do café. Caminhei pelo quarteirão todo, vendo as vassouras varrerem as calçadas sozinhas, em frente às lojas, e mercados que anunciavam lágrimas de sapo e poções especiais junto com enormes cabeças de repolho e melancias gigantes, e os grafites pintados nas laterais das construções e nas calçadas dançavam, criando um movimento colorido e lindíssimo, e só então fui me dar conta de que todo aquele bairro era mágico. E sim, claro, fazia sentido. Se havia uma linha de Ley transbordando energia, a comunidade mágica seria atraída para lá.

Distraído, fiquei imaginando se a Antonia morava ali por perto e se era por isso que ela conhecia o tal do café, ou se ela tinha algum motivo escuso para me mandar até lá. Talvez ela quisesse ver se eu conseguia sentir a linha de Ley ali. Talvez aquela linha transmitisse uma sensação, um ritmo ou uma frequência diferente da que passava pelo escritório.

Independentemente dos motivos, mesmo se fosse apenas pelos muffins especiais, era legal ver toda aquelas formas diferentes de magia que eram usadas ali. Se eu tivesse conhecido aquela comunidade antes, seria ali que eu passaria meus dias, e não trancado no meu apartamento, em uma região da cidade desprovida de magia.

O café se chamava Grãos de Deja, e um certificado do Consórcio estava afixado à vitrine, bem ao lado da placa de "aberto". Uma sineta tocou quando eu entrei. Tinha uma fila pequena, então fiquei esperando e olhando em volta. Era como qualquer outro café em que eu já tinha ido, com bebidas diferentes, umas mesas e cadeiras aconchegantes para sentar, livros para ler, mas, assim como a casa mal-assombrada, onde havia aquela atmosfera densa e sombria, ali o ar também era diferente, criando um ambiente que transmitia uma sensação de leveza e liberdade. Algo descontraído e alto-astral.

E bem por isso que foi superestranho ver Sun em uma mesa no canto do café, com o boné enterrado na cabeça, usando aquele look pretinho básico que era a sua marca registrada. Três garotas lindas sentadas ao seu redor, conversando, tomando café e esbarrando em Sun sem querer, segurando na sua camiseta ou rindo de algo que elu falava, que certamente era hilário e afiado, e eu não estava nem com um tiquinho de ciúmes. Nadinha. Nem quando uma delas pegou a aba do boné de Sun e tirou da sua cabeça, toda engraçadinha ela. Sun resmungou alguma coisa, pegou o boné de volta e, depois de colocá-lo em cima da mesa, alisou o cabelo com as mãos.

— Qual o seu pedido?

— Hein? — Claro, a fila. Fazer o pedido da Antonia. Dei um passo à frente e pedi os muffins e dois cafés para ela, cada um de um jeito para atender às suas especificações. Risadas mais altas explodiram do lado do café onde Sun estava, e eu quase não ouvi o preço que o caixa cobrou, mas o que entendi é que tinha saído meio caro demais.

— Oi? Desculpe, como é?

Ela fez um carão.

— Você pediu dois muffins e dois cafés gelados, certo?

— Sim. Ah, não, calma. — Eu fiquei tão distraído com Sun que me esqueci do cartão de descontos para feiticeiros. Tirei o cartão da carteira e entreguei para a moça do caixa. A garota ergueu a sobrancelha, mas assim que viu o cartão, suspirou. Ela apertou uns botões no caixa e o valor a pagar diminuiu drasticamente.

— Da próxima vez, mostre o cartão de desconto antes — ela disse, meio irritada.

— Certo. Desculpe — eu disse.

Dei um passo para o lado e olhei de cantinho para Sun, que estava me encarando com a sobrancelha erguida, cabelo bagunçado, cara de cansaço e afetuosamente irritade com as garotas à mesa. Sun ergueu a mão e acenou discretamente, com constrangimento. *Acenou.* Sun acenou e seus lábios se abriram em um discreto sorriso. Será que eu deveria ir até lá? Claro que sim. Né?

Tomando coragem e tentando superar o meu não ciúmes, fui até lá, com as mãos no bolso, tentando parecer indiferente. Não deu certo, porque esbarrei o pé em uma cadeira que não tinha sido colocada direito debaixo da mesa e tropecei. Eu me ergui antes de cair, mas precisei usar o ombro de alguém para me segurar.

— Merda. Desculpe. Eu sinto muito, de verdade. Desculpe — eu disse, com o rosto completamente vermelho. — Eu derrubei alguma coisa? Posso te pagar um café?

A pessoa revirou os olhos, virou para a frente me ignorando em silêncio e voltou a conversar com a pessoa com quem dividia a mesa.

O som de risadas chegou aos meus ouvidos e, timidamente, voltei a caminhar na direção da mesa de Sun, no canto do café.

— Ele é gato, é uma gracinha — uma das garotas disse para as outras, colocando a mão no queixo. — E está vindo pra cá.

A esperança de o meu tropeção ter passado despercebido encontrou uma morte rápida e nada nobre. Certo, ainda dava para me recompor. Vamos lá. Assim que me aproximei, acenei para Sun com a cabeça.

— Você — eu disse.

— Eu — elu concordou.

— O que você está fazendo aqui? — Que ótimo. Fui ao outro extremo e passei do cara adoravelmente desastrado para um sujeito completamente grosseiro. — Quer dizer... você vem sempre aqui? — Uau. Essa conversa estava indo pelo bueiro e eu literalmente só tinha dito três frases até agora.

Sun bateu a ponta do lápis no caderno, mordendo o lábio para não rir ou sorrir. Rir, com certeza elu queria rir. Internamente, Sun estava rindo da minha cara. Dava para ver nos seus olhos.

— Eu moro aqui perto — Sun respondeu. — Eu sou daqui. Então a pergunta é: o que *você* está fazendo aqui?

— Que rude — uma das garotas disse. Sun ignorou.

Eu apontei para o balcão.

— Café e muffins para Antonia. Este é o terceiro café preferido dela.

— Faz sentido. Os doces são uma delícia.

As garotas trocaram um olhar, de olhos arregalados e queixos caídos, surpresas com a nossa conversa. A julgar pelos cochichos furiosos entre elas, não parecia ser um evento comum.

— Oi para vocês também — eu disse para a mesa, pois seria indelicado ignorá-las.

A resposta foi um sonoro coro de "ois".

— Entrada triunfal — uma das garotas disse, abrindo um sorriso enorme.

— Ah, aquilo ali? Não foi nada. Só um probleminha que eu tinha esperança de que vocês pudessem generosamente ignorar.

Sun não conseguiu segurar uma risada.

As garotas riram também.

— Não, foi mal. Nós somos assim.

— De jeito nenhum — uma das outras disse. Ela tinha o cabelo curto e assimétrico e um piercing no nariz.

Passei a mão no rosto, tentando esconder o constrangimento. Minhas bochechas estavam quentes.

— E se eu voltasse para o balcão e tentasse de novo? Ajudaria?

As garotas riram. A terceira me olhou de cima a baixo.

— Sinto muito, mas só existe uma chance de causar uma boa primeira impressão.

— Isso não é uma frase de propaganda de cartão de crédito?

Ela sorriu e jogou o cabelo para trás do ombro.

— Depende. Você vai me pagar um café?

— Vocês três não estavam indo embora? — Sun perguntou, empurrando o ombro da garota.

— *Agora* é que não vamos, né? — a garota com o piercing falou. — Isso está divertido.

Sun resmungou e se encostou no assento.

— Vão embora, por favor.

Eu não sei em que tipo de situação eu tinha me metido, mas não gostei da forma como as garotas acotovelavam Sun enquanto falavam e nem de como elas estavam ignorando o pedido para irem embora. Sun fez um beicinho para elas. Sun nunca fazia beicinho. Aquilo era perturbador. Eu não estava gostando daquela situação. Aquele não ciúmes que eu tinha deixado no balcão estava de volta, mostrando sua cara feia.

— Sun, quer sentar comigo em outra mesa? — eu disse, apontando para trás. — Para se livrar delas?

Aquilo não foi a coisa certa a dizer. As garotas assoviaram e gargalharam, cada vez mais alto. Uma delas deu uma cotovelada em Sun, que fez uma careta, mas com o rosto vermelho de vergonha.

— Então você vai salvar Sun de nós? — A garota que estava bem ao lado de Sun bateu os cílios. — O típico herói charmoso.

— Ignore as meninas — Sun disse, cerrando os olhos. — Elas estavam de *saída.*

— Tudo bem — a do meio disse, enquanto todas juntavam suas coisas. — Fique aqui estudando matemática enquanto nós vamos ao cinema. Mas mande uma mensagem para a mamãe. Ela vai querer saber que você não foi com a gente. Nós vamos de ônibus e você fica com o carro.

Mamãe. *Mamãe.*

— Ah, elas são suas...

— Irmãs — Sun disse, sofrendo longamente. — Irmãs mais velhas. — A garota de cabelo curto colocou a língua para fora e assoprou entre os lábios. — Como você pode ver, mais velhas, mas não mais maduras — Sun disse, livrando-se da mão da garota enquanto ela tentava bagunçar o cabelo delu.

— Eu também amo você, imbecil.

— Vão logo.

— Vamos, vamos deixar *Sun* conversar com o amiguinho.

E, sim, é verdade, depois de observar com mais atenção, todas elas se pareciam, e uma das garotas aparentava ser mais velha do que as outras, vinte e poucos anos, enquanto as outras duas pareciam ser mais ou menos da idade de Sun. Cada uma pegou sua bolsa e o copo. A mais nova me encarou dos pés à cabeça, começando pelos tênis, passando pela minha calça jeans surrada, até minha camiseta e chegando aos óculos de sol pendurados na minha cabeça. Constrangido, coloquei o dedão no bolso, só para ter o que fazer enquanto passava pela minuciosa fiscalização.

— Tudo bem — ela disse. Então ela apontou o dedo para mim. — Não tome muito tempo de Sun. A lição de casa não espera.

Eu ergui a sobrancelha.

— Vocês estavam querendo levar Sun ao cinema.

Ela deu de ombros.

— Privilégio de irmã. Você é só um *garoto*.

Por sorte, chamaram o meu nome no balcão e, quando voltei, as garotas tinham ido embora. Sun estava lá, olhando fixamente para uma apostila e um caderno cheio de números.

— O que você está tentando estudar?

— Matemática — Sun disse. — Puro tédio.

— Qual parte da matemática?

— Sei lá. Uma parte cheia de números e letras.

— Caramba. Certo. — Eu me sentei no banco ao lado delu. — Posso? — Sun apontou para o livro, e eu o trouxe para mais perto de mim. — Ah, é trigonometria. É verdade, é difícil se você...

— Você não é um daqueles gênios da matemática, é?

Eu sorri.

— Quantos problemas você precisa fazer?

— Todos os números ímpares nesta lista aqui.

Eram só cinco. Mas do jeito que a folha estava fina de tanto ser apagada, dava para ver que Sun ainda estava lutando contra o primeiro. Bom, o café e os muffins da Antonia poderiam esperar um pouco.

— Posso te ajudar?

Sun olhou para mim com desconfiança, o que me magoou um pouquinho, admito. Nós sobrevivemos a um episódio assustador juntos. Achei que já tínhamos passado desse nível, mesmo depois de Antonia ter falado para eu não confiar nelu. Será que Fable disse o mesmo?

— Você vai tirar sarro de mim? — Sun perguntou, erguendo o pescoço.

Ah, sim. Claro. Era outro tipo de desconfiança. Eu entendo. Ser provocado por algo que era um ponto fraco era diferente de simplesmente ser provocado. Às vezes eu conseguia ser sensato.

— Não.

Sun ainda estava com um ar desconfiado, e aquela postura rígida era um indicativo. E mesmo Antonia tendo me falado expressamente para não confiar nelu, eu não consigo imaginar que a mesma pessoa que estaria disposta a empunhar uma espada amaldiçoada para me salvar poderia querer me ver ferido ou em perigo. E, bom, eu queria que fôssemos amigues.

— Se você não tirar sarro por eu ter passado toda a manhã tentando em vão usar magia para acender uma vela.

Sun engasgou, levando a mão à boca para segurar uma risada e se afundando na cadeira.

— O quê?

Sorrindo, eu me aproximei no banco e encostei meu joelho no joelho de Sun por baixo da mesa.

— É. Estou tendo dificuldades.

— Pelo menos a Antonia está finalmente ensinando magia para você.

Que respostinha mais blasé para o fato de que Antonia estava descaradamente violando regras do Consórcio. Mas Sun não sabia que eu não conseguia ver as linhas de Ley. Eu com certeza não contei.

— Acho que ela se sentiu mal depois do que aconteceu.

— E ela deveria mesmo — Sun disse, com veemência. — Fable também. Você poderia ter se machucado de verdade.

Senti meu rosto ficar vermelho ao notar a preocupação de Sun. Pigarreei.

— Falando nisso, fico feliz que você esteja bem.

Sun ergueu o caderno pela espiral.

— Fable quebrou o feitiço, mas eu fiquei doente por uns dias. E é por isso que estou com a matéria atrasada na escola. — O caderno caiu na mesa. — Também fico feliz que você esteja bem.

— Graças a você. Você pensou rápido. Na espada e tal.

— Valeu. Que bom que deu certo.

— Pois é.

Sun olhava para todos os lados, menos para mim, contemplando o café com o rosto corado.

— E eu não contei para Fable sobre... o negócio.

— O negócio?

— O caça-Ley.

— Mapeador de Magia.

Sun fez uma careta.

— Caça-Ley é melhor.

— Não é não. — Pior que era.

— Seja lá qual nome estranho você tenha dado para aquilo. Eu não contei para Fable.

Meu estômago revirou.

— É. Aquilo. Então... A Antonia vai me amaldiçoar se ela descobrir que você também sabe sobre aquilo. Então, é... será que podemos manter isso entre nós?

Sun engoliu em seco.

— É... eu pensei bastante nisso. Primeiro eu fiquei com raiva, por você ser tão inconsequente a ponto de fazer algo assim. Isso pode causar um problemão. Não só para você, mas... enfim, para todos nós, eu acho. — Sun me encarou com aqueles olhos castanhos bem abertos. — Mas se não for usado para machucar nada nem ninguém, então... sei lá, quem sou eu para julgar, né? Então... tudo bem.

Eu não esperava por isso. Não mesmo. Não de Sun, que me parecia andar sempre na linha, como Fable. Mas talvez essa seja a visão da Antonia, que eu sem querer adotei. Balancei a cabeça.

— Não. Não é para causar nenhum mal. De forma alguma. Nem sei como isso seria possível. A ideia é ajudar.

Sun fez uma careta.

— Ainda não entendi o motivo, mas se você me prometer…

— Eu prometo.

Sun soltou um sopro de ar pelo nariz que fez sua franja voar.

— Tudo bem.

— Certo.

— Legal.

Eu me estiquei por cima da mesa e peguei o lápis que tinha rolado. Eu precisava voltar para o escritório da Antonia, mas ajudar Sun era muito mais interessante do que ficar olhando para uma vela que não acendia. E meia dúzia de problemas não levaria muito tempo.

— Então vamos à matemática.

Nós nos ajeitamos e nos concentramos na tarefa. Sun entendia o básico, mas tinha uma tendência a se frustrar quando não entendia algo de imediato, o que acabava gerando mais erros. Números e conceitos matemáticos sempre entraram com facilidade na minha cabeça, formando o parâmetro que deveria, simples assim. Sun tinha dificuldade, mesmo estudando bastante e, quando chegamos ao último problema, elu conseguiu resolver sem a minha ajuda. Sun coçou a cabeça com uma mão e anotou a resposta.

— É isso aí.

Sun ficou olhando para a folha, enrugando o nariz.

— É isso?

— Sim.

— Graças a tudo que é mágico. Eu não aguentaria ter que fazer de novo.

Eu ri, Sun sorriu, um sorriso de verdade, daqueles de mostrar os dentes. Que coisa esquisita, ficar bobo por causa de um sorriso cheio de dentes, mas é que aquilo significava que Sun estava feliz e vulnerável. Eu gostava dessa versão delu e estava feliz por saber que era por minha causa, por causa da minha presença.

Olhei para o celular. Putz. Estava cheio de chamadas perdidas da Antonia, porque o tempo passou e eu nem notei. Um tempão. Tipo duas horas. Eu nem percebi, de tão concentrado que estava na forma como o lápis encostava na curva da mão de Sun e na forma como elu franzia os lábios ao se concentrar na tarefa, e nos suspiros barulhentos quando alguma coisa saía errada e nos olhares satisfeitos quando chegava à resposta certa.

Olhei para o café gelado da Antonia e o gelo já tinha derretido há muito tempo. Gotículas de condensação escorriam pelo copo, deixando uma poça em forma de anel em cima da mesa.

— Putz.

Sun enfiou o caderno na mochila.

— O que foi?

— Eu já deveria ter voltado há algum tempo. E o café da Antonia virou praticamente um chá aguado. — Suspirei. — Preciso pegar outro.

Eu me levantei, mas Sun me segurou pela camiseta.

— Espere. Tem um motivo pelo qual este é o terceiro café favorito dela. — Sun colocou a mão no copo plástico e abriu os dedos. Eu caí sentado no banco e senti um calor dominar o espaço que havia entre nós, uma sensação gostosa e aconchegante, e fiquei vendo a magia sair dos dedos de Sun. O café começou a chacoalhar dentro do copo e, diante dos meus olhos, o gelo se refez e o café voltou à forma que estava quando eu o peguei no balcão, duas horas antes.

— O que foi isso?

— O café é enfeitiçado — Sun disse, sorrindo. — Para sempre ficar gostoso. Você só precisa ativar.

— Que incrível. — Era por isso que era tão caro. Eu deveria ter imaginado, quando vi o certificado na porta, que aquele era um café *mágico*.

— É bacana. Provavelmente não é a coisa mais útil a se fazer com a magia, mas é ótimo quando você meio que esquece o café largado, enquanto está tentando estudar matemática e suas irmãs ficam te atormentando ao mesmo tempo.

Eu ri.

— Pois é, percebi.

— Todo este bairro é mágico. — Sun fechou a mochila. — Eu gosto daqui.

— Pena que só descobri este lugar agora. Eu teria vindo morar aqui no ano passado.

— No ano passado?

Enfiei a sacola com os muffins na minha mochila, por cima do Mapeador de Magia.

— É... a minha avó morreu no ano passado, e eu tive que vir para a cidade. Não tem sido muito legal. — Prêmio de eufemismo do ano.

— Eu sinto muito. — Não sei se Sun disse isso por causa da minha avó ou porque o último ano da minha vida foi passado em um mundo chato e cinzento de completa solidão, mas eu fiquei grato pela empatia.

— Tudo bem. — Não estava. — Já faz um ano. — Mas ainda doía.

— Nem por isso deixou de ser ruim.

— Parece... você mesmo falando.

Sun deu uma risadinha.

— Vou deixar você ir embora. E vou buscar as minhas irmãs no cinema. Talvez se eu for legal, elas não fiquem falando sem parar sobre você na frente dos meus pais na hora do jantar hoje à noite.

Eu me envaideci todo.

— E isso vai funcionar?

— Não, não vai — Sun disse, deixando os ombros caírem.

Eu ri. A cara de derrota de Sun era muito fofa. Sun era uma gracinha. Poxa, e como era.

— Preciso levar isso para a Antonia. Ela provavelmente vai estar uma fera no escritório sem o café. Sabe-se lá quais eletrônicos estarão destruídos quando eu chegar.

Sun ergueu o canto dos lábios.

— Até a próxima?

— Sim. Até a próxima.

Nos levantamos e fomos juntos até a saída. Joguei meu copo vazio na lixeira e resmunguei quando, assim que colocamos o pé para fora, ouvi o estrondo de um trovão e o céu se fechou. O verão era famoso pelas tempestades no meio da tarde. Eu deveria ter imaginado. A chuva caía em gotas enormes, batendo forte na marquise debaixo da qual estávamos nos protegendo. Em questão de segundos, o asfalto da rua, que estava completamente seco, virou um perigo escorregadio, formando uma pequena corrente de água que descia pela lateral da calçada, na direção do esgoto. Pensei em voltar para dentro do café e esperar passar, mas a Antonia teria que esperar ainda mais.

O ponto de ônibus era no final da rua. Talvez se eu corresse...

Sun me puxou pela manga da camiseta e colocou o boné.

— Por aqui. Vamos, vou te dar uma carona.

— E as suas irmãs?

— Elas são bem grandinhas. Vão se virar.

Eu que não iria argumentar, principalmente depois de ver um raio cortando o céu.

O carro da mãe de Sun estava estacionado na calçada a poucas vagas dali. Vi que eu estava levemente molhado quando me sentei no banco do passageiro, e não completamente encharcado, como estaria se tivesse tentado chegar ao ponto de ônibus. Sun ligou o carro e jogou a mochila no banco de trás. Apertou o cinto, regulou o banco e o retrovisor, deu sinal e saiu tranquilamente da vaga. Eu deveria ter imaginado que estava diante de um motorista cuidadoso que seguiria à risca todas as leis de trânsito.

Aquilo normalmente teria me irritado, mas não irritou. Só me cativou ainda mais.

Uma música pop tocava baixinho no rádio, algo que combinava mais com as irmãs de Sun do que com elu.

— Por que você não consegue acender a vela? — Sun perguntou, depois de entrar na rodovia que nos levaria até o escritório da Antonia.

— Se eu soubesse, conseguiria acender.

— Estou falando sério.

— Você vai tirar sarro de mim? — perguntei, ecoando as palavras que Sun havia dito no café, esperando que elu entendesse que aquele era o meu ponto fraco.

Elu entendeu.

— Não vou.

— Eu não consigo entender como absorver a magia da linha.

— Ah. A boa notícia é que, depois que você aprende, não esquece mais, e fica cada vez mais fácil.

— Foi difícil para você também?

— Hum... não.

— Claro que não.

Sun deu de ombros.

— Mas a minha irmã Soo-jin, aquela com o piercing no nariz, sofreu para aprender. E agora ela consegue lançar feitiços simples. — Os limpadores do para-brisa se moviam em um ritmo de bateria e a chuva não parava. — Eu posso tentar te ensinar — Sun disse, e eu mal consegui ouvir com o barulho da chuva.

Eu me ergui.

— Pode?

— Claro.

— Quando?

— Agora mesmo.

Eu congelei.

— Agora?

— Sim. Você só... hum... só precisa visualizar, sabe? E pensar na sensação da magia no seu corpo. Entendeu? Tipo, para mim é uma vibração, é suave e quente, e fica bem aqui. — Sun bateu no meio do peito. — Mas para Soo-jin, a magia é teimosa e dura feito pedra. Ela teve que se imaginar arrancando um pedaço dela para conseguir segurar, tirar da linha e usar a magia. Eu só preciso alcançar e ela vem até mim. Você precisa entender qual é a sensação para você e então visualizar uma forma de tirar um pedaço dela.

Eu cocei o nariz.

— Eu não tenho ideia de qual é a sensação da magia. Eu só sentia quando morava com a minha avó.

— Certo. E o que você gostava que a sua avó fizesse com a magia?

A minha primeira lembrança foi da minha avó lançando borboletas para eu caçar no verão. Eu as pegava na mão e elas estouravam, lançando um brilho no ar. Era como a sensação de ter uma bala efervescente na boca, doce e explosiva.

— Borboletas.

Sun não riu. Não zombou, não disse nada enquanto nos aproximávamos do escritório da Antonia.

— Então cace uma borboleta. E acenda a vela.

Senti a garganta apertar.

— Tá bom. Vou tentar.

— Ótimo.

— Hum... acho que é melhor você encostar aqui. A Antonia... acho que a Antonia não deveria nos ver juntos.

A atitude de Sun mudou por completo. O sorriso agradável sumiu e se transformou em... não era irritação, mas também não era despreocupação. O azedume de um limão. Elu se enrijeceu e parou o carro. Seus músculos estavam todos contraídos.

— Antonia não confia em mim e em Fable. — Não era uma pergunta.

— Não.

— Foi o que eu achei. Você precisa se cuidar.

— Por quê?

— Porque ela não está te contando tudo.

— E você vai me contar?

Sun mordeu o lábio.

— Ela já teve uma aprendiz.

— Você contou.

— E aconteceu algo terrível.

— Ela contou. Mas terrível quanto?

— Tão terrível que dizem que o Consórcio proibiu a Antonia de ter aprendizes. — Sun engoliu em seco. — Tão terrível a ponto de ela não te contar o que houve. A ponto de achar que precisa esconder de você.

Aquilo confirmou o que eu já sabia. Mas não me deu mais nenhuma informação. E, por mais grato que eu estivesse pelo alerta de Sun, era difícil ignorar o fato de que eu era considerado "muito ruim" pelo Consórcio. E eles achariam que o Mapeador de Magia, um dispositivo que só servia para ajudar, também era algo ruim.

— Isso não me diz nada.

— Me dê o seu celular.

— O quê?

— O seu celular. — Sun fez um gesto com as mãos, pedindo. Eu entreguei. Os dedos de Sun pairaram por cima da tela, e eu ouvi um sinal de notificação vindo do seu celular. — Mandei uma mensagem para mim com o seu celular. Agora você tem o meu número.

— O quê?

Sun corou.

— Meu número. No seu celular. Me mande uma mensagem. Se você precisar. Sei lá, de ajuda com magia. Ou uma carona na chuva. Ou qualquer coisa.

— Ah. — Sun me deu o número de telefone. — Você pode se arrepender disso.

— Já me arrependi. Cai fora.

Eu ri, peguei a minha mochila.

— Vou te escrever.

— Vai logo. Antes que eu mude de ideia e bloqueie o seu número.

— Você não faria isso.
— Pode apostar que faria. Vai.
Eu saí do carro, coloquei a mochila no ombro.
— Me avise se precisar de ajuda em matemática.
— Eu vou precisar. Vai caçar borboletas! — Sun gritou enquanto eu fechava a porta.
Certo. Sim, eu conseguiria. Se Sun acreditava em mim, eu podia acreditar em mim. Eu conseguiria caçar uma borboleta. Eu conseguiria acender uma vela. Eu conseguiria absorver magia da linha de Ley e lançar um feitiço. Eu conseguiria ser um aprendiz incrível.

ROOK

EU NÃO CONSEGUI ACENDER A VELA.

Eu tentei. E tentei mais um pouco. Dias e dias visualizando a linha de Ley na minha mente na forma de uma longa corrente de borboletas, da qual eu tirava uma borboleta no ar e estalava meus dedos na direção do toco de vela. Dias e dias de fracasso absoluto.

Ai que ódio.

Talvez a Antonia estivesse errada sobre a existência de pessoas não mágicas que conseguiam lançar feitiços. Talvez eu não servisse para ser o melhor aprendiz do mundo.

Fala sério, o meu nome verdadeiro era Edison, eu deveria conseguir resolver problemas de iluminação. Mas eu não consegui. E não conseguiria. E eu odiava a minha vida.

Mandei para Sun uma mensagem com uma foto de uma vela apagada, com a legenda "O DOMÍNIO DA ESCURIDÃO".

Minhas mãos nem tremeram quando apertei "enviar". Eu não estava nervoso. Era a primeira mensagem que eu mandava desde a nossa carona íntima, no dia em que nos encontramos no café e em que eu não senti nadinha de ciúmes ao ver Sun com as irmãs, quando eu não sabia que Sun tinha irmãs. Não era grande coisa. Não era grande coisa, mesmo, de verdade. Certo, talvez fosse grande coisa. Eu gostava de Sun. Eu achava Sun uma gracinha e gostava da sua risada. Me processem.

Meu celular vibrou na minha mão e, surpreso, deixei cair.

Sun respondeu. Um emoji fazendo uma careta, seguido pela mensagem

Qual era a sensação das borboletas?

Não dava para explicar. Era difícil traduzir em palavras. Eu girei o celular na mão. Um brilho. Como uma bebida efervescente, eu respondi. Aquelas balas que estouram na boca.

Sun visualizou a mensagem. Esperei alguns minutos. E depois mais alguns. Então, depois de meia hora sem receber resposta, dei a conversa por encerrada. Respirei fundo. Tirei o Mapeador de Magia da mochila e modifiquei algumas configurações. Abri o aplicativo do livro de feitiços e naveguei pelos poucos feitiços que eu tinha conseguido copiar do livro impresso. Nada muito complicado. A Antonia ainda não tinha me explicado nenhum feitiço, mas com base no que eu já tinha lido, a estrutura deles podia variar muito. Às vezes eram feitos com encantamentos ou cânticos, às vezes com movimentos das mãos, às vezes uma mistura das duas coisas. Feitiços serviam para muitas coisas, como para fazer ratos cantarem ou quebrar a magia das fadas para curar o focinho de garotinhas, e às vezes eles eram genéricos e às vezes muito específicos. Alguns deles eram básicos e todo mundo conhecia, e não precisavam de muita magia para serem lançados. Outros exigiam quantidades enormes de poder. Havia tantos feitiços quanto há flocos de neve diferentes.

Eu só conseguiria reunir todos eles se tivesse acesso a todos os livros de feitiço imagináveis. Mas os livros disponíveis eram rastreados por magia, e os que não eram ficavam trancados em uma biblioteca do Consórcio, à qual poucas pessoas tinham acesso.

O telefone tocou e eu atendi. Era uma pessoa que tinha passado por baixo de uma escada e quebrado um espelho no mesmo dia. Anotei as informações no formulário *supersticiosos* e enviei por e-mail para a Antonia. Ela estava fora, cuidando de uma situação com uma gosma senciente, mas aquilo não parecia nada urgente, então ela poderia retornar mais tarde.

Depois de ficar girando na cadeira por alguns minutos, meu celular vibrou.

Antonia está no escritório? Sun perguntou por mensagem.

Não, eu respondi.

Uns segundos depois, a porta da frente se abriu.

Levantei na hora e tropecei porque fiquei tonto. Olhei pela lateral da divisória do meu cubículo. Herb tinha se mandado para a copa assim que a Antonia saiu, ainda descontente com a minha presença, mas fiquei feliz por isso, porque ele não testemunharia o meu momento de completa imbecilidade.

— Você!

— Eu — Sun disse, assentindo. Elu olhou para o capacho da entrada. — Se eu pisar aqui, ele vai me fazer tropeçar?

— Se eu fosse você, desviaria.

Sun estava com uma sacola pendurada em um braço, vestindo o look tradicional pretinho básico. Sun colocou a ponta da língua para fora da boca para desviar com cuidado do capacho que, mesmo assim, lhe deu um peteleco no tornozelo.

— Que porra é essa?

— Eu tentei tirar essa coisa daí uma vez — eu disse. — Ele me mordeu.

— Ele tem dentes?

— Mais ou menos.

— Bizarro.

Meu coração palpitou forte de alegria ao ver Sun. Tentei ajeitar as minhas roupas amassadas que achei no fundo da gaveta porque não tinha nenhuma outra peça de roupa lavada. Pelo menos eu estava de banho tomado e quase com certeza tinha me lembrado de passar desodorante de manhã. Torci para não ter nenhum resto de café da manhã preso entre os dentes.

— Então... — eu disse, esticando o final da palavra. — Você vem sempre aqui?

Sun revirou os olhos e passou pelo balcão da recepção, que estava sempre vazio, entrando no escritório e se aproximando do meu cubículo. O Mapeador de Magia estava em cima da mesa, com o aplicativo de feitiços aberto. Sun olhou para o aparelho e logo desviou o olhar.

— Será que dá pra...?

— Claro — eu disse, pegando o Mapeador de Magia para guardar na mochila. Percebi que Sun ficava desconfortável na presença de algo tão obviamente contra todas as regras que lhe ensinaram sobre o mundo mágico.

Sun pigarreou.

— Negação plausível, sabe como é.

— Claro.

Balançando a cabeça, Sun jogou a bolsa em cima da minha mesa.

— Essa é a vela?

— A minha desgraça. A própria.

Sun cerrou os olhos. Elu simplesmente girou o punho com dois dedos esticados e a vela acendeu. Eu suspirei ao ver a chama dançar.

— Que ostentação desnecessária.

— Não é isso. Eu só queria ver se a vela não estava, sei lá, enfeitiçada ou coisa do gênero. — Sun cerrou o punho e o pavio apagou.

— A Antonia não faria isso comigo.

Sun deu de ombros, querendo dizer que não tinha tanta certeza assim disso.

— Talvez não. Enfim. — Sun tirou uma garrafa de refrigerante de dentro da sacola. — Mandei uma mensagem para a minha irmã, e ela disse que este é o mais borbulhante. — Além do refrigerante, Sun tirou de dentro da sacola uma bala, daquelas que estouram quando encostam na língua. — Bala — elu disse, jogando em cima da mesa. — Espero que a Antonia tenha um extintor de incêndio. — Na mão de Sun havia um pacote daquelas velas que soltam faíscas.

— Você trouxe velas?

Sun deu de ombros mais uma vez.

— Sinceramente, eu nem sabia que isso existia. No meu bairro, o pessoal sempre usa magia para criar efeitos especiais.

— Uau. Sério? Que... incrível.

Sun jogou a cabeça para trás e olhou para o teto.

— Eu deveria ter bloqueado as suas mensagens.

— Agora é tarde — eu disse, abrindo a tampa do refrigerante e ouvindo aquele delicioso chiado das bolinhas de gás. Eu me afastei do computador para que que o refrigerante, que veio chacoalhando na mochila de Sun, não explodisse em cima dele. Antonia destruía um equipamento eletrônico dia sim, dia não. Eu não queria gerar mais uma despesa na conta de materiais de escritório, que já era bem alta.

— Enfim, para que tudo isso?

Sun olhou para a vela.

— Tutorial de magia. Você me ajudou na matemática. Eu vou te ajudar nisso.

Ai. Senti o estômago revirar.

— Você não precisa sentir a obrigação de me ajudar só porque eu te ajudei.

Sun fez uma cara feia.

— Não é por obrigação. Não foi por isso que eu vim.

— Foi o que deu a entender.

Sun ficou imóvel.

— Eu pareço o tipo de pessoa que faz qualquer coisa contra a própria vontade?

Bom, não parecia. As palavras afiadas me fizeram perceber que aquilo foi uma ofensa. Não foi intencional.

— Desculpe.

— Não precisa pedir desculpas. — Sun colocou o pacote de velinhas em cima da minha mesa. — Às vezes as palavras saem diferentes do que eu gostaria. Eu não quis dizer que eu estava sentindo a obrigação de fazer isso. Só quis dizer que, sei lá, eu queria te ajudar porque você é meu animigue.

Eu sorri.

— Aham. Então tá bom.

Sun não parecia ter se contentado. Na verdade, seu olhar estava triste, mas determinado, e os lábios estavam cerrados, formando uma linha fina.

— Não. Não, você não é meu animigue. Nós somos amigues. Eu quero que sejamos amigues. Tudo bem? — Sun não olhou para mim, mas todo o seu corpo estava tenso e os punhos apertados.

Pensei em um abraço, mas me lembrei da primeira vez que Sun veio ao escritório da Antonia e eu não sabia como quebrar essa barreira entre nós. Os poucos toques que trocamos foram escassos e breves, mas eu queria oferecer um pouco de acolhimento e conforto. Eu resisti.

— Nós podemos ser amigues, Sun. Eu quero ser seu amigo.

Vi todo o seu corpo relaxar e Sun cruzou os braços, escondeu o rosto nas mãos e suspirou.

— Que bom — Sun disse, engrossando a voz. — Que bom.

— Muito bom.

— Sim.

— Sim.

Sun assentiu de modo determinado, esfregou a palma das mãos e pegou uma bala efervescente.

— Agora vamos acender uma vela.

Sun ensinava muito melhor do que a Antonia. Mas, apesar dos seus esforços, do refrigerante, das velas (que fomos acender no estacionamento) e da bala efervescente que estourou, fazendo fogos de artifício na minha boca, nada funcionou.

Depois de uma hora, deixamos a aula de lado e ficamos largados nas cadeiras do escritório, com os pés em cima da escrivaninha abandonada na entrada, a cabeça jogada para trás e de boca aberta, em uma competição para ver quem conseguia manter a bala na língua por mais tempo. Para a minha surpresa, Sun mandava muito bem, apesar das minhas tentativas de criar uma distração, chutando seus pés. Provavelmente suportava provocações por ter crescido com três irmãs mais velhas. Pelo que eu vi no café, as irmãs de Sun adoravam provocar.

— Isso é injusto. Não dá para competir com você. É sacanagem — eu disse, empurrando meu joelho contra a sua cadeira, que girou devagar.

Sun sorriu, deixando o cabelo cair nos olhos, com os braços envolvendo os braços da cadeira e as pernas magricelas esticadas.

— Tenho muitos talentos que você desconhece.

Minha boca secou. Eu tossi e fui buscar a garrafa de refrigerante. O gosto ficou horrível depois de deixar aquela bala derretendo na língua por tanto tempo, mas eu precisava tomar alguma coisa, porque *socorro*.

Sun arregalou os olhos de um jeito engraçado quando percebeu o que falou. Empertigando-se, ergueu as mãos agitadas.

— Calma, não. Não foi o que eu quis dizer. Eu quis dizer que sei pular corda e equilibrar livros na cabeça. Eu consigo fazer uma parada de mãos, de cabeça para baixo.

Eu desatei a rir, engasgando com o refrigerante, quase cuspindo tudo para fora.

— Parada de mãos? Que porra é essa, Sun?

Eu não me aguentei. Me dobrei de tanto rir, segurando a barriga com as mãos. Sun me acompanhou, rindo baixinho com a mão na frente da boca, até virar uma gargalhada. Fazia muito tempo que eu não ria assim, tanto, mas tanto que cheguei a chorar.

Foi assim que Antonia nos encontrou, rindo sem parar e girando nas cadeiras do escritório, com papéis de bala, velas apagadas e garrafas de refrigerante espalhados para todos os lados.

— Que interessante — ela disse.

Merda. Eu me levantei em um pulo.

— Antonia, você voltou.

— Pois é. — Ela olhou Sun de cima a baixo.

Sun encarou-a também, sem piscar.

— Olá, assecla.

— Oi. — Uma resposta seca e direta.

— Ah, esse famoso jeitinho — ela disse. — Tem certeza de que não lançaram nenhuma maldição contra você? Eu posso dar um jeito nisso.

Sun desviou o olhar. Antonia acertou em cheio em um ponto fraco, querendo ou não.

— Bom, isso foi divertido — eu disse, um pouco alto e animado demais. — Mas meu horário de almoço acabou, então preciso voltar ao trabalho. — Juntei o lixo rapidinho, com a Antonia olhando para mim, e Sun se retraiu ainda mais. Que situação.

— Preciso voltar para a chácara — Sun murmurou.

— Tá bom. Obrigado por vir.

Sun colocou a mão no bolso, com os ombros curvados, abatido de um jeito que eu não gostei.

— Eu — eu disse, sabendo que aquilo que eu diria em seguida poderia me fazer ser demitido (ou pior: amaldiçoado). — Eu te escrevo mais tarde. Obrigado mesmo pela ajuda.

Sun sorriu. Um sorrisinho frágil e minúsculo, mas já deu para sentir um friozinho na barriga. Parecia uma das velinhas explodindo.

— Não foi nada.

Sun foi embora e fiquei olhando pela janela até que elu desapareceu, virando no estacionamento.

— Rook. — Antonia estava parada ao lado da minha mesa, com as mãos na cintura. — O que eu falei sobre confiar nessa gente?

— Sun estava me ajudando.

— Com o quê?

Apontei para a vela. A aura da Antonia escureceu, virando uma nuvem cinzenta.

— Você sabe que Sun vai contar a Fable que eu estou te ensinando magia. Que droga, Rook! Eu menti para o Consórcio, prometi que não ensinaria nada de magia para você, para que eles largassem do meu pé, e agora você vai e conta para essa gente, que só se preocupa em seguir regras.

— Sun é meu amigue. Não vai contar nada.

— É possível que não, mas Fable vai! Você sabe quantas pessoas sabem guardar segredo? A resposta é duas, mas só se uma delas já estiver morta.

— Para começar, que frase terrível. E, para terminar, você quer mesmo falar sobre segredos?

Aquilo pegou Antonia desprevenida. Ela virou a cabeça para o lado.

— O quê? — ela perguntou, afiada como uma faca.

Quando a cortina estava me estrangulando, eu achei que iria morrer. A minha vida breve e frustrante piscou diante dos meus olhos. Eu fiquei apavorado. Mas este olhar da Antonia era infinitamente mais assustador. Só que eu já estava cansado, irritado e derrotado. Irritado por ela ter enxotado Sun, alguém que tinha se transformado em um raro ponto de luz na minha vida. Derrotado porque eu nunca conseguiria acender a vela, apesar de ela e Sun acharem que eu acenderia. E então o que aconteceria quando eu não conseguisse ser o estopim da revolução pessoal da minha chefe?

— Você ouviu o que eu disse. Segredos. Tem muita coisa que você não está me contando.

— Eu te ensinei sobre feitiços, maldições, maus agouros, sobre as linhas de Ley e deixei você acessar um livro de feitiços. Isso já é bastante para alguém que nem é mágico, só para te lembrar.

— Ah, eu sei. Isso foi jogado na minha cara várias vezes. Mas não é disso que estou falando.

Antonia ficou quieta, como um predador atrás da sua presa. Eu, no caso. Eu era a presa. Meu coração disparou feito um coelhinho.

— Do que você está falando?

— Da sua última aprendiz. O que aconteceu? Por que você não me conta? Por que não deixam você ter um aprendiz?

Antonia abriu bem os dedos e girou o pulso para cima, formando uma bola de energia que começou a brilhar, pairando sobre suas mãos viradas para cima. Dava para sentir a energia na sala crepitando.

— Você sabe quem eu sou? — ela perguntou, com a voz distorcida pela magia. — Você sabe quantos anos eu tenho? Há quanto tempo eu sou feiticeira? Há quanto tempo a magia habita em mim?

Engoli em seco.

— Não.

— Pois é. — Ela cerrou os punhos, apagando a bola de energia. Raios de magia saíam deslizando pelos seus dedos. — É com esses segredos que você deveria se preocupar, e não com uma história qualquer espalhada por seres menos poderosos que só sabem lançar fofocas e rumores pelos ares.

Eu congelei.
— Não estou entendendo.
— Você conhece aquele filme com uma feiticeira malvada que tenta dominar o mundo? Ela é linda e maligna e consegue o que quer por um tempo e o mundo se afunda na escuridão? Você já pensou em quem essa personagem é baseada? Como os produtores inventaram o enredo? Por que você tem a impressão de que já conhece a história quando assiste?
Ops.
— É você? — eu perguntei. — Você é a feiticeira malvada?
Antonia gargalhou. Ela balançou a cabeça, levando uma mão ao pescoço.
— Não, querido. Era a minha aprendiz.
— A sua aprendiz era...
— Maligna. E eu ensinei tudo que ela sabia. Dei um nome para ela. Ensinei-a a absorver a energia das linhas e moldá-la às suas veias, para que ela se tornasse a própria magia. Eu a ajudei a memorizar feitiços e criar outros. E eu a *derrotei.* Por mais que ela tentasse, ela não conseguiu me apagar.
Orgulho. Antonia sentia *orgulho.* Dos feitos dela e dos feitos da aprendiz também.
Eu engoli em seco e dei um passo para trás.
— O que aconteceu com ela?
— O Consórcio lançou um feitiço de amarração contra ela e a baniu da magia para sempre.
Senti a garganta apertar. Antonia não tinha apenas se enxergado em mim; ela tinha enxergado a sua aprendiz também. Banida da magia para sempre. Eu conhecia aquela sensação. A sensação de tirarem algo que você ama de você, de ser proibido de entrar nos lugares pelos porteiros, sempre dizendo que eu não era suficiente. Que eu não me encaixava.
— Que coisa horrível.
Antonia concordou com um gesto.
— E é por isso que não me deixam mais ter aprendizes. Por medo de que isso possa acontecer de novo. — Ela cruzou os braços. — Você deveria ser grato a ela, sabia? Foi ela que entrou no cofre do Consórcio e descobriu alguns dos segredinhos deles. Ela me repassou antes de eles a amarrarem e afastarem.
Meus joelhos tremeram.
— Mas eu não sou como ela. Eu não consigo fazer o que ela fazia.
Antonia deu de ombros, e a aura tensa se dissipou.
— Ainda não — Antonia disse. — Eu posso fazer o que eu quiser. Você não sabia? Sou capaz de fazer o mais cego seguidor de regras se virar contra eles. Sou capaz de criar magia onde a magia não existe. Mesmo depois de ter andado na linha por décadas, eu ainda sou o monstro dos contos de fadas deles. — Ela suspirou e massageou a testa.

Eu fiquei lá, boquiaberto, enquanto ela se virava e atravessava a sala para pegar uma das cadeiras em que estávamos girando e se jogar sentada. Ela parecia cansada. Eu não sabia o que fazer, o que dizer. A única coisa que eu sabia é que eu sentia a dor dela.

— Eu sinto muito — eu disse.

Ela dispensou o meu pedido de desculpas. E uniu os dedos das mãos em frente ao rosto.

— Então, se Sun ensina tão bem assim, acenda a vela.

Eu fiquei tenso. Eu tinha fracassado em todas as tentativas até agora, e ser colocado contra a parede assim, depois de uma conversa pesada, não era muito agradável. Um suor de ansiedade começou a descer pelo meu couro cabeludo. A minha boca ficou seca e eu passei a língua nos lábios. Olhando para aquele toco teimoso de vela derretida, eu desejei com todo o fervor que Sun estivesse ali para me apoiar.

Sun. Sun. Sun, que, sendo bem sincero, me deixava tonto. Que me paralisava com seu raciocínio rápido e sagaz e sorriso irônico e que me fazia rir, depois de ultrapassada aquela muralha de defesa disfarçada de mau humor. Sun, com seu nariz lindinho e belos olhos, que às vezes usava brincos e outras vezes um boné, às vezes um moletom e outras camisetas largas, mas sempre de calça jeans. Sun, irascível e vulnerável ao mesmo tempo, sempre querendo seguir as regras porque elas eram confortáveis e que se arriscou quando nos tornamos amigues.

E, apesar do olhar intenso da Antonia, do nó na minha garganta e do medo pulsando nas minhas veias, pensar em Sun me dava um friozinho na barriga, eu sentia faíscas explodindo no peito e uma efervescência na minha língua.

Eu me agarrei àquela sensação, imaginei a linha de Ley como uma revoada de borboletas douradas e brilhantes e, estendendo a mão, peguei uma delas. Meus dedos amorteceram e senti um calor atravessar o meu corpo e se acender nas minhas veias. Apontei dois dedos para o pavio da vela com propósito.

A vela não acendeu.

Mas na pontinha surgiu uma brasa vermelha, deixando um rastro fino de fumaça que subiu fazendo curvas.

A expressão compenetrada de Antonia se desfez e ela descruzou os braços. Ela arregalou os olhos. Olhou fixamente para a vela, depois para mim, e vi seus lábios pintados de vermelho se abrirem. Uma expressão de choque se espalhou por todo o seu rosto.

— Eu consegui — eu disse, vendo a chama queimar. Abri um sorriso enorme no rosto. — Eu consegui. Eu consegui. Você viu? Saiu fumaça!

— Você conseguiu — Antonia exalou. — Como? O que você sentiu?

— Borboletas.

— Que incrível. Você é incrível! Eu sabia que você conseguiria. Eu sabia. — Antonia saltou da cadeira e bateu as mãos. De tanta empolgação, a magia dela disparou faíscas. Uma lâmpada queimou no teto. Os telefones começaram a tocar sozinhos. O monitor do meu computador apagou. Mas nada disso importava, porque eu tinha feito mágica. Eu! Eu consegui!

Cambaleei e me segurei na parede para não cair.

— Uau. Eu consigo fazer mágica. Antonia, eu consigo fazer mágica. — Porra. Aquilo provava o meu lugar. O meu lugar era no mundo mágico. O meu lugar era ao lado de Antonia, Sun e Fable.

— Eu estou em êxtase! — E Antonia estava mesmo. Lampejos de magia eram disparados para todos os lados. — Uau. Eu sabia que você descobriria um jeito. Você é muito inteligente, Rook.

— Ei! Se acalme! Você está queimando tudo!

— Ops, ops. Desculpe. Mas isso é motivo para celebrar. Vamos jantar fora! Por minha conta. Depois eu te levo para casa.

— São duas da tarde.

Antonia bufou.

— Tá bom, almoço atrasado. Eu sei que você não comeu nada além de bala e refrigerante. — Ela olhou para o celular e suspirou. — Droga. Queimei a bateria de novo.

— De novo? — eu disse, examinando. — O que você fez dessa vez?

— Deve ter sido a animação por causa do seu sucesso. — Ela enfiou o celular na bolsa.

Calma. Essa não. Eu me enfiei embaixo da mesa e abri a minha mochila, quase rasgando. O Mapeador de Magia/Caça-Ley estava lá dentro. Apertei enlouquecidamente o botão de ligar com o dedo e ele piscou. Estava vivo. Graças. Ainda estava funcionando. Eu posso até conseguir usar o poder das linhas, mas ainda não consigo vê-las. Eu precisaria do aparelho se quisesse continuar sendo aprendiz da Antonia. Soltei um suspiro aliviado ao perceber que Antonia não tinha queimado o meu aparelho sem querer.

Antonia torceu o nariz.

— Tudo tranquilo aí?

— Sem problemas — eu disse, passando a mão na tela.

— Ótimo. Então vamos comer!

* * *

Depois do nosso almoço atrasado, fiquei me coçando para mandar uma mensagem para Sun, para contar que eu tinha acendido a vela. Eu queria tanto compartilhar. Queria agradecer. Queria contar qual tinha sido a sensação e contar que eu estava pensando nelu quando aconteceu. Eu queria dar um beijo em Sun. Certo, talvez eu não falaria as últimas duas partes. Eu não sabia como Sun reagiria, já que tínhamos acabado de superar a parte da inimizade na nossa relação de animigues.

Mas eu não sabia se deveria fazer aquilo na frente da Antonia.

Ela pigarreou.

— Não vai mandar uma mensagem?

Eita.

— O quê? Não estou a fim de ouvir aquele sermão dizendo que não podemos confiar em Sun.

— Sim, eu sei.

— Nós podemos ser amigues. Você e Fable são amigues.

Antonia fez uma careta.

— Não somos, não.

— São, sim.

— Nós somos colegues. Nós nos toleramos. Eu não mando uma mensagem para Fable quando descubro um novo feitiço ou quando quebro uma maldição.

— Você liga para Fable imediatamente para se exibir sempre que faz alguma coisa extraordinária. Eu já ouvi. E Fable liga para você para pedir conselhos e ajuda, e também se exibe quando faz alguma coisa incrível. Então, sim, vocês são amigues, sim.

Antonia fez um som meio grosseiro com os lábios.

— Que seja. Mas não, você não pode confiar em Sun. Seguidores de regras, os dois.

— Sun veio até mim para me ensinar a acender a vela. — Eu pigarreei, puxei um fiozinho solto da minha calça jeans. Antonia já sabia que eu e Sun éramos amigues e que Sun sabia que eu estava aprendendo a fazer mágica. Talvez fosse melhor jogar limpo de uma vez. — Sun sabe sobre o Mapeador de Magia.

Antonia pisou no freio e me esmagou contra o cinto de segurança. Por sorte, estávamos próximos ao meio-fio, em frente ao meu prédio.

— O quê? — ela gritou. — Desde quando?

— Desde o episódio com a cortina. Elu achou o aparelho mexendo na minha mochila, quando foi procurar meu celular para te ligar.

— Merda! — Antonia bateu a palma da mão aberta no volante com tanta força que a buzina disparou. — Rook! Se Sun sabe, Fable também sabe.

Eu balancei a cabeça.

— Não. Não. Sun disse que não contou nada. E elu veio até mim para me ensinar a fazer mágica. Sun é meu amigue. Eu sei que você não confia em ninguém, principalmente em pessoas que mantêm uma boa relação com o Consórcio, mas Sun não vai dizer nada.

— Elu nos dedurou para o Consórcio!

— Não dedurou, não. Foi o cara dos ratos. Sun jura que não contou nada.

— Argh. Você está caidinho. É isso. Uma história de amor acontecendo na minha empresa. Que nojo.

Eu vacilei.

— Não — eu disse, com a voz um pouco alta para um espaço tão pequeno. — Não! Não! Isso não… não!

Antonia ergueu a sobrancelha.

— Você não acha que está tentando negar demais?

Cobri meu rosto com as mãos.

— Ai meu deus.

— Não seja tão dramático… — Ela suspirou. — Só não fale com Sun hoje à noite. Dê um tempo. Eu preciso pensar. Você pode fazer isso?

— Posso — eu disse, sem bancar o adolescente mal-humorado.

— Ótimo. — Ela jogou o carro na vaga. — Vejo você amanhã cedo. E não tente fazer mágica longe de mim — ela disse, séria, apontando o dedo na minha direção. Ela então olhou em volta, retorcendo a boca. — Não que você fosse conseguir aqui. Que lugarzinho desolador. Acho que a linha mais próxima fica a quilômetros de distância.

— É, obrigado por me lembrar que eu moro em um buraco. — Eu fechei a porta do carro.

— Não foi o que eu quis dizer! — ela gritou, mas o som saiu abafado.

Eu sei que não. Mas ela tinha razão. E esse foi um dos motivos por que foi tão difícil trabalhar no Mapeador de Magia no início. Não havia *nada* ali. Nada de magia. Nenhum usuário de magia, como havia no bairro de Sun. Só as paredes cinzas de concreto da cidade e nem as miragens reluzentes que se formavam com o calor do asfalto poderiam mudar isso.

Mas tudo bem. Eu só precisava aguentar mais um pouco. E assim que eu tivesse um pouco de dinheiro guardado, poderia encontrar um apartamento perto do bairro de Sun, trabalhar para a Antonia e fazer parte da comunidade da qual eu, provavelmente, devia fazer parte.

SUN

FICAR DE RECUPERAÇÃO ERA UM SACO. IR DE ÔNIBUS ESCOLAR DE CASA ATÉ A ESCOLA era pior ainda, principalmente porque o trajeto da escola até a chácara de Fable era longo, o ônibus era um forno por dentro, e o banco que eu escolhi tinha uma mola solta que rasgou a minha mochila quando eu me joguei nele. Por sorte, eu era a última pessoa no ônibus, então não tive que aguentar a conversa mole dos outros estudantes, misturada ao barulho alto do motor do ônibus. Acho que eu não aguentaria tantos estímulos sensoriais de uma só vez.

Eu só estava de recuperação em matemática, então só precisava ir à escola duas vezes por semana, mas mesmo assim eu odiava aquilo. As minhas aulas costumavam ser no primeiro horário da manhã, o que significava que até no verão eu precisava pular da cama cedo para ir à escola. A única parte boa é que eu passaria a tarde na chácara de Fable e poderia passar o resto do dia trabalhando com magia.

O ônibus parou fazendo um barulhão de freio, e eu desci na esquina. Olhei para o celular enquanto caminhava pela calçada que levava até a chácara, com o estômago embrulhado ao ver que ainda não tinha recebido nenhuma mensagem de Rook. Ele vinha me escrevendo pelo menos uma vez por dia desde que trocamos nossos números. Não era nada de mais. Quer dizer, eu só passei o dia inteirinho com ele ontem, tentando ensiná-lo como absorver a magia da linha e comprei balas, refrigerantes e velinhas de faísca. Eu me doei, fui lá mesmo sem saber se a minha presença seria bem-vinda, engolindo a ansiedade a ponto de chegar lá com uma ideia tão estapafúrdia que acabou não dando certo. Mas foi divertido, até a Antonia chegar e me encarar, praticamente me expulsando de lá.

Eu sabia que ela não gostava nadinha de mim e só tolerava Fable, mas eu não conseguia deixar de sentir que a Antonia estava aprontando alguma. Ela sempre estava aprontando alguma, segundo as más línguas.

E falando nela, quando dobrei a esquina, vi o carro esportivo espalhafatoso da Antonia estacionado bem na frente da casa, ao lado da lata-velha de Fable. Ao me aproximar, ouvi vozes alteradas vindas de dentro da casa. Antonia e Fable estavam discutindo e gritando, sem dúvidas. Devia ser algo importante para a Antonia ter se deslocado até os limites do bosque encantado. Ai, droga, e se ela estivesse gritando com Fable por minha causa? Por eu ter me metido nas lições de magia do Rook? Ou será que era mais alguma picuinha entre feiticeiros? Antonia e Fable não eram amigues do jeito como eu e Rook estávamos nos tornando. Aquela relação não passava de um acordo. Um acordo um pouco cáustico, é verdade.

Tentando não fazer barulho, abri a porta lateral e entrei na ponta dos pés, colocando o chinelo de pano que ficava no tapete da entrada.

— Você não entende, Fable! — Antonia gritou, com a voz tão aguda que parecia um guincho. Eu me encolhi. O som era horrível, tão amplificado pela magia que chegava a ecoar no espaço reduzido do chalé. Apesar do meu desconforto, espiei pelo batente da porta e vi Antonia com os braços erguidos. — Você não pode entregá-lo ao Consórcio. Além de tentarem me amarrar — ela disse, apertando dois dedos contra o próprio peito —, eles dariam um jeito de sumir com ele. E isso não pode acontecer.

Calma lá. A Antonia não estava gritando. Ela estava... implorando. Suplicando? Pelo Rook?

Fable soltou um suspiro longo que elu já tinha dirigido a mim algumas vezes desde que me tornei aprendiz.

— Antonia, você não pode ensinar magia. Eu não me importava tanto quando ele só fazia companhia para você, mas depois do acidente com a cortina...

— Ele ficou bem.

— Não ficou. E Sun adoeceu por causa de um feitiço depois de ter salvado o Rook. — Fable se levantou da cadeira. — Minhe aprendiz se machucou para salvar o seu assistente administrativo porque nós criamos uma situação ruim para ambos. Antonia, os dois poderiam ter se machucado feio. Por sorte, Rook não morreu. Por sorte, o feitiço de Sun era apenas residual, e elu não sentiu toda a potência daquilo que estava carregado naquela espada.

Fable cruzou a sala, colocou a mão no ombro da Antonia, em uma rara demonstração de empatia diante da rival.

— E o que vai acontecer quando ele se frustrar por não conseguir? Não conseguir lançar feitiços, não conseguir fazer magia? E aí? Ele vai embora. Não do mesmo jeito que *ela* foi, mas você vai sofrer igual.

Antonia se livrou da mão de Fable. Havia um brilho maníaco nos seus olhos violeta.

— É aí que você se engana. Ele conseguiu. Ele acendeu a vela ontem.

Fable deu um passo para trás.

— Ele fez o quê?

Ele conseguiu? Ele conseguiu! Uau! Ele conseguiu! Com a minha ajuda! Mas... por que ele não me escreveu? Achei que...

— O pavio queimou e saiu um pouco de fumaça da vela. Admito, não foi nada de muito poderoso, mas ele conseguiu. E foi o primeiro passo rumo a algo maior.

— Mas você disse que ele não consegue ver as linhas. Que você olhou nas palmas da mão dele e que ele não é mágico.

Senti meu coração na boca. Rook não conseguia ver as linhas? Rook não era mágico? Isso não fazia sentido.

— É verdade, ele não consegue. Mas aí é que está, Fable. Ele é tão inteligente. Ele é tão, mas tão inteligente que criou um dispositivo que o ajuda a detectar as linhas.

Fable ergueu uma sobrancelha.

— Antonia, isso não é possível.

Sorrindo, Antonia cruzou os braços.

— É sim. E ele conseguiu. Eu já vi. E funciona. Ele não precisa enxergar as linhas se estiver com o... — Antonia suspirou — Mapeador de Magia.

— Que nome horrível.

— Eu sei.

— Quase tão ruim quanto Desfeitização.

Antonia apertou os olhos.

— Chega desse assunto. Não falo por mim. Eu falo pelo Rook. E ele merece ser meu aprendiz. Ele merece fazer parte do mundo mágico. Então, por favor, você não pode contar para eles, Fable. Não pode contar sobre nada disso. Eu sei que Sun já contou para você que deu uma aula de magia para o Rook ontem e...

— Sun não me contou nada.

Valeu, hein, Antonia.

Antonia piscou. E então um sorrisinho se abriu nos seus lábios vermelhos.

— Ora, ora... tem alguém guardando segredinhos de você.

Pronto. Hora de entrar e interromper a conversa porque aquilo não era verdade. Eu não estava escondendo segredos, só tinha omitido uma coisinha ou outra. Tipo onde eu tinha passado o dia ontem. E o fato de ter encontrado Rook no café. E o fato de que nós trocávamos mensagens de vez em quando.

Entrei com tudo na cozinha do chalé.

— Eu não estou escondendo nada.

Antonia colocou a mão na frente da boca.

— Ops.

— Ele me ajudou com a tarefa de matemática — eu disse, debaixo do olhar de desaprovação de Fable. — Ele não zoou comigo quando eu entrei em pânico no elevador. Ele ficou comigo na casa mal-assombrada mesmo querendo ir embora. Ele respeita os meus limites e não se importa com a minha falta de habilidades sociais. E ele é gentil. E ele sorri. E ele quer ser meu amigo.

Antonia piscou.

— Parece que alguém tem um *crush*.

Meu rosto ficou quente.

— Não faça eu me arrepender de concordar com você — resmunguei.

— Concordar comigo sobre o quê?

— Que o Rook deveria ser seu aprendiz. — Meu estômago revirou. Aquilo ia contra tudo que eu tinha aprendido. Contra todas as regras do Consórcio, inclusive das regras impostas após a punição da Antonia. — Ele é mágico. Eu não sei por que todo mundo fica dizendo que ele não é, mas ele é sim.

Fable apertou o ossinho do nariz.

— Ele não consegue ver as linhas.

— Não importa.

— Vai contra aquilo que o Consórcio determinou ser o padrão para feiticeiros e aprendizes. Para ter acesso à magia, é preciso ver as linhas de Ley, ou pelo menos senti-las. Ele não consegue fazer nada disso. Antonia fez o teste na palma das mãos dele, e eu não senti nem um pouco de magia nele.

— Você se engana.

— Sun!

— Além disso, quem é o Consórcio para decidir qual é o padrão? Não existe um único jeito de ser mágico, existe? Por que eles continuam afastando pessoas que querem estar na nossa comunidade? Ele é um de nós.

Fable lançou um olhar fulminante para Antonia que, por sua vez, parecia estar explodindo de alegria.

— Olhe só o que você fez, Antonia.

— Eu não fiz nada. Sun é inteligente e percebeu que essas barreiras são uma bela de uma bobagem.

Fable deixou os ombros caírem. Com uma mão na testa e a outra na cintura, cerrou os olhos, como se estivesse sentindo uma dor física.

— Antonia, você já se esqueceu do que aconteceu da última vez que alguém próximo a você quebrou as regras?

— Como se eu pudesse esquecer — Antonia disparou. — Ela fez besteira, eu sei, na forma como ela lidou com tudo. Ela não deveria ter agido como agiu. Mas as convicções dela não estavam erradas. A magia é tão antiga quanto o universo e tão essencial quanto o ar que respiramos. O domínio do Consórcio é forçado e errado. Contra isso não há argumentos.

— Há argumentos sim, mas eu não vou argumentar. Eu sei que seria um desperdício de energia. Você me colocou em uma situação complicada, Antonia. Se eu não denunciar o aparelho do Rook e o fato de você ter escondido que ele é seu aprendiz e que você está ensinando magia para ele, eu serei cúmplice e vou ter que suportar toda a ira do Consórcio quando isso tudo vier à tona. Se eu disser alguma coisa, sei que você vai me amaldiçoar e amaldiçoar todas as minhas futuras gerações. — Fable lançou um olhar para mim.

Fiz o melhor que pude para tentar ficar com cara de paisagem, mas há anos Fable conseguia me ler como se eu fosse um livro. Elu via a esperança nos meus olhos e o afeto que eu sentia por Rook com tanta clareza quanto via meu rosto ficar vermelho.

Fable se sentou em uma cadeira.

— Mas não vou deixar você iniciar uma verdadeira revolução na minha cozinha e despertar a rebeldia de Sun. Faça o que quiser, Antonia. Mas deixe-nos fora disso. Estou falando sério. Não quero que Sun se envolva em nada que possa causar acidentes ou coisa pior.

Eu engoli em seco, com a garganta apertada.

— O que você quer dizer com isso?

— Acho que Fable quer dizer que a relação entre você e o Rook, seja lá qual for, vai ter que acabar.

— Eu não disse isso.

Antonia cruzou os braços.

— Não diretamente. Mas Sun não pode ser amigue de Rook se a própria existência dele viola as suas preciosas regras. — Antonia disse isso se mordendo. — Mas também significa que a relação de trabalho que nós tínhamos acabou, Fable. Não me ligue quando você precisar da minha experiência ou do meu poder. Você terá que recorrer a outra pessoa.

Fable franziu a sobrancelha.

— Tudo isso por causa de um garoto, Antonia? Existem dezenas de jovens na cidade buscando uma oportunidade para serem aprendizes. Jovens mágicos. Jovens que se enquadram. Se você está se sentindo tão sozinha e desesperada, você poderia comprar uma briga para conseguir ter um deles como aprendiz. Tenho certeza de que você conseguiria convencer o Consórcio se apresentasse os seus argumentos. Por que você não escolhe um desses jovens, Antonia?

Os olhos violeta da Antonia queimaram. A magia brilhava na ponta dos dedos dela.

Ela ergueu o queixo.

— Não — ela disse, simples assim. — Pois Sun tem razão.

Eu me assustei.

— Não existe um jeito certo de ser mágico. Ele acendeu a vela. Eu acredito nele. Eu dei um nome para ele, então ele é meu.

Fable mordeu os lábios.

— Eu não vou dizer nada.

— Boa escolha.

— Mas você tem razão. A nossa relação acaba aqui.

— Ótimo.

Fable olhou para mim.

— E a amizade de vocês acabou. Você entendeu?

Abri a minha boca para protestar.

— Ou você não será mais aprendiz.

Fechei o bico. Meu estômago doía. Senti lágrimas queimando no fundo dos olhos. Puxei a manga da blusa por cima das mãos, passei os braços em volta do corpo e me encolhi dentro da minha camiseta gigante.

— Fable — Antonia disse, gentil. — Quanta dureza. E se...

— Não. A minha decisão está tomada.

— Fable.

Fable se levantou da cadeira.

— Eu decidi não interferir nos problemas com o seu aprendiz. Sugiro que você não interfira nos meus problemas.

Antonia ergueu as mãos em rendição.

— Entendido. Eu sinto muito, Sun.

— Achei que você não gostava de mim.

Vi um lado da boca da Antonia se erguer.

— Eu não gosto, mas ele gosta.

Ai. Eu apertei minha barriga. Não adiantou.

— Ele é meu amigo.

— Eu sei. — Antonia tocou a mão no meu ombro ao passar por mim, direcionando-se à porta. Ela passou as unhas pelo tecido do meu blusão. Pareciam agulhas.

— Eu sinto muito — ela disse. — Mas Fable tem razão. É melhor assim.

Eu concordei, sem conseguir dizer uma palavra, com a voz presa em um turbilhão de angústia. Eu entendia. Entendia mesmo. Culpa por associação. Eu já sabia demais mesmo.

Até aquele momento, eu achava fácil seguir as regras do Consórcio. Nunca houve um motivo para quebrá-las. Mas o Rook era bacana. Ele merecia uma chance. Ele era sozinho, era nítido. Eu via isso nele da mesma forma como eu via em mim. Pelo menos eu tinha as minhas irmãs e os meus pais, mas Rook não tinha ninguém. E ele merecia ter alguém, nem que fosse a Antonia. Mesmo que não fosse eu.

— Não conte para ele — eu disse.

— Como é? — Antonia se virou.

— Não conte para ele. — Eu mordi meu lábio. — É melhor que ele ache que eu parei de procurá-lo, em vez de achar que... — Eu me detive. — Ele vai tentar quebrar as regras. — E tentaria mesmo. Não que eu achasse que ele se importasse tanto assim com a nossa relação, mas ele era teimoso. Ele veria uma barreira e tentaria encontrar uma solução. Era o jeito dele. Se ele via algo no caminho, ou investia contra o obstáculo, ou tentava achar uma rota alternativa. Ele literalmente inventou uma geringonça para conquistar um lugar no mundo da magia. — Porque ele é teimoso.

Antonia sorriu, com gentileza e ternura.

— Eu entendo. É melhor que ele ache que você perdeu o interesse nele do que achar que existe alguma coisa que está separando vocês.

— É. Não que eu ache que...

— Eu te entendo, Sun. — Antonia girou a maçaneta. — Eu não vou dizer nada.

— Eu agradeço.

Antonia saiu. Atravessei a sala e fui até a minha estação de trabalho e, sem falar com Fable, peguei o meu caldeirão. Aquelas poções não se cozinhariam sozinhas.

— Sun.

Eu ignorei. Não era nada maduro da minha parte, mas eu não sabia o que dizer. Eu escolheria a magia. Eu sempre escolheria a magia. Não era essa a questão. Mas foi legal ter um amigo. Ter alguém que também gostava de mim. Alguém que, apesar do meu azedume e inaptidão social, sempre se esforçava. A maioria das pessoas desistia. Até as minhas irmãs não me entendiam direito.

— Sun — Fable disse, com o tom firme.

— O que foi? — Aff. Eu não tirei os olhos do fogo que acendeu debaixo do caldeirão.

— Se você não consegue agir com civilidade e maturidade, pode ir para casa.

Respirei fundo, ergui a cabeça, mas ainda não consegui olhar para Fable, preferindo olhar por cima do seu ombro.

— Assim está melhor. Sun, você tem que...

— Eu escolho a magia. Eu sou leal a você como aprendiz. Eu entendo a natureza da nossa relação. Tá bom? É isso que você quer ouvir?

— Não, não é. Eu quero que você me fale que entende.

— Eu entendo. Eu entendo que há coisas de que eu preciso abrir mão para estar nessa posição. Eu escolhi um nome diferente, um pseudônimo, para proteger a mim e à minha família. Eu passo todas as horas livres depois e antes da escola estudando magia e ficando aqui para te ajudar. Eu sei disso. Eu aceito isso. Mas ele é meu amigo. — Eu mordi meu lábio. — Ele era meu amigo. Eu gostava de ter um amigo.

— Você pode ter outros amigos, Sun. Ouvi dizer que o aprendiz da Petra Moon é muito bacana. Talvez a gente pudesse tentar.

— Não. Sei lá, outra hora, talvez.

— Tudo bem. Sun, se serve de consolo, eu sinto muito.

Aquilo não me consolava em nada, mas Fable falou com sinceridade. Eu desviei o olhar para agir como um adulto e encarar Fable de cabeça erguida, pelo reflexo do espelho, e foi então que eu congelei.

— Fable, o espelho de clarividência está descoberto.

Fable se assustou e virou na hora.

O espelho ficava pendurado na parede mais distante e geralmente estava coberto por uma cortina enorme, a não ser quando Fable precisava conversar com alguém que não pudesse ser contatado por telefone. Como o Consórcio.

— Fable, o que você fez?

— Nada — Fable disse, atravessando a sala a passos largos. Elu pegou uma cortina e jogou por cima da moldura dourada. — Eu estava usando o espelho antes de a Antonia chegar. Esqueci que estava descoberto.

— Fable. — Eu respirei. — Qualquer um pode ter ouvido essa conversa.

— Ninguém ouviu. — Sem demonstrar muita convicção, Fable voltou ao livro de feitiços. — Agora volte ao trabalho. As bruxas naturais encomendaram mais poções, e eu quero que você pratique os seus feitiços.

Meu coração doía. Minha cabeça doía. Era meio dramático, mas doía mesmo. Rook era... lindo, e o sorriso dele era como um raio de sol. E eu gostava dele. Eu realmente gostava dele. Ele poderia ser a pessoa para mim.

— Tudo bem — eu disse, sem forçar a barra. E tentei não pensar em lágrimas de sapo nem em bolinhas roxas ao sol e naquele sorriso largo marcado por uma covinha.

ROOK

NÃO MANDEI NENHUMA MENSAGEM PARA SUN. E SUN NÃO MANDOU NENHUMA mensagem para mim, e isso era algo com que eu estava contando. Antonia me disse para não falar com Sun, mas não falou nada sobre Sun falar comigo. E isso abria uma brecha muito interessante.

Mas Sun não me escreveu. Que droga. Bom, tínhamos nos encontrado ontem. Talvez já fosse um pouco de interação demais para Sun. Eu deveria ter perguntado quando conversaríamos de novo. Entender os limites. Será que eu poderia fazer isso agora? Não, ligar já seria fora dos limites.

Tá bom, e se eu mandasse só um "Oie". Não seria contra as regras, né? Eu não falaria sobre a vela. Então tudo bem. Sem problemas. E, poxa, desde quando eu me importo com regras? Eu trabalho com a Antonia. Regras são meras sugestões.

Deitei de barriga para baixo, me apoiei nos cotovelos e abri a lista de contatos.

— Oie — enviei.

E esperei.

Sem resposta. Estranho. Bom, Sun tinha vida. Elu tinha um emprego, três irmãs e a recuperação na escola. Tudo bem. Eu também tinha coisas para fazer. E era o que eu deveria estar fazendo.

E foi o que eu fiz.

Lavei roupas, tomei banho e ainda nada de resposta.

Esquisito.

Tudo bem. Tranquilo.

Assisti a um filme, revirei a cozinha atrás de um lanche, agradecendo porque a Antonia pediu almoço para nós no escritório hoje, já que tudo que encontrei nos armários foi um pacote aberto de batatas chips velhas. Mas já servia.

Ainda sem resposta.

Já estava ficando tarde. A esta hora, Sun normalmente já estava em casa.

Uma ligação não faria mal nenhum. Só para dizer oi. Sei lá, nós nunca tínhamos conversado por telefone, mas, até ontem, ainda não tínhamos rompido o nosso acordo. Era a semana perfeita para testar coisas novas! Dar novos passos na nossa amizade.

Apertei o botão e encostei o celular no ouvido. Tocou uma vez e caiu direto na caixa postal. Como se Sun tivesse rejeitado a minha chamada. Meu celular vibrou.

Não posso falar.

Ah. Claro. É verdade. Sun e aquela outra vidinha chata fora da magia. Magoou um pouquinho. Mas tudo bem. É, tudo bem. Tranquilo.

Tá bom. Conversamos amanhã.

Sem resposta.

Virei de costas na cama. Sim, estava tudo bem. Já era tarde. Talvez Sun já estivesse na cama. Sun parecia do tipo que dorme cedo e acorda tarde. Poderíamos conversar amanhã.

* * *

Também não recebi mensagem de Sun pela manhã. Nem no dia seguinte, mas estava tudo bem, porque Sun devia estar com muitas coisas para fazer. Sun era importante. Sun tinha uma família, escola e um emprego. Mandei algumas mensagens, contando sobre o meu dia, sem falar sobre a vela ou qualquer coisa sobre magia. Preferi falar sobre um cachorrinho fofo em que eu fiz carinho durante a minha caminhada do ponto de ônibus até aqui e algumas reclamações sobre o calor. Nada. Sem resposta naquele dia. Nem no outro. No quarto dia, mandei outra mensagem, só para ver se elu estava vivo, e mais uma vez só recebi silêncio em troca.

Uma semana depois, finalmente aceitei que eu tinha levado um belo de um chá de sumiço. O que quer que tenha acontecido entre nós no escritório da Antonia não foi real ou, sei lá, talvez tenha sido real só da minha parte. Ou qualquer outra coisa. Enfim. Tentei esquecer, mas, sendo sincero comigo mesmo, a sensação era horrível. Senti aquele gosto amargo da rejeição que eu já tinha sentido tantas vezes na minha vida. Poxa, eu tinha me aberto com elu, e seja lá o que Sun viu em mim, parecia não ser bom o suficiente. Achei que Sun pudesse ser diferente, achei que elu pudesse entender o que significava não se encaixar, mas acho que eu estava errado. Eu não derramaria uma lágrima. Pelo menos não em público. Chorar no travesseiro já era outro assunto.

Naquela tarde, fiz meu caminho de sempre, do ponto de ônibus ao escritório, com o celular na mão, olhando para todas as mensagens que mandei para Sun e que ficaram sem resposta, principalmente a última, enviada no meio de um ataque de desespero e mágoa.

Por que você está me ignorando? Eu fiz algo errado?

Se eu pudesse voltar atrás e apagar, eu voltaria. Mas já era. Sun não respondeu e já fazia horas. Então acho que era o fim da relação com minhe rival, que virou animigue, que virou amigue, e que agora eu meio que gostava e queria beijar, mas no momento estava me ignorando.

A sensação não era das melhores. Mas acho que era melhor assim. Talvez Antonia tivesse razão.

Suspirando, virei a rua e continuei caminhando na direção do escritório, depois de colocar o celular no bolso de trás. O barulho de vidro sendo esmagado debaixo do meu sapato foi o primeiro indício de que havia algo de errado. Desacelerei o passo, curioso e apreensivo ao tentar assimilar o amontoado de cacos que brilhavam na calçada.

As vitrines da frente tinham explodido. As persianas estavam reviradas e quebradas. Uma delas estava largada no meio do asfalto. Mas o vidro... havia vidro por tudo, como se algo tivesse explodido lá dentro do escritório, mandando a vitrine para longe. Ouvi alarmes dispararem na minha cabeça. Todos os meus sentidos estavam alerta. O carro da Antonia estava lá, estacionado na vaga de sempre, mas também não tinha saído ileso do que quer que tenha acontecido ali. O para-brisa agora era uma teia de rachaduras e havia arranhões por toda a pintura. Um dos retrovisores estava balançando, pendurado por uns míseros fiozinhos coloridos. Antonia ficaria possessa, se ela estivesse bem. Ela tinha que estar bem. Seja lá o que aconteceu, obviamente envolveu uma explosão.

Cheguei mais perto, de olhos arregalados e o coração batendo forte.

Assim que parei na frente de onde costumava ser a Desfeitização, vi o verdadeiro tamanho do estrago.

— Mas que merda é essa? — sussurrei.

Eu me senti meio bobo, abrindo a porta pela maçaneta, mas eu estava em modo piloto automático diante de toda aquela destruição. O último pedacinho da vitrine que, teimoso, permanecia grudado à moldura da janela, caiu, formando uma cachoeira de vidro.

— Antonia? — eu chamei baixinho. Minha voz estava presa na garganta. O meu medo e a minha ansiedade estavam a mil, e eu mal conseguia fazer o nome dela sair pela minha boca seca.

Quis pular por cima do capacho amaldiçoado ao entrar pela porta, mas no lugar dele só havia um contorno em volta do lugar onde ele costumava ficar, como se algum tipo de luz intensa tivesse gravado a sombra do capacho no piso.

Senti um arrepio na nuca. Entrei sorrateiro, curvado, como se eu fosse um criminoso em um jogo de videogame, como se, ficando abaixado, eu fosse me proteger daquilo que destruiu todo o escritório. Foi uma péssima ideia e uma prova a mais de que as minhas habilidades de autopreservação não tinham melhorado em nada desde que eu comecei a trabalhar para a Antonia.

Na verdade, acho que até pioraram. Eu me agarrei às alças da mochila, como se a minha vida dependesse disso, e fui entrando no prédio.

Procurei o interruptor e acendi a luz. É claro, nenhuma das luzes de dentro piscou, porque o que causou aquele estrago todo também tinha atingido as luzes. O silêncio e o clima eram surreais, de outro mundo.

O Herb não estava no cantinho onde costumava se enfiar. A mesa da recepção estava virada de lado. Os cubículos estavam todos esmagados. Meu computador estava despedaçado, espalhado pelo chão. Quanto mais eu olhava em volta, maior era a devastação. Parecia que o que aconteceu ali tinha um epicentro que ficava do lado de fora do escritório da Antonia. Parecia aquelas fotos de quedas de meteoro que vemos nos livros, em que os locais mais próximos do impacto ficam completamente esmagados, mas a destruição continua se espalhando por quilômetros.

Exceto pela porta da Antonia. O brilho roxo das sentinelas se espalhava por toda a parede do escritório. Até as janelas estavam intactas. Então as sentinelas tinham sido colocadas ali... antes da explosão?

Talvez a Antonia estivesse atrás daquela porta. Talvez ela tivesse se trancado lá dentro para se proteger. Eu deveria ligar para ela. Ela atenderia. Ela sempre me atendia.

Ouvi um barulho de vidro quebrando atrás de mim. Eu me assustei e virei para olhar para a porta. Vozes se aproximavam, vindas do estacionamento. Alguém estava vindo. Mas enquanto eu não sabia quem vinha, era melhor eu me esconder. Corri para trás da escrivaninha capotada e me abaixei, encolhendo-me encostado à madeira para ocupar o menor espaço possível. Se eles procurassem bastante, poderiam me encontrar, mas torci para que, no escuro e no meio dos destroços, eu pudesse passar desapercebido.

— Ainda não conseguimos quebrar o feitiço — alguém disse, entrando no escritório. — Ela é mesmo a feiticeira mais poderosa da atualidade.

— E mesmo assim conseguimos detê-la.

A outra pessoa resmungou alguma coisa.

— Não sem a ajuda da nossa sucursal de Seraph Lake. E não sem feridos.

Eu engoli em seco.

— Pois é, como Simmons e Frank estão?

— Eles foram levados ao curandeiro da região.

— Ótimo. — Mais vidro quebrado, seguido do som de um objeto caindo. — Precisamos quebrar essa sentinela para recuperar os livros de feitiços e qualquer informação sobre o aprendiz.

Meu corpo gelou de pânico. Eu sentia meu coração batendo forte no meu ouvido. Os passos foram se aproximando, e eu me encolhi ainda mais.

— Se aquilo que ouvimos for verdade, não vai ser difícil pegá-lo. Nem mágico ele é.

Valeu, hein, babaca. Sabe-tudo.

— Fique de olho. Se a Antonia conseguiu ensinar alguma coisa para ele, ele pode ser uma ameaça.

Na minha cabeça, ouvi Sun me zoando.

As duas pessoas se aproximaram de onde eu estava escondido. Todos os músculos do meu corpo tensionaram. O meu pulso estava batendo em um ritmo "bater ou correr". Eles queriam me capturar. Mas para quê?

— Ei, lembra da última aprendiz dela?

— Lembro, infelizmente. Como alguém poderia esquecer?

— Vamos torcer para que este não resista tanto.

Certo. Isso confirmava que eu não queria ser capturado por esses dois idiotas, seja lá quem fossem. Na minha posição, eu pude ver quando as pernas deles apareceram no meu campo de visão. Calças pretas de alfaiataria com pregas bem marcadas. Por sorte, eles estavam concentrados no feitiço que Antonia lançou na porta da sala, e não na escrivaninha revirada. O que não era fantástico, porque eu vi quem eram aqueles dois. Imediatamente, reconheci Evanna Lynne Beech, feiticeira de quarto grau. E o outro era um cara altão com cara de babaca, vestindo um terno e uma gravata fininha e usando óculos de sol espelhados.

— Ele não vai resistir — Evanna Lynne disse. Ela deu um sorrisinho malicioso.

— Você o conheceu, não foi? Como ele é?

— Por que a pergunta?

O sujeito encolheu os ombros.

— Sei lá, fiquei interessado na pessoa que inspirou esse ato de rebelião na Antonia.

Evanna Lynne bufou.

— Não que ela precisasse de motivos. Mas é um garoto. Língua afiada. Sorridente. Espertinho.

Um telefone tocou. Eu me encolhi ao ouvir o barulho, mas, por sorte, não bati em nada.

Evanna Lynne tirou o celular do bolso.

— É a equipe dois. Preciso atender. Eles já devem estar posicionados.

Equipe dois? Será que a Antonia escapou? Por que eles precisam de uma segunda equipe?

A menos que...

Não.

Eles não fariam isso.

Fariam.

Sun. Eu precisava avisar Sun.

Evanna Lynne se virou e atendeu o telefone. Eu não podia mais esperar.

Eu precisava me encontrar com Sun. Fui rastejando com as mãos e os joelhos apoiados no chão até a saída, tentando desesperadamente ficar fora de vista. Os caquinhos de vidro perfuravam as palmas das minhas mãos. Com a liberdade já à vista, os meus dedos do pé enroscaram no teclado do computador e o meu pé deslizou. Caí de peito no chão, fazendo um barulhão.

— O que foi isso?

O sujeito desengonçado se virou, e eu não consegui me esconder. Dei um pulo e fiquei de pé. Nós nos encaramos por um segundo, como numa comédia policial pastelão, e eu corri.

— Ei! — ele gritou. — Parado aí!

— Acho que não! — gritei. Felizmente, a porta que ele tentou bloquear com o corpo não era a minha única opção de fuga. A janela estourada também funcionaria perfeitamente. Corri até a mais próxima e pulei para fora, indo parar na calçada.

Ah, claro. Tinha mais cinco sujeitos lá. Mais cinco feiticeiros do Consórcio andando para lá e para cá, todos de terno e gravata e óculos de sol, segurando copos de café nas mãos, como se fossem detetives de um jogo de videogame. Será que eles já estavam ali quando eu cheguei?

— Lá está ele!

— Peguem ele!

— Nada disso! — eu disse, desviando de um braço comprido que tentou me pegar. Os dedos tocaram a barra da minha blusa, mas isso foi o mais próximo que conseguiram chegar, porque eu disparei a correr. Eles não me pegariam. Prendam-me se forem capazes.

Saí correndo do estacionamento, até a calçada, e voltei para o ponto de ônibus.

Eu só ouvia os passos pesados e os gritos me seguindo. Alguns deles disparavam feitiços na minha direção. Os galhos de uma árvore que estava próxima dali me atacaram quando eu passei e um poço de areia movediça se abriu bem na minha frente. Mas eu desviei e passei pelos obstáculos, em uma série de movimentos que deixariam a minha professora de educação física do ensino médio orgulhosa... até que o cimento da calçada começou a se enrolar para me bloquear, me jogando para o outro lado da calçada. Eu caí. Senti uma dor no tornozelo, nos joelhos e no cotovelo, mas eu me obriguei a ficar em pé. Meu corpo reclamava enquanto eu corria pela rua, ignorando as buzinas dos motoristas furiosos.

Mais gritos. Mais passos. Mais tentativas de desviar dos pedestres na calçada. Eu precisava de ajuda.

Eu corri. Eles vieram atrás.

O chiado dos freios dos carros cortava a minha descarga de adrenalina. Virei para trás e vi um ônibus parando no ponto no final da rua. Perfeito.

Pulei para fora da calçada. Mais buzinas. Mais freios guinchando. Não olhei para trás. Eu não podia olhar para trás. Passei pela frente do ônibus, com as mãos erguidas, gritando para o motorista parar. Subi, derramando sangue pelo corredor, e desci na parada seguinte pela porta de trás, para entrar no beco mais próximo.

Continuei correndo até a próxima rua, e então entrei em uma farmácia na esquina. Meu peito arfava. Minhas mãos estavam suadas, com manchas vermelhas. Meu tornozelo latejava. Eu estava tão fora de forma.

Esperei por no máximo um minuto, escondido no beco, ao lado de uma janela. Nenhum feiticeiro de terno passou correndo, e eu respirei aliviado.

Eu tinha conseguido me livrar deles. Eles provavelmente achavam que eu ainda estava no ônibus. Essa jogada foi um lance de mestre.

Mas isso não queria dizer que eu estava seguro. Eu estava em uma parte da cidade que não conhecia e precisava de ajuda. Tirei o celular do bolso para ver se tinha alguma mensagem. Nada da Antonia. Nada de Sun.

Meu estômago revirou.

Liguei para Sun. Tocou, tocou e então caiu na caixa postal. Frustrado, tentei de novo. Tocou, tocou, mas dessa vez eu deixei uma mensagem.

— Ei, imbecil, eu sei que você está me ignorando por algum motivo. Mas atenda. *Por favor*. Aconteceu alguma coisa.

Eu desliguei e liguei de novo. E de novo.

Merda!

Sun não me atendia. Fui até um banco perto de onde eu estava e capotei, jogando a mochila aos meus pés. Com uma mão, continuei ligando. Revirei a minha mochila até encontrar um pedaço de papel com o endereço de Fable.

Eu precisava ir até lá.

— O que você quer? — Era a voz de Sun do outro lado da linha, cansada e quase inaudível.

Eu tomei um susto. Olhei para o celular na minha mão.

— Alô? Se isso for uma piada, eu vou desligar — Sun disse.

— Não desligue — eu gritei, trazendo o telefone para o ouvido.

Sun percebeu meu desespero.

— Tá bom. Você tá bem?

— Não. Porra, não tô. Olha só, aconteceu alguma coisa. Eu não sei o que foi, mas a Antonia…

— Quem é que não para de te ligar? — A voz de Fable soava distante. — Está tudo bem? Não é ninguém da sua família?

— Está tudo bem — Sun respondeu, mas era óbvio que não estava. Era o mesmo "está tudo bem" que elu usou no elevador, milênios atrás. O mesmo "está tudo bem" da casa mal-assombrada, depois do feitiço.

— Sun?

— Não é nada. Olha, eu não posso conversar agora.

— Não! Espere! Sun, me escute. Eu não sei o que está acontecendo, mas a Antonia sumiu e tem umas pessoas correndo atrás de mim, parecem uns vilões de filmes de ficção científica. Olha, você precisa…

Ouvi um barulho de alguém batendo na porta ao fundo.

— Você pode atender, Sun? — Fable perguntou. — Estou até o pescoço neste exame de agouro.

Meu coração parou.

— Sun! Não! Não abra a porta! Escute!

— Eu tenho que ir. Eu... eu te ligo outra hora.

— Não! Sun! Não desligue!

O telefone morreu.

13

SUN

— Eu tenho que ir. Eu... eu te ligo outra hora.

Encerrei a chamada e fiquei encarando o celular, com uma sensação de culpa, vendo a última mensagem que Rook me mandou piscar na tela.

Por que você está me ignorando? Eu fiz algo de errado?

Doía, como se eu tivesse levado uma cotovelada no estômago, e nisso eu tinha experiência, já que as minhas irmãs gostavam de brincadeiras violentas. Mas não era divertido. Eu me sentia mal, com enjoo. Foi pior do que naqueles dias em que fiquei doente depois de o feitiço ter sido quebrado. Eu tinha magoado o Rook e eu me odiava por isso.

Achei que eu pudesse superar toda a minha decepção com Fable por causa de toda a situação, mas ouvir a voz do Rook de novo reacendeu todos os sentimentos que eu vinha tentando reprimir. E pela primeira vez, desde que eu me tornei aprendiz, eu estava questionando tudo. Tudo que Fable me pediu para fazer. Tudo que Antonia disse. Tudo que eu li nas regras e nos regulamentos do Consórcio.

Não que eu fosse jogar fora tudo que conquistei por causa de um garoto de quem eu gostava e que queria ser meu amigo. Mas me fez repensar a minha relação com a magia e com Fable. Os calafrios que eu sentia ao pensar em Rook eram os hormônios da adolescência falando, mas além desse feitiço de primeiro amor, era algo que me fazia pensar sobre o que poderia acontecer no futuro. E se no futuro eu viesse a discordar de alguma regra ou escolha que Fable ou o Consórcio me impusessem? E aí? Será que eu conseguiria lidar com a culpa que viria com uma escolha que magoaria alguém? É contra isso que a Antonia vem lutando durante todo esse tempo?

— Sun? — Fable chamou quando alguém bateu impacientemente na porta pela segunda vez. — A porta.

A tela do meu celular acendeu com outra ligação do Rook. Franzi a sobrancelha, sentindo um aperto de preocupação na garganta. Eu tinha conversado com ele meio escondido em uma espécie de depósito em que Fable guardava os materiais mágicos especiais e os produtos secos. Havia uma escada que levava ao ático e uma janela que vivia emperrada, protegida só por uma tela para evitar que entrassem pernilongos. Era o único lugar em que eu conseguia ter um pouco de privacidade, então eu tenho certeza de que Fable não tinha ouvido. Mas eu não poderia arriscar conversar com ele de novo, não aqui na chácara. Eu retornaria a ligação depois do meu expediente. E só para... ter notícias. Se é que ele toparia falar comigo.

— Sun! — Fable disse, já demonstrando irritação.

— Tá bom, tô indo.

Assim que as palavras saíram da minha boca, a porta tremeu com o impacto de alguma magia, com tanta energia que chegou a cair poeira das vigas da casa.

Fable inclinou a cabeça. Levantando a mão, elu me instruiu a não sair do quarto dos fundos. Elu sacudiu um pano com as mãos, como que dizendo para eu me afastar.

— Quem é? — Fable perguntou.

— Abra a porta, Fable, e não teremos problemas.

— Isso não responde à minha pergunta.

Outra batida poderosa e uma rachadura se espalhou pela madeira, soltando as dobradiças da moldura da porta.

— Queremos tratar de assuntos importantes do Consórcio, então é melhor abrir, ou então vamos derrubar a porta e as sentinelas.

— Um momento — Fable gritou.

Fable se virou e fez um gesto para eu me calar. Eu concordei. Meu coração disparou. Apertei o celular com a mão suada e percebi que talvez a ligação de Rook fosse mais importante do que os problemas que eu poderia ter com Fable por conta disso. Eu deveria ter ouvido. Por causa do meu desconforto que só aumentava, acabei não dando bola para a história que Rook contou, dizendo que foi perseguido por feiticeiros de terno. E isso era ruim.

Fable ajeitou a camisa e a calça, passou a mão no cabelo e ergueu o queixo, como se estivesse se preparando para o pior. Elu atravessou a sala e abriu uma frestinha da porta.

— Posso ajudar? — Fable disse, e eu recuei até o depósito, de costas coladas na parede de madeira rústica e tremendo de medo. Meu celular vibrou na minha mão e o coloquei no bolso. Seja lá o que fosse acontecer, eu precisava manter o Rook longe deles, e se eles soubessem que tínhamos mantido contato... eles usariam isso. Eles me usariam.

Eu não conseguia ver o feiticeiro com quem Fable estava conversando, mas dava para ouvir as vozes em alto e bom som.

— Fable Page, você e Sun estão detidos para prestar esclarecimentos sobre Antonia Hex e seu aprendiz, Rook.

Fable pigarreou.

— Há um mandato para essa ameaça de uso da força e detenção? Como o Consórcio bem sabe, eu nunca desobedeci à nenhuma lei.

— Você mantém uma amizade com a Antonia Hex, não?

— Não temos nenhuma amizade.

— Mas às vezes vocês trabalham em parceria.

— Às vezes.

— E você sabia que ela nomeou um aprendiz?

Fable suspirou. Cerrei a mão, apertando forte o celular no meu bolso.

— Eu sabia que ele existia, mas...

— Chega de enrolação, Page — uma voz ríspida interrompeu. — Talvez você não tenha quebrado nenhuma lei, mas Sun certamente quebrou ao ensinar magia para o *aprendiz* da Antonia. — Ele falou *aprendiz* com desprezo, como se Rook não fosse digno do título.

Eu me encolhi. Fable respirou fundo.

— Sun é jovem, ainda está aprendendo. Foi um erro. E...

— E isso vai causar um enorme problema para Sun. Então você tem a opção de nos contar o paradeiro delu e vir conosco em paz ou a nossa ameaça vai virar uma ação. Ah, e saiba que a Antonia preferiu resistir. Ela perdeu. E olha que ela é duas vezes melhor...

Eu não permiti que ele terminasse a frase. Corri na direção deles, absorvi o poder da linha de Ley, murmurei um feitiço e lancei a magia, criando uma rajada de vento. A porta bateu na cara do sujeito, mas antes ele conseguiu me ver atrás de Fable.

— Estão todos aqui! — ele gritou.

Fable trancou a porta e lançou mais sentinelas, mas não deu tempo.

A porta cedeu para dentro, partindo e desabando antes de se desfazer em uma enxurrada de fragmentos. Senti as alfinetadas dos estilhaços na minha pele e a explosão me deixou com um zumbido no ouvido e a cabeça rodando. Mas eu ainda estava consciente o suficiente para ver vários feiticeiros enviados pelo Consórcio, engravatados, invadindo o chalé feito formigas.

— Sun, corra! — Fable disse, já irradiando a luz e o brilho da magia.

— Mas...

— Corra!

Eu me virei na direção da porta dos fundos bem a tempo de vê-la tombar para dentro da casa, como se tivesse sido atingida por um aríete. Certo, a porta da frente e a porta dos fundos estavam fora de cogitação. Não havia para onde correr, até porque eu estava com a estranha sensação de que eles tinham nos cercado.

Merda! Com o coração na boca, desviei de um corpo revestido por um terno, empurrando-o com um feitiço, e logo em seguida me joguei para dentro do depósito. Fechei a porta com o tornozelo e lancei uma sentinela de qualquer jeito, ouvindo as pancadas que vinham do outro lado da porta. Eu não tinha saída. Para lugar nenhum. Eu estava apenas adiando o inevitável, mas se eu conseguisse ganhar tempo, talvez Fable conseguisse derrotá-los.

Até aquele momento, o único jeito de sair era por cima. Eu já vi muitos filmes de terror, graças às minhas irmãs, então eu sabia que não era lá muito esperto ir para o segundo andar em vez de sair logo da casa, mas havia feiticeiros muito mais poderosos do que eu abarrotando o piso inferior. Eu me agarrei ao primeiro degrau da escada, ignorando o aperto no peito ao pensar na minúscula passagem por onde eu teria que me espremer lá em cima, e subi. As minhas mãos escorregavam nos degraus a as minhas pernas tremiam, mas continuei subindo, confiando na minha adrenalina.

Subindo, eu conseguia ouvir o meu coração no ouvido, mas o som não abafava o barulho da briga que estava acontecendo lá embaixo. Barulho de móveis caindo, louças quebrando e o estrondo metálico do caldeirão estatelando no chão. Eu não imaginava que Fable fosse o tipo de pessoa que pudesse lutar. Mas a julgar pelos barulhos e pela força da magia que eu sentia correr pelo meu corpo, eles estavam lutando. Lutando pra valer.

A porta do depósito finalmente quebrou, e um feiticeiro veio logo entrando. Com as mãos tremendo, eu me arrastei para dentro do ático. A magia tomou todo o meu corpo quando absorvi mais uma vez a energia da linha para lançar um feitiço para quebrar a escada que eu havia deixado para trás, ficando sem ter como descer, mas deixando o feiticeiro sem chance de subir.

Uma risada grave emanou de baixo, chegando no ático.

— Você acha que isso é suficiente para me impedir?

Eu tremia de pânico, com lágrimas nos olhos, enquanto corria pelas vigas daquele ático inacabado. Um passo em falso e eu cairia no forro e iria parar na confusão lá embaixo.

Equilibrando-me na madeira, corri na direção da única janela que havia ali e espreitei. A janela dava para o telhado em cima da varanda da frente. Se eu conseguisse passar por ali, conseguiria me jogar no telhado, pular nos arbustos e depois correr até a floresta encantada.

— Olha, não dificulte as coisas. Você não tem chances contra mim, aprendiz.

Meu estômago revirou. A voz dele era horrível e arrogante, e a cada vez que eu ouvia, me contorcia. Eu me segurei no batente da janela e cravei as unhas na madeira, tentando abri-la, mas a camada de tinta passada por cima estava travando a abertura da janela.

Não. Não. Eu estapeei a madeira, o que não adiantou nada e ainda fez meu braço inteiro doer.

O desespero fez meu corpo todo tremer, e em seguida veio o mais puro terror. Eu sabia o que o Consórcio fazia com pessoas que os desobedeciam. Na melhor das hipóteses, todos os nossos livros de feitiço seriam confiscados. Na pior... bom, na pior das hipóteses, seríamos amarrados com magia, nunca mais poderíamos praticar. Eles já tinham feito isso antes. O caso mais recente foi o da antiga aprendiz da Antonia, segundo Fable.

Eu me agarrei à linha de Ley, atrapalhando-me por causa do desespero. A magia escapou pelo meu corpo, saltando para fora a cada respiração rápida e ofegante.

A viga se partiu atrás de mim. Eu me virei e vi um feiticeiro de terno e gravata fininha me perseguindo. Seu corpo grande e pesado fazia as vigas cederem sob seus sapatos envernizados.

— Sun — ele disse, calmo e com a voz baixa, mas já demonstrando certa irritação. — Venha conosco em paz, e eu vou garantir que ninguém vai machucar você.

Senti o medo descer pela minha espinha, junto com o suor. Aquilo era uma armadilha. Eu não tinha como escapar. Não dali de cima. Virei-me para ele, cerrando os punhos. Meu peito arfava.

Ele sorriu.

— Vai lutar comigo? Você não tem nem poder e nem tamanho para isso.

Ele não estava errado. Ele era bem alto, e o crachá do Consórcio brilhando naquele peito largo mostrava que era um feiticeiro de terceiro grau. Ele deu um passo à frente e cambaleou.

Não. Não, eu não lutaria contra ele. Eu faria melhor. Eu me agarrei ao batente da janela atrás de mim e me encolhi enquanto ele se aproximava, tentando parecer derrotade e submisse, o que não era muito difícil. Eu me concentrei na minha respiração para me acalmar. Meus músculos travaram.

— É isso aí, Sun. Não precisa ter medo. — Ele sorriu, mas sem demonstrar nenhum pingo de simpatia.

— Eu não estou com medo — respondi, mas as palavras saíram em um sussurro. Engoli em seco e absorvi a energia da linha de Ley. Dessa vez a linha me recebeu como de costume e o calor da magia me invadiu da cabeça aos pés.

Ele deu mais um passo, dessa vez pisando em cima de uma tábua cruzada, e a madeira cedeu debaixo dos seus pés. Ele ficou suspenso de um jeito tão precário que só precisaria de um empurrãozinho para derrubá-lo.

Ou um vento bem forte.

Eu murmurei um feitiço e canalizei toda a magia que consegui absorver. Uma rajada de vento saiu de mim, formando um tornado no peito dele e levantando uma nuvem de poeira e escombros. Ele arregalou os olhos, surpreso, e eu senti o gostinho da vitória.

Mas então o feiticeiro riu, lançando um contrafeitiço, e o vento se dispersou. Ele não se moveu. Nem se contraiu no meio daquele turbilhão de partículas de poeira.

— O que foi isso? — eu disse, com a voz fraca. Abaixei a mão. A magia foi toda drenada de mim e a minha alma se encolheu. O sorrisinho dele estava de volta.

— Boa tentativa, aprendiz. — Ele veio à frente, aos tropeços, com a tábua cedendo debaixo dele e chegou a um metro de distância de mim. — Mas você vai ter que... — Ele fungou, passou a manga da blusa no nariz. — Você vai ter que... — Ele puxou o ar com força, cobriu o rosto com a mão e espirrou com violência. O espirro o desequilibrou, fazendo-o dar um passo para trás, caindo da tábua e indo parar... no forro.

Ele espirrou de novo. O forro rachou com o impacto da sua imensa massa corporal e os olhos dele arregalam. O drywall do forro cedeu e ele caiu.

Mas não sem antes segurar o meu capuz e me puxar para baixo junto com ele.

Com o impacto do meu corpo, um grito de susto ficou preso na minha garganta, e eu caí, atravessando o forro.

Não sei exatamente como, mas fui parar nos escombros da mesa da cozinha, caindo de costas sobre ela, e o tombo arrancou com força todo o ar que eu tinha dentro dos pulmões. O feiticeiro foi parar no chão, ao lado dos pedaços de uma cadeira quebrada. Eu não conseguia respirar, mas pelo menos estava de volta ao andar de baixo.

Com o corpo esticado ali, percebi que a sala estava estranhamente quieta. Ainda em perplexidade, fiquei olhando para cima, para o buraco por onde tínhamos passado, vendo cair pedaços do forro quebrado, as mantas de isolamento expostas e uma chuva de madeira. Antes de conseguir me recuperar, alguém me puxou pelo pé e me jogou contra a parede.

Senti uma dor explodir atrás dos meus olhos e a minha cabeça girou.

A pessoa que me agarrou estava me segurando pelos ombros.

— Peguei eles!

— Sun! — Fable gritou.

Eu tremi, piscando para tentar focalizar a visão. Assim que tudo ficou mais claro, examinei a sala. Eles tinham cercado Fable. Ainda não havia nenhuma amarração, mas estava claro que Fable tinha perdido. Havia sangue escorrendo por um corte acima da sua sobrancelha e muitos ferimentos, suas roupas todas rasgadas. A casinha estava destruída. Todos os nossos pertences estavam quebrados ou espalhados no chão. Até a minha mochila tinha sido aberta e jogada em uma pilha no balcão.

— Fable? — perguntei, com a voz fraca e esganiçada.

— Vocês falaram que não machucariam Sun.

O feiticeiro que caiu comigo gemeu, deitado no chão, o que me deu uma mínima satisfação.

— Isso aconteceria se Sun não fugisse ou não lutasse. Parece que tivemos as duas coisas lá em cima.

Fable cerrou os olhos.

— Sun... você está bem?

— Estou. Não estou. Eu não... — Tudo doía. E eu estava com medo. Com tanto medo quanto naquele dia em que tive que empunhar aquela espada e tirar o Rook das cortinas. Mas eu não demonstraria o meu medo aos feiticeiros do Consórcio. — Eu estou bem.

Fable me lançou um olhar profundo.

— Você se lembra do que eu te perguntei assim que te contratei?

Eu não conseguia me lembrar de nada, não com aquela dor de cabeça e a adrenalina embaralhando os meus pensamentos.

— Fable, chega de conversa — alguém avisou.

Fable fez que nem notou. Olhando para mim, com uma sobrancelha erguida, eu não conseguia de jeito nenhum me lembrar do que se tratava a tal da pergunta, mas concordei com um gesto de cabeça, porque era a única coisa que eu conseguia fazer. Elu repetiu o gesto e então murmurou um feitiço.

Veio um clarão de luz e as minhas pernas cederam. Eu caí, parando de joelhos e mãos no chão, com muitas camadas de tecido por cima de mim.

Balancei a cabeça para conseguir enxergar, tentando me livrar do capuz sobre a minha cabeça. Não sei como, mas eu tinha caído, encolhido ou coisa assim.

— Corra!

Percebi que o meu algoz não estava mais me segurando. Eu estava livre, mas rente ao chão, e só conseguia ver os sapatos deles. Não importava. Agora eu podia escapar, essa era a parte importante, e atravessei a sala correndo. Ouvi o alvoroço que se seguiu, mas eu estava rápido e minúsculo... O que Fable tinha feito comigo?

Certo, sem tempo a perder. Eu só precisava escapar. Apesar da minha apreensão, corri de volta para a despensa. Por sorte, a janela meio aberta não tinha sobrevivido à confusão, e sem dificuldade alguma eu pulei rapidinho no parapeito e espremi o meu corpo diminuto para passar pela moldura quebrada.

Caí no nosso jardim ridículo, de quatro na terra molhada, e saí correndo.

14

ROOK

Torci para que não fosse tarde demais.

Pedi para o táxi me deixar a um quarteirão de distância, e depois de sair do táxi e correr pela calçada, entrei no caminho que levava até a garagem. Mas assim que me aproximei, vi os carros amontoados em frente ao casebre de Fable e os feiticeiros de terno perambulando por ali.

Droga. Era tarde demais.

Levei a mão ao peito. Meu coração estava disparado. O que eu faria? Eles estavam com a Antonia. Provavelmente, estavam com Fable e Sun. Eu não poderia salvá-los, eu mal conseguia lançar um feitiço. Talvez o Consórcio tivesse razão, aquele não era o meu lugar. E, mesmo se fosse, eu estava afundado até o pescoço naquilo e não conhecia mais ninguém que pudesse me ajudar. Será que eu deveria simplesmente me entregar? Será que isso melhoraria a situação?

Eu me escondi atrás das árvores que cercavam o terreno de Fable, me esgueirando de tronco em tronco, na esperança de me aproximar o suficiente para ouvir ou ver algo de útil. Nos fundos da casa de Fable, havia um riacho que desaparecia dentro da floresta. Deveria ser a floresta encantada de que Sun falou. Se eu pudesse sentir a magia, aposto que a floresta estaria vibrando.

Eu não sabia o que estava fazendo. Não havia nada que eu pudesse fazer para ajudar agora. Torci para que Sun tivesse deixado de bobagem e ouvido o meu conselho.

Uma agitação nos fundos do terreno chamou a minha atenção. Deslizei entre as árvores o mais rápido que pude e vi um gatinho cinza sair pela janela dos fundos e correr na direção das árvores.

Vários feiticeiros saíram pela porta de trás, empurrando, gritando, tropeçando um por cima dos outros para sair à caça.

— É o nosso alvo ali? — um deles gritou.

Outro respondeu.

— É! Não deixem Sun fugir!

Eu fiquei pasmo. O gato era Sun? Não pode ser. Não mesmo.

Só que...

Coisas até mais estranhas já tinham acontecido.

Eu saí de trás da árvore dando um pulo e assoviei alto.

O gato não diminuiu o passo, mas virou na minha direção e passou a correr a toda velocidade, parando na grama à minha frente, e subiu pela minha perna, fincando as garrinhas afiadas no tecido da minha calça jeans e na minha pele. Que maluquice. O gato era *mesmo* Sun?

— Ei! Olha o outro lá!

Acariciei as costas do gato, enfiei-o debaixo do braço, me virei na direção da floresta e disparei a correr por entre as árvores.

Eu não tinha um caminho a seguir. Eu não tinha um plano. A julgar pela fuga ousada de Sun, eles também tinham capturado Fable, o que significava que estávamos sem nossos mentores. Tudo o que eu tinha eram os meus pobres instintos de autopreservação, um dispositivo eletrônico ilegal e um gato. Um gato com quem, aparentemente, eu já tive uma relação de rivalidade e depois de amizade e que agora tinha assumido uma forma felina.

Os galhos das árvores chicoteavam a minha pele enquanto eu corria. Atrás de mim, os feiticeiros gritavam, então continuei correndo. Cada vez mais para dentro da floresta, até não conseguir mais ouvir o caos atrás de mim e ficar apenas com a minha respiração pesada e os cantos dos pássaros lá no alto.

Encontrei um amontoado de galhos e folhas no chão ao lado de uma árvore e me escondi ali. Puxei os joelhos para junto do peito e me encostei no tronco da árvore, tentando ouvir qualquer possível som dos nossos capturadores, ainda tentando recuperar o fôlego.

Depois de alguns minutos de tortura, não ouvi nada e finalmente consegui soltar os meus braços da posição curvada.

O gato olhou para mim com olhos castanhos e funestos, o corpo apertado contra o meu, contraindo o bigode de um jeito que me pareceu pura irritação.

— Sun?

O gato miou.

— É você mesmo?

Outro miado.

Hum.

— Miar em resposta às minhas perguntas poderia ser uma coincidência. Como é que eu vou saber se é você mesmo ou se é só um gato qualquer que estava no lugar errado, na hora errada?

O gato fincou as garras no meu peito.

— Ai! Droga! É você mesmo!

Abri os braços e Sun pulou no chão, parando ao meu lado com o rabo levantado. Tão adorável como gato quanto como humano, e ver que eu era amigo de uma criatura peluda, com cauda e orelhinhas cinzas estava me deixando confuso.

— Que loucura é essa? — eu perguntei, encarando.

Sun ergueu uma patinha, como que dizendo "é isso aí", que era uma frase que eu sabia que Sun odiava.

Olhei em volta, mas não vi ninguém e nem nada por perto. Torci para não estar invadindo a toca de nenhum animalzinho ao me esconder naquela árvore, mas vai saber. Eu estava em uma floresta encantada. Sun era um gato. Havia feiticeiros atrás de nós. Tudo poderia acontecer.

— Pois então — eu disse, esticando o final das palavras. — Temos alguns problemas aqui. O primeiro é que você é um gato.

Sun piscou, indiferente.

— Segundo: a Antonia foi capturada pelo Consórcio, e eu imagino que Fable também tenha sido.

Sun concordou com a cabeça felina.

— Certo. Por fim, estamos oficialmente fugindo. A menos que você queira se entregar.

Sun sibilou.

— Foi o que eu imaginei.

Tirei o celular do bolso de trás para ver as horas e tentar pensar em um jeito de sair da floresta. A minha bateria estava acabando e eu estava sem sinal, provavelmente por causa da quantidade de magia na floresta. Mesmo sem sinal, eu não esperava receber nenhuma mensagem da Antonia, mas ver que não havia nenhuma notificação foi um golpe contra o meu otimismo. Só havia as minhas chamadas frenéticas para Sun e a mensagem devastadora que eu havia enviado de manhã. Sun se virou sem jeito, olhou para o outro lado e... é verdade. Sun tinha me ignorado. Por uma semana. E aquilo me magoou. Eu não tinha me esquecido disso, mas agora tínhamos problemas maiores para encarar do que a nossa quase amizade, quase algo a mais que poderia ter acontecido.

— Precisamos de um plano.

Sun concordou.

— Você está com o seu celular?

Sun piscou. Bateu o rabo.

— Claro, pergunta idiota. Você é um gato, literalmente, e gatos não têm bolsos. — Levei o dedo aos lábios. — Estou sem ideias. Você tem alguma?

Sun foi até a minha mochila e colocou uma patinha em cima do tecido. Eu tirei a mochila das costas e abri. Sun olhou por dentro e miou. O Mapeador de Magia/Caça-Ley estava por cima e, sim, claro. Eu entendo a sensação. De certa forma, foi aquilo que nos levou à situação em que nos encontrávamos.

— O que foi?

Sun miou.

— Eu não sei o que você quer.

Sun miou de novo.

— É sério. Você quer que eu destrua? Ligue? Procure um feitiço para fazer você voltar a ser humano? — Olha só, até que era uma boa ideia. Será que havia ali algum feitiço que pudesse trazer Sun de volta? Talvez. Inseri o livro inteiro de feitiços ali. Mas mesmo se eu encontrasse o feitiço, não conseguiria lançar, nem mesmo ali, naquele lugar em que a magia transbordava pelas plantas como orvalho. Só se eu encontrasse alguém capaz de lançar feitiços. Sun tinha uma irmã que talvez conseguisse. E imaginei que Sun tivesse contato com outros feiticeiros.

— Ahm... é... então gatinhos também podem ser mágicos?

Sun me encarou com uma expressão de irritação ao ouvir a palavra *gatinhos*, então inclinou a cabeça e tremeu o bigode. E então o gato espirrou. Foi o espirro mais fofo e discreto que eu já ouvi, mas entendi como um não, então Sun não conseguia acessar a magia sendo um gato.

Não importava. Ainda estávamos coletando informações para esta missão. Eu liguei o Mapeador de Magia e encontrei um feitiço que talvez pudesse fazer Sun voltar à forma humana. A tela acendeu e pulsou com a magia. Não foi só uma linha que apareceu, mas sim uma verdadeira convergência de energia e poder. Uau. Então era por isso que este lugar era encantado. Eu estava em cima de uma quantidade absurda de magia. Abri o aplicativo de feitiços, me sentei no chão e comecei a procurar. Sun se sentou ao meu lado, com o rabinho em volta das patinhas fofas e ficou de olho nos feitiços.

Fui passando pelos feitiços, lendo em voz alta os nomes caso Sun, em sua forma felina, não conseguisse ler. Não eram tantos assim, o livro de feitiços que eu usei era pequeno, mas quem sabe poderíamos dar sorte.

— Feitiço para fazer plantas crescerem. — Balancei a cabeça. — Feitiço para transformar qualquer líquido em água. Útil, mas não é disso que precisamos agora. — Deslizei o dedão pela tela. — Feitiço para fazer animais falarem ou cantarem. — O cara dos ratos cantores deveria ter usado este aqui, em vez de apelar para um feitiço do mercado clandestino. — Claro! — Talvez eu devesse encontrar um feiticeiro no mercado clandestino.

Sun sibilou.

— O que foi? Se por acaso a minha energia vital fosse drenada, você poderia consertar quando voltasse à sua forma humana.

Sun sibilou de novo.

— Tudo bem. Vamos classificar como *talvez*. — Revirei os olhos. — Mas talvez nós conseguíssemos fazer você aprender a falar com este aqui, que tal? Aí você poderia parar de sibilar e apontar suas patas para mim.

Sun não respondeu. Entendi que talvez fosse melhor encontrar outra solução.

— Feitiço para mudar cores de tecidos. Feitiço para mudar móveis de lugar. Feitiços para trocar a areia do gato. — Eu ri.

Sun me deu uma patada, e a patinha dele ficou presa na minha meia. Seguiu-se então um momento constrangedor, Sun tentando se afastar e se soltar e eu tentando gentilmente tirar a patinha dele sem ser arranhado. Quando se soltou, Sun se afastou e foi lamber a patinha, me encarando de mau humor.

— Bem a sua cara. Você rasgou a minha meia.

E foi assim que passamos a hora seguinte, passando pela lista, enquanto eu lia os nomes dos feitiços e Sun me ignorava. Ao final, eu estava me sentindo dolorido e cansado e meu humor estava ainda pior do que quando havíamos começado.

Bocejando, eu me espremi ainda mais na cama de folhas secas.

— Por que esses feitiços são tão horríveis? Quem precisa de um piano que toca sozinho? Só se for para dar uma festa.

Sun deu um bocejo de gato e se curvou, sentando-se.

— Eu não sei o que fazer, Sun — admiti, perdendo todo o ânimo, e a frase saiu mais sincera do que eu gostaria. — Não sei onde estamos nesta floresta. Não sei para onde ir. Esfreguei a mão no rosto. — Eu só queria fazer parte do mundo mágico. É tão terrível assim?

Sun suspirou.

— Parece que sim. — Agora que a adrenalina já tinha acabado, eu me sentia exausto até os ossos. Eu não conseguia me imaginar tendo que caminhar para sair da floresta no escuro e, sinceramente, se encontrássemos mais lacaios do Consórcio, acho que eu não teria forças para escapar. — Vamos passar a noite aqui? Amanhã de manhã nós damos um jeito de sair e acho que podemos... procurar a sua família.

Sun se endireitou e miou, demonstrando aflição, e balançou a cabeça.

— Ah. Você não quer envolvê-los?

Sun acelerou o passo e soltou um grunhido grave e ameaçador.

— Porque isso poderia causar problemas para eles. Certo. Entendi. Tá bom, sem falar com a sua família. E não podemos voltar à chácara. E não podemos ir ao escritório da Antonia. Tudo bem, vamos pensar em alguma coisa de manhã. Não sei você, mas eu estou cansado e meu corpo está todo dolorido. Eu só quero descansar um pouquinho.

Sun demonstrou que concordava e se enrolou, formando uma bolinha com o corpo. Elu enfiou a cara por baixo do rabo e aquilo foi tão fofo que achei que eu fosse morrer. Isso se o Consórcio não me matasse antes.

Cuidando para não incomodar Sun, eu tirei uma blusa a mais que tinha na mochila e usei-a para fazer um travesseiro. Eu me cobri com a blusa, como se fosse um cobertor, usando uma das mangas para cobrir Sun.

Satisfeito, fechei os olhos. Mesmo exausto, eu sabia que demoraria muito para pegar no sono.

15

SUN

POIS É... VIREI UM GATO. ISSO NÃO ERA NADA BOM.

Quando Fable me contratou, elu me perguntou o que eu preferia ser se tivesse que escolher: um gato, um pássaro ou um cachorro.

Achei que fosse uma espécie de teste de personalidade, para ver se nós nos daríamos bem trabalhando em equipe, aquela coisa do tipo testes da internet para saber se você é uma pessoa mais chegada em gatos ou em cachorros. Eu não tinha ideia de que a pergunta se referia a uma transformação mágica caso algo desse errado, caso eu me visse diante de uma situação da qual eu só poderia escapar se me transformasse em um dos animais mencionados. E mesmo estando feliz por ter virado um gato, e não um pássaro ou um cachorro, porque gatos são maravilhosos e não babam e nem têm penas, eu preferia a minha forma humana. Como humano, eu teria polegares opositores, capacidade de me comunicar fazendo outros sons além de miados e sibilos, e eu conseguiria acessar as linhas de Ley e talvez conseguiria nos tirar dessa furada. Embora ainda conseguisse sentir a magia zumbindo dentro do meu corpo, eu não conseguia me agarrar à linha e nem lançar feitiços. Era péssimo conseguir sentir e ficar sem tocar, mas pelo menos a linha estava ali. A ideia de ser totalmente privado disso me fez estremecer.

Ser um gato era estranho. Eu dormi em cima de uma cama de folhas e, quando acordei, percebi que eu tinha me aconchegado debaixo do queixo do Rook, bem quentinho e macio, com os músculos relaxados. Como se algum instinto animal tivesse me feito ir atrás de um calor corporal e de um toque durante a noite, uma atitude que eu não reconhecia como minha. O que é ainda mais estranho é que, quando eu acordei e estiquei o corpo, não me importei em estar tão próximo do Rook. Nem um pouquinho.

Eu precisava voltar a ser humano.

O sol estava baixo, como se o dia tivesse acabado de amanhecer. Rook ainda estava dormindo, todo encolhido e coberto por um moletom, e fiz um esforço para escapar sem que ele percebesse que eu tinha basicamente dormido aninhado ao peito dele a noite toda. As folhas mal fizeram barulho quando eu pulei em cima delas, mas estavam balançando com a brisa suave da manhã. As pontas das folhas tremulavam na minha linha de visão, e eu não conseguia imaginar nada mais hipnotizante do que esse movimento. Eu as acertei com a pata. Uma delas saiu da pilha e flutuou para cima, pairando no ar devagar, e foi parar a alguns metros de distância. Não bastava. Eu me abaixei, abanando o rabo, e ataquei, prendendo a folha debaixo das minhas patas. Senti uma sensação gostosa e quentinha de satisfação na barriga. Droga, eu era um gato mesmo.

— Sun? — Rook perguntou, despertando com a voz rouca de sono. — Você tá aí?

Eu corri até lá, um pouquinho horrorizado comigo mesmo, e me sentei bem de frente para o rosto dele, para garantir que a ponta do meu rabo batesse no nariz dele.

— Então, né — ele disse, piscando para acordar. — Você continua sendo um gato.

Isso mesmo. Eu continuava sendo um gato.

Ele bocejou e se sentou, piscando diante da claridade da manhã. Ele esfregou o rosto com as mãos e começou a esbravejar.

— Fiquei torcendo para que fosse só um sonho, mas pelo jeito não é. Ainda estamos na floresta, e você continua sendo fofinho e peludinho.

Minhas orelhas se ergueram. Sim. Fofinho, peludinho e irritadinho. Precisávamos de um plano.

— Precisamos de um plano — Rook disse, bocejando.

Ah, jura?

Rook passou a mão pelo cabelo, desfazendo alguns emaranhados.

— Olha, eu acho o seguinte: nós temos uma hierarquia de necessidades aqui. A primeira coisa de que precisamos é sair da floresta.

Eu assenti. De acordo.

— Depois, precisamos de um lugar seguro para ficar.

De acordo também.

— Depois precisamos fazer você voltar à forma humana.

Três de três.

— Depois precisamos resgatar Antonia e Fable e acabar com o Consórcio.

Calma lá. O quê? Eu miei, discordando.

— Que bom que você concorda comigo.

O quê? Não, eu não...

— Certo, vamos sair daqui. Você quer vir na minha mochila ou quer que eu te carregue nos braços?

Nenhum dos dois, de jeito nenhum. Recusando a oferta, eu me afastei com as costas arqueadas e pelos eriçados. Sibilei.

— Que gracinha. Mas eu tenho pernas compridas, e acho que você não vai aguentar o tranco. E pelo que eu me lembre, gatos dormem praticamente o dia inteiro. Você vai esgotar todas as suas forças se sair correndo pelo mato como se fosse uma criatura da floresta.

Aquilo me ofendeu. Eu podia aguentar o tranco sim.

— Sem teimosia.

Rook tentou me alcançar e eu desviei, em uma dança felina.

— Sun, corta essa. Não temos tempo para as suas pirraças.

Ah, sai fora. Não era pirraça. Eu admito, posso até ter a personalidade introvertida e às vezes mal-humorada, mas eu não faço *pirraça*. Dei mais alguns passos para trás.

— Sun, eu tô falando sério.

Eu também. Eu não deixaria que ele me *carregasse* por aí. Eu me mandei para baixo do matagal, na direção do que eu achava que fosse a saída, seguindo as folhas amassadas por onde eu e o Rook tínhamos passado ontem. Não sei como não fomos encontrados. Rook vinha esbravejando atrás de mim, e eu o ouvi correndo para tentar me pegar. Aquilo era tão fácil para ele, com seus passos largos, mochila nos ombros, celular na mão tentando captar algum sinal de rede.

Caminhamos passo a passo por cerca de uma hora e tudo estava indo bem. E, exceto por alguns momentos em que eu me distraí com um lagarto verde, consegui aguentar o tranco. Até agora. As minhas patas estavam doloridas. O meu corpo ainda não tinha se recuperado da pancada do dia anterior e estava coberto de machucados. Cair atravessando um forro não era a melhor coisa do mundo e, se eu estivesse na minha forma humana, tenho certeza de que as minhas costas estariam cheias de hematomas.

Apesar da minha recusa de antes, soltei um miado patético.

Rook continuou andando. Hum. Talvez ele não tenha me ouvido. Eu me sentei no meio do caminho e miei de novo, um pouco mais alto, mais para um uivo do que para um miadinho fofo.

Rook se virou, com uma sobrancelha erguida.

— Algum problema?

Eu suspirei, fui trotando até ele e me entrelacei nas pernas dele, esfregando a cabeça no seu tornozelo.

— Foi o que eu pensei.

Ele voltou a andar, e eu tive que sair do caminho para ele não tropeçar em mim ou pisar no meu rabo. Corri atrás dele, trotando para alcançar o cretino.

Miei de novo, o único jeito que eu tinha para conversar com ele, e mais uma vez Rook se virou para olhar para mim.

— Bom, talvez você devesse ter aceitado a minha sugestão desde o começo. Mas não! Sun, com todo o seu poder e magnificência, não precisa de ajuda.

Não quer ajuda. Ou amizade, pelo que parece. — A segunda parte saiu mais baixinho, como se ele não quisesse que eu ouvisse.

Mas eu ouvi. E acho que bem que eu mereci. Eu tinha sumido. Não por escolha minha. Bom, acho que de certa forma foi escolha minha, porque eu escolhi a magia. Eu não tinha como explicar como tinha sido difícil abrir mão de tudo que tínhamos, ou contar sobre todas as vezes que eu quis procurá-lo e dizer que não era culpa dele. Que era uma situação fora do nosso controle. Mas eu não fiz isso. Eu o deixei acreditar que eu tinha perdido o interesse. E agora, sem voz, eu não tinha como convencê-lo do contrário.

Com a mão na cintura, Rook suspirou.

Ele se agachou e abriu a mochila.

— Venha — ele disse. — Entre logo.

Eu não queria entrar na mochila, mas não negaria uma carona. Eu me esgueirei e entrei dando um pulo, aconchegando-me no moletom reserva que ele tinha guardado na mochila. O espaço era pequeno, e quando Rook fechou a mochila, soltei mais um miado lamentoso.

— Eu sei — ele disse. — O espaço é pequeno. Mas, olha, eu abri um espaço aqui para você colocar a cabeça.

Coloquei a cabeça no buraco e olhei para fora. Fiquei meio sem rumo quando Rook colocou a mochila nas costas, mas depois de me ajeitar, consegui deitar o queixo no tecido e ficar espiando por cima do ombro do Rook enquanto ele andava.

— Se precisar de alguma coisa, é só falar.

Não pela primeira vez, eu me impressionei com a gentileza de Rook e meu coração ficou quentinho. Ele não merecia o que eu tinha feito. Ele não merecia ser manipulado pela Antonia. Ele não merecia a ira de Fable. E, quando eu voltasse à minha forma humana, eu diria tudo isso para ele.

* * *

Eu devo ter caído no sono no conforto e no calor da mochila, ninado pelo balanço dos passos do Rook. Quando acordei, já estávamos nos limites da floresta, bem na sombra da linha do arvoredo. O chalé estava logo adiante e havia carros estranhos estacionados ao redor. Com certeza estávamos sendo vigiados.

— Tem alguém me observando — Rook murmurou.

Eu me alonguei e soltei um som parecido com um *mip*.

Rook olhou para trás.

— Acordou então? Oi para você. Dormiu bem? — Eu respondi com um bocejo. — Acho que estamos longe o suficiente para não sermos vistos, se ficarmos perto das árvores e seguirmos na direção da estrada. — Rook ergueu o celular. — Consegui pegar um sinal aqui, então podemos usar o mapa para voltar à cidade.

Eu me animei. Mas para onde iríamos? Eu não poderia ir para a minha casa. A chácara estava sendo vigiada. Também não poderíamos ir para o escritório da Antonia.

Rook suspirou.

— Vamos lá.

Ficamos perto das árvores, e por sorte não encontramos ninguém de terno com distintivos do Consórcio. O bosque levava até a propriedade de outra pessoa, uma cabana rústica escondida entre uns morrinhos e um riacho. Rook continuou andando, atravessando o campo por trás de outra sequência de árvores. Evitamos pegar a estrada até chegar ao bairro que levava ao subúrbio da cidade.

Mais ou menos uma hora depois, estávamos de volta à cidade. A única vegetação era a dos canteiros centrais das ruas, e até esses já estavam marrons por causa do calor do verão e do forno de concreto que os circundava. Rook virou, desceu a calçada e encontrou o ponto de ônibus mais próximo.

Eu miei. Eu não sei bem o que eu queria dizer com aquele miado. *Agradeço*, em primeiro lugar. *Estou com medo*, em segundo. Talvez até *Não me deixe só*. E, mais do que tudo, *estou com sede e com fome*.

Rook olhou para trás.

— Eu sei, eu entendo. — A voz dele estava cansada, mas gentil, e eu me deleitei ouvindo aquele som.

Quando o ônibus parou, Rook encostou um dedo no topo da minha cabeça e me empurrou para dentro da mochila.

Claro. Provavelmente gatos só eram aceitos nos ônibus urbanos se estivessem presos. Mesmo odiando a situação, eu me enfiei dentro da mochila. Por sorte, Rook não fechou o zíper.

Eu dormi de novo no trajeto do ônibus, aconchegando-me no moletom do Rook, com o nariz enfiado debaixo de uma das mangas. Acordei em um solavanco quando Rook desceu do ônibus, voltando a caminhar pela calçada.

Na região, só havia prédios de concreto cinza, todos da mesma altura, dispostos em blocos. Todos iguaizinhos. Mas a pior parte é que não havia nada de magia ali. Nem sinal. Passar de um lugar tão cheio de magia para outro completamente desprovido de qualquer elemento mágico me despertou na hora. Meu estômago revirou. Como era possível? A maioria dos lugares tinha pelo menos uma linha fininha e, com a minha sensibilidade, eu conseguia até sentir os resíduos das linhas mortas, mas aquele lugar... me arrepiava. Era como se a magia nunca tivesse existido ali. Era desolador.

Rook entrou em um dos prédios idênticos, cuja única diferença era o número manchado pela chuva em frente à fachada. Ele atravessou o saguão caindo aos pedaços e foi até o elevador aberto. Eu me arrepiei, tremendo os bigodes, mas ao ver a porta aberta, Rook parou.

— Elevador não — ele disse, e então virou à esquerda e foi para as escadas.

Meu coração palpitou.

Depois de subir vários lances, Rook saiu do vão da escada e parou em frente a uma porta. Ali ele encostou a cabeça, com a chave nas mãos.

— Não me julgue. Eu não sou o melhor dono de casa.

Ah. Então esta era a casa de Rook. Ele me trouxe para a casa dele.

Eu assenti.

— Certo.

Ele virou a chave e empurrou a porta para abrir, deixando transparecer a tensão no seu rosto ao entrar e chutar os sapatos para longe.

— Não precisa se preocupar com a presença de ninguém. Eu moro sozinho.

Que coisa mais... solitária.

— Estou morrendo de fome. Não sei se tenho alguma coisa que você possa comer nessa sua forma felina. Na verdade, nem sei se tenho alguma coisa que *eu* possa comer.

Rook entrou na minicozinha ligada à sala de estar. Ele abriu a geladeira, fez uma careta e fechou.

— Vamos de delivery então.

Ele foi até o armário e pegou um copo, hesitou e pegou uma tigela. Ele encheu o copo de água e tomou um gole demorado. Encheu de novo.

— Venha, o meu quarto é aqui.

O colchão do Rook ficava sobre um estrado simples. Ele tinha uma cômoda, um armário e uma escrivaninha abarrotada de cacarecos eletrônicos. Ele colocou a mochila em cima do colchão, abriu o zíper, e eu pulei para fora. Senti a maciez do lençol e do cobertor debaixo das minhas patas doloridas e o colchão afundou quando Rook se sentou ao meu lado.

— Pronto, acho que estamos seguros aqui. Só a Antonia sabe o meu nome verdadeiro, e eu só falei uma vez, quando fui contratado. Ela provavelmente já esqueceu. Eu sei que ela nem chegou a anotar. — Ele colocou a tigela em uma mesa de cabeceira improvisada e encheu com a água do copo. — Pra você.

Fui até a tigela, pé ante pé. Eu estava com tanta sede, mas como faz... Olhei para o Rook, que estava me observando atentamente. Que ótimo. Eu avancei e, calculando mal os movimentos, enfiei a cara na água. Dei um passo para trás, com os bigodes molhados, e limpei o focinho com a pata. Rook, por sua vez, não riu. Bom para ele, senão eu seria obrigade a amaldiçoá-lo quando voltasse à minha forma humana. Tentei outra vez, mal tocando a superfície da água, comecei a lamber e, olha só, até que funcionou. Bebi demais, fiquei com a barriga cheia e espirrei água por todos os lados depois de satisfeito, mas eu já me sentia muito melhor.

— Enfim — ele disse, tirando o Mapeador de Magia de dentro da mochila e apontando na minha direção. — Como você pode ver, nenhuma linha de Ley por aqui. Nada. Zero magia. Também por isso que foi tão difícil desenvolver o aparelho aqui, porque eu só saberia se estava funcionando se saísse da região. Se um feiticeiro viesse aqui, não poderia lançar nenhum tipo de feitiço, a menos que conseguisse armazenar magia, como a Antonia.

Eu torci o nariz.

— Eu sei. Essa é uma habilidade muito particular da Antonia.

Ele suspirou e se jogou de costas na cama de braços abertos, ainda apoiando os pés no chão e de meias.

— Não foi a minha intenção causar isso tudo.

Eu me aproximei e me sentei ao lado do braço dele.

— Eu só queria fazer parte de alguma comunidade. — Ele suspirou. — Eu só queria ter um lugar para chamar de meu. Desculpe. É culpa minha.

Fiquei olhando para a pele branca do pulso de Rook, as veias azuis se espalhando pelo braço. Eu queria confortá-lo, tranquilizá-lo, mas não sabia como. Será que eu deveria abraçá-lo? Não, não daria certo. Tocá-lo de algum jeito? Ronronar? Não, não. Eu não começaria a ronronar à toa assim. O que tinha acontecido pela manhã foi um mero acaso. Mas Rook estava magoado, e eu poderia ajudar se...

Antes que eu pudesse fazer qualquer coisa, ele se sentou.

— Bom, nós saímos da floresta e encontramos um local seguro, que eram os dois primeiros itens da nossa lista. Antes de passar para o terceiro, que é fazer você voltar a ser Sun, com todo o seu mau humor e ranzinzice, a pessoa que eu conheço e de quem eu gosto, e não este ser com essa aparência fofa e peluda que eu não consigo aceitar...

Eu sibilei.

— Maravilha. Muito útil. Antes disso, vamos comer alguma coisa e descansar. Não sei você, mas eu preciso de um banho. Só que eu não tenho ideia de como você vai lidar com isso. Você vai se lamber? É isso que os gatos fazem.

Como ele ousa? Eu me levantei e me afastei, voltando a sentar mais longe, e fiquei encarando a tinta branca descascada da parede.

Rook riu, uma risada que saiu meio descontrolada e sem ar, como se a ficha de tudo o que tinha acontecido ontem tivesse acabado de cair, despertando um acesso de riso incontrolável.

— Desculpe. Foi mal. É que eu estou... — ele suspirou de novo — meio nervoso. Tudo bem. Está tudo tranquilo. — Ele tirou o celular do bolso e passou o corpo por cima da cama para pegar o carregador. Ele conectou o carregador na tomada. — Vou pedir comida. Espero que você goste de frango.

Eu gostava de frango. Ele fez o pedido pelo celular e depois jogou o aparelho em cima da cama.

— Hora do banho. — Ele pegou uma roupa limpa e uma toalha. — Ah, fique à vontade.

Assim que ele saiu, eu bocejei. Enfiei a cara na tigela e tomei um pouco de água. Então tentei lamber a minha pata. Credo. Não, dispenso. A minha língua parecia uma lixa, e eu fiquei com pelo na boca. Grotesco. Como que gatos conseguiam viver desse jeito? Que nojo.

Sem o Rook ali, me entediei, então decidi explorar o ambiente. Pulei e aterrissei no tapete desgastado e atravessei uma pilha de roupas e pacotes vazios de guloseimas até chegar à escrivaninha. Olhei para cima, e a altura da mesa era intimidadora. Mas eu era um gato. Gatos gostavam de lugares altos. Né? Eu daria conta. Com certeza. Mas talvez eu devesse pular primeiro na cadeira e depois em cima da mesa. E foi o que eu fiz.

E não deu certo.

Meu pulo ultrapassou a cadeira, e eu fui parar na pontinha, mas acabei derrapando e caindo no chão. Pelo menos a queda não foi tão traumática e dolorida quanto foi cair pelo forro no dia anterior.

Fiquei olhando para a cadeira girando ao impulso da minha estripulia. Eu me abaixei para tomar impulso, balancei o quadril, como tinha feito na floresta para atacar aquela folha inocente e desprevenida, e pulei de novo. Dessa vez, foi uma aterrissagem segura. O próximo pulo, até a mesa, não foi tão difícil, só que acabei derrubando algumas das geringonças do Rook. Uma por uma, elas caíram no chão em cascata. Ops.

Mas não era aquilo que eu queria mesmo. Atravessei a mesa, sentei-me de frente para um porta-retratos e fiquei olhando para a foto. A qualidade da imagem era bem ruim. Parecia um enquadramento de uma selfie e trazia a imagem de Rook rindo ao lado de uma senhora mais velha que sorria carinhosamente para ele. Devia ser a avó dele, a bruxa das borboletas. Eles tinham o mesmo sorriso e a mesma covinha. Rook sentia tanta saudade dela. Ele não teria construído o Mapeador de Magia se não fosse por isso. Ele não estaria tão desesperado para voltar ao mundo da magia. E, mais uma vez, eu me dei conta de que aquela fachada sorridente do Rook escondia alguém solitário e magoado que, mesmo assim, conseguia ser amável e atencioso com as pessoas.

E, mais uma vez, eu odiei Fable e Antonia por me fazerem escolher. Rook era alguém para levar a sério e, mesmo não sabendo aonde isso nos levaria, eu gostaria pelo menos de poder ter a chance de descobrir.

A campainha tocou, tirando-me dos meus devaneios e, por instinto, meu corpo estremeceu e meus pelos arrepiaram. Saí cambaleando da escrivaninha, deslizando as patinhas e derrubando uma infinidade de tralhas. Pulei no chão e corri para baixo da cama, onde me escondi entre uma caixa de sapatos e um livro, tremendo. As minhas garras estavam para fora, fincadas no carpete, e meus olhos estavam arregalados em alerta.

Rook se apressou, passou pela cama, batendo os pés descalços no carpete. Eu fiquei ainda mais tenso quando ouvi a porta da frente abrir. Meu coração estava a mil. Ouvi uma conversa baixinha, seguida pelo barulho de uma bolsa sendo aberta. Rook voltou para o quarto e ficou parado na minha linha de visão. Os tornozelos dele eram muito brancos e ossudos.

— Sun?

Eu saí da minha toca debaixo da cama e espiei. O cabelo do Rook estava encharcado e caindo no seu rosto. Ele estava vestindo uma camiseta e uma calça de pijama de flanela xadrez que parecia surrada e confortável.

— Ah, aí está você. — Ele pausou. — Você está bem?

Eu miei.

— Não sei se esse miado quer dizer que sim ou que não. — Ele ergueu o pacote. — Comida. Vamos comer.

Comemos o frango juntos, Rook empoleirado em uma banqueta da cozinha e eu sentado no balcão ao seu lado. Ele desossou uns pedaços de frango e colocou em um pratinho para mim. Eu fiz uma bagunça para comer, mas a comida estava tão gostosa e eu estava com tanta fome e, para piorar, eu não tinha mãos. Rook ergueu muito discretamente a sobrancelha quando usei a minha pata para limpar o rosto. Ele tomou um refrigerante, e eu continuei tendo dificuldades, porque eu enfiava a minha cara inteira na tigela por não conseguir avaliar corretamente a distância.

— Eu acendi a vela — Rook disse, no silêncio confortável do apartamento.

Eu me assustei e olhei para cima, tirando os olhos da minha comida.

A boca do Rook estava imóvel, determinada. Ele limpou as mãos com um guardanapo e olhou para mim.

— Eu queria tanto contar para você quando eu consegui. Porque você me ajudou. Eu só consegui por sua causa, então, obrigado.

Eu me ergui, afastando-me de onde estava a minha comida. Senti a culpa pesar no meu estômago, misturada com o frango. De novo, eu queria pedir desculpas por tudo. E assim que possível, eu pediria. Enquanto isso, eu só conseguia miar e deixar que aquele afeto tomasse conta de mim.

Vi um sorriso despontar no canto da boca do Rook.

— Vou entender isso como um "de nada". Aliás, você ensina muito bem. Quem for seu aprendiz um dia vai ser uma pessoa de sorte.

Ao ouvir o elogio, abaixei a cabeça. Se eu estivesse na minha forma humana, meu rosto teria ficado vermelho, mas na minha forma felina, só tremi o bigode e me conformei com a nossa realidade atual. *Se* tivéssemos um futuro. Se conseguíssemos escapar do Consórcio até resolver o que faríamos. Se não fôssemos punidos e não arrancassem a magia de nós.

— Enfim, depois que eu acendi, a Antonia me levou a um restaurante incrível e nós nos acabamos de tanto comer. Ela me falou para não entrar em contato com você. Mas eu tentei. — Ele desviou o olhar.

Eu não sabia como responder. Com um bocejo, Rook me salvou daquela situação constrangedora.

Olhei para o relógio em cima do fogão. Ainda era cedo demais para ir deitar, mas Rook estava exausto. Isso era óbvio pela sua postura curvada e pelas olheiras escuras debaixo dos olhos. Ele estava cheio de hematomas e arranhados pelo corpo, que me fizeram lembrar que eu não sabia o que de fato tinha acontecido antes de ele chegar ao chalé para me resgatar.

Meu corpo também estava dolorido. E depois de mais uma ocorrência de cara afundada na tigela de água, já era hora de ir para a cama.

Rook guardou as sobras de comida na geladeira, e eu o segui até o quarto. Ele não tinha nenhuma rotina noturna além de se jogar na cama e se aninhar no seu cantinho preferido.

— Tome. Pode ficar com este travesseiro. — Rook disse, afofando o travesseiro ao lado do dele. Ele bocejou. — Se você quiser.

Eu não sabia muito bem como agir, mas comecei a piscar cada vez mais devagar. Rook se deitou de lado, com o rosto para baixo, uma mão sob o travesseiro e outra apoiada na cama, com um cobertor puxado até os ombros. Suas pálpebras vibraram até fecharem antes de eu decidir para onde iria e sua respiração se acalmou quando ele caiu no sono.

Eu me aninhei pertinho, aconchegando-me no espaço criado entre a ponta do cobertor e o travesseiro e o braço dobrado do Rook, quase como a toca onde tínhamos dormido na noite anterior. Colocando o rosto debaixo do meu rabo, eu peguei no sono, sentindo aquele calor e proteção.

Eu ronronei.

ROOK

EU NÃO LIGUEI O DESPERTADOR.

Então não poderia haver nenhum motivo para aquele som alto e irritante saindo do meu celular e me tirando do meu sono tranquilo e cansado.

O barulho parou depois de alguns segundos, o que era ótimo, porque eu não tinha energia para chegar do outro lado da cama e pegar o celular de cima da mesinha. Eu fiquei vagando naquele espaço difuso, a linha tênue entre o sono e a vigília, tendendo mais a voltar a dormir. Só que o despertador tocou de novo. Dessa vez mais alto, mais estridente e mais insistente.

Abrindo um olho, vi que a luz que entrava no quarto pela janela ainda estava bem fraca, daquele tipo de luz de antes do amanhecer. Credo. O que poderia haver de tão urgente? Eu estava quentinho, confortável... e Sun estava aninhado em mim. Calma. Ergui o pescoço e, sim, havia uma bola de pelo cinza se apertando contra o meu peito, com o rabo fazendo cócegas no meu queixo. Estávamos aconchegados.

Sun e eu. Aconchegados.

Aquilo foi o suficiente para me despertar de vez. Sun, que não gostava de toques e espaços apertados e, para ser bem sincero, não costumava gostar de pessoas e não gostava que ninguém falasse sobre nenhum desses assuntos, estava se aconchegando na minha camiseta. Num *aconchego*.

Eu precisava, no mínimo, pegar o meu celular para tirar uma foto e registrar aquele momento histórico.

Fazendo o melhor para não incomodar Sun, estiquei o braço e consegui tocar o celular com a ponta dos dedos, o suficiente para conseguir puxá-lo na minha direção.

Peguei o celular e limpei a tela para ver por que ele tinha decidido me acordar.

Tomando toda a tela havia um aviso da prefeitura da cidade com as palavras "DESAPARECIMENTO — JOVEM EM PERIGO". Abaixo havia uma foto de Sun.

Eu sentei tão rápido que a minha cabeça girou, tirando Sun do lugar.

— Merda. — Eu respirei.

Porque só podia ser Sun ali. Era elu. Com um sorriso largo em uma foto espontânea, cabelo preto arrumado e usando uma blusa preta arrumadinha e um colar prateado. Aquilo tudo estava pirando a minha cabeça. A legenda da foto dizia "*Desaparecimento, jovem em perigo. Hee-sun Kim. Último contato com a família pela manhã, há três dias, antes de sair para a escola. Usava uma blusa preta de moletom com capuz, calça jeans rasgada e botas pretas*".

Ouvi um miau vindo de perto do meu cotovelo.

Mas que merda.

Eu não podia esconder. Mas eu não queria mostrar. Eu tinha que mostrar.

Eu pigarreei.

— Você precisa ver isso.

Relutante, virei o celular na direção de Sun, que, ainda com sono, piscava para tentar despertar.

Bocejando e alongando-se, as garrinhas vieram para fora com o movimento, e o gato então se aproximou.

— Não sei se você consegue ler, então vou ler para você. — Passei a língua nos meus lábios secos. — Desaparecimento, jovem em perigo. Hee-sun Kim.

Último contato com a família pela manhã, há três dias, antes de sair para a escola. E depois vem uma descrição das roupas que você estava usando.

Sun soltou um miado melancólico.

Cliquei no link do alerta e um vídeo abriu. Era uma das irmãs de Sun. Soo-jin estava segurando uma foto. — Sun desapareceu — ela disse, com a voz trêmula, olhando para a câmera. — Se você viu esta pessoa, por favor, ligue para a polícia de Spire City. Achamos que pode ter sido alguém que atende pelo nome de Rook.

O susto me fez derrubar o celular, que caiu na cama, virado para baixo. A voz de Soo-jin estava abafada. Sun bateu a pata na capa do aparelho, miando, e eu logo virei para que elu pudesse ver.

— Estamos muito preocupados. Sun não costuma não voltar para casa ou não ligar. Já tentamos o celular, mas está sem bateria, ou está quebrado. — Ela fungou. — Sun, por favor, ligue para casa, se puder. Ou volte. Por favor.

O vídeo terminou com um número telefônico de contato para quem tivesse informações.

Sun bateu com a patinha na tela.

— Eu sinto muito — eu disse, com a garganta seca e apertada. — Eu sinto muito mesmo. É culpa minha. Não achei que isso pudesse afetar você e a sua família. Sun, por favor.

Sun não se moveu. Não fez nenhum som.

— Foi por isso que você sumiu? — eu perguntei, já com lágrimas queimando por trás dos olhos. — Por causa da sua família? Por que eu poderia fazer algo que os prejudicasse? Por que eu poderia fazer algo que prejudicasse você? Eu entendo. Eu fui egoísta. Não pensei nas consequências. Eu só pensei em mim. Eu sinto muito, de verdade. — Uma lágrima caiu do meu queixo e pingou no meu pijama. E outra caiu em cima da cabeça de Sun. — Droga — falei, usando a manga da blusa para limpar o rosto. — Eu sinto muito por isso também. E eu te perdoo, sabe, não que haja algo para ser perdoado, já que você fez o que achou que era melhor para você e para a sua família. Mas caso você ainda sinta essa culpa. Que presunçoso da minha parte. Você não deve sentir. Enfim. Só estou dizendo que eu fiquei magoado, chateado, mas está tudo bem.

Eu apertei as mãos no cobertor e respirei fundo. Sun nem se mexeu.

— Tá bom. Precisamos encontrar um jeito de fazer você voltar à sua forma humana e levar você de volta para a sua família. Ou pelo menos avisá-los que você está bem. Posso mandar uma mensagem para eles. Você pode digitar o número e eu...

Sun se sacudiu, como se tivesse levado um susto. Chegou perto de mim e fincou as garras no meu braço.

Eu dei um pulo para me afastar.

— É óbvio que eles querem que você vá para casa, Sun.

Sun balançou a cabeça.

— Sun, pense bem. Talvez a sua família saiba como fazer você voltar. E eles estão com saudades. É cruel deixá-los pensando que o pior pode ter acontecido sendo que você está aqui, razoavelmente bem.

Ele soltou um grunhido grave. Os olhos escuros de Sun cruzaram com os meus, e vi neles algo que sugeria medo.

Suspirei. Tá. Era Sun quem deveria decidir, mesmo eu não concordando. Elu sabia o que estava fazendo, eu acho. Mas a ideia de ter alguém sentindo a sua falta, preocupado com você, trouxe de volta uma dor velha conhecida. Eu tinha isso antes. Mas não tinha mais.

— Tá bom — eu disse, derrotado. Não tinha como argumentar com um gato. — Tudo bem. Você que sabe. Vamos seguir o nosso plano. Que, por sinal, não era muito claro sobre como faríamos você voltar à velha forma. Alguma ideia?

Sun inclinou a cabeça, pulou para fora da cama e atravessou o quarto para chegar à cadeira de frente para o computador. Pulou da cadeira à mesa, e parou sentado na frente da foto que eu tinha com a minha avó.

Sun tocou na foto.

— A minha avó? Ela já faleceu, Sun. — Senti um nó na garganta e, de novo, tive que limpar as lágrimas com a manga da blusa. — Eu já te contei, lembra? No nosso encontro no café?

Sun ergueu a cabeça de repente, arregalando os olhos, como se tivesse acabado de cheirar erva de gato.

Eita. Eu falei encontro. *Nosso* encontro. Que vexame. Uau. Minhas orelhas ficaram quentes. Eu continuei, preferindo ignorar o fato de que o filtro entre o meu cérebro e a minha boca não funcionava antes das seis da manhã.

— Mas o que a minha a vó tem a ver? Ela sabia usar a magia, mas não era poderosa como Antonia ou Fable. Ela só fazia poções e lançava borboletas. Ela tinha um antigo livro de receitas que usava para fazer sopas… — Eu cortei a frase pela metade. — Calma. Ela tinha livros. Ela devia ter algum livro de feitiços. Não deviam ser livros de receita. — Eu me levantei num salto. — Ela nunca falou sobre o Consórcio para mim, e a Antonia uma vez me disse que não tinha como eles saberem sobre todo mundo, cuidarem de todo mundo. Talvez o livro de feitiços ainda esteja entre os objetos dela.

Sun miou.

— Mas eu não tenho como pegar as coisas dela. Depois que ela morreu, eu não pude mais voltar pra casa e fui logo mandado embora.

Sun inclinou a cabeça e miou de novo.

Eu não tinha ideia do que ele estava querendo dizer, mas isso não me impediu de tentar conversar.

— Sei lá, talvez nós pudéssemos ir até a casa dela procurar. Não há nada que me impeça agora. E mesmo se não tiver nenhum livro de feitiços lá, talvez a gente encontre alguma coisa. Qualquer coisa. Já é um começo.

Sun se sentou, empertigou-se e aproximou as patinhas, com o rabo curvado sobre as costas.

— Eu sei que eu sou o gênio desse relacionamento, mas a sua ideia foi ótima.

Relacionamento. De novo. Língua grande. Eu queria me enfiar em um buraco.

— Tá, se você acha que a chácara de Fable fica longe, espere para ver a casa da minha avó. Fica na região norte da cidade e vamos demorar um pouco para chegar, mas não é como se tivéssemos algo mais urgente para fazer.

Ainda era cedo, mas eu me animei só de pensar em voltar para casa. Se é que a casa naquele fim de mundo ainda estava de pé. Eu não sabia, nunca mais voltei lá, porém valia a tentativa.

Saí cambaleando pelo quarto, enfiando na mochila umas roupas para mim e para Sun, caso conseguíssemos recuperar sua forma humana. Peguei o carregador do meu celular e a minha carteira e verifiquei se o Mapeador de Magia estava bem guardado lá dentro. Sun, empoleirando-se na minha mesa, me olhava enquanto eu revirava o quarto, desviando o olhar apenas quando eu parei para trocar de roupa.

— Muito bem — eu disse, juntando as mãos. — Vamos lá. Vamos parar em algum lugar para pegar um café e depois procuramos um ônibus que vá para aqueles lados.

Sun desceu da mesa e, sem discutir, pulou para dentro da minha mochila. Fechei o zíper e coloquei a mochila nas costas.

Ficar tão perto de Sun de novo me fez ter vontade de falar sobre termos dormido aconchegados. Mas eu não falei.

— Tudo pronto?

Sun miou. Aquela era a melhor resposta que eu poderia receber.

***

Apesar de um pequeno contratempo no café, em que uma garotinha insistiu em querer acariciar o gatinho fofo na minha mochila, o percurso até o subúrbio da cidade até que foi tranquilo. O próximo ônibus só passaria dentro de algumas horas, então acabei tendo que chamar um carro, o que acabou saindo bem caro. Mas meu trabalho com a Antonia tinha engordado bem a minha conta bancária, o suficiente para cobrir a viagem e todas as outras despesas que eu pudesse ter naquela missão.

A casa da vovó ficava no final de uma rua longa e cheia de curvas. Era um daqueles bairros cheios de casas espalhadas em terrenos enormes com o gramado verdinho e áreas espaçosas com árvores nativas da região. Sun ficou no meu colo, aconchegado mais uma vez, emitindo uma vibração que parecia sair do seu peito. Era a coisa mais fofa. Mas, por mais que Sun estivesse uma gracinha com aquele corpo cinza e macio, eu estava com saudades da versão antiga. Sun, que me lançava olhares irritados e tinha um sorriso gentil e palavras sinceras até demais e que, como percebi, além de aparentemente difícil, era gentil e se preocupava muito com as pessoas de quem gostava.

O motorista parou na frente da casa. Usei meu celular para pagar e acordei Sun balançando a minha perna. Bocejando e se alongando, ele pulou na mochila sem fazer barulho.

Quando o carro partiu, coloquei Sun no chão, e o gato me seguiu pelo caminho de tijolos. A grama estava alta no jardim da frente, com flores silvestres crescendo por todos os lados, muito diferente dos antigos canteiros bem-cuidados e arbustos aparados.

— Uau. Ela ainda existe — eu disse, maravilhado. O ano que passou desde a última vez que eu estive ali pareceu uma eternidade. Senti um aperto no peito ao pensar nisso. — Espero que não tenha ninguém morando aqui. Seria estranho. Mas pelo que posso ver pelo gramado, acredito que continue desocupada.

Apesar da grama alta do jardim, o chalé parecia estar em boas condições, quase intocado. Sem folhas na cobertura da entrada. Sem trepadeiras subindo pelos cantos. Sem sinais do tempo durante a minha ausência. Estranho.

Ao nos aproximarmos, Sun de repente começou a sibilar e suas costas arquearam.

E foi então que eu também vi, um brilho quase transparente envolvendo a casa.

— Uma sentinela — eu suspirei.

Sun se afastou, com os pelos cinzentos eriçados. Eu entendia. Eu fiz a besteira de tocar nas sentinelas da Antonia *duas vezes* e paguei um preço doloroso nas duas. As sentinelas da Antonia ficavam zumbindo, feito fios elétricos tensionados, mas esta aqui... parecia diferente. Pareciam... borboletas.

— Eu vou encostar.

Sun chiou, como se desse um aviso.

— Pode deixar — eu disse, curioso, mas com medo. — Parece que estou sentindo a minha avó. — Espalmei a mão sobre a magia. Meus dedos formigaram e senti um calor gostoso na palma da mão. A sentinela reverberou formando uma onda que saía de onde eu estava pressionando com a mão. A vibração aumentou e, inesperadamente, ela estourou, como uma bolha de sabão.

Dobrei os dedos e sorri para Sun.

— Uau, que incrível.

Sun fez um barulho parecido com um grunhido, e eu ri. É claro, quando tentei abrir a porta, estava trancada.

Para a minha sorte, o sapo de cerâmica com a boca aberta ainda estava parado ao lado do capacho da entrada. Eu levantei o sapo e a chave reserva apareceu.

Sun bufou.

— Não disse? — eu falei. — Uma sentinela e uma chave? Acho que isso quer dizer que ninguém andou por aqui. O que significa que, se a vovó tinha algum livro de feitiço, ele ainda está aqui.

A porta da entrada emperrava desde sempre, e havia um segredo para abri-la. Erguer a maçaneta, virar a chave, empurrar e pronto! Funcionou. E assim entramos na casa.

A sala de estar estava exatamente igual a quando eu parti, mas a poltrona, o tapete velho e o sofá coberto com a manta de crochê estavam cobertos com uma camada grossa de poeira por terem ficado abandonados. A casa ainda tinha o mesmo cheiro, um pouco mais bolorento do que eu me lembrava, mas ainda assim igual. Bateu uma saudade tão grande que senti meus joelhos amoleceram, e eu tive que me segurar na parte de trás do sofá para me firmar. Percebendo o meu desconforto, Sun se entrelaçou nas minhas pernas, se esfregando no tecido da minha calça. Sem achar ruim, eu tirei a mochila das costas e a coloquei na poltrona.

Infelizmente, a casa estava quente e sufocante e, quando tentei acender a luz, nada aconteceu porque, claro, há um ano ninguém pagava a conta de luz. Suspirei e olhei para Sun.

— Vamos. Por aqui.

A cozinha ficava à esquerda da sala de estar. Passei pelo arco que separava os dois cômodos e fui até a gaveta ao lado do fogão, que não abriu porque a madeira estava estufada por causa do calor. Com um puxão firme, consegui abrir, e a primeira coisa que vi foi um livro. Sun pulou no balcão e miou.

— Sim, era neste livro que eu estava pensando.

Peguei o livro desgastado com cuidado da gaveta e abri a capa devagar. Havia uma receita de sopa. Sim, eu me lembrava dela, a sopa que ela fazia quando eu ficava doente. Certo, mas era uma receita, e não um feitiço. Virei a página. Receita de bolo de banana. E a outra era de torta de pêssego. Senti o coração apertar.

Sun ficou de olho no que estava escrito.

Virei a página.

Cozido de carne.

— Sun, isso não parece promissor. É triste, mas parece que só tem receitas aqui.

Fui passando as páginas mais rápido, e cada página trazia um prato diferente e uma delas ensinava a fazer um ponche alcoólico que, caramba, vó, quanto rum. Mas nada feito. Era só um livro de receitas mesmo. Suspirei e o fechei, passando a mão pela lombada do livro.

— Tá, o nosso primeiro plano não funcionou. Mas tudo bem. Temos outras opções. E, bom, pelo menos estamos seguros aqui.

Alguém bateu na porta da frente.

Eu me virei, com o coração na mão. Sun sibilou de onde estava no balcão, erguendo as orelhas.

— Talvez se deixarmos baterem, eles desistam e vão embora — eu sussurrei.

Outra batida.

— Eu sei que você está aí — alguém falou.

— E se a gente se esconder?

— Eu vi você entrar.

Certo, ignorar e se esconder estava fora de cogitação.

— Já vai! — eu respondi.

Eu virei para Sun.

— O que eu faço? E agora?

Mas Sun, em sua forma felina, não podia falar nada, e eu estava surtando.

— Eddie, eu sei que é você.

Aquilo me paralisou. Eddie? Ninguém mais me chamava de Eddie. O Consórcio certamente não sabia o meu nome.

Eu atravessei a sala e afastei um cantinho da cortina para espiar.

Havia uma mulher parada na porta da frente. Uma mulher de quem eu me lembrava vagamente.

Abri uma fresta da porta e dei uma olhada.

— É você! — ela disse, sorrindo, com um brilho em seus olhos castanhos. — Não acredito. Você voltou.

— Ééé…

— Você se lembra de mim? — Ela acenou. — Eu cuidava de você às vezes quando você era pequeno. Depois eu fiquei fora da cidade por um tempo, para fazer faculdade. Quando voltei para o bairro, você já tinha ido embora.

Eu franzi a sobrancelha. Calma. Eu me lembrava de uma adolescente que cuidava de mim às vezes e que foi embora quando se formou no ensino médio. Ela era uns dez anos mais velha do que eu, uma moça morena de cabelo cacheado, lindos olhos castanhos e um sorriso largo.

— Mavis?

Ela sorriu.

— Isso! Você se lembra? Eu sabia que se lembraria. Você sempre foi tão esperto e curioso. Um geniozinho. Eu mal acreditei que era você quando o carro encostou, mas você tem o mesmo sorriso de quando era criança. — Ela juntou as mãos em frente ao peito. — Fiquei tão triste quando soube que a sua avó faleceu e que tinham levado você embora. Eu voltei para casa logo depois de tudo isso.

Eu cocei a nuca.

— Pois é, eu estou morando na cidade agora. Só voltei para procurar umas coisas da vovó. Enfim, Mavis, acho que agora não é o melhor momento…

— Ai, gente, é seu gatinho? — Mavis deu um gritinho e me empurrou para entrar na casa. Ela se abaixou onde Sun estava, debaixo do arco entre a sala e a cozinha. — Que fofinho! E olha só estas patinhas.

Sun se esticou todo e sibilou.

— Sim, sim. Mas cuidado, ele não gosta de carinho.

Mavis tirou a mão a tempo de evitar levar um arranhão e passou a mão em volta dos seus joelhos dobrados, olhando fixamente para Sun.

— Hum — ela disse, gentil. — Você não é gato coisa nenhuma, né?

Eu congelei. Sun congelou. Nós todos congelamos. E, bem devagar e com cuidado, fechei a porta atrás de mim.

— Mavis?

Ela levantou e se virou para mim e, com a mão na cintura, balançou a cabeça.

— Você está muito ferrado, *Rook*.

17

ROOK

EU ENGOLI EM SECO.

— Acho que eu preferia quando você me chamava de Eddie.

Ela estralou a língua.

— Você fez besteira, garoto. — Ela girou o pescoço e jogou a cabeça para trás para olhar para o teto, soltando um suspiro dramático. — E você me colocou em uma situação complicada.

— Na verdade, não — eu disse. Parei ao lado da porta e estralei os dedos ao lado do corpo para chamar a atenção de Sun. Por sorte, elu percebeu e se esgueirou até perto de mim. — Não tem nada para ver aqui. Nada para contar para o Consórcio, de quem eu imagino que você seja íntima, para saber meu nome mágico e a situação toda.

Ela ergueu a mão com a palma virada para cima e uma fagulha de magia se abriu, subindo e disparando como fogos de artifício em miniatura, antes de explodir em um clarão impressionante. Mavis era mágica. Ops. Seria ótimo saber disso antes de abrir a porta.

— Os espelhos de clarividência estão acesos há dias com seu nome e uma foto sua e do gatinho fofo aqui. — Ela apontou. — Sun, né?

Sun se sentou ao lado do meu pé. E se fosse possível lançar feitiço com o olhar, Mavis já estaria cercada de escorpiões. Olhei para a porta atrás de mim. Acho que até conseguiríamos correr, tentar fugir, mas Mavis não parecia preocupada com essa possibilidade, como se ela já tivesse um plano caso nós tentássemos, ou soubesse que não havia uma rota de fuga. Além disso, minha mochila estava na poltrona e eu não poderia deixar o Mapeador de Magia ali.

— O que mais os espelhos disseram?

— Que você é perigoso e quebrou uma série de leis do Consórcio. Por sorte, eles não sabem nada sobre você além do fato de você ser aprendiz da Antonia, que ela chama de "Rook". Aliás, precisamos falar sobre como você virou aprendiz dela, porque isso já seria grandioso para qualquer um, mas ainda mais para alguém desprovido de magia. — Sun balançou o rabo, agitado, e se esfregou no meu tornozelo. — Mas eu conhecia sua identidade de verdade, então fiquei de olho na casa para ver se você voltaria. E você voltou.

— E aí? Você contou para eles? Pelos créditos, para ganhar um biscoito, ou o quê?

Mavis deu de ombros.

— Eu não contei nada para eles. Ainda não, pelo menos.

Soltei um suspiro de alívio, quase sem ar. Ainda tínhamos chance.

— Por quê?

Mavis começou a caminhar pela sala devagar, passando os dedos pelas costas do sofá. Partículas de poeira subiram, visíveis à luz do sol que atravessava as cortinas fechadas.

Comecei a sentir o suor se acumular na minha nuca. A sala estava quente, e a atitude da Mavis não estava ajudando. Por que é que todo feiticeiro tinha essa propensão ao drama e à ambiguidade moral?

— Eu queria tomar uma decisão sozinha. Eu não levo como verdade absoluta o que dizem os poderosos, principalmente quando são famosos por serem cheios de segredos e conhecidos por táticas opressoras.

— É um bom jeito de levar a vida.

Ela deu um sorrisinho.

— Pois então, Eddie ou Rook, você quer me contar exatamente por que o Consórcio está atrás de você?

— Na verdade, não. — Coloquei os dedões dentro do bolso de trás da minha calça e fiquei me balançando, tentando fazer uma cara de criança inocente. Acho que não funcionou. — Sei lá, as coisas de sempre.

Mavis balançou a cabeça e seus cachos balançaram junto.

— Isso não basta, garoto. Você vai precisar me dar mais informações.

— Senão o quê? — eu perguntei. — Você acabou de dizer que não confia neles. E, pelo que eu estou vendo, se você estivesse preocupada com o Consórcio, ou se quisesse ganhar uma estrelinha, teria nos denunciado assim que nos viu.

Ela bufou, sem achar graça da situação.

— E se eu tiver mentido e já tiver denunciado vocês? E se eu estiver só enrolando até eles chegarem?

Não pensei nisso. Segurei Sun no colo e, por um breve segundo, tirei os olhos de Mavis e olhei para a janela da frente. Eu não vi nada, mas isso não significava que eles não estavam lá. Sun soltou um miado incomodado quando eu o apertei com força, mas ignorei os protestos e me virei para encarar a Mavis. Senti o coração na boca. Eu poderia correr pela porta dos fundos, mas não conseguiria pegar a mochila e segurar Sun ao mesmo tempo, e obviamente a Mavis poderia recorrer à magia, mas eu não sabia se ela era tão poderosa assim, mas a linha de Ley era fraca ali, mas... respirei fundo, com o peito arfando. Meu corpo inteiro estava travado de medo e eu não sabia se fugia, lutava ou ficava ali parado.

Mavis ergueu as mãos.

— Ei, calma. Eu não fiz nada disso, prometo. Não faça nenhuma bobagem.

— Por que eu deveria acreditar em você? — eu disparei, ofegante e apertando Sun. — Eu não posso confiar em você. Nós só viemos para cá porque não tínhamos mais para onde ir, e eu preciso de um feitiço para Sun voltar à forma humana. Babás ameaçadoras com intenções dúbias me chamando de Eddie não estavam nos meus planos. Não estavam nem perto do turbilhão de pensamentos que tínhamos em mente.

A sobrancelha da Mavis foi parar na testa e seus olhos castanhos dobraram de tamanho.

— Uau. Como você está estressadinho. É culpa minha. Vamos recomeçar.

Mordi o lábio e dei um passo na direção da porta, colocando a mão livre na maçaneta. Mas se corrêssemos agora, não poderíamos mais voltar. Talvez Sun nunca voltasse à forma humana e teríamos que deixar o Mapeador de Magia para trás.

— Rook — Mavis disse, com o tom firme —, a sua avó confiava em mim para cuidar de você quando você era pequeno. Isso não conta?

— Sei lá.

— Deveria. Ela te amava. Ela te amava tanto, e não confiava em ninguém mais além de mim.

Sun miou. Eu exalei e, sim, era verdade.

— Tá, e daí?

Mavis relaxou.

— Desculpe por chegar assim. Mas você há de imaginar a minha surpresa quando vi o garotinho não mágico que eu conhecia desde pequeno virar o alvo de uma caçada, com o rosto refletido em todos os espelhos. Eu precisava saber se você era mesmo perigoso. Fazia muito tempo que não nos víamos.

Sim. Sim. Justo. Eu entendia.

— Eu não sou perigoso.

Ela sorriu.

— Bem que eu imaginei.

— Então tá.

— Ótimo. Venha aqui. — Ela fez sinal para eu acompanhá-la até a sala de estar. — Sente-se comigo. Conte para mim o que está acontecendo.

Sun sibilou. Mas por mais que eu concordasse com a hesitação dele, não tínhamos muita escolha. E eu estava cansado. Fugir era desgastante. E precisávamos de ajuda.

— Você pode colocar sentinelas na porta? — perguntei. — E nas janelas.

Ela fez uma expressão impressionada.

— Claro. É uma excelente ideia.

— Eu sou um gênio, sabia?

Eu me ajeitei para sentar na ponta do sofá, perto o suficiente da poltrona para pegar a minha mochila com a mão que não estava carregando Sun, que olhava para Mavis com aquele olhar superior, bem típico dos gatos. Sun tinha mais características felinas do que deixava transparecer. Mavis apontou dois dedos para a porta e murmurou um feitiço, e então uma luz roxa e brilhante disparou e se espalhou pelas paredes, protegendo toda a sala. Impressionante.

— Então me conte por que o Consórcio está tão histérico atrás de dois adolescentes?

E eu contei. Não tudo, tudo, porque não seria muito esperto, e Sun me espetava com suas unhas afiadas e letais sempre que eu me aproximava de algum assunto que elu não queria revelar. Mas, ao final, contei à Mavis que eu era aprendiz da Antonia, e que o Consórcio não queria que as pessoas mágicas compartilhassem informações com pessoas não mágicas, e que a Antonia não tinha autorização para ter aprendizes por causa de coisas que aconteceram décadas atrás. E que Fable e Sun se envolveram na confusão por associação, e que o Consórcio estava tentando nos capturar, mas que eu consegui fugir e que Fable tinha transformado Sun em gato com um feitiço.

— Eu me lembro que ouvi falar sobre a antiga aprendiz da Antonia — Mavis disse com a voz baixa, acenando com a cabeça. — Meu mentor me contou.

— Você teve um mentor? — Calma. Mavis já tinha demonstrado que era mágica e das bem poderosas, a julgar pela sentinela que ela lançou. Se a Mavis teve um mentor, então talvez ela tivesse as habilidades necessárias para nos ajudar. Talvez ela tivesse algum feitiço que poderíamos usar com Sun.

Ela concordou.

— Sim. Foi quando me tornei aprendiz que parei de trabalhar como babá. Eu era aprendiz de um bruxo chamado Laurel Thrall. Ele era ótimo, mas ficou difícil manter o ritmo depois que eu entrei na faculdade. E mesmo ainda estando envolvida no mundo mágico, o meu emprego não tem nada a ver com magia.

— O que você faz?

— Eu sou bibliotecária.

— Uau, que incrível. — Ela provavelmente gostaria do aplicativo de consulta de feitiços no Mapeador de Magia, mas eu pulei essa parte da história. — Mas, enfim, é mais ou menos isso que está acontecendo.

Mavis fez uma careta.

— Esse não é o único motivo pelo qual há pessoas vasculhando a cidade inteira atrás de vocês, e você sabe disso. Qual é o motivo verdadeiro? E o que a Antonia tem a ver com isso?

Eu troquei um olhar com Sun. Suas orelhas estavam eretas, os olhos cerrados.

— Quanto menos você souber, mais você pode alegar que não sabia de nada se eles pegarem você conversando com dois fugitivos.

Ela me olhou, apertando os olhos.

— Justo — ela disse, concordando. — Então por que você voltou? Você disse que não tinha para onde ir… — Ela pausou.

— Olha, para ser sincero, não tenho mesmo. Nós precisamos de ajuda. Precisamos de um feitiço para trazer Sun de volta. E precisamos levar Sun de volta para a família delu. — Sun enfiou as garras na minha perna. Eu gemi. — Ai. Tá bom. Bom, a primeira coisa é fazer Sun voltar à forma humana para que a gente possa se comunicar sem apelar para a violência.

Sun me encarou com um olhar desafiador, lambendo a patinha.

Mavis riu.

— E, sei lá, achei que a vovó pudesse ter um livro de feitiços ou algo que pudéssemos usar. — Minha perna tremeu. Comecei a tamborilar os dedos na coxa. — A minha avó nunca falou nada sobre o Consórcio. Eles sabiam dela?

Mavis sorriu, um sorriso largo e animado.

— A sua avó era fera. Você sabia?

— Ahm… não. Eu não sabia.

— Eu também não sabia, quando eu era pequena, mas ela foi a primeira rebelde. Ela estava na lista do Consórcio, então eles sabiam que ela existia e que era uma feiticeira, mas quando eles apareceram aqui, ela quebrou o espelho de clarividência na cara deles. Falou para eles a deixarem em paz.

Eu me animei.

— Sério?

— Seríssimo. Eles não voltaram. Pelo menos não enquanto ela estava viva. Não acho que eles tivessem medo da sua avó, sendo ela a velhinha adorável que era. Eles provavelmente a viam mais como um incômodo, mas ela não seguia as regras deles.

Hum. Eu me enchi de orgulho, senti o coração aquecer. *É isso aí, vovó.* Troquei um olhar com Sun.

— Como assim "enquanto ela estava viva"?

Mavis suspirou.

— Você não sabe?

Balancei a cabeça.

— Não sei o quê?

Mavis estranhou.

— Depois que ela morreu, o Consórcio veio aqui para levar as coisas dela, mas a sua avó tinha enfeitiçado a casa com uma sentinela. Ninguém conseguiu ultrapassá-la. Até hoje.

Troquei um olhar com Sun e seus bigodes tremeram.

Mavis continuou.

— Aposto que eles não teriam te mandado embora se soubessem que você poderia deixá-los entrar.

Eu enrijeci.

— O quê?

Pela primeira vez, a atitude confiante da Mavis esmoreceu.

— Eddie — ela disse, com a voz baixa —, você sabe por que foi mandado para a cidade?

Eu engoli em seco. Inclinando o corpo para a frente, com os cotovelos no joelho, juntei as mãos em frente ao corpo.

— Porque eu era menor de idade e não tinha pais ou cuidadores, então eu tive que ficar sob custódia da Assistência Social de Spire City.

Mavis hesitou.

— Em parte.

— Em parte? — eu provoquei. As juntas dos meus dedos estavam brancas. Meu corpo tremia.

— Você era um menor de idade *não mágico* que cresceu com uma feiticeira. E isso ia contra as regras estabelecidas pelo Consórcio. Você era uma ponta solta para eles. Eles precisavam dar um jeito de resolver o problema.

Resolver o problema. Como com a aprendiz da Antonia. Como com a própria Antonia. Minha boca ficou seca. Meu corpo tremia. Ouvir essas palavras de maneira tão direta, tão clara foi um choque. No fundo, bem no fundo, eu já sabia. Eu liguei os pontos, mas tinha ignorado a verdade por conta de todas as outras preocupações... Antonia, Sun, cortinas mortais e por aí vai.

Eu engoli.

— Sei. Então eles estão se intrometendo na minha vida há mais tempo do que me fizeram acreditar. Não há nada que eu possa fazer sobre isso agora. Mas, enfim, e o livro de feitiços da vovó?

Mavis inclinou a cabeça.

— Não está com você?

— Não. Foi por isso que viemos. Achei que se eu o encontrasse, poderia achar um feitiço para Sun. Só consegui procurar na cozinha antes de sermos interrompidos, e só tem receitas naquele livro.

Mavis murmurou.

— Obviamente ninguém entrou na casa.

Se a vovó tivesse um livro de feitiços, talvez ele ainda estivesse na casa. Estávamos perto. Talvez. E talvez pudéssemos contar com a ajuda da Mavis, se ela estivesse do nosso lado.

— E depois que Sun voltar à forma humana? O que vai acontecer com Antonia e Fable?

Ah, é verdade. De volta à realidade.

— Ainda não sabemos.

— Certo. Tudo bem, vamos lá. Chegou a hora de encontrar um livro de feitiços.

Ergui a sobrancelha.

— Você vai ajudar?

— Por que não?

— Porque nós somos fugitivos — eu disse, abrindo os braços. — De uma organização regulamentadora mágica enorme que pode transformar a sua vida em um inferno se pegarem você nos ajudando.

Mavis deu de ombros.

— Podia ser pior.

Olhei para Sun. Eu ainda não confiava totalmente na Mavis. O Consórcio era poderoso e, embora a Mavis ainda não tivesse nos denunciado, isso não significava que ela não denunciaria se fosse pressionada. Sun olhou para trás, com os olhos arregalados e profundos, e miou, demonstrando uma versão felina da sua indiferença. Eu entendi como um aceite.

— Vamos nos dividir.

Mavis foi para a cozinha, enquanto fui com Sun até o quarto da vovó. Só havia dois quartos na casa, um em cada ponta de um corredorzinho curto, com um banheiro no meio e um roupeiro do outro lado. O quarto menor era meu, e eu tinha levado praticamente tudo embora, menos os móveis, quando eu tive que deixar a casa. Mas eu não tinha entrado no quarto da vovó. Era bem provável que ninguém tivesse entrado lá depois que ela morreu.

Coloquei a mão na maçaneta e olhei para Sun parado no chão ao meu lado. Sun colocou a patinha em cima do meu sapato, em um gesto que imaginei que tinha a intenção de ser reconfortante, mas que acabou não dando muito certo quando ele começou a se distrair com o cadarço do meu sapato. E isso era estranho. Percebi que seus instintos felinos estavam se intensificando à medida que o tempo passava. Só fazia alguns dias, mas Sun vinha dormindo muito, e eu já falei que nós ficamos *aconchegados*?

— Tá tudo bem — eu disse, provavelmente pela milésima vez. Se eu continuasse repetindo isso, talvez se tornasse verdade.

Empurrei a porta para abrir e entrei no quarto. O ar ali era sufocante. Parecia o cheiro do perfume preferido da vovó misturado com calor e poeira.

O quarto da vovó era território proibido quando eu era criança. Mesmo quando eu tinha um pesadelo, era ela que vinha ao meu quarto para me colocar de volta na cama, e não eu que ia me enfiar na cama dela. Eu nunca tinha pensado sobre isso antes, achava que era apenas uma questão de privacidade. Mas agora, dentro do quarto, eu entendi. Além dos móveis de madeira de lei, uma cama que parecia ter sido feita para um gigante, com uma cômoda no mesmo tom e uma penteadeira sem espelho, havia uma grande bancada de madeira. E, em cima dela, havia um grande livro de feitiços.

— Achei — eu disse baixinho.

Sun correu pelo chão de madeira, pulou em cima da penteadeira e dali pulou para cima da bancada, parando com as patinhas em cima do livro grosso com capa de couro. O livro me fez lembrar daquele que Antonia guardava no escritório, do qual eu não podia chegar perto, enfeitiçado para ser apenas da Antonia e que seria recolhido pelo Consórcio se um dia mudasse de dono. Fiquei imaginando que o livro da minha avó também pudesse estar enfeitiçado para ela. Eu não conseguia sentir a magia, mas Sun conseguia. Elu saberia dizer.

Mas agora Sun era um gato. Elu ficou brincando com a capa do livro, tentando abrir e, por mais fofo que fosse, eu precisava muito que Sun voltasse à sua forma humana.

Atravessei o quarto e fiquei parado em frente àquela estrutura pesada, tentando afastar Sun com todo o cuidado. O livro rangeu quando eu ergui a capa. As páginas estavam cheias de palavras sobrepostas, os mesmos garranchos que havia no livro de receitas, do topo da página até o final, sem desperdiçar nenhum pedacinho. Poxa. Era a letra da minha avó. Era o trabalho dela naquelas páginas. Criação dela. Era estranho descobrir agora que havia um aspecto da sua vida que ela escondia de mim, que eu só estava descobrindo agora. Mas pelo que Mavis me contou, a vovó certamente tinha um passado que não compartilhava comigo. Um passado em que ela era uma rebelde corajosa e poderosa.

Logo na primeira página havia um feitiço de lançar borboletas com uma anotação datada no pé da página. *O preferido do Edison.* Meu coração fraquejou. Foi difícil engolir aquilo, e implorei para que as lágrimas ficassem dentro dos meus olhos, para não cairem e estragarem o papel. Pisquei rápido várias vezes e a água ficou parada nos meus cílios.

Sun miou.

— É a poeira — eu disse, limpando o rosto. — Enfim, a primeira página é sobre borboletas — eu disse. Virei a página e li o feitiço em voz alta, como eu tinha feito com os feitiços no Mapeador de Magia. — O próximo é um feitiço para aquecer o coração. E o outro é para as paredes tocarem música. — E foi assim que passamos os minutos seguintes, virando as páginas, encontrando feitiços que eu não tinha certeza se a minha avó havia copiado ou criado. Em algumas páginas, havia anotações nas laterais, dicas e truques para a próxima vez que ela lançasse o feitiço, com as datas rabiscadas ao lado de cada anotação.

Estávamos chegando ao final do livro e não havia nenhum sinal do feitiço de que precisávamos. Comecei a entrar em desespero. Só faltavam algumas poucas páginas. Talvez devêssemos usar o feitiço que encontramos no Mapeador de Magia, pelo menos para Sun conseguir voltar a falar até conseguirmos restituir sua forma humana. Com certeza Mavis conseguiria lançar. Eu suspirei, virei a página e…

— Feitiço para transformar um ser humano em um animal. — Eu parei. A minha boca ficou seca. Eu li de novo para ter certeza. — Feitiço para transformar um ser humano em um animal — eu disse de novo. Sun se ergueu do lugar na cama que tinha escolhido para se sentar, com as patas dobradas sobre o corpo.

Passei meu dedo pelas instruções, acompanhando até chegar nas anotações da vovó.

— Para transformar um animal em humano, dizer o feitiço de trás para a frente. — Eu engoli em seco. — É isso, Sun, este é o feitiço. — Continuei lendo. — Recomenda-se que o feitiço seja feito por dois feiticeiros, para maior estabilidade, mas com um só pode dar certo. — Ah, claro. Tinha que ter um empecilho no nosso plano. Eu não tinha ideia da dimensão do poder da Mavis, mas poderia descobrir. Continuei lendo. — Para lançar o feitiço, é necessário estar perto de uma linha de Ley de força moderada.

Bom, pelo menos eu poderia verificar se essa última parte seria um problema ou não. Tirei o Mapeador de Magia da mochila e apertei o botão de ligar. Uma linha amarela apareceu, correndo do outro lado da rua. Não era tão forte quanto a energia pulsante da floresta, ou tão vibrante e grandiosa quanto a linha que atravessava o escritório da Antonia, mas pelo menos estava lá. Fraquinha, esgotada. Aquilo fez meus pensamentos vagarem longe. Será que a minha avó só lançava feitiços pequenos porque ela só conseguia acessar uma linha fraca? Será que tudo o que eu achava sobre ela estava errado, e ela não era uma feiticeira fraca? Talvez ela fosse poderosa, mas não tivesse de onde absorver energia, ou talvez a energia tivesse mudado durante o ano em que eu estive fora, ou talvez a sentinela que estava protegendo a casa tivesse sugado toda a magia, ou talvez fosse por isso que ela passou a vida toda nesta casinha.

Eu nunca saberia, e a dor de não ter mais a minha avó perto de mim bateu forte de novo, como um trem carregado de tristeza.

Sun miou, forçou a cabeça contra a minha mão.

— Tá tudo bem — eu disse, limpando os olhos com a blusa. Coloquei o Mapeador de Magia na mochila. — Vamos, precisamos conversar com a Mavis.

Encontramos a Mavis na cozinha, segurando uma xícara de chá e esperando por nós. Era evidente que ela já tinha parado de procurar pela casa há um tempo e tinha encontrado um cantinho confortável para ficar. Como ela fez chá sem energia elétrica? Ela viu no meu rosto que eu estava achando aquilo esquisito e simplesmente balançou os dedos. Claro. Magia. Enfim. Apoiei o livro com todo o cuidado, mas a mesa chacoalhou com o peso.

— Encontramos um feitiço.

Mavis leu e concordou.

— Sim, vai funcionar. Acho que eu consigo lançar.

— Que ótimo. Você conhece mais alguém que pode ser o segundo feiticeiro? Sabe, né, para manter a estabilidade?

Ela piscou com os dois olhos para mim.

— Você quer que eu peça a outro feiticeiro para violar a lei e te ajudar, torcendo para que ele não te denuncie assim que te ver?

Claro.

— Ah, é. Eu me esqueci desse detalhe.

Sun pulou na mesa. Ele deu uma cabeçada na minha mão e fez um barulho.

— O que foi? — perguntei. O mesmo barulho de novo. — Você está com sede. Tenho uma garrafa de água na mochila. Ou está com fome? Já faz tempo que tomamos café da manhã.

Sun se sentou e fez um barulho esquisito, tipo um uivo.

— Não estou te entendendo.

— Acho que Sun quer que você participe do feitiço — Mavis disse, tomando um gole de chá.

Sun assentiu.

— Não consigo. Tá bom, eu sei, eu acendi a vela, mas era praticamente só fumaça, e eu não pratiquei mais.

Mavis ergueu uma sobrancelha.

— Você acendeu uma vela? Com magia?

Eu concordei.

— Acendi. Mas só saiu fumaça.

— Achei que você não fosse mágico.

— Eu não sou.

Sun miou.

— Quer dizer, eu sou. Eu não posso ver as linhas, mas eu consigo lançar feitiços.

Mavis deixou a xícara cair no pires.

— O quê? Isso é possível?

— Hoje é um grande dia para revelações! — eu disparei. — Sim, eu consegui. Que bom para mim. E o Consórcio prendeu a minha chefe por causa disso.

Mavis ficou pasma.

— Poxa, isso é incrível.

— Valeu. Mas mal saiu fumaça do pavio. Eu ainda não consigo sentir a magia como vocês. Sun, eu não posso arriscar a sua vida.

Sun foi até o livro de feitiços e bateu com a patinha no canto da folha.

— É para você virar a folha.

— Você fala gatês?

Mavis tomou mais um gole de chá, sem se deixar abalar pela minha pergunta.

Virei as páginas e Sun foi concordando até eu chegar na primeira página. Sun apoiou a patinha na página e olhou para mim.

Borboletas.

Como naquele dia no escritório. Borboletas. Doces. Refrigerante.

— Lançar uma borboleta — eu murmurei. Sun colocou a patinha no meu pulso. — É isso que você quer que eu faça? Você confia tanto assim em mim?

Sun concordou.

Respirei fundo para me acalmar.

— Tudo bem. Eu vou lançar.

— Não sei exatamente o que acabou de acontecer aqui — Mavis disse, lançando olhares para mim e para Sun —, mas foi bonitinho. Vocês dois têm uma conexão forte. Não é à toa que o Consórcio está atrás de vocês.

Eu revirei os olhos.

— Obrigado por me lembrar.

Ela fechou as mãos.

— É isso aí. Vamos lá!

***

Sun se sentou no meio do tapete da sala de estar. Eu e Mavis arrastamos o suporte do quarto da vovó e o colocamos ao lado do sofá, com o livro de feitiços aberto na página certa. Sun não demonstrou nenhum sinal de nervosismo, exceto pelo rabo que batia ritmadamente para lá e para cá. Fora isso, ficou lá sentado, impassível, com as patinhas cinzas unidas. Parecia mais uma estátua de um gato do que um gato de verdade.

— Preparado? — Mavis perguntou.

Respirei fundo e olhei bem nos olhos de Sun.

— Sim. Não. Espere. — Eu corri para o quarto da vovó, peguei um cobertor que estava em cima da cama e trouxe para a sala. Abri e bati no ar, para tirar a poeira, e coloquei por cima de Sun.

Sun miou, mas não tentou fugir lá de baixo e ficou apenas fazendo movimentos em círculos no mesmo lugar até, por fim, se deitar.

Mavis ergueu a sobrancelha.

— Certo, agora concentre-se na linha. Você consegue sentir?

Não. Mas eu não falei isso para ela. Preferi fechar os meus olhos e tentar me lembrar do caminho que a linha percorria na tela do Mapeador de Magia e imaginei-a como uma trilha de borboletas douradas. E pensei em Sun, nas faíscas que eu sentia no peito sempre que pensava no seu sorriso largo, no seu humor, nos seus toques breves. Eu me agarrei a esses sentimentos e à magia da linha de Ley.

— Consegui.

— Tudo bem, então quando eu começar a canalizar, estabilize a energia e direcione-a para mim, certo?

— Certo.

Eu imaginei a corrente de borboletas se rompendo, fluindo na direção da Mavis enquanto eu tentava alcançá-las. Senti um formigamento na ponta dos dedos, e um calor começou a se espalhar pelo meu corpo, fazendo arder as minhas veias por dentro. Com a outra mão, segurei o pulso de Mavis e direcionei o fluxo para ela.

— Uau — ela disse. — Perfeito. Bom trabalho.

Eu sorri, mas me mantive concentrado, com os olhos bem fechados.

Mavis recitou o feitiço, começando pela última palavra e dizendo tudo de trás para a frente. A voz dela ficava cada vez mais forte à medida que a magia aumentava. Eu sentia os meus dedos queimarem onde tocavam a pele dela. Os pelos do meu braço se eriçaram. A magia reverberava por todo o meu corpo, acompanhando os meus batimentos cardíacos. Eu sentia aquele fulgor correndo do meu rosto até os dedos do meu pé. O sabor da bala efervescente dançava na minha língua.

A magia girava à nossa volta, brilhando por trás das minhas pálpebras fechadas. Abri os olhos e perdi o fôlego.

A bolinha debaixo do cobertor estava cercada por uma luz dourada e brilhante. Mavis estendeu a mão, abrindo bem os dedos, e sua voz poderosa trovejava nos meus ouvidos e refletia no meu pulso.

Ela pronunciou a última palavra do feitiço e deu um impulso para fora. Uma onda de magia rebombou e arrebentou sobre o chão onde Sun estava, resplandecendo e, no intervalo de um piscar de olhos, a bolinha debaixo do cobertor já não parecia tão pequena assim.

Mavis deixou a mão cair e se inclinou para a frente, apoiando as mãos no suporte. Eu soltei do seu pulso e inspirei fundo. A magia foi recuando como uma maré, avançando devagar para fora do meu corpo, até que eu parei de sentir. Eu me apoiei nas costas do sofá para me levantar, cansado, mas não exausto. Estranhamente, eu me sentia *ligado*, como se precisasse sair correndo pela sala para dissipar toda aquela energia.

Mas preferi sentar-me no sofá. A minha perna tremia, e fiquei olhando para o cobertor estendido no chão, esperando por alguma revelação monumental. Nada aconteceu.

— Sun? — eu falei com a protuberância debaixo do cobertor.

Vi um tremor. Ótimo, temos vida aqui. Maravilha. Isso era incrível. Excelente, eu diria. Nós não tínhamos matado Sun. Felizmente, porque eu não conseguiria conviver com isso se o tivéssemos matado. Mas eu não conseguia ver se o feitiço tinha funcionado. Sim, eu sei, a bola estava maior do que o gato, mas e se tivéssemos simplesmente transformado Sun em um gato maior? Merda. E se Sun agora fosse um grande felino? Tipo uma onça? Ou uma pantera? Ou um tigre? Ai, e se Sun fosse um leão? Tá, tá, a energia estava mexendo comigo, e eu precisava me concentrar. Concentre-se, Rook.

— Sun? — eu chamei de novo. Um pouco mais agitado. Com mais urgência.

A bolinha se mexeu e grunhiu, fazendo um som que parecia bastante humano. Vi um pé sair para fora da ponta do cobertor. Um pé humano, com um tornozelo magricelo, dedos e, graças a tudo que é mágico, era Sun.

Eu afundei nas almofadas do sofá.

Deu certo. O feitiço funcionou. Eu ajudei a lançar um feitiço. A estabilizar um feitiço. Já era alguma coisa. Eu tinha ajudado em alguma coisa.

Mavis colocou a mão no meu ombro.

— Acho que temos um ser humano ali embaixo. Bom trabalho.

— Caramba — eu disse, colocando as mãos na cabeça e coçando o cabelo. — Não acredito. Deu certo.

Sun ainda não tinha aparecido, mas era compreensível. Há um minuto, elu era um gato e agora precisava se situar.

— O que você acha? É Sun mesmo? — Mavis perguntou, apontando para o pé.

Eu concordei, absolutamente aliviado.

— Eu reconheceria esse tornozelo em qualquer lugar.

— Você tem uma tara por tornozelos? — Mavis perguntou.

Não. Só pelos tornozelos de Sun.

Foi nesse momento que a cabeça de Sun apareceu por baixo da outra ponta. O cobertor ou o feitiço, não sei bem qual, tinha bagunçado todo o cabelo delu, que estava duro e arrepiado. Mas era Sun mesmo e, caramba, ainda mais gracinha do que eu me lembrava. Apertando os olhos, Sun olhou para mim e depois para Mavis.

— Você — eu disse, conseguindo respirar.

Sun cerrou os olhos.

— Eu — elu concordou. — Sim, e… mas que merda foi essa? — Sun murmurou, com a voz rouca e mal-humorada.

— Você não é mais um gato — eu abri os braços. — Parabéns!

Sun esfregou a mão no rosto, olhou para as mãos, abrindo os dedos e balançando-os, parecendo estar em hipnose.

Sun resmungou alguma coisa baixinho e desconfio que estivesse agradecendo. Meu coração pulou de alegria.

Mavis olhou para nós, seus olhos castanhos se alternando entre nós.

— Vou deixar vocês a sós e procurar comida. Eu já volto. Não abram para mais ninguém.

— Tá bom, obrigado.

— Eu agradeço — Sun disse baixinho, com a voz arranhada e erguendo um braço, que logo em seguida deixou cair no chão sem forças.

Depois que a porta se fechou, indicando que Mavis tinha saído, Sun parou de fingir que estava tentando se levantar, admitindo que não passava de uma massa humana debaixo de um cobertor largado no chão.

Apoiei os cotovelos nos joelhos.

— Você vai ficar aí a noite inteira?

— Vou ficar aqui a vida inteira — Sun respondeu.

— Está tão ruim assim?

— É mais cansativo ser gato do que ser humano — Sun respondeu, com a voz abafada pelo cobertor que elu tinha puxado para cima da cabeça. — Preciso dormir.

— Mais tarde. Agora você precisa se vestir, tomar água e depois dormir. Você consegue?

Sun respondeu com um ronco.

Eu suspirei. Deixei que elu dormisse por alguns minutos, enquanto eu ajeitava as roupas que tinha trazido e buscava uma garrafa d'água. Então, eu me abaixei e me sentei ao lado delu. A minha única aproximação foi um cutucão no lugar onde achei que estivessem os seus ombros.

— Sun — eu cantarolei. — Está na hora de acordar. Vamos, tem uma cama aqui que eu tenho certeza de que é muito mais confortável do que o chão. Eu vou ajudar você a chegar lá. E eu trouxe roupas, uma calça de pijama bem confortável e macia e uma camiseta enorme.

Sun colocou a mão para fora do cobertor e fez um movimento, pedindo que eu alcançasse as roupas para elu. Eu entreguei as peças, e elu as puxou para baixo da coberta.

— Dê um grito quando estiver tudo pronto ou se você precisar de ajuda — eu disse. — Eu só volto quando você chamar. — Eu me levantei, e o amontoado no cobertor nem se mexeu. — Vou colocar o despertador para tocar daqui vinte minutos.

Eu não estava certo se deveria deixar Sun ali, mas preferi lhe dar um pouco de privacidade, pois eu sabia que seria melhor assim. Enquanto isso, fui até o quarto da vovó e troquei o lençol da cama, embora o lençol guardado estivesse um pouquinho mofado. Abri a janela para deixar entrar um pouco da brisa do verão e para aliviar aquele cheiro de bolor do ar.

Fiquei esperando sentado na beira da cama. O primeiro passo era sair da floresta. O segundo era encontrar um local seguro. O terceiro era fazer Sun voltar à forma humana. E o quarto passo? Qual era o quarto passo? Salvar Antonia e Fable? Como? Apesar de ter conseguido estabilizar a magia para a Mavis durante o feitiço e de ter conseguido fazer sair fumaça de uma vela algumas vezes, eu não tinha magia. E com todo aquele cansaço e fraqueza, Sun não conseguiria, não sem antes descansar. E eu ainda não confiava completamente na Mavis. Não sabia até onde ela iria. Será que ela sairia correndo para contar para o Consórcio se encontrasse o Mapeador de Magia? E, sinceramente, será que o Mapeador de Magia valia tudo isso?

Eu tirei o aparelho da minha mochila e fiquei olhando para ele. Para quê? Tá bom, agora eu conseguia enxergar as linhas. Se eu praticasse bastante, provaria que poderia dominar a magia e lançar feitiços em certa medida, mas isso não tinha facilitado a minha vida. Eu não fui recebido de braços abertos na comunidade. Nem Sun aceitava muito bem. Eu precisava batalhar pelo meu lugar e tinha certeza de que sempre seria assim. Só de pensar nisso, eu já ficava exausto. Eu não tinha certeza se valia a pena.

A porta se abriu e Sun foi entrando, apoiando-se na parede. A camiseta estava torta, deixando o ombro à mostra, e a calça de pijama estava arrastando por baixo dos seus calcanhares. Um ser humano, definitivamente. E, definitivamente, a mesma beleza de antes, e fiquei me coçando de vontade de ajeitar as mechas de cabelo que lhe caíam no rosto, para ver melhor aqueles olhos castanhos profundos e o formato daquele nariz adorável.

— Ei, você está aí — eu disse, pulando da cama. — O que você está sentindo?

— Cansaço.

Dava para ver o cansaço. Quando Sun ergueu a cabeça, vi olheiras profundas e escuras debaixo dos seus olhos e seus ombros pendiam para a frente com a fadiga.

— Fora isso, você está bem? Está tudo em ordem?

Sun franziu a sobrancelha.

— Acho que sim. — Sua voz estava arranhada e grave, o que atiçou as borboletas na minha barriga com força total.

Sun deu um passo à frente e cambaleou. Eu me precipitei para ajudar, segurei Sun pela cintura para que elu não perdesse o equilíbrio. Sun jogou o peso do corpo nos meus braços, envolvendo-me em um abraço, e apoiou a cabeça no meu ombro.

— Calma, calma. — Eu respirei, sentindo o perfume do seu cabelo. — Vou levar você até a cama e...

— Fique quieto — Sun disse, apertando-me ainda mais.

— O que você está fazendo?

— Eu estou te abraçando.

— Você está me abraçando? — Fazia tanto tempo que ninguém me abraçava, mas agora sentindo a pressão do corpo de Sun contra o meu, percebi como eu estava carente de um toque assim. Quanto tempo fazia que alguém não me tocava com intenção, com vontade.

— Não é nada de mais — Sun murmurou, balbuciando as palavras no meu pescoço, com a respiração quente.

— Só que é sim. — Eu devolvi o abraço, apertando os braços ainda mais em volta da sua cintura. — É bom.

— Não faça eu me arrepender.

Eu ri. Não consegui me controlar.

— Uau. Não se empolgue tanto. Eu posso interpretar mal.

Sun resmungou.

— Já me arrependi — Sun disse, mas nem se mexeu para se afastar, entregando-se ao meu abraço.

Ficamos assim por um minuto que pareceu um ano. A sensação era boa, mas quanto mais tempo passava, mais eu sentia aquele peso nos meus braços. Sentia seus cílios baterem no meu pescoço enquanto elu adormecia devagar.

— Esse abraço está muito gostoso — eu disse, porque estava mesmo —, mas eu vou levar você para a cama. Você vai dormir em pé aqui, e não quero ser responsável por fazer você cair de cabeça no chão.

Juntos, conseguimos manobrar o corpo de Sun até a cama, debaixo das cobertas. Peguei um cobertor e joguei por cima. Com os lábios rosados abertos, Sun se curvou sobre as mãos, puxou o cobertor e seus cabelos escuros se espalharam feito tinta no travesseiro branquinho.

— Eu não quis deixar você no vácuo — elu soltou. — Não quis me afastar. Eu precisava que você soubesse disso.

Eu ajeitei o cobertor por cima delu com as mãos trêmulas, com o coração na garganta, tomado de afeto.

— Descanse, Sun.

Fiquei perto até Sun cair no sono, feliz de ver que sua forma humana estava de volta, feliz por termos chegado tão longe e com medo do que viria pela frente, mas pelo menos neste momento Sun estava feliz, em segurança, e só isso importava agora.

18

SUN

Não sei o que foi que me despertou, mas acordando devagar, naqueles momentos confusos entre o sono e a vigília, eu me alonguei. Estiquei os braços, arqueei as costas e pressionei as garras... Calma. Eu não tinha mais garras. E eu já não me sentia mais tão flexível. Na verdade, minhas costas estralaram quando me estiquei, irradiando uma dor forte por toda a minha coluna.

Eu não era um gato.

Aquilo me despertou depressa, e eu percebi que estava em uma cama, sob um cobertor. O quarto estava escuro e a única iluminação vinha de uma vela que tremeluzia em cima da penteadeira e da luz suave do entardecer que entrava pela janela. Eu apalpei meu corpo e, sim, estava como deveria estar: na minha forma humana. Soltei um suspiro aliviado e bocejei. Eu estava exauste até os ossos e tudo doía de um jeito esquisito, como se tivessem me esticado como um caramelo.

Graças a tudo que é mágico, eu não era mais um gato. Ergui a mão para sentir o meu cabelo, mas parei no meio do caminho. Passou pela minha cabeça a ideia de lamber os nós dos meus dedos e então estremeci só de pensar, com nojo. Ajeitei as mechas de cabelo para eu me sentir. Os instintos felinos eram fortes. Mais fortes do que eu imaginava. Imagina: eu quis dormir aninhado com alguém. Eu dormi aninhado com alguém. Eu *ronronei.*

Eu abracei o Rook.

Apertei o cobertor forte nas mãos. A humilhação era suficiente para me fazer entrar debaixo das cobertas e desaparecer para sempre. Eu tinha abraçado o Rook. Na minha forma felina, eu me aconcheguei com ele na cama. Mas *na forma felina.* Na forma humana, eu tinha o abraçado, por vontade própria. Sim, eu que tomei a iniciativa e não soltei. Eu *deitei a cabeça no ombro dele.* Não é possível. Será que eu poderia culpar meus instintos felinos residuais? Ou será que era melhor deixar quieto?

Talvez Rook não falasse nada, se eu não tocasse no assunto... Quem eu achava que estava enganando? É claro que o Rook falaria alguma coisa, assim que nos víssemos de novo. Ele daria um sorriso, viria andando cheio de marra e faria uma piadinha sobre eu ter dado um *abraço* nele, e então o meu rosto começaria a ficar vermelho. Fala sério. Mas... até que a ideia não era tão ruim assim. Eu gostava dele. Eu já tinha admitido isso para mim há algum tempo. Só que ainda não tinha contado para ele.

Mas eu contaria. Eu continuava convencido de que Rook merecia mais consideração das pessoas que faziam parte da vida dele. Ele merecia saber o que tinha acontecido e o que eu sentia por ele. E aí caberia a ele decidir se a nossa amizade continuaria. Hora de sair da cama. A sensação dos meus pés descalços no chão de madeira era estranha, e eu não conseguia me firmar muito bem ao caminhar, depois de me acostumar a andar em quatro patas por tantos dias.

Ouvi risadas vindas do corredor quando abri a porta e fui cambaleando até a sala de estar. Do outro lado do arco estavam Rook e Mavis sentados no escuro, na mesinha da cozinha, apenas com algumas velas acesas iluminando em volta. Várias embalagens de comida para viagem estavam espalhadas na mesa, e eles comiam e conversavam, rindo como se fossem velhos amigos. E acho que eram mesmo. Parei e fiquei observando. Mavis não me passava segurança. Ela não mediu esforços quando mais precisamos, mas tudo parecia muito conveniente. Era improvável que ela estivesse disposta a ajudar dois fugitivos sob a desculpa pouco convincente de que ela também tinha problemas com o órgão governamental da magia que dominava o nosso mundo. Não que eu não agradecesse por ela ter nos ajudado, mas não acho que podíamos contar com ela para os nossos futuros planos, seja lá quais fossem.

— Sun! — Rook gritou, levantando tão rápido que a cadeira escorregou para trás, rangendo.

Eu me encolhi ao ouvir aquele som.

— Você acordou. — Ele deu um sorriso largo, mostrando a covinha da bochecha. — Vem sentar com a gente. A Mavis trouxe comida. Você deve estar com fome.

Rook estendeu a mão e eu fiquei olhando, sem entender. Depois de um momento, ele encolheu os dedos e o sorriso alegre esmoreceu. Claro. Eu deveria ter segurado a mão dele. Eu queria segurar a mão dele.

— Eu me esqueci — ele disse baixinho.

Mas ele não tinha se esquecido. Eu sei que não tinha. Rook não tinha ultrapassado nenhum dos limites que eu estabeleci. Gentileza dele. Aquele gesto... foi por causa do abraço.

Mavis ficou olhando para nós com um olhar compreensivo e uma sobrancelha erguida e, sim... ela não me convencia.

Fui meio mancando até a mesa e me joguei na cadeira que Rook puxou para mim.

— Muito prazer, Sun — Mavis disse. — Você está com uma aparência... humana.

Eu estava com uma aparência horrível, pelo que eu podia ver no reflexo na janela. E isso era ainda pior diante das unhas bem-feitas, dos cílios curvados, dos olhos castanhos e profundos, dos cachos bem definidos e da pele impecável da Mavis... Nossa, eu estava com inveja. A inveja borbulhava feito ácido no meu estômago.

— Valeu — consegui dizer, mesmo com a garganta ressecada. Putz. Eu estava com uma baba seca no canto da boca e me apressei para tentar limpar.

— Tome aqui — Rook me ofereceu uma garrafa de água, o que eu aceitei de bom grado. Ele me passou uma caixinha de comida e um par de talheres de plástico. — Coma o que quiser. Deixamos tudo isso para você.

— Valeu.

— Imagina.

Quando senti o cheiro delicioso da comida quentinha, percebi como estava com fome e me acabei de comer. Exalei com todas as minhas forças depois da primeira mordida, apagando uma vela sem querer.

— Ah, não tem problema. Olha só!

Rook ficou parado, cerrou os olhos, estendeu a mão e moveu dois dedos na direção do pavio. A vela acendeu.

Mavis bateu palmas com entusiasmo.

— Você conseguiu — eu disse, vendo a chama dançar. Ele conseguiu. Com facilidade.

Rook sorriu.

— Eu consegui. E quanto mais eu pratico, mais fácil fica. Como você tinha dito. Acho que ajudar a Mavis a estabilizar o feitiço ajudou bastante.

Em choque, coloquei a embalagem na mesa.

— Como eu tinha dito...

— Sim. Quando você veio me ver, no nosso encontro no escritório da Antonia.

Eu dei um pulo no lugar e bati o joelho na mesa. Tudo o que estava em cima tremeu e a vela apagou. Encontro. *Encontro.* Ele já tinha falado assim antes, na casa dele, quando eu estava na minha forma felina.

Rook corou, coçando a nuca.

— Quer dizer, quando você deu um pulo lá no meu trabalho e a gente comeu balas.

— Eu me lembro. — Por que a minha voz estava tão grave e arranhada? Por que eu estava sendo assim? Eu não era mais um gato. Pigarreei e tomei um gole generoso de água da garrafa.

— Enfim — Rook disse, escapando da situação constrangedora com maestria —, a Mavis fez a gentileza de me emprestar o carregador, então meu celular está vivo de novo. — Ele sorriu outra vez, um sorriso suave e carinhoso. — Então, se você quiser, pode ligar para a sua família.

Deixei a garrafa cair. Por sorte, eu tinha colocado a tampa, então consegui evitar um possível vulcão aquático quando a garrafa caiu no chão, mas o barulho que ela fez ao se espatifar no chão foi alto mesmo assim.

— Como é?

— Sim, ligar para as suas irmãs e para os seus pais. Dizer que você está bem. Você lembra que está na lista de pessoas desaparecidas, não lembra?

— Sim. Eu era um gato, mas eu entendia tudo o que estava acontecendo.

— Pois é. Então, agora que você já não é mais um gato e pode falar, e não só miar, pode dizer a eles que está bem.

— Não! — Não. Não mesmo. O que o Rook tinha na cabeça? Eu não poderia entrar em contato com eles. — Eu achei que já tinha deixado isso claro. Não vou envolvê-los nisso. Não antes de entender quais serão os nossos próximos passos.

Rook franziu o rosto.

— Como você disse, você era um gato. Nada disso estava claro.

Ah. Bom argumento.

— Enfim, você deveria comer alguma coisa.

Eu balancei a cabeça, negando.

— Eu não quero ligar para a minha família porque eles vão tentar me tirar de você.

Mavis olhou para nós dois.

— Então, acho que ficou óbvio que estou segurando vela aqui. — Ela se levantou e pegou suas coisas. — Eu volto amanhã de manhã. Até lá, fiquem escondidos. E vão pensando em que vocês querem fazer.

Eu e Rook continuamos imóveis até a porta fechar e a Mavis sair.

Rook não olhava para mim. As sobrancelhas dele estavam franzidas, os lábios pressionados.

— Desde o começo eu fui egoísta, Sun. Você não precisa ficar aqui comigo. Você não precisa me ajudar a resolver a confusão em que eu meti todo mundo. É compreensível que queiram me pegar.

Eu suspirei e apertei o osso do nariz.

— Eu te ignorei.

Rook estremeceu.

— É. Ignorou mesmo.

Ele não me poupou, o que era justo.

— Não era o que eu queria. Fable disse que eu deveria escolher entre você e a magia, e eu escolhi a magia. Eu não sei se foi a escolha certa, mas sumir e ignorar você não foi legal. Eu te magoei. Desculpe.

Rook olhou para cima.

— Fable fez você escolher?

— Fez. — Comecei a sacudir um pedaço de macarrão que tinha caído na mesa. — A Antonia veio nos visitar depois que você acendeu a vela. Eu entreouvi a conversa, e a Antonia disse para Fable que ela estava orgulhosa de você, da sua inteligência e que ela queria muito que você fosse aprendiz dela. Ela até contou sobre o Caça-Ley.

— Mapeador de Magia.

— Que seja. Fable se zangou e disse à Antonia que não trabalhariam mais em equipe e isso nos incluía.

— Eu não sabia disso. A Antonia não me contou.

— Eu pedi para ela não contar. Porque eu sabia que se você achasse que as regras estavam acabando com a nossa amizade, você daria um jeito de quebrar as regras. — Um sorrisinho apareceu no canto da minha boca.

— Tem razão.

— É por isso que eu precisava que você achasse que aquilo tinha partido de mim. — Eu abaixei a cabeça. — Que fazia parte da minha esquisitice, da minha personalidade antissocial. Era mais fácil usar isso como desculpa.

Rook suspirou.

— Eu nunca vi essa estranheza em você.

— Estranheza não. Esquisitice e personalidade antissocial.

Ele me deu um chutinho no pé por baixo da mesa.

— Olha, eu até gosto disso. Digamos que eu aprendi a gostar.

Um silêncio se fez entre nós.

— A questão é que agora eu escolho você. Tá legal? Eu não caí do forro à toa, então eu não vou embora. Eu vou ficar e te ajudar. Tudo bem? — Relaxei meus punhos cerrados, passei as mãos no tecido macio do pijama. — A menos que você queira que eu vá embora.

— Não, eu não quero que você vá embora. — Rook sorriu, relaxado na cadeira, deixando a tensão que enrijecia o seu corpo se desfazer. — Mas quando você quiser falar com eles, é só falar. Eu não vou mais tocar no assunto enquanto você não quiser. Combinado?

Eu fiz que sim.

— Eu agradeço. E eu sinto muito por tudo que eu disse.

— Não tem problema.

— Tem sim, Rook. Você merece muito mais.

Rook começou a brincar com a costura da camiseta.

— Obrigado.

— De nada — eu disse, bocejando.

Rook abriu um sorriso.

— Vamos, você ainda está com sono e eu também. Vamos descansar um pouco e conversamos melhor de manhã. Talvez você não esteja mais tão irritável.

Fiz o melhor para disfarçar outro bocejo, mas não consegui, acabando com qualquer chance de argumentar. Juntamos o lixo da mesa e os restos de comida e apagamos as velas. Rook trancou a porta da frente.

— Eu vou dormir no sofá.

Eu me enrijeci.

— Não!

Rook ergueu a sobrancelha.

— Ahm...

— É que... — Fiquei sem palavras, impotente. Como eu explicaria que não queria ficar só? Que eu ainda estava com medo? Que eu gostei quando dormimos juntos no chão, na floresta, e na cama no quarto dele? — É que a cama é grande.

— É verdade.

Franzi a testa. Beleza. Não funcionou. Eu teria que falar mais claramente.

— É confortável.

— Que bom, fico feliz. Ah, aliás, você caiu de cima do forro mesmo? Caiu de costas? Deve ter doído. Você está com algum hematoma?

Não eram as perguntas que eu queria responder, mas que seja.

— Eu estou bem. — Eu não estava. Eu tinha conseguido ver um hematoma por cima do ombro, que vi que descia pelas costas, mas não tive coragem de me retorcer para olhar melhor.

— Deve ter sido assustador.

Eu concordei.

Rook mordeu os lábios.

Ai, tá bom. Droga.

— Você vai me obrigar a dizer, não vai?

— Vou. Estou esperando.

Eu respirei fundo.

— Eu adoraria que dividíssemos o quarto.

— Só o quarto?

Eu cerrei os olhos.

— Quer saber? Deixa para lá. Divirta-se no sofá.

Eu me levantei, ainda cambaleando.

Rook riu.

— Ei, espere aí. Desculpe. Tá bom, claro. Podemos dividir a cama.

— Não sei se eu quero mais.

— Quer sim — Rook se gabou, seguindo-me até o quarto e trazendo uma vela. — Claro que quer.

— Não. Eu retiro o pedido.

— Tudo bem. E se eu pedir? Sun, por favor, podemos dividir a cama? Eu não quero dormir no sofá duro ao lado da porta.

Eu suspirei, jogando a cabeça para trás.

— Que arrependimento.

— Você fez suas escolhas, meu bem. Vamos, como você disse, a cama é grande e não precisamos ficar perto. A não ser que o gato que mora dentro de você queira ficar aconchegado em mim.

— Tanto arrependimento.

No quarto, busquei o lugar onde eu tinha me deitado antes, com a cabeça no travesseiro e o cobertor puxado até o queixo. Rook apagou a vela da penteadeira e levou outra vela até o outro lado da cama. Ele deixou na mesa de cabeceira e apagou, deixando o quarto completamente escuro. Ouvi barulho de tecido e então a cama afundou. Rook se deitou. Ele tinha razão. Era grande o suficiente para acomodar mais um travesseiro entre a gente, mas aquilo não foi o suficiente para aliviar o meu nervosismo.

Na verdade, de repente caiu a ficha do que havia acontecido ao longo dos últimos dias, como se tudo estivesse à espreita, esperando um momento de calmaria para vir à tona. Foi como se uma barragem se abrisse e todo o meu medo, preocupação e ansiedade, que eu tinha conseguido reprimir porque eu era um gato e a minha única preocupação naquele momento era tentar voltar à minha forma humana, tivessem despencado sobre mim. Eu me sentia como se uma onda estivesse me esmagando, com água se espalhando por cima de mim, sem conseguir me mexer, respirar. Respirei fundo, em silêncio, tentando conter a minha crise de nervos, para deixar o Rook dormir. Senti as lágrimas se acumularem nos meus olhos, tentando escapar pelo canto dos meus olhos, e finalmente descerem pelo rosto, passando pela minha orelha e caindo no travesseiro.

O que poderia ter acontecido com Fable? E com a Antonia? Como eles conseguiram capturar as feiticeiras mais poderosos da nossa época? O que aconteceria conosco se eles nos pegassem também? Como resolveríamos isso?

— Sun? — Rook disse, gentil.

— O quê? — Minha voz saiu grossa, com medo, baixinha porque estava presa na minha garganta.

— Você tá bem?

Fechei os lábios. Mais lágrimas correram pelo rosto. Meu peito doía. Não. Eu não estava bem. Meu corpo ainda doía por causa da minha fuga. Eu apertei forte o cobertor, e minhas mãos tremiam. Eu queria as minhas irmãs.

— Porque eu não estou — Rook admitiu no silêncio escuro do quarto. — Não estou nem um pouco bem.

Fechei os olhos.

— Nem eu. — Admitir foi mais fácil do que eu pensei, provavelmente porque estávamos na escuridão total.

— Estou com medo — Rook disse. — Medo do que pode ter acontecido com Antonia, com Fable. Pelo que pode acontecer com a gente. Bom, eu acho que sei o que preciso fazer, mas não é uma ideia divertida.

Eu não sei o que Rook estava imaginando. Ele tinha falado alguma coisa sobre resgatar Antonia e Fable, mas seríamos nós contra todo o Consórcio de Feiticeiros. Não teríamos a menor chance.

— Vamos dar um jeito — eu disse, sem muita convicção.

Rook suspirou.

— Não importa o que aconteça, estou feliz pela nossa amizade. E eu fiz o melhor que podia. Pelo menos estamos vivos, né? Escapei de feiticeiros tentando me pegar. Difícil acreditar que eu consegui mesmo. Eu sei que o fato de eu não ser mágico foi um obstáculo e que, se eu fosse, não estaríamos aqui, em uma casa sem energia, tendo que confiar em alguém que eu conheci na infância, mas que... — as palavras escaparam.

— Rook?

— O quê?

Eu me virei, me deitei de lado olhando para ele. Na penumbra, vi o contorno do seu rosto, mas nada mais. A escuridão apagava seus traços.

— Eu sinto muito pelo que o Consórcio fez com você quando a sua avó faleceu.

— Pois é — ele disse. — Eu sei... Tudo bem.

— Não está tudo bem. Foi horrível. E eu sinto muito.

Ele não respondeu de imediato. O silêncio se prolongou entre nós, sendo quebrado apenas pelos sons distantes do verão lá fora da janela. Fiquei com medo de ter passado dos limites, mas quando eu estava prestes a abrir a boca para pedir desculpas, ele voltou a falar.

— Eu sei que já disse isso durante a sua fase felina, mas eu não achei mesmo que tantos problemas aconteceriam por eu ter criado o Mapeador de Magia e aprendido a fazer magia. Eu só achei que pudesse provar que pertenço a algum lugar, sabe?

— Você não precisa provar o seu valor para ser meu amigo.

Rook soltou a respiração, expirando forte.

Era a coisa certa a dizer. O colchão guinchou com o movimento de Rook, que se virou para olhar para mim. Ele não disse nada, mas não precisava.

— Você é meu amigo independente de qualquer coisa. Com Caça-Ley ou não. Lançando feitiços ou não. Acho que você é uma pessoa do bem, e a minha opinião não mudaria se fôssemos pegos. Você é gentil e esforçado. — Eu me controlei para não dizer o "eu gosto de você" que quis sair em seguida. Acabei deixando a mensagem solta no ar entre nós. Era impossível que ele já não soubesse. — E acho que você deveria ouvir isso mais vezes.

Rook fungou. Essa não. Será que eu o fiz chorar? Será que eu piorei as coisas?

— Essa foi a coisa mais legal que você já me disse. Preciso anotar na minha agenda. Para eu poder me lembrar para sempre. — Entendi o que estava por trás das brincadeirinhas insolentes. Era o jeito de Rook se autodefender.

A contragosto, soltei uma risada rouca e sussurrada.

— Por que você é assim?

— Acho que é meu charme. — Ele se mexeu de novo, o cobertor deslizou, e ele puxou para cima. — Obrigado — ele disse, com a voz baixa e comovida.

A sinceridade dele foi como um soco no estômago, me dando vontade de me contorcer, esconder o rosto com as mãos e sair correndo pelo quarto, tudo ao mesmo tempo. Era insuportável. Eu gostava tanto dele.

Foi uma das únicas vezes da minha vida em que senti vontade de oferecer conforto através do meu toque e sentir aquele conforto também. Foi algo de que precisei poucas vezes, como quando corria para um abraço da minha mãe depois de tirar uma nota ruim na escola, normalmente em matemática, ou os braços de Soo-jin em volta de mim quando estávamos em um lugar estranho, ou Fable me dando um tapinha no ombro depois de um dia produtivo na magia. Eu até já tinha tocado em algumas pessoas, poucas vezes, quando percebia que elas precisavam daquilo. Eu tolerava toques acidentais ou toques socialmente aceitos, mas não era algo que eu buscava ou oferecia com frequência. Mas agora eu queria demonstrar o meu afeto. Eu queria me aconchegar com Rook e mergulhar no conforto da sua presença física e mostrar que eu confiava nele. Era um sentimento assustador por si só, então decidi ir devagar.

— Posso segurar a sua mão? — sussurrei.

Silêncio no lado da cama onde Rook estava. Achei e meio que esperei que ele tivesse caído no sono. Mas ele não tinha. Ele chegou mais perto e mal notei o contorno do seu braço e a palma da mão dele virada para cima.

— Pode.

Eu não hesitei. Segurei a mão dele na minha, mesmo suada, e entrelacei os nossos dedos.

— Eu te agradeço.

— Não há de quê. E que fique registrado: isso é bom.

Meu coração disparou.

— É bom mesmo.

— Boa noite, Sun.

— Boa noite, Rook.

Deitados no escuro, de olhos fechados, senti a exaustão penetrar no meu corpo inteiro e o medo da manhã que se aproximava. Apertei a mão do Rook. Ele apertou a minha. E assim fui me entregando ao sono devagar.

19

ROOK

Acordei do melhor sono que tive em muito tempo com batidas fortes na porta da frente. A cama estava confortável, o meu travesseiro estava macio e, embora os lençóis estivessem com cheiro de mofo, eles estavam quentinhos, naquele vento frio que estava entrando pelas janelas. Devia ser cedo, porque o calor do verão ainda não tinha começado a aquecer o ambiente. O barulho da chuva caindo lá fora e batendo na janela me fez lembrar que eu precisava de um banho pela manhã.

Sun ainda estava dormindo ao meu lado, o rosto relaxado e a boca levemente aberta. Tínhamos nos movido durante a noite. Sun se curvou na minha direção, formando uma conchinha, e seus pés tocaram os meus e as nossas mãos ainda estavam entrelaçadas. Se eu tivesse tempo, ficaria assim, admirando o jeito como a luz da manhã batia nas maçãs do seu rosto, nos seus lábios carnudos e nos seus cílios vastos e escuros. O jeito como o seu cabelo caía pelo rosto e pelas orelhas.

Mas alguém bateu na porta.

Sun franziu a sobrancelha. Resisti à tentação de acariciar seu rosto com o dedo para aliviar a tensão. Porque tínhamos que nos levantar. Alguém estava na porta. Poderia ser importante. Poderia ser o Consórcio.

Merda! Poderia ser o Consórcio!

— Sun! — dei um berro sussurrado.

Sun acordou em um segundo, encarando-me de olhos arregalados.

O barulho reverberou mais uma vez.

Nós nos apressamos. Vesti minha calça, Sun cambaleou para o outro lado da cama e ressurgiu já vestindo o moletom por cima da cabeça, com os cabelos espetados para todos os lados.

Saímos no corredor juntos e paramos. Apontei com a cabeça para o armário. Sun abriu, e eu peguei uma vassoura. Sun pegou a pazinha. Boa escolha. Tinha uma ponta afiada. Armados com acessórios de limpeza, fomos até a sala de estar.

As batidas na porta não pararam.

Pigarreei, ainda grogue de sono e da luz que entrava pelas janelas.

— Quem é? — perguntei, usando uma voz aguda e baixinha, supostamente para fazer parecer que não era minha.

Sun fez uma cara de quem não acreditou no que tinha acabado de ouvir.

Eu dei de ombros.

— Sou eu — Mavis respondeu. — Sua vizinha preferida que tem novidades e precisava que você já tivesse aberto a porta quinze minutos atrás.

Eu despenquei, aliviado. Sun não, mantendo a pazinha erguida como uma arma. Depois de atravessar a sala, espiei pela janela, para garantir que estava tudo certo. Mavis estava sozinha na entrada, segurando uma mochila de lona e um pacote que eu esperava que estivesse cheio de comidas para o nosso café da manhã.

Abri a porta e ela foi logo entrando, deixando a mochila cair no chão e jogando a sacola de comida na direção de Sun. Sun deixou cair a pazinha e pegou a sacola sem maiores problemas. Devia ser um pouco daqueles reflexos felinos remanescentes ainda em ação.

Mavis olhou para a minha vassoura.

— Fazendo faxina pela manhã?

Eu me encostei na parede.

— Ué, por que não?

— Tá bom, claro. Enfim, chegaram notícias pelo espelho de clarividência há uns dez minutos.

— Imagino que não sejam notícias boas.

Mavis encolheu os ombros.

— Bom, depende. Vocês gostam que seus mentores tenham habilidades de lançar feitiços?

Sun derrubou a sacola. Tudo o que havia dentro, que por acaso eram sanduíches para o nosso café da manhã, se espalhou por todo lado.

— O quê? — Sun perguntou.

Fazendo uma careta, Mavis se sentou no sofá, cruzando as pernas, com a bata esvoaçante se abrindo em torno dela.

— O Consórcio Mágico decidiu amarrar Fable e Antonia por terem violado as regras.

Sun vacilou e então se jogou na poltrona, de olhos arregalados.

— O quê? — elu disse, sem fôlego.

— Amarração, Sun.

Eu atravessei a sala, peguei os sanduíches e coloquei tudo no sofá ao lado da Mavis.

— Isso é ruim, não é? Foi o que fizeram com a aprendiz da Antonia.

— Sim, é ruim.

— É a morte — Sun disse, colocando a mão no peito. — Para um feiticeiro, é como a morte. Rook, você se lembra como se sentiu quando teve que sair daqui e se mudar para a cidade? Para o apartamento sem magia?

Eu fiz que sim. Foi horrível, como se uma parte de mim tivesse sido arrancada. Eu engoli em seco.

— Sim, eu me lembro.

— Ser amarrado é assim, só que mil vezes pior.

Eu podia imaginar.

— Tá, entendi, é uma notícia ruim.

Mavis abriu o jogo, olhando para mim.

— E tem mais.

— Mais?

— Se eles pegarem Sun — ela olhou para o local onde Sun estava, esparramando-se na poltrona —, farão o mesmo.

Sun empalideceu, seus lábios perderam toda a cor.

— A não ser que Rook se entregue — Mavis continuou.

Eu assenti. Eu meio que já imaginava. Não tinha como fugir. Eu já estava planejando me entregar, junto com o Mapeador de Magia, e me colocar à disposição do Consórcio, se, em troca, eles deixassem Fable e Antonia em paz e perdoassem Sun. Não era o que eu queria, e ficava apavorado só de pensar nisso, mas Sun tinha uma família e Fable e Antonia tinham a magia, com a qual ajudavam as pessoas. Eu era supérfluo. Eu já tinha aceitado isso na noite anterior. Sinceramente, há algum tempo eu já vinha considerando essa possibilidade, mas eu queria que Sun voltasse ao normal antes de pensar no assunto.

— Entendi. Claro. Bom, não tem nem o que pensar, né?

Sun estava de boca aberta, olhos arregalados, fincando os dedos no joelho. Nós nos olhamos e eu pisquei.

— O jeito então é eu me entregar.

Sun se levantou na hora.

— Não!

Eu suspirei.

— Sun, vai ser melhor para todo mundo.

— Não me venha com essa — Sun disparou. — Melhor para quem? Para você? O espelho de clarividência falou o que fariam com Rook? Se ele se entregar?

Mavis balançou a cabeça.

— Não.

— Então eles podem fazer qualquer coisa, né? Eles podem amarrá-lo?

Mavis lançou um olhar incrédulo para Sun. E, sinceramente, eu também estava um pouco confuso.

— Amarrá-lo? — Mavis perguntou. — Rook não pode ver as linhas de Ley. Segundo a definição do Consórcio, ele não tem magia. Esse é só um dos problemas de ser aprendiz da Antonia.

Sun cruzou os braços.

— Eu ouço todo mundo falar isso, mas eu não entendo. Como ele pode não ter magia? Ele acendeu a vela. Ele estabilizou o feitiço ontem.

Balançando a cabeça, eu me levantei e encarei Sun.

— No dia em que eu conheci a Antonia, ela segurou a minha mão, olhou para mim e não viu magia alguma. Ela não viu a faísca ou seja lá como se chama a coisa que me permitiria ser um feiticeiro como vocês. E se a feiticeira mais poderosa dos nossos tempos não consegue ver, então é porque não tem nada aqui. E tudo bem. Eu não consigo ver as linhas de Ley. Eu não consigo *sentir* a magia como vocês. Você se lembra que me contou na casa mal-assombrada como sentia as maldições? — Sun fez que sim. — Eu não conseguia sentir nada. Foi por isso que eu toquei na cortina. Eu não sabia que ela tentaria me matar sufocado.

Mavis, surpresa, soltou um som agudo.

Eu continuei.

— Eu e a Antonia achamos, com razão, que se eu treinasse bastante, talvez pudesse aprender, mas nunca vai ser fácil para mim. Eu não sou mágico. Não como vocês.

Sun abriu os braços, em exasperação, e bateu o pé.

— É aí que você se engana. Fable e Antonia não conseguem ver, mas não significa que não está aí dentro.

— Eu também não consigo ver nada nele — Mavis contribuiu.

Sun lançou um olhar penetrante.

— Você não consegue, mas *eu* consigo — Sun disse, batendo o dedo no peito. — Esse é o meu dom.

O mundo pareceu cair, parando tão rápido e repentinamente que achei que eu seria jogado para fora. O som dos pássaros, o barulho da chuva caindo no telhado, os rangidos da casa pararam de uma vez só. Senti meu campo de visão se fechar e só conseguia ver Sun, com sua expressão de súplica, com o rosto marcado por pontos vermelhos. Engoli em seco.

— Como é?

— Você não se lembra dos ratos cantores? Eu vi a magia nas paredes, vinda das linhas de Ley. Eu vi as linhas fracas e mortas naquele bairro onde moravam a madame ricaça e a menina com focinho de porco. — Sun murchou e fez um gesto na minha direção. — E eu vejo em você. — Elu deu um passo à frente, pegou na minha mão e passou o dedo na palma. — Eu vejo. É pequena, pouco desenvolvida, mas está aí. Você não pode ver as linhas, mas isso não significa que você não é mágico. Não significa que este não é o seu lugar. Aqui sempre foi o seu lugar.

— Você consegue ver?

Sun fez que sim.

— Consigo. Eu sempre vi. E foi por isso que nunca estranhei o fato de você ser aprendiz da Antonia. Por isso que não entendi quando Fable se opôs a você. Foi por isso que não entendi por que você precisava — Sun olhou rápido para Mavis — *daquilo*. E todo mundo ficava repetindo que você não era mágico, e eu não entendia o que eles queriam dizer, porque eu via a magia em você, Rook.

Eu pisquei rápido para impedir que as lágrimas caíssem. Mordi o lábio.

— Você me vê?

Sun fez que sim. Elu se aproximou, segurou a minha mão, entrelaçando os dedos nos meus.

— Desde a primeira vez.

Eu não queria chorar. Mas não consegui impedir que as lágrimas descessem pelo meu rosto.

— Uau. Isso é forte — eu disse, rindo.

Sun apertou a minha mão.

— Mesmo se você não fosse mágico, este é o seu lugar. Sempre foi. Qualquer um que invada o escritório de Antonia Hex exigindo ser aprendiz dela tem um lugar na nossa comunidade.

Eu ri de novo, enxugando as lágrimas com a palma da mão, só deixando o rosto ainda mais melecado.

— Não foi bem isso que aconteceu. Eu surtei quando vi o cabideiro, bati o joelho na mesa dela e tropecei em um capacho enfeitiçado na saída, o que me deixou com o nariz sangrando.

Sun deu de ombros.

— Prefiro a minha versão.

Olhei para baixo e vi as nossas mãos entrelaçadas. Foi tão bom na noite anterior. Era ainda melhor à luz do dia, mas isso não mudava nada. Com ou sem magia, eu tinha uma obrigação. Eu ainda precisaria enfrentar as consequências das minhas ações. Soltei os dedos e me separei gentilmente de Sun.

— Isso não muda nada. A possibilidade de ser amarrado não muda a minha decisão. Eu preciso me entregar.

O rosto de Sun se fechou em uma nuvem escura, mas eu logo cortei.

— Sun. Não tem jeito. O que vamos fazer? Lutar contra eles? Nos esconder para sempre? Não podemos fazer nada disso.

Sun não tinha como argumentar, sabendo que eu estava certo.

— Mavis, quanto tempo nós temos? — perguntei.

— Eles planejaram a cerimônia de amarração para hoje à noite. Vai ser transmitida em todos os espelhos de clarividência.

Fechei os olhos.

— Então não temos tempo a perder.

— Vou pegar o carro. Na mochila tem algumas roupas que meus irmãos não usam mais. Devem caber em vocês. E tem algumas garrafas de água, escovas de dentes, essas coisas. Vocês podem se arrumar um pouquinho antes de encarar o Consórcio.

— Sun não vai.

Sun parou.

— Eu vou sim.

— Não vai. Eu vou me entregar, negociar o seu perdão, e enquanto isso você fica aqui ou vai para casa. Você pode até assistir à cerimônia no espelho da Mavis.

Sun cerrou os punhos.

— Eu vou junto. E vou falar por mim.

— Sun.

— Não! Você não vai me deixar para trás. Você é meu amigo, e eu não vou deixar você sozinho.

— Seria mais seguro se...

— Dane-se se é seguro. — Sun pegou a mochila. — Se você não me esperar, eu vou atrás de você. Então é melhor você nos poupar do constrangimento e aceitar logo.

E lá estavam Sun e sua teimosia que eu já conhecia tão bem e que tinha me encantado há algumas semanas.

— Você não vai conseguir vir atrás de mim se eu te amarrar em uma cadeira.

Sun me mostrou o dedo do meio e saiu de perto, desaparecendo no corredor.

— Tá bom, vamos lá! Arrisque a sua vida, arrisque perder a sua magia!

— É isso que eu vou fazer! — Sun gritou.

Apesar de tudo, eu sorri.

— Eu não sei como Antonia e Fable aguentavam — Mavis disse, encostando-se na porta.

— Aguentavam o quê? — eu perguntei.

— Essa tensão estralando entre vocês. Eu só conheço vocês há dois dias e não sei como vocês conseguem ficar no mesmo ambiente sem se beijar. É como assistir a uma comédia romântica.

Senti meu rosto aquecer.

— Boquinha fechada.

— Mas eu estou certa, não estou? Você não quer dar um beijo em Sun? Sério, vocês estavam de mãos dadas e Sun queria muito te beijar. — Ela levou a mão à boca. — Calma, vocês já estão juntos?

— Achei que você fosse pegar o seu carro.

— O quê? Está com pressa de se entregar?

Enganchei os dedos no bolso da calça jeans e pigarreei, ensaiando para falar e tentar parecer despreocupado.

— Você acha que Sun queria me beijar?

— Sinceramente? Não sei se elu queria te matar ou te beijar, mas como houve diversas oportunidades de assassinato e você ainda está vivo, estou mais inclinada a acreditar na hipótese do beijo.

— Muito útil.

— Fico feliz em ajudar. — Ela me deu um tapinha no ombro. — E já deixo registrado que vou levar vocês até a sede do Consórcio e mais nada. O resto da confusão, e tudo mais que vocês estão escondendo de mim, é entre vocês e eles.

— Entendido. E obrigado por tudo que você fez por nós até agora. Não precisava.

— Eu sei que não precisava e, sinceramente, não fiz por você. Fiz pela sua avó. Ela era maravilhosa e tinha um jeitinho assustador todo dela, e eu sei que ela viria me assombrar se eu não ajudasse.

Eu ri.

— Ela não era assustadora.

— Talvez não para você, mas todo mundo do bairro sabia que não dava para brincar com ela. — Mavis deu um soquinho de leve no meu braço. — Enfim, eu volto logo.

Ela saiu, e eu fui até os fundos da casa com a intenção de me limpar e trocar de roupa. Sun estava no banheiro, a porta ligeiramente aberta enquanto elu escovava os dentes usando uma garrafa de água, uma escova de dentes emprestada e um tubo de pasta de dentes para viagem. Sun havia encontrado uma calça jeans preta, uma camiseta preta e um chinelo (eu tinha me esquecido completamente que sapatos seriam necessários. Fiquei feliz por Mavis ter pensado nisso, assim Sun não teria que ir com os pés descalços para a cidade).

Sun olhou para cima enquanto enxaguava a boca, bochechando a água com os lábios bem apertados, os cílios e as mechas do cabelo molhados depois de ter lavado o rosto. Cuspiu na pia, pegou uma toalha e secou a boca e o rosto dando leves batidinhas com a toalha.

Era estranho ver aquele ritual matinal assim, uma cena tão íntima e doméstica.

— O que foi? — Sun perguntou.

— Hein?

— Você está me encarando.

— Ah, é, desculpe. — Eu me apressei para entrar no quarto e encontrei a mochila em cima da cama. Troquei de roupa, escolhi uma calça jeans e uma camisa folgada e fui para o banheiro.

Quando cheguei perto, vi que Sun estava no sofá me esperando.

— Eu ouvi o que a Mavis disse — Sun estava em cima do braço do sofá, com as costas bem eretas.

— Qual parte? A parte em que ela disse que vai nos largar assim que chegarmos lá ou a parte em que a minha avó era uma pessoa mágica que aparentemente botava medo em todo mundo?

O rosto de Sun ficou vermelho.

— A outra parte.

Eu atravessei a sala e me sentei perto de Sun no sofá, com o corpo ligeiramente virado na sua direção.

— Você vai precisar explicar melhor. Nós conversamos bastante.

Sun fez uma careta.

— Por que você é assim?

— Porque é divertido — eu disse, dando uma piscadinha.

— Tudo bem. A parte sobre o beijo. Que ela acha que eu quero te beijar. Ou que você quer me beijar? Essa parte.

Meu coração acelerou.

— Ah, essa parte — eu disse, concordando. Tentei bancar o indiferentão, mas eu sabia que tinha falhado, porque o meu rosto também estava vermelho. Bati as mãos nas minhas pernas.

— E então? — Sun insistiu.

Eu passei a língua nos lábios.

— Eu não me oporia a um beijo. Estamos prestes a confrontar um bando de feiticeiros, então, sei lá, se fosse para fazer uma lista de últimos desejos, eu não acharia ruim ter um primeiro beijo...

Sun fez uma cara que me mostrou na hora que eu falei a coisa errada.

— Sério? Se o único motivo para você querer me beijar é porque você talvez não tenha outra oportunidade de beijar alguém tão logo, então...

— Não! — eu disse, rindo do seu jeito ofendido. — Não, não foi isso que eu quis dizer... — Cerrei os punhos apoiados nas minhas coxas. — Eu gosto de você. Eu gosto de você desde aquela situação com a boneca. E só piorou, para ser sincero.

— Ah. — Sun respirou fundo. — Você gosta de mim? Desde a coisa com a boneca?

— Sim. Eu te achei uma graça.

— Eu estava pingando suor e não parava de resmungar.

— O que eu posso dizer? Pessoas introvertidas com atitudes rudes fazem meu tipo.

Sun piscou.

— Qual é o seu problema?

— Você está questionando o meu gosto? Por que eu gosto de *você*? Acho que seria mais adequado questionar qual é o *seu* problema por achar que não é possível que alguém goste de você. Você já se viu? Não que eu esteja me baseando apenas na sua aparência, porque isso não é legal e também não é verdade. Eu gosto de você. De todas as partes. Até das mais complicadas.

Sun abaixou a cabeça, passando a mão no rosto, mas eu consegui ver um sorrisinho se formando no canto dos seus lábios.

— Claro, então eu digo que gosto de você e você me deixa aqui no vácuo. Isso significa um não? Você não está a fim? Tudo bem se for isso. Ou é um talvez? Podemos voltar a falar disso depois que a situação com o Consórcio estiver resolvida? Ou eu deveria procurar um feitiço para apagar os últimos minutos desta conversa ou outro para fazer um buraco no chão para eu me enfiar porque…

Sun se inclinou e, sem aviso, lascou um beijo na minha boca aberta, fazendo-me parar de falar no meio da frase. Foi um beijo suave, carinhoso e rápido, mas definitivamente um beijo. Meu primeiro beijo. Elu se afastou de imediato, deixando-me atordoado, sem palavras, com a boca ainda aberta, mas agora com a sensação da pressão dos seus lábios nos meus.

— Tudo bem? — Sun perguntou.

Tudo bem? Mais do que *tudo bem*. Foi inesperado e maravilhoso. Eu pigarreei.

— Acho que sim. Acho que preciso de mais evidências empíricas para fazer uma avaliação crítica. Um segundo conjunto de dados, por assim dizer.

Sun sorriu, um de seus raros sorrisos plenos, daqueles lindos e radiantes. Elu se inclinou mais uma vez, tocando o meu queixo com a ponta dos dedos, trazendo uma presença reconfortante ao pressionar seu sorriso na minha boca. Senti o piscar dos meus olhos e me entreguei, derretendo. O segundo beijo durou mais do que o primeiro, e eu soltei um suspiro trêmulo, maravilhado com a sensação dos lábios de Sun se movendo contra os meus, o calor da sua respiração, o barulhinho no fundo da sua garganta quando eu correspondia ao beijo, ainda que completamente sem jeito.

Sun se afastou primeiro e eu simplesmente acompanhei o gesto sem graça, embora não admitiria isso para elu no futuro.

— Como foi? — Sun perguntou, sem se afastar, ainda perto de mim, com a mão apoiada no meu pescoço e sentindo com o dedão a minha pulsação acelerada.

— Como você sabe fazer isso tão bem? — eu perguntei, com os olhos ainda fechados.

— Namoradinho de escola. Nós ficamos juntos por, sei lá, uma semana. Foi horrível.

Eu franzi o nariz.

— Fiquei com um pouco de ciúmes, mas ao mesmo tempo me sinto obrigado a mandar uma cesta de presentes para ele.

Sun bufou, rindo.

— Queria deixar registrado que eu também gosto de você — Sun disse.

E então nos beijamos de novo. Eu me entreguei àqueles beijos lentos e envolventes. Sun me surpreendeu com a firmeza da sua pegada, e eu teria ficado feliz se pudéssemos ficar juntinhos no sofá, aproximando-me mais a cada toque, recebendo seus beijos e entendendo como era estar com elu, mas o nosso tempo infelizmente estava acabando.

— Eu sabia! — Mavis disse, entrando pela porta e balançando a chave do carro no dedo.

Nós nos separamos. O rosto de Sun estava vermelho, e certamente o meu não estava nada melhor, a julgar pelo calor que eu estava sentindo na cabeça.

— Nós já vamos — eu mal consegui falar.

Ela riu. Dando de costas, ela saiu de casa outra vez.

Sun encostou a testa no meu ombro.

— Que vergonha.

— Talvez para você — eu disse, passando os dedos pelo seu cabelo. — Para mim não. Acabaram de me pegar aos beijos com a pessoa mais gata que eu conheço, então estou bem orgulhoso.

Sun bufou.

— Arrependimento — elu disse. — Quanto arrependimento.

— Você bem que gostou.

Sun ergueu a cabeça e sorriu.

— Droga, gostei mesmo. Que irritante.

Mavis buzinou. Nós nos separamos e levantamos, arrumando as roupas. Peguei a minha mochila, com o Mapeador de Magia lá dentro, e dei uma última olhada na casinha, sem saber se eu voltaria ali um dia. Eu adoraria voltar, mas o meu futuro era incerto.

Sun segurou a minha mão, entrelaçou os nossos dedos, e apertou firme.

Eu respirei fundo.

— Certo, vamos acabar logo com isso.

Juntos, saímos pela porta da frente.

20

ROOK

Mavis nos levou à cidade, direto para o centro, onde prédios comerciais envidraçados arranhavam o céu, as vias eram todas de mão única e não havia uma única vaga onde parar o carro. Onde as calçadas eram sombreadas pela altura das estruturas e as pessoas se amontoavam nas faixas de pedestres, com os olhos perdidos e sem vida, dirigindo-se aos seus dias de trabalho atribulados em pleno verão escaldante. Eu odiava ir ao centro, justamente por causa daquele agito e porque tudo aquilo fazia eu me sentir minúsculo.

Apesar dos tantos carros que buzinavam atrás dela, Mavis parou abruptamente na frente de um prédio que imaginei que abrigava os escritórios da unidade de Spire City do Consórcio Mágico. Parecia mais um museu, com uma escadaria branca e larga e colunas estriadas segurando um frontão ornamentado. Olhei para fora da janela, admirando, com a boca levemente aberta.

— Uau.

— O que foi? — Mavis perguntou, inclinando-se na minha direção para olhar pela minha janela. — Ah, este é o museu da cidade. — Ela tocou no meu ombro e apontou para o outro lado da rua. — Aquele ali é o escritório do Consórcio.

Eu pisquei.

— Ah.

Não era nada parecido com o que eu tinha imaginado. Não tinha aquela pegada campestre da chácara onde Fable ficava ou o ar corporativo chique do escritório da Antonia. Era só uma porta de madeira solitária em uma parede alta, cinza e estreita, com um painel de vidro e letras brancas que diziam apenas ESCRITÓRIO DE SPIRE CITY. O prédio em si parecia estar encravado entre os outros em volta dele, como se algum arquiteto tivesse assumido o desafio de construir o projeto no menor espaço imobiliário disponível na cidade, e o resultado foi um bloco de pedras que chegava a dar tontura.

Uma buzina soou atrás de nós e Mavis bufou. Ela se virou para mim e o assento dela guinchou.

— Olha, seja lá o que aconteça — ela olhou para Sun no banco de trás —, dê um jeito de sair de lá. Tá bom? O fantasma da sua avó vai me assombrar para sempre se você não sair.

Eu assenti uma vez, com o coração na garganta e as mãos suadas. Esfreguei as mãos nas coxas.

— Sim. Vou fazer o que for preciso. Nós vamos sair de lá. Sun e sua magia e eu com sei lá o quê.

Mavis deu um sorriso sinistro. Ela me deu um tapinha no ombro.

— Volte logo ao velho bairro. E enquanto você não volta, vou ficar de olho na casa.

Eu cerrei os punhos.

— Obrigado, Mavis. — Respirei fundo. — Tudo bem. Vai dar tudo certo — eu disse, com a voz fina e nada sincera. — Tudo ótimo. Tudo perfeito.

Saí do carro e bati a porta, pendurando a mochila no ombro. Sun saiu aos tropeços e ficamos parados do lado errado da rua, olhando para a porta enquanto Mavis ia embora.

Sun estendeu a mão. Eu segurei, entrelacei nossos dedos e apertei firme.

— Vamos — Sun disse, puxando-me de leve. — Vamos resolver isso de uma vez.

— Vamos.

— Vai ficar tudo bem.

Eu ri, ligeiramente histérico.

— Você, otimista? O que está acontecendo?

Sun revirou os olhos.

— Eu estava tentando manter uma atitude positiva e tal.

— Legal.

— Arrependimento — elu disse, com um sorrisinho malicioso. — Tanto arrependimento.

Eu ri de novo, mas dessa vez foi sincero.

— Você não se arrepende de nada.

Sun corou, olhou para baixo e viu nossas mãos unidas, firmando ainda mais.

— É verdade, não me arrependo. Mas pelo menos deixa eu manter as aparências.

— Claro — eu disse, assentindo. — Certo. Chega de enrolar. Mas, olha, não importa o que aconteça, você foi a melhor parte de toda essa aventura mágica.

Sun parou de analisar a calçada e olhou para cima. Pigarreando, elu respondeu:

— Você também. Eu estou feliz por termos nos conhecido, mesmo que você me irrite.

Sorrindo, baixei a cabeça e passei a mão no cabelo.

— Obrigado.

Apesar do medo avassalador e de todos os meus precários instintos de preservação estarem me dizendo para correr para o outro lado, atravessamos a rua e paramos na frente da porta sem graça. Ergui minha mão livre para bater, mas a porta se abriu antes mesmo de eu encostar nela. Surpreso, soltei um gritinho.

Sun ergueu uma sobrancelha.

Juntos, entramos e olhamos em volta. Era um espaço pequeno, do tamanho de um elevador, com painéis marrons nas paredes, um piso de ladrilhos brancos e nada mais além de outra porta. Eu e Sun trocamos um olhar. Entramos. A porta se fechou com uma batida e Sun prendeu a respiração, apertando os dedos ainda mais em volta dos meus. Mas quando a porta atrás de nós se fechou, a da frente se abriu.

— Puxa, que divertido — eu disse, espiando dentro da outra sala que parecia idêntica àquela onde estávamos.

Entramos no próximo saguão. A porta se fechou atrás de nós e outra se abriu. Entramos e a porta anterior se fechou. Eu suspirei e a próxima porta se abriu.

— Eles estão de sacanagem com a gente — Sun disse, transbordando irritação.

Eu concordei.

— Pode ser.

O padrão se repetiu várias vezes, e a cada porta nova que se abria, ficávamos mais ousados, batendo os pés ao entrar, perdendo toda a timidez. Perdi as contas do número de salas abre-e-fecha pelas quais passamos antes de Sun começar a bater os pés. Sun parecia ter perdido a ansiedade de lugares pequenos e agora só restava uma absoluta frustração.

— Calma — Sun disse, puxando-me para trás antes de eu entrar pela próxima porta. — É um truque.

— Eu imaginei — resmunguei. — Eu sou bem esperto.

Sun bufou. Ele soltou a minha mão e andou em volta daquela salinha onde estávamos, olhando para o piso de ladrilhos e para as paredes com painéis marrons. Não havia literalmente nada ali conosco além das paredes e do piso.

Sun franziu seu nariz bonitinho e piscou.

Hum.

— O que você está vendo?

— Magia por todos os lados. A sala toda está impregnada de magia. Eu não consigo prolongar a minha visão para discernir as linhas de Ley.

— Não se preocupe. — Tirei a minha mochila do ombro e peguei o Mapeador de Magia.

— Rook! — Sun deu um berro sussurrado.

— O que foi? Não é como se eles não soubessem que isso existe e a minha situação não pode ficar pior. Além disso, quero saber quanto poder esse lugar está emanando. Essa informação pode ser útil para nós no futuro.

Sun resmungou, mas concordou. Apertei o botão e, em poucos segundos, a tela acendeu. Uma bola imensa ocupava a maior parte da tela. Deveria ser uma linha vertical, porque não atravessava o mapa, mas o diâmetro era gigantesco e não era a única. Outras linhas, menores, mas igualmente fortes, convergiam na bola. Sun veio espiar por cima do meu ombro.

— É bastante magia.

— Faz sentido. Você já viu isso antes?

Sun negou com a cabeça.

— Eu fujo do centro como o diabo foge da cruz. Odeio a cidade, como você já deve ter imaginado.

Concordei.

— Eu tenho uma vaga lembrança da sua insatisfação quando nos conhecemos no escritório da Antonia.

Enfiei o Mapeador de Magia de volta na mochila.

— Mas agora você não consegue ver?

Sun balançou a cabeça, negando.

— Não. Não consigo distinguir as linhas, mas consigo senti-las zumbindo, feito um fio elétrico desencapado. Sinto com força aqui. — Sun foi até um canto da sala, estendeu a mão e apertou um dos painéis.

As paredes se moveram, indo para trás e emitindo um ruído de engrenagens e mecanismos à nossa volta, e então a sala inteira desabou.

Aconteceu tão rápido que não tive tempo de me segurar em Sun antes de sentir o estômago vindo parar no céu da boca. Parecia que estávamos em um elevador sem freios. E então o movimento parou de repente, tão rápido quanto havia começado e a sala toda trepidou com o solavanco.

Senti a minha respiração pesada quando meus pés bateram no chão. Meus joelhos dobraram. Minha cabeça girou, mas assim que eu me situei, consegui me descolar do painel e fui me arrastando até onde Sun estava, agachando-se no chão com os braços por cima da cabeça e o rosto escondido entre os joelhos.

— Ei — eu chamei, parando ao seu lado —, você tá bem?

Tremendo e limpando o rosto com a manga da blusa, Sun respondeu:

— Estou — mas sua voz estava grave. Elu tremia. — Achei que você tinha dito que elevadores eram seguros.

— Bom, este aqui evidentemente não é. Vou mandar para eles uma carta de reclamação bem mal-educada. Deixar uma mensagem grosseira. Quem sabe eu até mostre o dedo na cara de um ou outro aqui. Porque isso não foi legal. Não foi nada legal. Acho até que eu levantei do chão, acredita? Acho que eu vomitei um pouco dentro da minha boca também. Então nada de beijos até eu conseguir escovar os dentes. Estou passado. — Apoiei minha mão nas costas de Sun. — Falando sério, você está bem?

— Tô. — Elu se levantou e eu fui atrás. Suas pernas tremiam. — Idiotas — Sun falou. Nisso, uma das paredes com painéis se abriu, mostrando outra sala, que pelo menos não era idêntica às anteriores.

Eu concordei na hora.

— Idiotas e sádicos. — Eu segurei a mão que Sun me ofereceu. — Se eles achavam que eu já estava irritado, agora estou furioso.

Sun mordeu o lábio. Seu rosto estava pálido, mas havia uma forte determinação em seu semblante, mesmo com os tremores visíveis que se espalhavam na sua pele.

— Eu também.

A sala seguinte era maior e tinha um balcão de recepção, como se tivéssemos entrado em uma empresa, e não em um Consórcio Mágico que estava prestes a punir os nossos mentores com uma morte metafórica. Uma pessoa transbordando tédio estava sentada atrás de uma mesa grande e redonda.

Fomos até lá e eu chamei a atenção, pigarreando.

Ele olhou para cima.

— Sim? — perguntou, irritado.

Olhei por cima da mesa e vi que ele estava escondendo um livro, mantendo as páginas abertas com um dedo. A capa não deixava enganar que se tratava de um romance histórico.

— Ahm, olá. Somos Rook e Sun. Somos aprendizes de Antonia Hex e Fable Page e estamos aqui para nos entregar.

Ele piscou e então apontou para uma fileira de cadeiras encostada na parede.

— Vou informá-los que vocês estão aqui. Sentem-se e aguardem, por favor.

— Ahm... nós estamos... tipo... sendo procurados como criminosos.

Ele revirou os olhos.

— E eu vou informá-los que vocês estão aqui. — Ele então apontou de novo para as cadeiras.

Fomos até lá e nos sentamos. O recepcionista tocou no espelho que ficava em cima da sua mesa e a superfície começou a brilhar.

— Oi — o sujeito falou, olhando para um reflexo nebuloso. — Então, tem dois adolescentes aqui dizendo que são aprendizes de Antonia e Fable. Isso. Sim, claro. — Ele revirou os olhos. — Pois é. Agora acham que qualquer um pode entrar para a magia.

Sun se arrepiou ao meu lado. Coloquei a minha mão no seu braço, enquanto elu se agarrava ao braço da cadeira.

O recepcionista olhou para nós e se voltou de novo para o espelho.

— Sim, a descrição confere. É, praticamente. Sim, sim. Tá bom. Certo. — Ele apertou outro botão e voltou a ler o romance.

Eu me aproximei de Sun.

— Quer saber, isso está sendo bem decepcionante.

Sun concordou, franzindo a sobrancelha.

— Concordo. Isso está estranho.

— Você já veio aqui antes?

Sun balançou a cabeça, deixando seus cabelos escuros caírem nos olhos.

— Não. Nós sempre usamos o espelho de clarividência para conversar com o Consórcio.

— Talvez devêssemos ter feito isso, em vez de vir aqui.

Sun arregalou os olhos.

— Puxa. Como... Nós deveríamos mesmo. O que tínhamos na cabeça?

Dei de ombros.

— Da próxima vez já sabemos.

Sun estourou.

— Próxima vez?

Dei um empurrãozinho no ombro delu com o meu ombro.

— Atitude positiva.

— Como isso pode ser positivo?

— Significa que vamos escapar e viver mais uma aventura...

A porta atrás do recepcionista se abriu com tudo e um grupo de feiticeiros engravatados tomou a sala e nos cercou, seguidos por Evanna Lynne Beech, feiticeira de quarto grau, do Consórcio Mágico de Spire City. Seus sapatos de salto alto faziam toc-toc no chão enquanto ela atravessava a sala. Ela parou à nossa frente, com uma prancheta na mão. Era exatamente a mesma mulher que havia interrogado e em seguida capturado a poderosa Antonia Hex.

Ela olhou para nós e estralou os dedos.

Quatro feiticeiros se separaram do semicírculo que nos cercava e nos puxaram, obrigando-nos a ficar em pé.

— Ei! — eu gritei, quando eles me separaram de Sun. — Tira a mão de cima de mim!

Um deles arrancou a mochila da minha mão e passou para o sujeito que estava ao seu lado, enquanto os outros nos empurravam e apalpavam, revistando-nos. Um deles tirou o celular do meu bolso e entregou para o mesmo sujeito.

Sun se debatia ao meu lado enquanto um dos feiticeiros segurava seus braços e outro o algemava pelos pulsos. As argolas de metal começaram a se iluminar, uma luz verde que fez Sun arquejar e se curvar.

— O que vocês estão fazendo? — Eu me contorci para tentar me livrar da pessoa que estava me segurando. — Tirem isso já! Que merda é essa?

Evanna Lynne ergueu os olhos e me encarou.

— Não desperdicem com ele. Ele não precisa.

Enquanto eles nos arrastavam porta adentro, eu me debatia para tentar chegar mais perto de Sun, arrastando os calcanhares no carpete e lutando contra os feiticeiros que me seguravam.

— Achei que você fosse se entregar — ela disse com a voz apressada.

— Eu *estou* me entregando, é por isso que vocês não precisam me algemar. E não precisam fazer isso que estão fazendo com Sun.

Ela fez um gesto para as duas pessoas que estavam me segurando, e eles me soltaram. Eu não perdi tempo, empurrando aquele povo todo com os ombros até conseguir ficar ao lado de Sun e enganchei os nossos braços. Sun estava tremendo. O que quer que aquelas algemas estavam fazendo com elu não era nada agradável.

— Tirem isso aqui — eu disse, puxando a corrente entre os pulsos de Sun.

— É uma precaução necessária. A algema enfraquece a habilidade de lançar feitiços. É por isso que você não precisa de uma.

Sun a encarou. Se olhares pudessem lançar feitiços, Evanna Lynne estaria coberta de aranhas e presa em um elevador.

Evanna Lynne deu um sorrisinho insuportável.

— Tudo bem. Mas vocês não vão nos separar. Vamos ficar juntos.

— Estou de acordo — ela disse, erguendo o queixo. — Agora me acompanhem, como bons aprendizes que são, e vamos acabar logo com isso.

Eu não gostei de como aquilo soou. Engoli em seco e apertei o braço de Sun, puxando seu corpo para mais perto do meu.

Sun se aproximou.

— Bom, pelo menos parece que as coisas vão ficar mais animadas.

— Isso sim que é atitude positiva — eu disse, seguindo Evanna Lynne, cada vez mais para dentro da sede do Consórcio.

21

SUN

As algemas em si não machucavam, apesar de terem beliscado a minha pele quando me prenderam. Era só uma sensação de frio que pulsava. Eu estremeci quando me lembrei da última vez que tive essa sensação de frio pulsante, quando estávamos na casa mal-assombrada. As algemas eram amaldiçoadas e bloqueavam tudo. Toda a magia que eu normalmente sentia, as linhas de Ley e os feitiços que eu conseguia ver ao usar a minha habilidade, tudo isso estava... enfraquecido. Não tinham sumido por completo, não era a mesma sensação de morte que a amarração causaria, mas era definitivamente perturbador. Como se eu estivesse ouvindo música debaixo d'água. Dava para ouvir a música, mas era tudo muito abafado para conseguir entender as palavras. Tentei acessar a magia, mas não consegui atraí-la, como costumava acontecer. Eu não estava gostando nada disso.

Eu também não gostava da forma como estavam tratando o Rook. Primeiro o recepcionista e agora a Evanna Lynne.

Eles nos levaram para dentro do prédio, onde as salas se abriam em espaços maiores, com pé-direito alto e pisos de mármore. Pinturas e esculturas de feiticeiros do passado se enfileiravam nos corredores. Esferas de luz flutuavam no ar, lançando um brilho quente. Feiticeiros de terno exibiam seus distintivos, gravatas e roupas chiques, passando por nós, carregando pranchetas, ocupados demais para prestar atenção na nossa cena estranha. Era exatamente assim que eu imaginava que o Consórcio seria, e a expressão intimidada no rosto de Rook espelhava o meu sentimento. Pelo menos eu estava finalmente vendo para onde iam todos os impostos que pagávamos.

Evanna Lynne abriu outra porta que dava em uma escada em espiral estonteante que descia rumo à completa escuridão.

— O tribunal fica por aqui — ela disse, apontando.

— Tribunal? — eu perguntei.

Ela fez que sim.

— Para o seu julgamento. Estávamos esperando por você. Estamos a postos para isso.

— Julgamento? — Rook berrou. — Julgamento? Nós nos entregamos. Estou aqui para negociar.

— Não — ela disse, com a paciência se esgotando. — Você está aqui para ser submetido a julgamento e aceitar a sua punição, junto com Fable Page e Antonia Hex.

— Como é? — Rook gritou, ficando com um aspecto medonho de tão pálido. Tenho certeza de que eu não estava muito melhor. — Disseram que vocês soltariam os outros se eu viesse. Eu estou aqui. Eu me entreguei para que Antonia, Fable e Sun saíssem ilesos.

Evanna Lynne suspirou.

— Você terá que argumentar isso com o juiz.

Meu coração parou. Com um juiz. Um juiz do Consórcio. O restinho de esperança ao qual eu estava me agarrando desapareceu em uma nuvem de fumaça. Nós não escaparíamos.

— Vocês nos enganaram! — Rook gritou.

Ela deu um sorrisinho maligno.

— Fizemos o que precisava ser feito para apreender dois sujeitos perigosos.

Rook riu.

— Perigosos. Sério? Eu tenho cara de sujeito perigoso? Por que você não me algemou se eu sou tão perigoso assim?

Evanna Lynne nem se dignou a responder, virando para a frente e descendo as escadas diante de nós.

Sem se deixar abater depois de ter sido ignorado, Rook continuou:

— A Antonia tinha razão. Vocês são um bando de hipócritas.

Evanna Lynne se empertigou, mas continuou andando. Rook cerrou os olhos e mordeu os lábios, permanecendo em silêncio enquanto descíamos. O ar ficava cada vez mais frio, a escada cada vez mais larga e o nosso destino já estava à vista. À nossa frente parecia haver uma sala imensa: o tribunal.

Respirei fundo ao me dar conta da realidade daquela situação. Apesar do desconforto das algemas, estendi a mão para o Rook. Ele a segurou e apertou com força.

Rook pigarreou.

— Queria deixar registrado aqui — ele disse, com a voz demonstrando uma falsa coragem — que as leis de vocês são ridículas. E o Consórcio é ridículo. Você principalmente, Evanna Lynne. Você é tão ridícula que mal posso esperar para ver a Antonia livre. Assim que ela tiver acesso a uma linha, vai ser *maravilhoso.*

Evanna Lynne se virou para nos encarar. Pela primeira vez desde que entramos na sede do Consórcio, a expressão dela estava demonstrando algo além de arrogância. Parecia um certo incômodo.

— Vou deixar anotada a sua opinião. — Ela se virou para mim. — E você? Você concorda com ele? Ou você é mais inteligente?

Eu passei a língua nos lábios. Os nossos destinos já pareciam selados. Em hipótese alguma ela deixaria o juiz nos condenar com uma sentença leve. Se eu quisesse, poderia discordar, evitar uma vergonha maior, mas de que adiantaria?

— Eu também mal posso esperar para ver a Antonia tendo acesso à magia de novo.

Ela contorceu o rosto e se virou. Vendo-a descer o último lance de escadas, percebi que seus ombros estavam tensos, os punhos cerrados. Ela estava fervendo por dentro.

Olhei para Rook. Ele sorriu, mostrando as covinhas.

— Tome cuidado, Sun — ele disse, com a voz baixa. — Alguém pode ter a impressão de que você é rebelde.

Não consegui conter um sorriso.

— Aprendi com os melhores.

Foram as únicas palavras que conseguimos trocar antes de sermos levados ao tribunal. Era uma sala redonda, com um assento elevado para o juiz e uma galeria lá no alto, circundando a sala toda, para os espectadores. Havia algumas pessoas espalhadas lá em cima, mas a sala estava longe de estar cheia. Não havia assentos no piso inferior, apenas uma marcação apontando onde deveríamos ficar, e fomos empurrados até uma área retangular. Assim que entramos, uma sentinela se espalhou, cerrando-nos lá dentro. Só chegava até a nossa cintura, então não serviria para bloquear a magia, mas era o suficiente para evitar que tentássemos fugir correndo.

Evanna Lynne ralhou com outro feiticeiro, que saiu por outra porta. Ela então ajeitou a blusa antes de ir para o centro da sala. Ela nos encarou como se fôssemos insetos que ela queria esmagar no piso de pedra com a ponta do sapato.

Alguns momentos depois, ouvimos uma agitação e outra porta se abriu. Vários feiticeiros do Consórcio estavam amontoados do lado de fora, e entre eles estavam Antonia e Fable.

— Antonia! — Rook gritou.

— Fable! — eu segui.

Seus olhares se ergueram. Fable parecia estar em um péssimo estado, seus cabelos loiros e cacheados completamente bagunçados, sua pele apagada pelo macacão esquisito que tinham que vestir. Antonia não parecia muito melhor, abatida, mas destemida. Algemas quebra-feitiço nos pulsos. Antonia se afastou da multidão, entre gritos e depois de um momento de luta, em que ela deu uma cotovelada na costela de um feiticeiro, ela atravessou a sala correndo, de pés descalços nas pedras.

— Rook! — ela disse, colidindo com a sentinela à nossa volta. Aquilo não a segurou. Ela se projetou por cima da barreira e abraçou Rook, apertando-o firmemente contra si. As correntes da algema se esticavam para ela conseguir alcançar. Naquele empurra-empurra, acabei soltando a mão de Rook, mas não me ressenti pela perda da conexão ao ver aquele afeto puro no rosto da Antonia ao se reencontrar com Rook.

— Antonia — ele disse, com a voz embargada.

— Você está bem — ela disse, segurando-o. — Não está?

— Sim, eu estou bem.

Ela se soltou e veio na minha direção, puxando-me para perto dela e segurando meu rosto com as mãos.

— Assecla, você está bem também?

— Estou bem.

— Ótimo. Escutem aqui — ela disse, baixinho e com pressa —, se vocês tiverem a chance de sair daqui ilesos, eu quero que vocês aproveitem. Entendido? Não se preocupem comigo ou com Fable. Nós ficaremos bem e...

Um feiticeiro do Consórcio pegou Antonia pelo braço e puxou-a para longe antes que ela pudesse terminar.

Antonia gritou enquanto era arrastada pela sala, onde ela foi enfiada sem cerimônia dentro de uma sentinela igual à nossa, junto com Fable. Fugir não era uma opção por causa da barreira mágica e, com as algemas amaldiçoadas, lançar feitiços também estava fora de cogitação. Lutar era inútil, mas isso não impediu que Antonia começasse a gritar e Fable chutasse a sentinela em vários pontos para testá-la.

Evanna Lynne ficou parada no meio do espetáculo. Impaciente, ela batia os pés no chão, com as mãos na cintura, enquanto outro feiticeiro trazia um espelho altíssimo para ser posicionado na frente da sala.

Claro. A punição seria transmitida pelos espelhos. Era a primeira vez em décadas que algo assim vinha a público, para todos verem. Meu coração parou quando eles viraram o espelho para garantir que nós quatro estávamos bem enquadrados nele.

— Trata-se de uma execução pública então — Antonia gritou. — Como vocês são medievais.

Rook estremeceu ao meu lado, e eu empatizei. Estávamos prestes a ser difamados por toda Spire City e pelo restante do mundo mágico. Essa ideia me fez parar de repente. Calma lá. Os espelhos de clarividência precisavam de um fluxo contínuo de magia, principalmente se aquela palhaçada fosse ser transmitida ao vivo do início ao fim. O que também significava que os feiticeiros do Consórcio não poderiam ter colocado sentinelas em toda a sala, senão a força do feitiço de transmissão ficaria bloqueada. Senti uma pontinha de esperança se acender no meu peito.

As algemas podiam até estar enfraquecendo o meu poder e me impedindo de absorver a energia das linhas, mas não me limitavam completamente. Eu pisquei e passei a ver tudo em preto e branco. De fato, a sala não estava totalmente protegida por sentinelas. E havia linhas de Ley por todos os lados, zunindo ao meu alcance. Fracas, na minha visão limitada, mas presentes, sendo que a mais forte ficava no canto superior direito da sala.

Evanna Lynne ergueu as mangas, abriu uma mão e disse algumas palavras. A vibração da magia me fez tremer, apesar das algemas que enfraqueciam o meu poder, enquanto o feitiço se firmava. A magia fluiu de uma das linhas até o espelho, energizando a transmissão. O espelho estremeceu e então acendeu. Estávamos conectados. Os feiticeiros que estavam nos assistindo apareciam como bolhas flutuantes percorrendo todo o vidro, todos conectados àquele momento.

O burburinho da conversa cresceu pelo tribunal.

— Vocês poderiam desativar o som dos seus espelhos durante o julgamento, por favor? — Evanna Lynne disse com um sorriso muito mais gentil do que tinha demonstrado para mim ou para o Rook.

A chama de esperança ardeu mais forte no meu peito diante da reviravolta do espelho. Tudo que acontecesse na sala seria transmitido para toda a comunidade mágica. O Consórcio, embora fosse inegavelmente poderoso, ainda precisava passar uma boa imagem para a comunidade. Poderíamos usar isso. Eu poderia usar isso.

Eu me virei de costas para o espelho e dei uma cutucada no Rook com o cotovelo.

— Sorria para o espelho — eu disse. — Estamos ao vivo. Não tem nenhuma sentinela em volta da sala, então quando chegar a hora, está no canto superior direito.

Rook arregalou os olhos, mas antes que ele pudesse responder, a juíza entrou e se sentou no alto do tablado.

— Ordem — ela disse, e os presentes fizeram silêncio ao ouvir sua voz ríspida. — A sessão está aberta.

22

ROOK

Assim que a juíza pediu ordem, Antonia zombou.

— Posso lembrar Vossa Excelência que eu já fui julgada e condenada à amarração — ela disse, jogando o cabelo para trás dos ombros. — E eu preferiria não ter que ficar assistindo a esse embuste. — Ela lançou um olhar para o espelho. — Mesmo sabendo que vou dar uma bela audiência para vocês.

Mordi os lábios. Por mais que eu gostasse de ver que a captura e a prisão não intimidaram a Antonia nem um pouquinho, agora *não* era o momento para isso.

A juíza cerrou os olhos. Era uma mulher baixinha com cabelos grisalhos, rugas e um ar de "não estou nem aí", o que era particularmente inquietante.

— Silêncio, Hex. Ou você será levada daqui.

A juíza olhou para onde eu e Sun estávamos.

— Vocês — a juíza disse, dirigindo-se a nós. — O que vocês têm a declarar sobre as acusações?

Eu pigarreei e ajeitei os ombros.

— Seria útil se soubéssemos do que estamos sendo acusados — eu disse.

Evanna Lynne não pareceu gostar.

— Aprendiz Rook é acusado de criar um livro de feitiços ilegal e violar as nossas leis sobre informações eletrônicas. Aprendiz Sun é acusade de ensinar magia a um indivíduo não mágico.

Sun abriu a boca para replicar, mas eu cortei antes que elu pudesse se incriminar ou irritar Evanna Lynne e a juíza com seu jeitinho típico.

— Olha, eu vim aqui para me entregar. Prometeram para mim que, se eu me entregasse, liberariam Antonia, Fable e Sun. Então foi isso que eu fiz. Aqui estou.

— E você quem é?

Ops.

— Eu sou o Rook.

— E você é aprendiz da senhora Hex? — a juíza perguntou.

Eu não sabia como responder. Parecia uma armadilha.

— Ele é sim — Evanna Lynne disse de onde estava, parada entre os dois retângulos envoltos por sentinelas. — A senhora Hex lhe deu o nome de Rook e ensinou magia para ele.

A juíza estranhou.

— Mas a senhora Hex não tem autorização para ter aprendizes. E, mesmo se tivesse, as nossas leis são claras e exigem que o aprendiz tenha certas características.

— Eu contesto, Meritíssima — Sun gritou. — Rook *é* mágico e pode lançar feitiços.

Um murmúrio baixinho se espalhou pela plateia. A juíza ergueu uma sobrancelha. Eu dei uma cotovelada em Sun.

— O que você está fazendo? — perguntei, cerrando os dentes.

— Confie em mim.

A juíza se inclinou sobre a mesa, intrigada.

— Você consegue lançar feitiços?

Passei a língua nos lábios, que estavam secos. As bolhas com os rostos dos feiticeiros passeavam pelo espelho. Todo mundo estava assistindo. Eles acessaram a transmissão para ver Antonia sendo condenada. Para testemunhar seu fim. E aquilo me deixava possesso. Eu me senti ainda mais determinado e concordei.

— Sim, consigo — anunciei, sem hesitar. — Eu consigo absorver energia de uma linha e acender uma vela e eu estabilizei um feitiço para ajudar um gato a voltar à forma humana.

— Ficamos sabendo que você não consegue enxergar as linhas sem o seu brinquedinho — Evanna Lynne disse. — E temos registrado nos autos que você foi considerado não mágico há pouco mais de um ano.

Senti um calafrio nas costas ao lembrar daquilo e cruzei os braços, na defensiva, sentindo-me mal com aquele interrogatório e bem ciente de que aquela situação era imprevisível e poderia explodir a qualquer momento.

— Você tem razão. Eu não consigo enxergar as linhas. Eu fui testado duas vezes, e nas duas me falaram que eu não tenho as habilidades necessárias para acessar a magia.

A juíza ergueu a sobrancelha outra vez.

— Então não é possível que você lance feitiços.

— É possível sim — Antonia disse. Ela fez uma careta olhando para as próprias unhas, fingindo indiferença, como se não estivesse prestes a abalar as estruturas de todo o regulamento do Consórcio. — Ele é meu aprendiz. É claro que ele pode lançar feitiços.

Outra onda de conversinhas, desta vez não tão baixa quanto antes. Alguns feiticeiros que assistiam pelo espelho ativaram seus áudios e expressaram incredulidade, acusando Antonia de estar encenando e mentindo.

A juíza bateu o martelo.

— Ordem — ela gritou. — Muito bem. Se é possível, como você alega, então mostre.

Comecei a suar de nervoso. Isso era uma brecha nas leis cuidadosamente elaboradas do Consórcio, um ataque contra suas antigas crenças. Era um perigo. Mas valia a pena. Antonia fazia valer a pena. Sun fazia valer a pena. E todas as outras pessoas que foram afastadas da magia por não se encaixarem no padrão, nas normas que o Consórcio havia imposto, também faziam valer a pena.

— Tudo bem, eu posso mostrar.

Sun havia dito que a magia estava no canto superior direito da sala. A linha devia passar por ali. Abri a minha mão. Imaginei uma trilha de borboletas. Algumas se dispersaram e vieram voando até mim, e eu senti a magia vibrar debaixo da minha pele. Apontei dois dedos na direção de um pedaço de papel na mesa da juíza e...

— Protesto, Meritíssima! — Evanna Lynne interrompeu, com a voz esganiçada e em pânico.

A minha concentração se desfez. As borboletas se dispersaram, assim como a sensação da magia.

Ela arregaçou as mangas do terninho, agitada, lançando um olhar desconfiado na minha direção.

— Ele admitiu que não consegue ver as linhas de Ley, e temos registros de que ele não é mágico. Isso já deveria bastar.

Antonia troçou.

— Você tem razão, Evanna Lynne, *deveria* bastar se as regras do Consórcio não fossem baseadas em um monte de mentiras. Mas como são, eu exijo que você permita que meu aprendiz prossiga. Ele estava prestes a lançar um feitiço.

— E por quê? — Evanna Lynne rosnou. — Você não tinha autorização para ter um aprendiz de qualquer maneira.

— Não, eu não tinha mesmo — Antonia disse, concordando. — Mas isso seria o suficiente para livrar Fable e Sun.

Evanna Lynne revirou os olhos.

— Que atípico de você, Hex, estar preocupada com os outros. Mas eu mantenho o meu protesto. Qualquer pretensa magia que ele fingir aqui certamente não vai passar de um truquezinho barato que Antonia lhe ensinou. Ela é conhecida pela sua personalidade dramática. Então sugiro humildemente que sigamos adiante e tratemos da questão do dispositivo eletrônico ilegal.

— Truquezinho barato? — Antonia, que estava encostada na sentinela com um desleixo quase desrespeitoso, se empertigou toda. — Truquezinho barato? Como você ousa? — Ela ergueu os punhos algemados. — Tire isso de mim e vou te mostrar uns truquezinhos baratos. Vamos disputar umas rodadas de magia de verdade e resolver isso à moda antiga.

Evanna Lynne arqueou a sobrancelha.

— Eu já derrotei você uma vez, Antonia. Acho que já chega.

— Claro, você e mais vinte dos seus amiguinhos. Vocês *todos* juntos. Admita que você tem medo de me enfrentar em um duelo individual.

A juíza bateu o martelo.

— Hex, mais um rompante e você será encaminhada para fora. E as algemas só serão retiradas quando a sentença for proferida.

Antonia mudou de tática e fez beicinho.

— Por favor, Vossa Excelência? Eu prometo que vou me comportar. Estou com isso no pulso há dias e está me incomodando.

— Não — Evanna Lynne disse, impassível.

— Pelo menos tirem as de Sun — Fable suplicou, na primeira vez que falava desde o início do julgamento. — Elu é só uma criança, e essa coisa machuca.

Virei a cabeça. O suor escorria pela testa de Sun. Seu rosto estava pálido. Seu corpo tremia. Sua respiração estava carregada.

— Sun? — eu perguntei, segurando por baixo do seu braço.

Sun engoliu em seco com força.

— Eu tô bem.

Só que não estava.

— Tirem isso já. — Eu me virei para a juíza. — Por favor, só tirem. Sun não fez nada de errado. Soltem ele. Eu assumo a responsabilidade por tudo que aconteceu.

— Posso lembrar o aprendiz Rook de que ele não dá ordens neste tribunal?

Eu enrijeci.

— Sim, Meritíssima. Mas me deixe lançar o feitiço. Deixe-me mostrar o que eu consigo fazer, para que vocês possam retirar as acusações contra Sun.

A juíza suspirou.

— Eu preciso concordar com a feiticeira Beech. Você admitiu que não consegue ver as linhas de Ley e os registros dos testes são claros. Você não atende aos requisitos necessários para ser um membro da comunidade mágica, quanto mais para ser um aprendiz. Mesmo se você conseguir lançar um feitiço, a sua existência vai contra as nossas leis.

Meu estômago revirou. As palavras da juíza ficaram girando na minha cabeça, zunindo com todas as inseguranças que moravam ali. Outra confirmação de todos os meus medos, de tudo contra o que eu havia lutado. Mas era pior, porque arruinava todas as esperanças que eu tinha de talvez, quem sabe, ajudar Sun a se livrar das acusações. Não havia saída. Não tinha como nós nos livrarmos daquilo.

— Agora me fale mais sobre o seu dispositivo. Aquele aparelho ilegal — a juíza disse, tamborilando os dedos na mesa.

Eu fiz uma careta.

— Está na minha mochila, que sei lá onde vocês enfiaram.

Um feiticeiro que estava ao meu lado entregou a minha mochila para Evanna Lynne. Ela colocou a mochila em uma mesa ao lado da mesa da juíza, que já estava cheia de objetos diversos, e derrubou tudo que havia dentro ali em cima. O Mapeador de Magia caiu, junto com as minhas roupas, minha carteira e outras tralhas. Ela ficou analisando o aparelho e então o entregou para a juíza.

— O que isso faz?

— Detecta as linhas de Ley.

— Também tem um compêndio eletrônico de feitiços — Evanna Lynne disse, cutucando a tela. — O que é contra as regras de edição de livros de feitiço.

Eu suspirei.

— Sim, obrigado pelo esclarecimento. Também tem um livro de feitiços proibido em um aplicativo.

A juíza analisou o Mapeador de Magia e franziu ainda mais as sobrancelhas. Seus lábios cerraram.

— Isso é um objeto perigoso.

— Por quê? — eu contestei. Já que não havia saída, pelo menos eu cairia lutando. — Por que permitiria que pessoas como eu vissem as linhas de Ley?

Por que pessoas que vocês consideram não mágicas poderiam entender como a magia funciona e onde ela está?

A juíza fez uma carranca.

— Você não tem autorização para falar, aprendiz Rook.

— E daí? — eu disse, canalizando a minha Antonia interior. Ela olhou para mim, juntando os dedos, muito possivelmente impressionada. — Vossa Excelência já disse que a minha existência é contra as suas leis. Como é que as coisas podem ficar piores para mim? — Fiz um gesto na direção do espelho. — E você impediu que as pessoas que estão assistindo de casa vissem algo que você acredita ser impossível. É verdade, eu preciso do dispositivo para ver as linhas de Ley, mas eu posso lançar feitiços. Eu sou mágico. Porque Antonia e Sun disseram que eu sou. Então dane-se *Vossa Excelência* e *vossas* regras. Estou cansado de me defender de guardiões de costumes feito todos vocês.

Silêncio. Silêncio absolutamente ensurdecedor. Os feiticeiros se amontoaram, consternados. Muitos dos que estavam assistindo pelo espelho desviaram o olhar, com aquela verdade desconfortável pairando no ar. Percebi que eu tinha feito mais mal do que bem, mas pelo menos eu disse o que precisava dizer. E assim que eu falei, a sensação foi de *alívio*.

— Ele tem razão — Antonia disse, rompendo o silêncio. — Vocês impõem regras arbitrárias só para lucrar mais. Vamos ser sinceros aqui: se todos tivessem acesso à magia, isso prejudicaria muito as receitas do Consórcio. Como esta organização poderia bancar este belo tribunal subterrâneo se todos pudessem lançar feitiços e não precisassem recorrer a serviços de feitiçaria superfaturados prestados por empresas que exibem o certificado do Consórcio na vitrine?

— Hex, este é o seu último aviso — a juíza ameaçou. Ela colocou o meu aparelho em cima da mesa. — Certo, isso tudo foi muito esclarecedor, mas vocês não me deixam outra escolha a não ser...

Sun perdeu o fôlego e cambaleou.

— Sun! — Fable gritou.

Segurei Sun com firmeza pelo cotovelo.

— Tudo bem, já chega. Destruam isso de uma vez. Façam o que vocês precisam fazer. Mas tirem as algemas de Sun.

A expressão da juíza endureceu.

— Eu já adverti uma vez. Você não dá ordens aqui.

Sun caiu de lado, soltando-se de mim e pendendo sobre a borda do quadrado mágico, quase caindo para fora. Seus joelhos dobraram e, escorregando no chão, ouvi seu grito.

— *Por favor* — eu disse, com a voz embargada.

Fable e Antonia gritaram. Vozes da plateia se uniram pela sala. Os feiticeiros no espelho abriram seus áudios e gritaram, pedindo que libertassem Sun.

Exigiam que dessem uma chance para eu lançar um feitiço. Uma cacofonia de vozes nervosas, mas que não estavam nos criticando... estavam nos apoiando.

Evanna Lynne parecia perturbada, entrando em pânico ao perceber que estava perdendo o controle da situação, que a multidão tinha se voltado contra o Consórcio no instante em que Sun caiu.

A juíza bateu o martelo, pedindo ordem. Mas já era tarde demais. O Consórcio precisava agir, ou perderia de vez.

Ela entregou o Mapeador de Magia à Evanna Lynne.

— Destrua logo isso. E solte o aprendiz.

Eu tirei os olhos de Sun e encarei Evanna Lynne, que sorria para o Mapeador de Magia nas mãos dela. Ela lançou um sorrisinho malicioso para mim, numa espécie de afronta, estendeu a mão que segurava o aparelho e então abriu os dedos. Ela não tirou os olhos de mim nem por um segundo enquanto a minha criação caía no chão feito uma pedra. Ela ficou observando a minha expressão ao ver o meu único e solitário laço com o mundo mágico se partir com o impacto. A pancada foi dura e a tela rachou, soltando as peças de metal e os circuitos, que se espalharam pelo chão.

Tanto trabalho. Tanta preocupação. Todas as minhas esperanças e as minhas dores depositadas naquele aparelho, e agora não havia mais nada. Acabou. A dor não era tão grande quanto imaginei que seria.

— Acabou, Evanna? — Antonia gritou do outro lado da sala.

Evanna Lynne inclinou a cabeça e começou a pisotear as peças quebradas, até sobrar apenas um amontoado disforme de circuitos.

— Sim — ela respondeu calmamente, ajeitando sua saia lápis. — Acabei.

— Sun precisa de ajuda imediatamente — Fable exigiu.

Sun. Merda. Sun. Eu me virei e Sun tinha se encostado no canto da caixa mágica, ofegando, suando e fazendo caretas, com aquele narizinho enrugado e os dentes fincados no lábio inferior.

Tentei me aproximar, mas Sun se esquivou do meu toque.

— Não. Não encoste em mim — Sun disse, encolhendo-se.

— Sun — eu disse, baixinho, devagar. — Sun, o que eu posso fazer? Diga como eu posso ajudar?

Elu espiou por baixo dos braços cruzados e... piscou.

Calma. Oi?

O feiticeiro com a chave atravessou a sala para soltar a algema, mas Sun se encolheu no canto da caixa, parecendo diminuir ainda mais de tamanho e... *Ai.* Meu coração bateu forte quando o feiticeiro parou em frente à barreira. Ele olhou para Sun, com a chave nas mãos. O guarda se esticou ao máximo que conseguiu, estendendo as mãos, mas não conseguiu chegar aonde Sun estava.

Ele se ergueu, frustrado.

— Coloque Sun em pé — ele vociferou.

Eu ergui as mãos, em sinal de rendição.

— Não posso. Elu não quer que eu chegue perto.

— Então vai ficar assim.

Um coro de gritos dos espectadores da plateia e do espelho lá na frente começou a ecoar pela sala.

— *Por favor* — eu disse, exagerando um pouco. — Isso dói.

— O que está acontecendo? — Evanna Lynne gritou de onde estava, ao lado da juíza e dos resquícios do Mapeador de Magia. — Algum problema?

— Não — o feiticeiro respondeu, grunhindo e dobrando-se por cima da barreira mágica. Quase sem equilíbrio, ele se dobrou por cima de nós, com um joelho apoiado na beirada e se segurando com uma mão, esticando-se ao máximo para conseguir inserir a chave na algema.

Meus músculos ficaram tensos. Eu sentia o meu coração pulsando no ouvido, esperando para ver quais eram os planos de Sun. Fiquei torcendo para perceber assim que surgissem os primeiros sinais, senão aquilo seria uma tentativa de fuga muito breve.

Eu não deveria ter me preocupado com isso.

Assim que as algemas caíram, Sun bateu uma mão no chão e esticou a outra na direção do canto superior direito da sala. Em um piscar de olhos, a barreira mágica à nossa volta se desfez.

Perdendo o equilíbrio precário, o feiticeiro caiu e derrubou a chave, que saiu deslizando pela pedra. A chave. A *chave*!

Eu corri atrás da chave e consegui pegar antes que alguém se desse conta do que estava acontecendo e corri na direção da Antonia.

A sala virou um caos. Evanna Lynne gritou. Os feiticeiros se jogaram em cima de mim, mas eu estava determinado. Enquanto eu corria, os feiticeiros que tentaram me pegar tropeçaram e caíram antes de conseguirem pôr as mãos em mim, já que o chão se levantava debaixo de seus pés.

Eu estava tão perto de Antonia e Fable. Tão perto. Mais um passo e…

Fui puxado pela gola da camiseta e senti o tecido me sufocar.

— Rook! — Antonia gritou.

Merda! Eu lutei, mas eles estavam em cima de mim, me dominando, me agarrando pelas roupas, pelas pernas e eu não conseguiria me livrar de todos aqueles feiticeiros me atacando ao mesmo tempo e que estavam determinados a me parar com a força física, se não conseguissem com a magia.

Eu fiz a única coisa que podia.

Joguei a chave.

23

ROOK

Eu caí em meio a uma confusão de pernas e braços, batendo a cabeça no chão. Levei uma joelhada no estômago e perdi o fôlego. Senti mãos segurando os meus braços e alguém se sentou nas minhas pernas.

Tudo ficou embaçado: os rostos à minha volta e os gritos que vinham de todos os lados e, eca, alguém tinha esquecido de escovar os dentes de manhã, mas eu ainda tentava lutar, ainda tentava me libertar, porque eu não sabia o que aconteceria se eu não tentasse. Eu sentia medo pelo que poderia acontecer com Sun, Antonia e Fable. E, sendo bem sincero, eu estava muito bravo. Tão bravo com Evanna Lynne e com o Consórcio e por ter me sentido isolado durante o último ano da minha vida, por toda a farsa e por toda a dor que eles me causaram.

Eu comecei a chutar e acertei em alguém, que gemeu de dor. Consegui soltar meus braços e rolei de lado, com a intenção de ficar de pé, mas não adiantou. Um pé acertou as minhas costas e eu caí de novo, desta vez arranhando o queixo no chão de pedra. Eu estava perdendo. Ouvi os gritos de Sun por trás da cacofonia de barulhos e Fable gritando em meio àquele caos completo.

Sun! Tinham ferido elu. Eu fui me arrastando até o lugar onde eu tinha visto Sun pela última vez, mas não consegui avançar muito com todos aqueles feiticeiros me segurando. Mas eu precisava...

O som inconfundível do metal batendo na pedra ecoou. Os pelos do meu braço se eriçaram. Senti um arrepio de magia correr pela minha espinha. Ergui a cabeça e, à frente da parede de corpos, enxerguei Antonia erguendo os braços, livre das algemas, os dedos esticados na direção do canto superior direito, e senti um alívio invadir meu corpo. Logo depois do alívio veio o pânico, quando vi a expressão no rosto dela e o brilho nos seus olhos violeta. A pressão de uma tempestade iminente invadiu a sala.

Essa não. Não, não. Eu entendi o aviso, me encolhi no chão e cobri a cabeça com os braços.

A explosão de magia que se seguiu fez tremer as estruturas da construção. O chão cedeu debaixo do meu corpo, rachando e rangendo. A reverberação chacoalhava todos os meus ossos. A sala inteira tremeu, como em um terremoto. Começou a cair gesso do teto, que se abria em imensas rachaduras. Os móveis tombaram, a madeira se partiu em pedaços. As pedras viravam cacos. Todos à minha volta caíram no chão. O som das pancadas dos corpos no chão era assustador e estranho, como se todos tivessem caído ao mesmo tempo, como marionetes cujas cordas tinham sido cortadas.

Mas a coisa mais estranha que aconteceu foi que, depois de Antonia ter lançado aquilo que eu não entendi muito bem o que era, a sala toda ficou imóvel e em completo silêncio. O único som era o zumbido no meu ouvido, a minha respiração pesada, mas todos os movimentos, todos os sons pararam.

Eu fiquei deitado, sem me mexer, ofegante e com medo, com a cabeça entre os braços. Depois de mais ou menos um minuto, eu me mexi, erguendo-me da minha posição curvada e defensiva. Empurrei para longe um corpo que tinha caído por cima de mim e desejei que a pessoa estivesse viva. Desejei com todas as minhas forças, porque, caso contrário, eu teria acabado de encostar em um cadáver. E significava que Antonia tinha matado todo mundo e, embora eu estivesse furioso com o Consórcio, eu não queria que as pessoas morressem. E eu não queria que a Antonia fosse uma assassina.

Hesitante, eu me sentei. A minha cabeça girava e a minha visão estava embaçada, mas eu estava vivo. E, pelo menos por enquanto, estava livre.

Eu me levantei e alguém segurou o meu braço para me ajudar a ficar em pé. O meu instinto foi me afastar, mas o toque era suave, não invasivo. Olhei para trás e vi Fable, sem as algemas. Mas seu olhar não encontrou o meu. Fable olhava fixamente para a ação que estava acontecendo do outro lado da sala. Eu acompanhei e entendi por quê.

Antonia estava parada no meio da destruição, brilhando com tanto poder, o cabelo esvoaçando lentamente como se ela estivesse debaixo d'água. Das suas mãos erguidas, a magia crepitava na ponta dos dedos.

Todos os outros feiticeiros estavam no chão, lutando contra o feitiço da Antonia, que os mantinha presos. Todos, menos a juíza e Evanna Lynne, que estava de frente para Antonia, congelada, com os braços colados ao corpo e olhos arregalados.

Mas Sun. Onde Sun estava? Sun estava fingindo estar mal, ou meio que fingindo, porque elu não poderia fingir a palidez na pele, o suor ou os tremores. Algo estava estranho. E eu tinha saído de perto de Sun. Merda, eu tinha saído de perto delu. Eu queria procurar entre os corpos, pois Sun era muito mais importante do que o confronto que estava acontecendo entre Antonia e Evanna Lynne.

Assim que isso me veio à mente, uma figura se levantou entre os corpos e, ai, graças a tudo que é mágico, Sun estava ali. E embora estivesse em mau estado, seu rosto expressando cansaço e exaustão, elu era a pessoa mais bonita que eu já tinha visto.

Antonia franziu a sobrancelha.

— Ora, ora, Evanna Lynne. Enganada por dois meros aprendizes. Que vergonha.

— Solte todos já — a juíza ordenou.

Antonia inclinou a cabeça, pensando no assunto.

— Não.

— Hex, você está cometendo um erro grave — Evanna Lynne disse. — Não existe a menor chance de você sair desta sala com a sua magia intacta. Você já sabia disso. Mas agora você também prejudicou o futuro de Rook e Sun.

Antonia gargalhou.

— Não minta, Evanna Lynne. Você não sabe mentir. Nós sabemos que o futuro dos dois já estava definido no segundo em que entraram neste prédio. Vocês nos tinham nas mãos e não estavam dispostos a nos soltar. Pelo menos não com as nossas habilidades.

Evanna Lynne tentou se contorcer para se livrar das amarras mágicas.

— Sim, eu admito. Eles seriam de fato amarrados. Até o pirralho sem magia. Está feliz?

A magia crepitou pela sala.

— Estou exultante — Antonia disse. Ela murmurou alguma coisa e estralou os dedos.

Evanna Lynne perdeu o ar e caiu de joelhos.

— O que você está fazendo? — ela gritou.

Antonia fingiu estar pensando.

— Hum, o que será que eu estou fazendo? — Ela deu um passo à frente. — Estou me vingando pelo meu aprendiz? Pelos meus dois aprendizes? Você se lembra da primeira, não lembra? Aquela que você amarrou. Aquela que você não conseguiu deter. Aquela que você me implorou para fazer alguma coisa para pará-la e, quando eu consegui, você a matou. Você se lembra dela?

Evanna Lynne engoliu em seco.

— Ela está viva. Da última vez que eu a vi, ela estava viva.

— *Tsc tsc tsc.* Você sabe que isso não é verdade. A amarração é como a morte. Todo mundo aqui sabe disso.

— Não é, não. E foi necessário. Ela era maligna. E precisava ser controlada.

Antonia deu outro passo.

— E você? Você é maligna? Você precisa ser controlada?

Evanna Lynne ficou pálida.

— Você não teria coragem.

— Não mesmo?

— Antonia Hex — a juíza gritou. — Você foi condenada a...

— Cale a boca, Meritíssima — Antonia a peitou e a juíza fechou logo a boca. — Você já falou o suficiente.

Antonia deu outro passo. Ela irradiava poder. Dava para ver a energia saindo dela em forma de faíscas douradas, enchendo a sala toda com aquela luz. Era maravilhoso e *assustador*.

— Agora é a minha vez de falar — Antonia disse para a sala toda, para os feiticeiros que assistiam pelos espelhos. — Não é segredo para ninguém que tenho meus desentendimentos com o Consórcio há anos. Talvez décadas. E como eu não poderia ter? Eles controlam as nossas vidas. Eles controlam o nosso trabalho. Eles controlam o nosso conhecimento. Nós trabalhamos duro quebrando feitiços, fazendo poções, lançando feitiços para vir alguém e tomar o dinheiro que é nosso. Precisamos enfrentar processos longos e burocráticos para conseguir os certificados de aprovação do Consórcio para exibir nas nossas vitrines. E para quê? Para que eles possam decidir por nós? — Antonia começou a circular pela sala, pisando por cima dos feiticeiros que estavam no chão, até parar bem na frente do espelho. — Por que nós deixamos que isso aconteça? O que eles nos oferecem em troca da nossa lealdade?

Ninguém respondeu.

Antonia sorriu.

— Foi o que eu pensei. — Ela deu de ombros. — A lealdade deve ser merecida. E, da minha parte, já chega de respeitar regras que jogam contra mim. Da minha parte, estou disposta a colocar isso tudo abaixo.

Antonia se virou e, furiosa, foi até Evanna Lynne. Ela crepitava com magia e poder. Ninguém poderia pará-la. Nem os feiticeiros colados ao chão. Nem Evanna Lynne, de joelhos. Nem a juíza. Nem Fable, que estava de pé, em silêncio, ao meu lado. Nem as pessoas que gritavam por trás das portas fechadas e nem aquelas que estava assistindo pelo espelho quebrado.

Ninguém.

Provavelmente nem eu.

Mas eu precisava tentar.

— Antonia — eu disse, abrindo caminho pelos corpos, para chegar mais perto dela. — Chefa — eu disse, gentil.

Antonia virou a cabeça e olhou para mim.

— Aí está você, Rook. Meu aprendiz. Meu aprendiz não mágico que, na verdade, é mágico. Meu aprendiz tão inteligente e tão rebelde. Você está bem?

— Estou.

— Tem sangue no seu pescoço.

Ah, é verdade. A minha cabeça estava doendo um pouco atrás, mas achei que fosse pela opressão daquela atmosfera mágica. Coloquei a mão devagar onde doía e meus dedos voltaram com um pouco de sangue nas pontas. E o arranhado no meu queixo estava doendo. Ignorei a dor para conseguir me concentrar no problema diante de mim.

— Mas eu estou bem.

— Que bom — Ela olhou para trás. — Assecla, você está bem?

Sun se balançou no lugar.

— Estou bem.

Antonia murmurou.

— Eu não acredito, mas tudo bem. Depois vou levar vocês dois em um curandeiro. — Ela se voltou à Evanna Lynne. — Estou quase acabando aqui mesmo.

— Pois é — eu disse, titubeando —, falando nisso... podemos ir para casa? Eu só quero ir para casa. Não para o meu apartamento, mas talvez para o escritório? Ou para a casa da minha avó? Ou para a chácara, com Fable e Sun? Um lugar seguro onde a gente possa conversar?

— Nós vamos. Logo, logo.

Eu engoli em seco.

— Antonia, nós não vamos conseguir ir para casa se você fizer o que eu acho que você quer fazer. Assim... é que se você amarrar a Evanna Lynne ou machucar alguém, acho que não vou mais poder ser seu aprendiz.

Antonia congelou.

— O quê? — Ela me encarou. — O que você quer dizer com isso?

— Eu sinto muito que eles tenham machucado você. Eu sinto muito que tenha sido por minha causa. Sim, eu sei, fui eu que fiz o aparelho ilegal. Eu não era mágico. Você nem deveria ter me contratado como aprendiz, mas acho que você me acolheu porque queria quebrar uma regra ou outra. Uma rebeliãozinha, né? Se eu soubesse que acabaria assim, eu não teria topado.

Antonia abaixou levemente as mãos.

— Não se culpe, rapaz. Eu sou a adulta aqui. Sou eu que faço as escolhas. Eu sabia o que estava fazendo.

— Sim, talvez você soubesse. Mas eu gostaria de poder acreditar que fui mais do que um peão nesse jogo.

Nesse momento, Antonia abaixou os braços junto ao corpo.

— É claro que você não é um peão. Eu queria que você fosse meu aprendiz.

Foi bom ouvir aquelas palavras. Eu sorri.

— Obrigado, Antonia. Eu... eu não quero que você faça algo de que pode se arrepender. Você já provou o que queria. Você é a feiticeira mais poderosa da atualidade, e esse grupo de feiticeiros aqui não chega nem aos seus pés. Poxa, bastou uma distraçãozinha de Sun para você colocar o Consórcio abaixo. Acho que você já provou o que queria sem ter que... matar.

Antonia fechou o rosto.

— Você não entende. Eles nunca vão nos deixar em paz. E mesmo se deixarem, como ficam os outros cujas vidas eles arruinaram? Pessoas como você, que eles baniram?

— Você tem razão. As regras são péssimas. E precisam ser mudadas. Mas talvez isso não caiba só a nós. — Olhei para o espelho. — Muita gente viu tudo. E talvez eles possam destruir tudo e a gente possa relaxar. Eu não sei o que vai acontecer, mas sei que se você machucar a Evanna Lynne, só vai piorar as coisas. Eu não quero que você se torne a pessoa que eles acham que você é, porque eu sei que você não é. Por mais que eles queiram te pintar como uma vilã, não é isso que você é. — Só percebi que eu estava chorando quando senti as lágrimas escorrerem pelo rosto, misturando-se com o sangue seco no meu queixo. — Você é a única pessoa adulta que posso dizer que se importa comigo. Fazia muito tempo que eu não me sentia assim e eu não posso perder isso. Por favor.

O rosto da Antonia se suavizou. Ela segurou meu rosto com as mãos e enxugou as minhas lágrimas com o dedão.

— Rook — ela disse, com a voz suave. — Você não vai me perder, tá bom? Não vai.

Eu assenti. Mais lágrimas escorreram.

— Eu fiquei com tanto medo. Eu e Sun... nós... — Eu perdi as palavras.

— Tudo bem — Antonia disse. — Está tudo bem. Nós vamos ficar bem.

Respirei fundo, tremendo, e limpei o rosto.

— Obrigado, Antonia.

— Ouça o seu aprendiz — Evanna Lynne falou em um ímpeto, ainda de joelhos, interrompendo o nosso momento. — Se você me amarrar, vou fazer questão de passar a vida perseguindo você. E nem por um segundo ache que eu vou poupar Fable, Rook ou Sun.

Eu suspirei, abaixando os ombros em desânimo.

— Por que você não podia ficar fora disso?

— Eu sinto muito, Rook — Antonia disse, virando para o outro lado. — Eu não posso ignorar isso. Não posso tolerar ameaças contra a minha família. — Ela se aproximou ainda mais de Evanna Lynne. Ela colocou a mão na testa dela, se inclinou e aproximou os lábios do seu ouvido.

— Eu avisei.

A magia se concentrou e explodiu, feito um trovão. O ar ficou denso. Eu me afastei, pisando sem querer na mão de um feiticeiro. Pedi desculpas e corri até Sun. Sun se aproximou de mim e lhe dei um abraço apertado.

Sun enganchou os dedos nos bolsos da minha calça, enquanto ouvíamos Antonia dizer o feitiço. A magia girava em volta da mão que ela mantinha erguida, descendo por todo o seu corpo e passando para o corpo de Evanna Lynne.

Evanna Lynne gritou. Abracei Sun mais forte, escondendo a cabeça no seu ombro, para não testemunhar o feitiço. Foram só alguns segundos até o grito silenciar e o redemoinho de magia começar a recuar, pulsando, até o feitiço terminar. Ergui a cabeça.

— O que você fez? — Evanna Lynne gritou. Ela tremia no chão. Ela estendeu a mão repetidas vezes na direção da linha de Ley e gritou.

— Eu não consigo sentir nada! O que você fez comigo?

Antonia estalou a língua.

— Ai, não fique assim, Evanna Lynne. Eu não amarrei você. É só uma *maldiçãozinha*. Vai passar... um dia.

Ela se ergueu e olhou para a juíza. Em um piscar de olhos, a boca da juíza se abriu e os murmúrios frenéticos que ela estava fazendo durante todo o feitiço se transformaram em uma enxurrada de palavras cheias de pânico.

— Antonia Hex, você cometeu erros gravíssimos hoje e será punida...

— Não — Antonia disse, juntando os dedos em frente ao rosto. — O que vai acontecer é o seguinte: Rook continuará sendo meu aprendiz. Ele tem a habilidade da feitiçaria. Eu entendo, você precisa de uma prova. Mostre para eles, Rook.

Ops.

— Ééé...

— Acenda alguma coisa — Sun disse sussurrando. — Você consegue. — Elu apertou minha mão para me dar apoio.

— Tá bom. — Eu me arrastei para a frente e peguei um pedaço de papel que tinha sido tirado do lugar no meio do turbilhão de magia e confusão. Imaginei a linha no canto da sala, as borboletas douradas migrando e conduzi algumas para fora da corrente, chamando-as para mim. Concentrando-me na vibração que elas faziam, ergui o papel com uma mão e apontei dois dedos para ele com a outra. O cantinho acendeu e queimou.

Antonia fez uma expressão orgulhosa.

— O lugar dele é ao meu lado, nesta comunidade. E você não vai tirar isso dele, está entendido?

Relutante, a juíza concordou.

— Ótimo. Agora quanto a mim e Fable. — Antonia passou a língua nos lábios. — Eu paguei a minha penitência pelo que aconteceu há décadas. Eu venho então solicitar que o Consórcio retire a restrição injusta que me foi imposta, me impedindo de ter um aprendiz. O que você acha, Evanna Lynne Beech, feiticeira de quarto grau da sede de Spire City?

— Não.

Antonia murmurou. Ela se virou para outro feiticeiro, que ainda estava colado no chão.

— Quem é você?

— Clyde Waters, feiticeiro de grau três, sede de Spire City.

— E você, Clyde Waters, concorda em retirar a minha restrição?

— Sim — ele suspirou. — Só nos deixe ir embora.

— Ótimo, restrição retirada. E você testemunhou tudo. O Mapeador de Magia foi destruído — Antonia disse, apontando com a cabeça para os resquícios do meu aparelho amontoados em uma pilha. — E prometemos ficar só com os livros de feitiços físicos a partir de agora. Eram essas as acusações contra mim, certo? E foi tudo resolvido. Portanto, não vejo motivo algum para mais uma condenação. Para nenhum de nós. Acredito que estamos liberados para ir embora.

Pela cara da juíza, parecia que ela tinha chupado um limão. Ela cerrou os olhos e então olhou para o espelho. Centenas de testemunhas estavam olhando para ela. Estavam descontentes, hostis e divididos.

— Você ficará sob monitoramento de um feiticeiro aprovado pelo Consórcio.

— Tudo bem — Antonia disse, fazendo uma careta e olhando para as unhas, como se estivesse entediada.

— Eu conheço alguém que pode ajudar! — eu disse. — Se ela quiser.

A juíza fez uma careta e bateu o martelo.

— Sessão suspensa.

Antonia sorriu.

— Vocês todos ouviram. E vocês viram do que eu sou capaz. E se alguém aqui ousar piscar errado para nós daqui para a frente, vocês conhecerão a minha ira. Vocês serão soltos assim que sairmos do prédio.

Antonia fez um gesto para Fable e as portas se abriram. Foi aí que eu percebi que era Fable quem estava mantendo as portas fechadas o tempo todo, evitando que uma enxurrada de feiticeiros que estavam parados do outro lado entrasse na sala.

Eles invadiram a sala e eu me aproximei de Antonia, puxando Sun para perto, enquanto Fable se pressionava contra as nossas costas.

Antes que a coisa pudesse ficar feia de novo, a juíza se levantou.

— Eles estão livres — ela gritou.

Os feiticeiros do Consórcio pararam ao ouvir aquelas palavras. Eles se olharam, desconfiando, mas não discutiram com a juíza e nem tentaram intervir enquanto caminhávamos até a porta. Quando passamos pela mesa cheia de objetos, Antonia desviou do caminho e pegou um tapete preto.

— Isso aqui me pertence, obrigada — ela disse, enfiando o tapete debaixo do braço.

Eu fiquei boquiaberto. Mas então fui processando tudo, quando passamos pelos fragmentos do Mapeador de Magia e, mesmo não sendo uma decisão muito sábia, peguei um pedacinho que ainda estava intacto.

— Ei — Sun disse, se aproximando. — Deixe isso para trás. Você não precisa mais.

Eu suspirei.

— Deu tanto trabalho. Foi a minha única esperança por tanto tempo. É difícil abrir mão.

Sun apoiou a mão na minha.

— Rook, você não precisa mais disso. Tudo bem?

— Mas como eu vou ver as linhas de Ley?

Elu bateu o ombro no meu.

— Eu vou ser seu Caça-Ley.

— O quê?

Sorrindo, com o rosto vermelho, Sun virou a palma da minha mão para cima e o aparelho caiu no chão, fazendo vários barulhinhos.

— Você sabe que a minha habilidade especial é ver a magia, por menor que seja. Então eu vou fazer isso para você. Eu vou ser o seu Caça-Ley.

— Isso significa que você vai ter que ficar comigo o tempo todo.

Sun deu de ombros.

— Não vai ser difícil.

— Uau. Uau. Essa é a coisa mais românica que você já me falou. Eu só quero... aproveitar esse momento e te beijar. Eu preciso te dar um beijo agora.

— Gente! — Antonia gritou da porta. — Este não é o melhor momento.

— Lá fora — eu me corrigi. — Eu vou te beijar assim que chegarmos lá fora.

Sun riu, escondendo o rosto no meu ombro.

— Mal posso esperar — elu disse. — Sem arrependimento algum.

24

SUN

Cumprindo a sua palavra, Rook me beijou assim que pisamos na calçada suja do centro da cidade. Foi um beijinho rápido e molhado na boca, e ele provavelmente machucou o meu lábio e o dele, mas foi bom. Bom porque estávamos do lado de fora, Antonia e Fable estavam livres e poderíamos retomar a nossa vida.

Apesar de estarmos sem as nossas carteiras e sem dinheiro, Antonia magicamente conseguiu um transporte para nós e, quando me dei conta, já estávamos em um carro indo para algum lugar. O cansaço bateu forte. Embora eu tivesse exagerado no efeito que as algemas tinham causado em mim, aquilo teve mesmo um efeito colateral. A algema sugou toda a energia que eu ainda tinha, e quando eu me vi ao lado de Rook no assento traseiro do carro, foi difícil não cair no sono.

— Ei — Rook disse, aproximando-se de mim. — Está tudo bem.

Aquele foi o incentivo de que eu precisava. Apoiei a cabeça no ombro dele e cedi ao sono que me chamava.

Quando acordei, o carro já tinha encostado na calçada diante da chácara de Fable. Os adultos deveriam estar conversando enquanto eu dormia, mas quando me afastei para sair, Rook soltou um ronco, acordando. Não foi nada bonito.

Na chácara, tinha chuveiro e comida e, mesmo com as portas trancadas por dentro e tendo que espantar uma família de guaxinins, senti uma sensação de segurança que não sentia há dias quando Antonia colocou uma sentinela em volta das portas e das janelas. Tomei um banho, coloquei uma roupa limpa que eu tinha guardado lá (a minha calça jeans, camiseta e um moletom com capuz, com aquele cheirinho gostoso de amaciante) e me senti feliz.

Fable fez uma sopa, e eu lavei umas poucas tigelas que não tinham quebrado. Só tinha três, então acabei tomando a sopa em uma caneca grande. Durante a refeição, conversamos. Eu e Rook falamos sobre a nossa fuga, sobre quando dormimos na floresta e dos dias que passei sendo um gato, sobre a Mavis e a avó de Rook. Antonia nos falou de como ela foi pega de surpresa, um monte de funcionários gabaritados do Consórcio a dominaram, e como aquilo tudo tinha sido um azar tremendo.

— Não vai acontecer de novo — Antonia disse, determinada.

— Não — Fable concordou. — Não vai.

Depois que todos já tinham tomado a sopa, puxei as mangas do meu moletom e cobri as mãos.

— Preciso ligar para os meus pais.

Rook concordou.

— Eu sei.

— Não se preocupe, Sun — Fable disse, tocando gentilmente no meu ombro com a ponta dos dedos. — Eu vou explicar tudo para eles e, lembre-se, eles assinaram o termo de consentimento.

Eu trouxe os joelhos para junto do peito e fiquei me balançando na cadeira da cozinha.

— Mesmo assim, eles vão querer ficar de olho em mim por um tempo.

Rook passou os dedos pela mesa da cozinha. Aquela em que eu tinha caído e, estranhamente, não estava quebrada.

— Eu sei. Tudo bem. A gente se fala por mensagem.

— Eu não tenho mais celular, e nem você. O Consórcio confiscou.

Rook riu.

— É verdade. Ahm... espelho de clarividência?

— De jeito nenhum — Antonia disse, interrompendo a nossa conversa. — Na verdade — ela apontou para o espelho coberto do outro lado da sala —, eu sei que não foi culpa de vocês que eles ouviram tudo, mas eu não quero chegar perto de uma coisa dessas nunca mais.

— Eu concordo — Fable disse. Elu atravessou a sala, tirou o espelho da parede e espatifou-o no chão. O espelho se estilhaçou. — Pronto.

Uau, eu sussurrei para Rook, com os olhos arregalados. Fable nunca havia quebrado uma regra antes. Mas eu estava com a impressão de que isso iria mudar. Tudo já tinha mudado. E talvez para melhor.

Rook segurou a minha mão. Eu não achei ruim. Na verdade, eu também não acharia ruim se nos aninhássemos em uma das camas do chalé e dormíssemos por um ano inteiro, de mãos dadas, trocando toques e beijos. Mas na atual situação, eu já aceitava ficar com os dedos entrelaçados com os de Rook.

— Eu gosto de você — Rook disse. — Muito.

— Mesmo eu sendo ranzinza e antissocial.

Rook riu.

— Pois é. Acho que é a coisa de que eu mais gosto em você.

Senti meu rosto ficar quente. Meu coração disparou. E, sim, a situação pode ter sido difícil e tensa e eu passei alguns dias como um gato, mas as coisas definitivamente tinham mudado para melhor.

ROOK

Ver as irmãs de Sun cheias de carinhos e cafunés no reencontro deles foi fofo e um pouco dolorido, mas fiquei feliz por eles. Feliz porque Sun tinha uma família que se importava e feliz porque prometemos que manteríamos contato enquanto as irmãs se apressavam para enfiar Sun no carro da família para ir para casa e encontrar os pais preocupados.

Eu acenei, despedindo-me, parado na porta do chalé de Fable, vendo o carro se afastar. Fiquei lá até perdê-los de vista, de braços cruzados. Eu já sentia saudades, mas ficaria tudo bem. Porque, como Antonia disse tão enfaticamente diante da juíza e de Evanna Lynne, o meu lugar era ali. O *meu lugar*.

— E você? — Antonia perguntou, parando ao meu lado com uma xícara de café. Ela tinha reclamado que estava com dor de cabeça por abstinência de cafeína, e Fable passou um café, que Antonia foi correndo beber.

— O que tem eu?

— Você disse que eu era a única pessoa adulta na sua vida. Lá no Consórcio. — Ela tamborilou os dedos, tilintando as unhas na xícara de cerâmica. — É verdade?

— Sim. É verdade.

Ela murmurou.

— Certo. Bom, eu tenho um apartamento na cidade. É a minha casa. E eu quero ir para lá. Você quer vir junto?

Ergui a cabeça na hora.

— Oi?

Antonia estava segurando a xícara com as duas mãos e olhando para a paisagem.

— Por mais que eu adore a chácara — ela fez uma careta ao dizer isso — e esse pitoresco bosque aqui ao lado, eu tenho o meu apartamento. Tenho plantas que precisam ser regadas. E eu tenho um quarto a mais, com uma cama vazia.

Senti um nó na garganta.

— Você está pedindo para eu ficar na sua casa?

— Por um tempo — ela disse. — Ou para sempre. Tanto faz. Ou, sei lá. Podemos tentar e, se você gostar e quiser ficar, a gente dá um jeito.

— Você está falando sério? — Eu não aguentaria se não fosse sério. Meu coração apertou.

Antonia finalmente olhou para mim.

— É claro que estou.

Eu logo concordei.

— Sim, sim, eu adoraria.

— Ótimo. Vamos assim que eu terminar de beber esse café. E vamos pegar mais café pelo caminho. E depois vou comprar celulares novos para nós dois. E depois disso vamos comer mais e dormir, dormir e dormir.

— Que ideia maravilhosa. — As palavras saíram fracas, incrédulas, mas sinceras, tão sinceras que não tinha como Antonia não entender que a minha reação era genuína.

— Você não vai chorar, vai?

Balancei a cabeça, tentando desesperadamente dominar aquela felicidade absoluta que eu estava sentindo.

— Não — eu disse, com a voz rouca e sentindo as lágrimas queimarem meus olhos.

Antonia sorriu dentro da xícara.

— Tudo bem, pode chorar.

Eu sorri. Meu coração foi às nuvens. E todo aquele medo de rejeição que me perseguia desde o início, desde que entrei no escritório da Antonia tantos meses atrás, que atormentava todos os meus passos e projetava uma sombra em todas as minhas decisões, tudo aquilo simplesmente se dissipou, esvoaçando nas asas de uma borboleta.

26

ROOK

— Obrigado por ligar para a Desfeitização. Como posso ajudar? — Eu perguntei, clicando nos arquivos abertos no meu computador. — Certo, o senhor acha que pode ter sido enfeitiçado? Entendi. O senhor pode me dar mais informações? — Ouvi o cliente divagar, contando que tinha tropeçado no meio-fio, deixado o celular novinho e caríssimo cair na calçada e dado de cara na porta durante um encontro. Reuni todas as informações e coloquei no meu formulário digital magnífico, mas talvez nem tanto.

— Certo. Agradecemos a sua ligação. Vou passar as informações para um de nossos feiticeiros mais competentes e retornaremos a sua ligação até o final do expediente. Muito obrigado.

Salvei o formulário e enviei por e-mail para Antonia e Fable, que fariam a análise e decidiriam se algum tipo de intervenção mágica era necessária. Antonia e Fable agora tinham fortalecido a parceria de trabalho, praticamente fundindo as empresas, aparentemente fruto de um novo acordo que havia sido costurado na prisão do Consórcio. Embora Fable ainda se guiasse mais pelas regras do que Antonia, a equipe toda estava mais propensa a ser flexível. A Antonia já não implicava automaticamente com todas as práticas aprovadas pelo Consórcio e com os serviços de feitiçaria, e Fable decidiu começar a quebrar vários espelhos. Juntos, conseguimos reparar os estragos causados à Desfeitização e à chácara rapidinho e, em uma semana, já estávamos funcionando novamente, depois de toda a confusão com o Consórcio.

Eu girei na cadeira e voltei a estudar o livro aberto de feitiços que Antonia tinha me dado na semana anterior. Era maior do que o livro de campo, mas muito menor do que o livro que ficava no escritório dela e menor do que o livro da minha avó, que fomos buscar na casa dela. Esse ficava no meu quarto na casa da Antonia... na nossa casa. Eu ainda estava me acostumando à ideia de pensar na casa da Antonia como minha casa, mas como o plano era ficar por um bom tempo, eu certamente acabaria me acostumando. De qualquer forma, já me sentia mais em casa lá do que no meu antigo apartamento.

Eu estava morando lá desde que saímos do escritório do Consórcio de Spire City. E as últimas semanas foram as melhores do último ano. Antonia conversou com a assistente social que cuidava do meu caso, e não foi tão difícil convencê-la a deixar eu me mudar. Nós trabalhávamos bem juntos. Ela me ensinava magia e lidava com as coisas de adultos. Eu consertava os aparelhos que ela continuava quebrando.

Já o Consórcio estava um verdadeiro caos, e sedes de vários lugares do mundo tiveram que mandar reforços para implementar uma reestruturação completa. Muitos feiticeiros da cidade exigiram mudanças e alguns passaram simplesmente a deixar de seguir as regras. A magia estava fluindo de uma forma estranha, e a sede de Spire City estava tendo dificuldades para atender a todas as reclamações e manter a estabilidade na comunidade mágica. As coisas estavam ruins para o lado deles. Mas isso não parecia nos afetar. Além da chegada de Mavis como nossa monitora mágica designada pelo tribunal, os negócios estavam andando bem, como de costume. Maldições precisavam ser quebradas, e agora que Antonia não se sentia mais obrigada, ela passou a gostar de trabalhar com isso. E, além do trabalho com a Antonia, Fable também recebeu uma indicação para liderar um comitê de ação comunitária que exigia mudanças nas políticas do Consórcio em nome de todos os feiticeiros da cidade. Elu parecia gostar desse novo cargo.

— Você está estudando o livro de feitiços ou está com a cabeça no mundo da lua, pensando em Sun? — Mavis perguntou, entrando pela porta e pulando por cima do capacho amaldiçoado. Ela tinha aprendido a lição alguns dias antes, quando o tapete passou uma rasteira nela e ela acabou caindo de cara no chão. Herb veio cambaleando do cantinho onde estava e se ofereceu para guardar a bolsa dela, o que Mavis recusou, balançando a cabeça. Para a surpresa de todos, Herb tinha sobrevivido à destruição do escritório. Infelizmente, sua antipatia com todo mundo exceto a Antonia também tinha sobrevivido.

— Estou estudando, é óbvio. — Eu estava mesmo. Agora eu já conseguia acender a vela com mais facilidade. E também conseguia conjurar borboletas para mim. Eram borboletas fraquinhas, para dizer o mínimo, mas eu já conseguia conjurar e, quanto mais praticava, melhor eu ficava.

— Aham, sei — ela disse, girando a chave do carro no dedo.

— Como foi a visita? O cliente realmente tinha lançado um feitiço de língua de lagarto nele mesmo?

Mavis tremeu o corpo todo e enrugou o nariz.

— Sim. Muito esquisito. Mas foi fácil de consertar e o cliente pagou em dinheiro. — Ela piscou. — Tem mais alguma coisa para mim?

— Chegaram mais alguns hoje — eu disse, passando pelos arquivos que eu tinha salvado como registro das ligações. — Eu já mandei todos para a Antonia, mas vamos ver. Um controle de videogame amaldiçoado não deixa o jogador descansar enquanto não termina o jogo. Uma pessoa que talvez seja só bem destrambelhada. Ah, sim, e uma pessoa que queria que o cachorro dela gostasse do novo namorado, e agora o namorado não pode sair para lugar nenhum porque atrai todos os cachorros que estão por perto.

— Opa! Dá esse para mim!

Eu concordei e mandei o caso para ela por e-mail, e uma notificação tocou no seu celular. Mavis tinha saído do emprego na biblioteca e voltado a trabalhar com magia em tempo integral. Eu tinha que admitir que estava feliz por tê-la na equipe, pois ela conseguia ser um ponto de equilíbrio entre as personalidades de Antonia e Fable. Também era legal ter por perto alguém que se lembrava da minha avó.

— Boa escolha com o caso do cachorro, Mavis — disse Antonia, saindo do escritório. Ela estava usando um conjunto de blazer e calça pretos e salto alto, e suas unhas estavam pintadas de azul-claro, como o céu que brilhava lá fora. — Eu sou mais do tipo que gosta de gatos, então delego com prazer esse trabalho para você.

Mavis riu.

— Você? Gostando de gatos? Eu nunca imaginaria.

— Não entendi o que você quis dizer com isso, então vou ignorar. — Antonia abriu a mão. — O dinheiro, por favor.

Mavis fez beicinho, mas entregou o envelope com dinheiro.

— Não se atreva — Antonia disse. — Eu sei que o Consórcio paga para você monitorar as nossas atividades, e você está recebendo uma tarifa por hora bem generosa da Desfeitização.

Mavis sorriu.

— Quem não gosta de um bom e velho conflito de interesses?

— E do capitalismo — eu continuei.

Antonia cruzou os braços e bufou. Ela então olhou para mim, inclinando a cabeça.

— Rook, você não tem um encontro hoje à noite?

— Tenho.

— Você não acha que deveria estar se arrumando?

Chequei as horas no celular e, caramba! Já eram quase cinco horas.

— Merda.

Antonia suspirou e veio bagunçar o meu cabelo.

— Sua roupa está pendurada no escritório. Use o banheiro ao lado para se trocar.

Eu pulei da cadeira.

— Valeu, chefa.

Corri para o escritório, peguei as roupas que estavam penduradas atrás da porta e me troquei no banheiro minúsculo. Não era exatamente uma mudança de visual. Mantive a calça jeans, mas troquei a camiseta por uma camisa e arrumei o cabelo. Antonia tinha colocado uma gravata preta fininha junto com as roupas, mas eu não sabia se queria chegar a esse ponto. Era só um encontro e, embora eu fosse levar Sun a um restaurante chique no bairro mágico, eu não sabia se o evento justificava uma gravata.

Saí do banheiro e encontrei Antonia parada ao lado da mesa.

— Coloque a gravata — ela disse.

— Sério?

— Sun já chegou. Coloque a gravata.

Ops.

— Sei.

Antonia veio na minha direção e passou a gravata pelo meu pescoço, fazendo um nó bem-feito, mas mais soltinho.

— Obrigado.

— Use o cartão de crédito que eu te dei.

— Antonia, eu tenho dinheiro. Você me paga para trabalhar aqui há meses e eu guardei quase tudo.

Ela deu de ombros.

— Pense nesse dinheiro como uma poupança para a sua faculdade. Use o cartão de crédito. Chegue em casa em um horário decente, mas não cedo demais. Ainda é verão. E acompanhe Sun até em casa.

— As irmãs de Sun vão me atormentar.

— Vai ser bom para criar caráter.

Eu ri.

— Tudo bem.

Entrei na área central do escritório e vi Fable e Mavis conversando. Sun estava com elas, com as mãos no bolso e, certo, eu entendi por que a Antonia me fez vestir a gravata. Porque Sun estava espetacular. Bom, como sempre, mas agora o cabelo estava arrumado para um encontro e elu estava usando brincos de prata compridos.

— Você — eu disse.

Sun olhou para mim e sorriu.

— Eu — elu respondeu.

Sun estendeu a mão, em um sinal que estava concordando com o meu toque, e eu imediatamente segurei sua mão, entrelaçando os nossos dedos. Elu se aproximou, encostando o braço no meu.

— Podemos ir? — eu perguntei.

— Sim, vamos antes que alguém faça alguma coisa constrangedora, tipo tirar uma foto.

— Já era! — Mavis disparou, erguendo o celular. — É muito fofo ver vocês juntos, eu não aguento.

Fable assentiu.

— Sun, não se esqueça de mandar uma mensagem para os seus pais e volte no horário que você combinou com eles.

Sun resmungou alguma coisa sobre os pais estarem sendo muito chatos. Elu ainda estava sob restrições por ter desaparecido por vários dias, o que era compreensível. Mas pelo menos elu podia continuar sendo aprendiz de Fable. E também podia sair às vezes à noite para os nossos encontros, porque Sun tinha conseguido passar na prova de recuperação de matemática. Foi uma nota 7,5 e só foi possível porque as irmãs de Sun não se opuseram a continuar lhe dando uma carona até o café, para as nossas aulas de matemática. Soo-jin dedurou tudo para os pais, e foi até por isso que a mãe e o pai de Sun meio que começaram a gostar de mim e disseram até que eu era uma boa influência. Eu não diria que isso é verdade, mas sim que eu e Sun nos complementamos e ficamos felizes juntos.

— Relaxa, Fable. Eu vou ser responsável e garanto que Sun vai chegar em casa na hora certa.

Sun fez uma careta.

— Minhas irmãs vão acabar com você.

— Ouvi falar que isso vai me fazer criar caráter.

Sun bufou e revirou os olhos.

— Vamos logo. Não quero passar todo o meu tempo livre jantando, se é que você me entende — elu disse, com a voz baixa.

Senti um calafrio percorrer as minhas costas.

— Ok. Entendi o recado. E não estou reclamando de nada aqui, mas você me dá um segundo? É que isso... é tão lindo. — E era. Mavis e Fable se debruçando no meu livro de feitiços aberto sobre a mesa, passando as páginas e conversando sobre o problema do cachorro. Antonia de um lado para o outro na copa dos funcionários, tentando fazer um café. Herb aborrecido no cantinho, como sempre. E até o capacho esperando que fôssemos embora, mas torci para que ele não conseguisse nos derrubar, porque eu não queria ir com o nariz sangrando para o encontro, o que arruinaria qualquer possibilidade de amassos mais tarde.

Mavis disse alguma coisa categoricamente, e a magia irrompeu da mão dela, criando uma chuva de faíscas. Fable passou pelas páginas do livro devagar. Antonia xingava lá da outra sala e em seguida só se ouviu o barulho da caneca se estilhaçando no chão. Sun apertou a minha mão e eu dei um sorriso tão largo que minhas bochechas chegaram a doer.

Às vezes, família pode ser uma chefa endiabrada, rivais que viram amigues, uma garota mágica que era babá e agora era como uma irmã mais velha, e a pessoa de quem, a princípio, você não entendia muito bem por que gostava tanto. E às vezes brigávamos, às vezes nos abraçávamos, às vezes lutávamos juntos contra uma organização governamental corrupta, às vezes simplesmente ficávamos no mesmo espaço, curtindo e sendo amigues.

Mas independentemente dos rótulos, independentemente do que aconteceria no futuro, aquela era a minha família.

E eu sabia que aquele era o meu lugar.

AGRADECIMENTOS

De todos os livros que escrevi até agora, *Enfeitiçados* me parece ser o mais pessoal. Ele trata de várias inseguranças que senti na adolescência e no início da minha vida adulta e que, sejamos honestos, até certo ponto ainda sinto. O Rook tem a tristeza e a solidão gravadas na alma. Disseram que ele não pertencia a lugar algum, e ele se sente desesperado, procurando um lugar para se encaixar. Sun demonstra hesitação e insegurança em seus relacionamentos, pois tem a consciência e a dor de saber que é diferente. Rook e Sun tentam, de maneiras diferentes, se reconfigurar, se moldar, adequar suas personalidades, seus pensamentos e seus desejos. E isso não dá certo, porque, no final das contas, eles sempre se bastaram. Eles aprendem que ser autêntico é mais importante e mais gratificante do que ser aceito por pessoas que gostariam que eles fossem diferentes. E que há pessoas em suas vidas que sempre os amarão do jeitinho que eles são.

Sinto que muitos de nós precisamos ouvir essa mensagem de autoaceitação para que ela crie raízes na gente. E eu agradeço a todes que apoiaram a criação deste livro, que o moldaram e melhoraram e que foram fundamentais para que ele chegasse à melhor versão, que hoje está nas mãos de leitores que talvez precisem ouvir essa mensagem mais uma vez.

Agradeço eternamente à minha melhor amiga, Kristinn, que continua sendo uma das minhas maiores apoiadoras e que é a minha parceira de escrita para sempre. Ela me incentiva nos meus momentos de insegurança e lida com a minha síndrome da impostora com mais gentileza, bondade e paciência do que eu mereço. Foram tantos e-mails ansiosos que eram a própria personificação do emoji de berro e ela sempre lidou com eles com paciência. Meu agradecimento também vai para outro Christin, que apareceu em momentos de crise para ajudar. Agradeço demais toda a sua ajuda.

Em seguida, quero agradecer à minha agente, Eva Scalzo. Eva, agradeço por você ter se arriscado com aquele livro do sereio que apareceu na sua caixa de e-mails há tantos anos. E agradeço por você continuar a defender o meu trabalho e por ser uma pessoa incrível que apoia os meus planos profissionais e que lida com telefonemas ligeiramente surtados e entende o meu estranho senso de humor. E agradeço à equipe da McElderry Books/Simon & Schuster, especialmente à minha editora Kate Prosswimmer, que trabalhou tão duro para dar vida a todo o potencial narrativo e aos arcos de personagens e fez deste livro o melhor que ele poderia ser. Agradeço ao ilustrador da capa, o incrivelmente talentoso Sam Schechter, que mais uma vez arrasou com seu trabalho impressionante, e à designer da capa, Becca Syracuse, que produziu esta capa tão linda. Agradeço à Nicole Fiorica e Alex Kelleher, por também terem sido membros incríveis da equipe. Foi realmente um sonho trabalhar com todos vocês.

Obrigada aos leitores sensíveis que deram consultorias, feedbacks e apoio, e que fizeram parte do processo criativo, inclusive no desenvolvimento dos personagens e da narrativa. Agradeço o seu tempo, as suas ideias e o seu trabalho. Agradeço à Dani Moran por sua experiência e feedback perspicaz. E agradeço à Kiana Yasuhara pelo tempo, esforço e assistência.

Eu sei que sempre agradeço ao meu companheiro de fandom e meus amigos virtuais que são os melhores, mas é que eles foram realmente a minha rede de apoio durante o desenvolvimento deste romance. Jude, Amy, Cee, Renee, Asya, BK, Emi, Dani, Cori e Trys. Minha família da internet está sempre presente, e não tenho como agradecê-los o bastante por ficarem ao meu lado na última década.

Gostaria de agradecer a um grupo de autores que, além de amigos, são colegas incríveis e meus torcedores, leitores beta, grupo de apoio, confidentes e amigos de eventos — CB Lee, DL Wainright, Carrie Pack e Julia Ember. Agradecimentos especiais a Julian Winters, Steven Salvatore & Ryan La Sala pelo apoio no lançamento do meu último livro, e não vejo a hora de virem os próximos lançamentos!

Eu gostaria de agradecer à livraria Malaprop, em Asheville, a minha loja de referência que tem sido tão gentil comigo nos últimos anos. Os livreiros são incríveis, e se você estiver na região de Asheville, por favor, passe por lá e diga oi para a equipe, sobretudo para Katie e Stephanie.

Gostaria de agradecer à minha família, especialmente ao meu companheiro, Keith, e aos meus três filhos, Ezra, Zelda e Remy, que trazem alegria e emoções para a minha vida todos os dias. Eu também gostaria de agradecer ao meu irmão, Rob, e à minha cunhada, Chris. Se alguém quer saber de onde vêm as minhas piadinhas e trocadilhos estranhos, culpem Rob por me presentear com *O guia do mochileiro das galáxias* no meu aniversário de treze anos. Gostaria de agradecer às minhas sobrinhas e sobrinhos que contam para os bibliotecários de suas escolas sobre os meus livros e conversam com seus professores e amigos sobre eles. E eu gostaria de agradecer à minha sobrinha Emma por ir comigo às convenções e à minha sobrinha Lauren por todo o seu apoio.

Por fim, gostaria de agradecer a todos que leram este livro, que compraram ou pegaram emprestado em uma biblioteca. Agradeço por vocês me permitirem lhes oferecer um pouco de entretenimento por algumas horas. Eu valorizo muito o seu tempo. Espero que você tenha gostado de ler esta história tanto quanto eu gostei de escrevê-la. Até a próxima, espero que você fique bem e feliz.

Meus agradecimentos,

F.T.

LEIA TAMBÉM

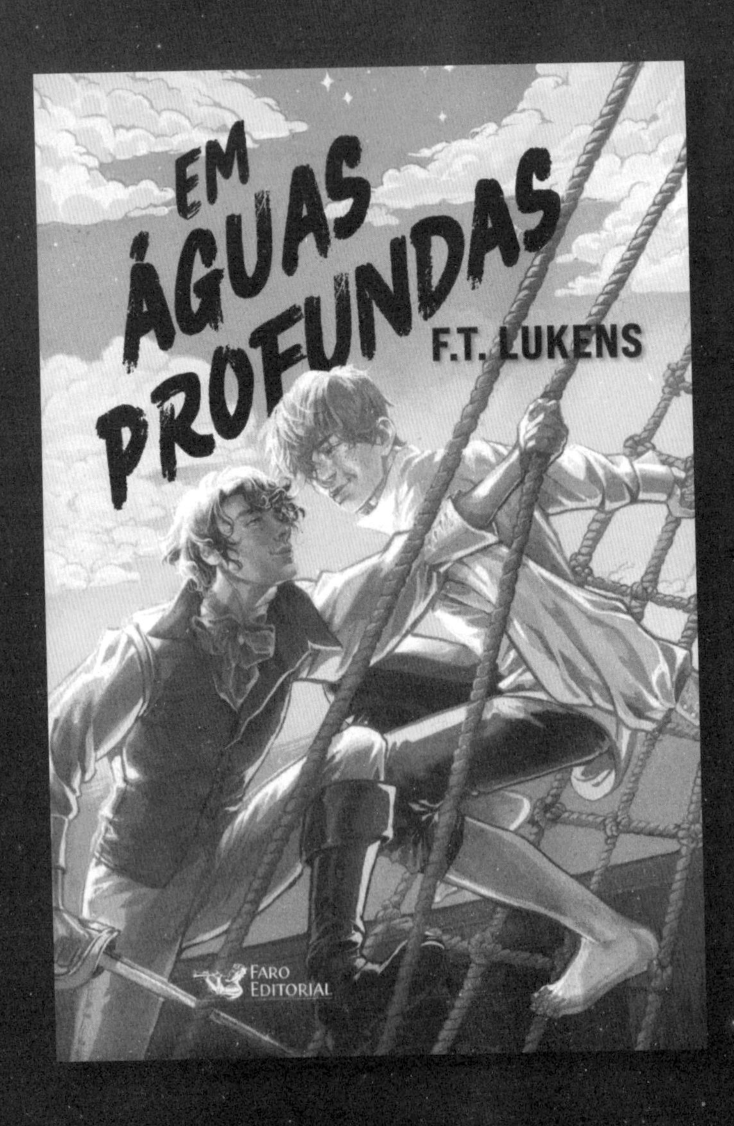

PARA SEMPRE

FARO EDITORIAL
AGORA ESSE É O NOSSO MUNDO
ERIK J. BROWN

O ESPAÇO ENTRE NÓS

PHIL STAMPER

ASSINE NOSSA NEWSLETTER E RECEBA INFORMAÇÕES DE TODOS OS LANÇAMENTOS

www.faroeditorial.com.br

CAMPANHA

Há um grande número de pessoas vivendo com HIV e hepatites virais que não se trata. Gratuito e sigiloso, fazer o teste de HIV e hepatite é mais rápido do que ler um livro.

FAÇA O TESTE. NÃO FIQUE NA DÚVIDA!

ESTA OBRA FOI IMPRESSA
EM JUNHO DE 2023